时代是出卷人,我们是答卷人,人民是阅卷人。
———习近平

中国作家协会2018年度定点深入生活项目

井冈山的答卷

凌 翼 ◎ 著

江西人民出版社
Jiangxi People's Publishing House
全国百佳出版社

序 ‖ 时代是出卷人

走进井冈山，正是春天，距井冈山市宣布在全国592个国家级贫困县中率先脱贫摘帽，已经一年零一个多月。井冈山是革命摇篮，它在全国率先脱贫摘帽，赋予井冈山精神新的时代内涵。

我夹杂在来自五湖四海的人群当中，瞻仰北山烈士陵园、踏访茅坪八角楼毛泽东同志旧居、造访习近平总书记两年前到访过的神山村……这一切，让我的身心受到强烈震撼，更加坚定了书写这个新时代的信念。井冈山的昨天，与今天这个璀璨的时代交相辉映，它的历史和现实连缀成一部壮丽的画卷。

无论春夏秋冬，走进井冈山都能感受到一团圣火般的热忱。尽管革命斗争的硝烟已经散尽，但井冈山的红色基因依然没有改变。作为红色摇篮的井冈山，它是中国共产党领导下建立的第一个农村革命根据地，从这里走出了共和国领袖毛泽东和朱德、彭德怀、陈毅、罗荣桓、粟裕、谭政、黄克诚等众多将帅。井冈山被当之无愧地称为中国革命的第一圣地。它的一草一木、一山一水、一村一镇都凝结着英烈们血与火的传奇。据不完全统计，井冈山斗争时期，仅这块热土上牺牲的革命烈士就有4.8万余名。巍峨的丰碑，是烈士的忠魂垒建；一座座雕塑，重现了英雄的风骨。

习近平总书记在瞻仰井冈山革命烈士陵园时说，每次来缅怀革命先烈，思想都受到洗礼，心灵都产生触动。回想过去那段峥嵘岁月，我们要向革命先烈表示崇高的敬意，我们永远怀念他们、牢记他们，传承好

他们的红色基因。

到井冈山参观访问,烈士陵园和井冈山革命博物馆是必去的地方。在参观中,一幅幅照片、一尊尊雕塑和一幕幕战争模拟场景以及讲解员饱含深情的讲解,再现了枪林弹雨、战火纷飞的战争场面。大家的心灵受到震撼,更加深切感受到革命胜利来之不易。我们今天的幸福生活,是无数革命先烈抛头颅、洒热血换来的。马克思、恩格斯在《共产党宣言》中指出:"过去的一切运动都是少数人的或者为少数人谋利益的运动。无产阶级的运动是大多数人的、为绝大多数人谋利益的独立的运动。"中国共产党从诞生之日起就是中国各族人民利益的忠实代表,就把全心全意为人民服务当作自己的根本宗旨。不忘初心,方得始终。在井冈山,无数革命先烈为了理想和使命无惧任何险阻,始终挺起精神脊梁,让我们触摸到共产党人跳动的脉搏和百折不挠的灵魂。

高山仰止。井冈山之高,令无数人仰望,并不是指它的海拔高度,而是指它的精神高度。井冈山精神,引领了后来的苏区精神、长征精神、延安精神、南泥湾精神、抗战精神、抗美援朝精神、大庆精神、雷锋精神、"两弹一星"精神、改革开放精神、抗洪精神等中国精神的绵延不绝。如今,井冈山精神正在鼓舞和激励着广大党员干部群众,攀登在全面建成小康社会的路上。精准扶贫精神正在成为新的民族精神,在新时代放射出耀眼的光芒。

仍是春天。2016年2月2日,习近平总书记继2006年、2008年后第三次上井冈山。党的十八大以来,习近平总书记曾先后到全国多个革命老区考察,其中包括河北西柏坡、山东临沂、福建古田、陕西延安和铜川、贵州遵义等革命老区。这些考察,充分说明党中央对于红色文化的高度重视,也强调了红色基因传承的重要性和必要性。

习近平总书记乘车沿着崎岖山路来到井冈山市茅坪乡神山村看望慰问贫困群众。他和乡亲们一起打糍粑,给贫困户送去年货,给孩子们送去书包,向乡亲们拜年并发表重要讲话,鼓励井冈山要在脱贫攻坚中作示范、带好头,给井冈山脱贫攻坚指明了方向。

嘱托,声声入耳;壮志,念念于心。前行之路,豁然开朗。在习近平总书记重要嘱托的指引下,井冈山探索出了一条"红色引领、绿色崛起,产业为根、立志为本"的富有井冈山特色的脱贫道路。

井冈山是革命老区,也是全国上榜的连片特困地区——罗霄山区的一个国家级贫困县。2014年初,这里的贫困人口4638户,16934人,贫困发生率为13.8%。经过近三年的奋斗,到2016年底,贫困人口减少到539户,1417人,贫困发生率为1.6%。这是一个惊人的转变,我们看到和听到的或许只是一个数字,但对于井冈山的干部、群众来说,他们经历的整个精准扶贫历程,却是一个脱胎换骨和思想洗礼的过程。

精准扶贫需要将贫困户从众多人群中识别出来。贫困户也不是绝对的平均,井冈山没有搞"大概印象、笼统数据",而是深入思索"贫困面有多大、贫困人口有多少、致贫原因是什么、脱贫路子靠什么"等一系列问题,用庖丁解牛的方式进行解剖,创新了"红黄蓝"三卡识别机制——红卡为特困户、蓝卡为一般贫困户、黄卡为2014年已经实现脱贫的贫困户。针对三卡贫困户,施行不同类别的帮扶政策,做到精准脱贫。

精准扶贫不是一句简单的政治口号,而是一步一个脚印、挥洒无数汗水的实践过程。

我们看到这样一种现象,党和政府尽一切所能,从物质和精神上给予贫困群众各种帮助。扶贫干部像对待亲人一般给贫困群众送慰问金,送米和油等生活物资。送钱送物只能解决一时之需,要真正使困难群众摆脱贫困,还需要对症下药,筑牢"两不愁三保障"防线,"扶到点上,扶到根上",寻找出"因户施策,因人施策"的路子来。

我在井冈山各乡村走访,目睹党员干部用行动为贫困群众"开处方"。他们牢牢抓住"精准"这一"纲领",把握产业、安居、保障、基础设施四大关键,把"有能力"的"扶起来",实现家家有致富产业;"扶不

了"的"带起来",实现个个有资产性收益;"带不了"的"保起来",实现人人都有兜底保障;"住不了"的"建起来",实现户户有安居住房;"建好了"的"靓起来",实现村村面貌有提升。党员干部人人口念扶贫真经,贫困群众个个奋勇争先,一幅你追我赶的脱贫画卷在青山绿水中徐徐展开。

在井冈山见得最多的,莫过于党员干部和普通群众齐心协力,为脱贫攻坚而奔跑繁忙的景象。连接待我的干部群众,与我交流都是见缝插针。他们带我走访村组,有时候甚至让我觉得自己的到访妨碍了他们的工作。须知他们每个人手里都有一大摊子没完没了的事,都是围绕着精准脱贫这一中心工作而展开。

在精准扶贫脱贫的岁月里,井冈山的干部群众几乎是不分白天黑夜,称之为"白加黑";没有周六、周日,称之为"五加二",人人都恨不得再生出三头六臂来,把脱贫工作做得彻底,让困难群众早日摆脱贫困。在党员干部眼里,贫困户的事是头等大事。自己家里的事可以耽搁,但贫困户的事却绝不能耽搁。

在脱贫攻坚这场没有硝烟的战斗中,从省委书记挂点,到市委书记亲临一线指导,井冈山市委、市政府的领导和乡镇村党员干部率先垂范,与人民群众一道同心同德,共同谱写了一曲脱贫攻坚的奋斗之歌。

有人步韵毛泽东的《西江月·井冈山》填了一首词,反映井冈山人民以当年黄洋界保卫战的精神,向贫困宣战——

精准旗幡招展,扶贫战鼓相闻。
贫穷围困万千重,党员干部齐动。
苦干加实干,更加汗水真诚。
率先摘帽广传捷,报道贫困宵遁。

在脱贫攻坚战场,井冈山市干部群众上下一心,没有前方后方,即便市委书记、市长也并不比任何一个党员干部轻松。交谈中,听到频率最高的词就是"精准脱贫""群众""产业""机制"等。他们说,经过这几年的努力,全市城乡面貌发生了巨大变化,农民生活有了较大改善,困难群众实现了"两不愁三保障"的奋斗目标。率先脱贫摘帽不是我们的最终目标,让井冈山老区人民过上更加美好的生活,这才是我们的奋斗目标。接下来,我们将重点抓住"产业为根、立志为本、机制为要"三个关键,确保贫困群众稳定、可持续脱贫……

井冈山在精准扶贫这场举世瞩目的民族史诗性画卷中,精准落实了习近平总书记的重要嘱托,让精准扶贫思想在井冈山老区落地、生根、开花并结出了丰硕的果实。

依然是春天。2017年2月26日,没有喧天的锣鼓,没有轰鸣的礼炮,没有举山欢庆的场面,却有密集闪光灯的聚焦,中央电视台《新闻联播》和《人民日报》等媒体向全国宣告,井冈山人民奔走相告……

这一天,井冈山市在全国592个国家级贫困县中率先脱贫摘帽!

这一天,距习近平总书记第三次亲临井冈山考察、指导,跨过了整整一年的时光。

这是全国精准脱贫战线报告的第一个脱贫摘帽喜讯!

这是江西全省经济发展量质齐升,主要经济指标增速进入全国"第一方阵"后的又一重磅喜报!

2017年这一年,离毛泽东率秋收起义部队上井冈山开创第一个农村革命根据地的时间,恰好是90周年。

2017年2月26日,正是春回大地之时,井冈山向党中央和全国人民交上了一份厚重的答卷。

小康不小康,关键看老乡。老区的发展问题,一直是习近平总书记的心头块垒,难以释怀。他曾经多次强调,生活一天比一天好,但我们不能忘记历史,不能忘记那些为新中国诞生而浴血奋战的烈士英雄,不能忘记为革命作出重大贡献的老区人民。

这个春天,井冈山宣布率先脱贫摘帽,是对无数长眠地下的英烈最好的告慰!一位不知姓名的井冈山群众写下一首《七律·咏井冈山》——

五指青峰俏井冈,流泉飞瀑好风光。
杜鹃花海红星耀,凤尾竹坪明月朗。
故地品茗忆旧事,新园煮米话情长。
莺歌燕舞黄洋界,老表千家乐小康。

2019年中央电视台春节联欢晚会,井冈山作为全国三大分会场之一,为全国人民献上了一场激情澎湃、气势恢宏、绚丽多姿的盛大演出。这是井冈山在全国率先脱贫摘帽后的一次震撼亮相,充分展示了老区人民脱贫奔小康的豪迈激情和精神风貌。井冈绿,红军魂,中国梦,这是江西首次以春晚平台这一形式向全球华人展示赣鄱儿女的风姿。糍粑越打越黏,日子越过越甜——这一神山村特有的形象宣传语飞越千山万水,成为井冈山脱贫摘帽的象征。

井冈山率先脱贫摘帽,给全国树立了典范,这是中国共产党向人民交出的一份沉甸甸的时代答卷!

2018年4月初稿于井冈山
2019年2月定稿于宁冈宾馆

目 录

开卷 ‖ 殷殷嘱托 ········· 001
    嘱托 ········· 002
    决战井冈 ········· 005
    勇当"排头兵" ········· 008
    立规矩 ········· 010
    率先脱贫树旗帜 ········· 014

卷一 ‖ 播火者 ········· 019
    满山满冈的歌声 ········· 020
    井冈山上的"普罗米修斯" ········· 024
    "老阿姨"龚全珍 ········· 029
    魂归井冈山 ········· 034
    井冈红谣的传唱者 ········· 041
    扶贫好声音唱响世界 ········· 047

卷二 ‖ 报道贫困宵遁 ········· 053
    精神高地的经济"洼地" ········· 054
    遇到了好时代 ········· 058
    "扶贫干部比亲人还亲" ········· 060

"共产党帮扶我盖起了新房" ································· 062
　　从贫困户走出来的扶贫人 ··································· 064
　　他将石蛙卵放归溪流 ··· 065
　　太阳能灯盏 ·· 068
　　享了共产党的福 ·· 071
　　扶贫满足了老表的心愿 ······································ 073

卷三 ‖ 驻村第一书记 ·· 079
　　曾润洲：坚定执着追理想 ··································· 080
　　周德茂：实事求是闯新路 ··································· 093
　　叶维祝：艰苦奋斗攻难关 ··································· 103
　　罗军元：依靠群众求胜利 ··································· 112

卷四 ‖ "大仓会见"变奏脱贫曲 ································· 121
　　穿越时空的"大仓会见" ····································· 122
　　吊楼守护者 ·· 126
　　"星火大仓"拉开帷幕 ·· 129
　　老支书的新故事 ·· 132
　　村支书是烈士后代 ·· 136
　　映日荷花别样红 ·· 142

卷五 ‖ "红军的一天" ·· 147
　　八角楼的灯光 ··· 148
　　"红军"回来了 ··· 152
　　红色传人 ··· 157
　　红军的苦与乐 ··· 161
　　蓝卡户 ·· 164
　　"好人榜" ·· 168

卷六 ‖ 案山"1+8+48"模式 … 171
  大山里的"苏莲托" … 172
  红墟坊"业态很新" … 177
  与春风一席谈 … 182
  返乡青年的舞台 … 187
  "一口香"有了落脚点 … 191
  红卡户的盖房梦 … 195
  从挑粮小道走来 … 198

卷七 ‖ 希望小镇的希望 … 203
  走进罗浮 … 204
  华润的"希望" … 207
  农垦精神 … 210
  米兰花+润农合作社 … 214
  老有所终,幼有所长 … 216
  乡贤乡约 … 219
  希望的田野 … 222

卷八 ‖ 芦笋基地变身扶贫车间 … 225
  芦笋基地 … 226
  党小组组长 … 228
  "芦笋人" … 233
  父子同心,其利断金 … 236
  "蔬菜之王"+冷链 … 239
  反哺是一种责任 … 241
  "温州人精神"+"井冈山精神" … 244

卷九 ‖ 梦想家园 … 247
  遥远的西坪 … 248

交钥匙工程 …………………………………………… 252
　　峡谷里的爱心公寓 …………………………………… 256
　　大庇天下寒士俱欢颜 ………………………………… 262

卷十 ‖ 神山笑脸 ……………………………………… 267
　　笑脸墙 ………………………………………………… 268
　　"你呀,干得不错嘞" ………………………………… 270
　　"党和政府只能扶持我们,不能抚养我们" ………… 274
　　解说注入了新词汇 …………………………………… 278
　　神山村走出去的全国人大代表 ……………………… 282
　　糍粑越打越黏,日子越过越甜 ……………………… 286
　　脸上的笑,比别人多一层意境 ……………………… 290
　　这辈子最得意的一张笑脸 …………………………… 295
　　心底荡起久久不散的暖意 …………………………… 298

附录 ‖ 作者深入井冈山各乡村采访名单 …………… 304

跋 ‖ 人民是阅卷人 …………………………………… 315

开卷 ‖ 殷殷嘱托

井冈山要在脱贫攻坚中作示范、带好头。

嘱 托

巍巍井冈，郁郁葱葱，层峦叠嶂，风光旖旎。井冈山，一座铸造了厚重民族魂的英雄之山，是中国革命的摇篮，中华民族不朽的精神家园。

2016年2月2日，对于井冈山来说，是载入史册的一天。井冈山的历史自1927年10月进入开天辟地的激情叙述，这一天再次掀开了浓墨重彩的崭新篇章。

春节前夕，习近平总书记应十二届全国人大江西代表们的邀请，来到江西看望慰问广大干部群众，首站就是井冈山。这是总书记继2006年、2008年后第三次上井冈山。须知，2016年是"十三五"规划的开局之年，也是全面建成小康社会决胜阶段的开局之年。

雪花飞舞，习近平总书记一大早便来到井冈山革命烈士陵园，向革命烈士敬献花篮。在开国元勋、牺牲烈士照片墙和烈士英名录前，习近平总书记认真听取讲解。他说，多来这里看看很有必要，要让广大党员干部知道现在的幸福生活来之不易，多接受红色基因教育。

井冈山革命烈士陵园位于茨坪北面的北岩峰上，顺山而上的宽阔平台台阶分为两组，共109级。第一组49级，象征1949年新中国成立；第二组60级，寓意陵园是在井冈山革命根据地创建60周年的1987年建成。陵园整体建筑包括陵园门庭、纪念堂、碑林、雕像园、纪念碑五大部分组成。纪念堂设有陈列室、吊唁大厅、忠魂堂。井冈山斗争时期有4.8万名革命英雄壮烈牺牲，吊唁大厅石碑上镌刻着15744名烈士的英名；为纪念3万多名无名烈士，大厅内特设了一块无名碑。千千万万的人民英雄,成就了井冈山的伟大。

习近平总书记来到茅坪八角楼革命旧址群,这里是他年青时就十分向往的地方,他饱含深情地说:"我们唱过《八角楼的灯光》……"

八角楼革命旧址群,位于茅坪乡茅坪村,茅坪河从旧址群一侧缓缓流过。当年毛泽东居住在左侧屋顶有一个斗八藻井的房间,故称为"八角楼"。1927年10月至1929年1月,毛泽东同志经常在此居住和办公,领导井冈山根据地的革命斗争,写下《中国的红色政权为什么能够存在?》《井冈山的斗争》两篇光辉著作。

习近平总书记缓步走过"枫石",踏过中共湘赣边界第一次代表大会会址,在毛泽东故居、朱德故居和士兵委员会旧址,认真察看,不时提问,了解情况。听说毛泽东故居的桌、床、凳都是原物后,嘱咐工作人员一定要保护好。

在八角楼革命旧址,习近平总书记和全国道德模范龚全珍、毛秉华以及革命烈士后代等围炉而坐,侃侃而谈。习近平总书记说,伟大的理想信念要有扎实的理论基础,井冈山道路是马克思主义中国化的经典之作,从这里革命才走向成功。行程万里,不忘初心。井冈山革命理想教育要坚持下去,希望你们继续作出贡献。

连日的雨夹雪,井冈山的道路显得有些湿滑,但这无法阻止习近平总书记探访的脚步。习近平总书记乘车沿着山路辗转来到黄洋界脚下的茅坪乡神山村,此时家家户户都贴上了春联,一派喜庆气氛。总书记的脚步踏入神山村,寂静的小村顿时欢腾起来。习近平总书记走进村党支部了解基层组织建设和精准扶贫情况,拿起台账和村居改造的设计图仔细翻看,不时询问。

沿着弯曲的村道,习近平总书记来到住在半山腰的贫困户彭夏英家,进厨房、看卧室、察看羊圈、娃娃鱼池、水冲厕所,不时询问生产生活情况并与彭夏英坐下来算一年的收入账。

习近平总书记来到红军烈士后代左秀发家门口,见村民在打糍粑,

他也拿起木槌,同村民一起打糍粑。

村路一侧挤满了前来看望总书记的群众,习近平总书记向大家拜年,与村民一一热情握手问候,他说:"我们党是全心全意为人民服务的党,将继续大力支持老区发展,让乡亲们日子越过越好;在扶贫的路上,不能落下一个贫困家庭,丢下一个贫困群众。这就要求我们必须坚定地走精准扶贫之路,坚持因人因地施策、因贫困原因施策、因贫困类型施策,让贫困地区人民情愿、主动、自信、坚定地走上脱贫致富的道路,早日建成全面小康社会,实现中华民族的伟大复兴。"

习近平总书记的声音久久回荡在神山村的上空。那是云彩一样的声音,村民们只要想起来,这声音就会从天空飘来。他们这辈子有缘,习近平总书记到神山村的音容笑貌,像一张碟盘一样储存进他们的大脑,不时又会打开播放。

在村民的回忆里,习近平总书记的一言一行,都深切关心着群众的冷暖。习近平总书记走访贫困家庭的一个个细节,像阳光、像雨露、像空气一样与神山村融合在一起。

习近平总书记殷殷嘱托当地党员干部:井冈山要在脱贫攻坚中作示范、带好头!

神山村是"十二五"期间省定贫困村,全村54户人家有13户贫困户。精准扶贫以来,神山村加大攻坚力度,通过推广毛竹加工,养殖黑山羊、娃娃鱼,种植黄桃等,对全村贫困户实现帮扶全覆盖,户户通水泥路,家家喝上自来水,用上水冲厕。尽管如此,神山村仍不算十分富裕。习近平总书记的到来,给神山村人以巨大信心和力量,一场更大规模的脱贫攻坚战就此展开。

当然,神山村只是一个点,由点及面,井冈山、吉安、江西乃至神州大地,一幅新时代"敢教日月换新天"的脱贫奔小康的豪迈画卷在地球的东方徐徐展开……

决战井冈

一个时代有一个时代的责任和担当。今天我们步入新时代，就要勇于担当，向贫困这块"硬骨头"决战，朝着攻城拔寨进行果敢冲刺。

东风浩荡，万山绿翠。在习近平总书记的重要嘱托指引下，江西发出了"决胜全面建成小康社会、建设富裕美丽幸福江西"的时代强音，奋力向千年贫困作最后宣战。

习近平总书记的殷切嘱托尚在耳际，吉安市委趁热打铁，通知全市领导干部到井冈山开会。传达学习习近平总书记视察江西特别是视察井冈山的重要讲话精神，强调要以习近平总书记视察吉安、井冈山为强大动力，做井冈山精神的坚守者和实践者，加快发展，加快脱贫。

这次大会就是一场脱贫攻坚的誓师大会，大家一个个摩拳擦掌、跃跃欲试。

大战在即，这不得不让人想起井冈山斗争时期，英雄的井冈山人民与英勇的红军一道，严阵以待，在强敌面前，取得了著名的龙源口大捷。龙源口大捷由新、老七溪岭战斗组成。在新七溪岭抢占望月亭战况万分紧急之时，军长朱德提起一挺机关枪亲自上阵，向敌人猛烈扫射。一颗子弹打穿了他的军帽，他仍镇定从容，命令攻坚小组干掉敌人的机枪。与此同时，老七溪岭那边一场恶战也开始了。王尔琢率部赶到茅管坳，敌两个团已先期抢占百步墩制高点。团长王尔琢与党代表何长工商议，决定组织作战勇敢、有战斗经验的党员、干部、老战士，组成冲锋集群，轮番向敌人冲击。统率冲锋集群的二十八团三营营长肖劲，在指挥冲锋集群轮番进攻时，腹部中弹，肠子顿时涌了出来。百步墩拿下了，但肖劲却倒下了……攻克难关总是有牺牲。"上面千条线，下面一根针。"扶

贫工作时间紧、任务重,需要干部们拼搏实干、辛劳付出。脱贫攻坚不仅流汗流泪,甚至也有流血牺牲。据不完全统计,近三年全国已经有100多名干部在脱贫攻坚工作中牺牲。

眼下井冈山的脱贫攻坚,与当年的朱毛红军克敌制胜有异曲同工之妙。当年的红军是冒着生命危险与强敌对阵,今天的党员干部,没有舍得一身剐的勇气,又怎能完成脱贫攻坚的伟业?

这是一场自上而下的党政军企各部门群策群力、奋力拼搏的大决战。正所谓"中央省市齐帮扶,科技企业八方助。军地三联齐发力,脱贫摘帽闯新路"。

我笨拙的笔无法生花,无从描绘井冈山脱贫攻坚战场的恢宏壮阔。这样一场战斗,在党的集中统一领导下,"动员各方力量人往一线派,集中各类资金钱往一线投,汇聚各界支持力往一线使",形成上下齐心"集中力量办大事"的工作合力,跳出扶贫的地域范围,广借外力,生发内力,实现"中央、省、市齐发动,省、市、县、乡、村五级书记齐抓落实"的脱贫攻坚格局。

井冈山老区脱贫奔小康,习近平总书记亲切关怀,殷殷嘱托;江西省委书记、省长多次深入井冈山调研并亲自挂点,共商脱贫大计,提出"精准、落实、可持续"的指导方针,作出"抓实抓细,经得起检验"的脱贫工作要求;吉安市委书记、市长率领吉安市17名市领导分别挂点一个乡镇,举全市之力帮助井冈山实现率先脱贫。吉安市17位市领导、126个市直单位、17家重点企业进驻井冈山,实现乡乡都有吉安市领导和实力企业"结对子",村村都有市直单位"结亲戚",户户都有帮扶干部"甩膀子"。2016年,井冈山共投入帮扶资金9162万元,仅吉安市直126个单位就投入帮扶资金和物资折款5634万元。

20世纪80年代末,科技部就开始对口帮扶井冈山,已累积下派帮扶人员92人,从推进科技扶贫入手,吹响了进军井冈山扶贫的号角。科技部从政策、项目、资金等方面给予全方位帮扶,通过国家星火计划、富民强县计划、科技支撑计划等支持井冈山立项326个、项目资金3.2亿元,培育了一批省级龙头企业、科技示范基地和科技示范户,为井冈山率先脱贫提供了巨大支持。井冈山茶厂就是科技帮扶的重点企业,在科技扶贫团的推动下,井冈山茶厂先后实施"万亩有机茶产品提升及加工""茶树品种改良及加工关键技术开发"等科技专项项目,为茶农科普有机茶病虫害防治和生产技术。井冈山茶厂现有茶叶基地两万余亩,年产值达8000余万元,共带动728户农民年增收80万元,带动200户贫困户年增收15万元,帮助1250户贫困户实现就业,成为科技扶贫的典范。

国有企业主动请缨加入扶贫行列。井冈山积极对接江铜集团和华润集团等企业帮扶计划。江铜集团捐资1亿元帮扶资金,助推井冈山脱贫攻坚;华润集团投资1.2亿元捐建希望小镇项目。民企也不甘落后,积极投身扶贫大军。井冈山市映山红瓷业有限公司捐资84万元,参与"精准扶贫大会战"活动。精准对接金源村、虎爪坪村扶贫工作,优先安排两个村的剩余劳动力就业,帮扶两个村的贫困户发展养殖项目,增加收入,捐资两万余元"爱心助学"帮助贫困户子女上学。

羊有跪乳之礼,鸡有识时之候。井冈山是南昌起义和秋收起义两大工农革命军主力部队会师的地方,会师后的队伍后来被称为"朱毛红军",是人民军队的源头。原南京军区与井冈山联动,拉开"三联"活动序幕,井冈山市人民武装部与华东五省一市发达地区先进人武部开展"三联"活动,结对帮扶井冈山脱贫攻坚战役。自2013年至2016年,各援建单位先后投入资金9000多万元,实施项目80多个,一大批路桥、安全饮水、镇村联动、环境改造基础设施工程迅速建成,直接受益群众达6万余人,使老区人民感受到"当年的红军又回来了"。

…………

一场没有硝烟的战斗——脱贫攻坚的大决战在革命老区井冈山轰轰烈烈地打响了。

勇当"排头兵"

脱贫攻坚,贵在精神。井冈山时刻不忘习近平总书记的嘱托,奋力向贫困宣战,全山上下,万众一心,演绎了一部可歌可泣的脱贫攻坚史诗。

扶贫开发工作已进入啃"硬骨头"、攻坚拔寨的冲刺期,为防止在最后关键期扶贫工作的懈怠,习近平总书记提醒广大党员干部:只要还有一家一户乃至一个人没有解决基本生活问题,我们就不能安之若素;只要群众对幸福生活的憧憬还没有变成现实,我们就要毫不懈怠,团结带领群众一起奋斗。

越是艰难,越要战胜困难,要有当"排头兵"的勇气。1927年10月,毛泽东率领工农革命军到达遂川,受到当地地主武装的突袭,部队被冲散,彼此失去了联络。毛泽东带领余部突围来到黄坳村,部队仅剩特务连党代表罗荣桓、连长曾士峨带领的30余名战士。战士们饥饿难耐、士气低迷,有的战士甚至流露出极端悲观情绪。这时,毛泽东挺身而出,精神抖擞地站立起来喊道:"现在来站队,我站头一名。"战士们被毛泽东的精神感染,一个个紧随其后,整队继续向井冈山前进。在队伍遇到困难时,毛泽东用自己的积极行动感染战士们,最终带领士兵们成功找到突围的方向,留住了革命的火种。毛泽东深受军民的爱戴,他凭借卓越的军事智慧和大将风度,带领人民军队走向革命的胜利。

井冈山要在脱贫攻坚中作示范、带好头,就是要在全国脱贫攻坚的伟大战场勇当"排头兵"。当年井冈山有"朱德的扁担",有配合红军削竹钉埋钉阵、制造滚木礌石的群众,"早已森严壁垒,更加众志成城",黄洋界保卫战的胜利为井冈山的巍峨挺拔又增添了英雄之色。今天,井冈山同样有一批勤勤恳恳为人民奉献的党员干部,有勤劳肯干的群众,何愁不能将"贫困"这个堡垒攻破？

从全国范围来看，随着扶贫开发工作的深入推进，贫困人口的情况也在发生变化，既有集中连片的特殊困难地区，也有零散分布的贫困村、贫困户、贫困人口，如何做到聚焦重点、深入攻坚？就是要改变过去"大水漫灌""撒胡椒面"的粗放扶贫方式，咬住"精准"不放松。

"精准"是攻坚脱贫的抓手，是贯穿整个脱贫工作的精神引领。打赢脱贫攻坚战，关键就是要找准问题、正视问题、解决问题。在精准识别过程中，井冈山创新提出"红蓝黄"卡分类法，即按照国家扶贫标准，将无力无业、贫困程度比较重的贫困户评定为"红卡"户，将劳动力少、缺资金缺技术的贫困户评定为"蓝卡"户，将2014年已脱贫的贫困户评定为"黄卡"户。建立"百姓档案"，确保"贫困户一个不漏，非贫困户一个不进，贫困原因个个门清，脱贫门路户户有数"。精准识别，采集户主姓名、家庭基本信息、收入现状、致贫原因、主要诉求等基本信息，摸清贫困人口底数，对红卡户、蓝卡户分门别类，建档立卡，确保准确、真实、可靠，实现了"户有卡、村有册、乡（镇）有簿、市有档案"，为实现帮扶对象精准、项目安排精准、资金使用精准、措施到户精准、因村派人（第一书记）精准、脱贫成效精准奠定坚实基础。

在全面摸清摸透贫困村、贫困户基本信息的基础上，大力整合多方资金，因地制宜，因人施策，充分依托贫困群众现有资源和自身优势"开方子"，把"有能力"的"扶起来"，"扶不了"的"带起来"，"带不了"的"保起来"，把"住不了"的"建起来"，"建好了"的"靓起来"。以"十大工程"为抓手，让"资金跟着穷人走、穷人跟着能人走、能人跟着产业走、产业跟着市场走"，把"血液"输到"静脉"，有效激活贫困群众的自我"造血"功能。

井冈山以坚实的举措解决"两不愁三保障"突出问题，大力推进义务教育均衡发展，着力解决医疗保障扶贫问题，全力确保住房安全，提高脱贫攻坚的针对性和实效性。

在脱贫攻坚和脱贫巩固提升工作中，井冈山市以扶志、扶技、扶智

三方面着手,大力推进志智双扶工程,涌现出了许多自力更生谋脱贫的典型,走出了一条可持续脱贫、稳定脱贫的路子。

有了担当"排头兵"的勇气,又确定了一整套精准扶贫的工作方法,井冈山全市上下齐心协力,信心满满,将精气神全方位投入到精准扶贫之中。

当年毛泽东魁伟的身姿朝队伍前一站,一支陷入悲观情绪的队伍又立刻振作起来,跟随毛泽东开拓新的前进道路。今天,一支朝气蓬勃的扶贫队伍,雄姿英发地穿梭在井冈山各个村寨,为脱贫攻坚挥洒着真诚的汗水。

井冈山要在脱贫攻坚中作示范、带好头。这是嘱托,更是冲锋号。井冈山巍峨挺立,它有信心和毅力成为全国脱贫摘帽的先锋和"排头兵"!

立规矩

2016年9月,正当井冈山全力攻坚克难的紧要关头,江西省委主要领导来到井冈山调研脱贫攻坚工作,随机走访大井林场荆竹山村贫困户李冬林家,看到帮扶牌上写有帮扶干部何桂强的手机号,便让随行的同志现场拨打帮扶干部电话,现场考核帮扶干部的作风。电话拨通,领导现场提问,帮扶干部何桂强对答如流,领导露出了满意的笑脸。何桂强面对省委领导的突击检查,临阵不乱,充分显示了帮扶干部高度的责任感和使命感。

井冈山制定了脱贫攻坚新"三大纪律":一是严守"一切行动听指挥"的政治纪律。牢固树立"抓脱贫就是讲政治"的思想认识,坚决落实中央的决策部署,坚决杜绝"虚假扶贫""数字脱贫"不良倾向,坚决兑现"不脱贫不脱钩"的帮扶机制。二是严守"不拿群众一个红薯"的群众纪律。所有帮扶工作队自带被褥、自带干粮，绝不增加群众负担。帮扶干部必须驻村入户，掌握实情，帮助贫困群众解决实际困难。三是严守"一切缴获要归公"的经济纪律。紧盯扶贫资金的管理使用，对扶贫资金的违纪违法问题一律零容忍，让每一分钱真正用到贫困群众身上。

在井冈山荆竹山，有一个叫"雷打石"的地方，因有块被雷电击破从山上滚落的巨石而得名。这里是当年毛泽东给自己的部队立规矩的地方。1927年10月24日，在荆竹山村村头旁的一片收割完的稻田里，毛泽东站在雷打石上，给即将进入井冈山腹地大井的队伍发表讲话。毛泽东赞扬了官兵们不畏艰难险阻坚持革命的精神，向大家介绍井冈山上的形势并宣布了三项纪律：一、行动听指挥；二、打土豪筹款子要归公；三、不拿老百姓一个红薯。随后，部队经双马石进驻大井村。

这是人民军队"三大纪律"的最早雏形。这三条纪律简朴而易懂，迅速成为全体官兵的自觉行动。自井冈山宣布"三项纪律"后，次年又在遂川宣布了"六项注意"，后来发展为我们熟知的《三大纪律八项注意》。以纪律为保障，不管是红军、八路军、新四军还是人民解放军，共产党带领人民军队浴血奋战、一往无前，取得了土地革命战争、抗日战争、解放战争的辉煌胜利。

如今，战火硝烟已远去，复兴征程再出发。面对前进路上的艰难险阻，特别是管党治党中的突出问题，我们党站在全面从严治党的高度，坚定地把纪律挺在前面。

斗转星移，日新月异。

从井冈山到全中国，从革命战争年代到决胜全面建成小康社会时期，我们党一直把纪律鲜明地写在自己的旗帜上。加强纪律建设、严明党的纪律也就成为我们党披荆斩棘、攻坚克难，永葆先进性和纯洁性的传家宝。

纪律，革命胜利的法宝，管党治党的标尺。为实现脱贫攻坚，其过程

并非一蹴而就,而是需要大量细致烦琐的工作。井冈山市委书记在一次脱贫攻坚推进会上,对各乡镇、林场的党政干部们不留情面地说:有谁觉得任务重而不能完成,有谁觉得困难大而难以战胜,可以提出来就地换岗、就地免职。这位井冈山脱贫攻坚总指挥长就是通过这种强调与提醒,让全市党员干部立下脱贫军令状。

井冈山创新建立党员干部"321"帮扶机制,即县处级以上领导干部帮扶3户贫困户、科级干部帮扶2户贫困户、一般党员干部帮扶1户贫困户,做到"乡乡都有扶贫团,村村都有帮扶队,一村选派一个书记,一个贫困户确定至少一名帮扶责任人",实现全山党员干部人人都参与脱贫攻坚,持续开展"党员干部进村户、精准扶贫大会战"活动。为确保脱贫攻坚的顺利有效进行,在机制上实行系列措施:成立市委书记为总指挥长的"大会战"指挥部;处级干部领衔扶贫团挂乡蹲点帮;建立包括党建工作小组在内的10个工作机构;60多名副处级以上领导干部带头挂乡包村联户;向25个乡、镇、场全覆盖派驻扶贫团,建立脱贫攻坚联系点;实现每个县级以上领导挂一个乡包一个村。真正做到全员发动,率先实现对全山贫困村、贫困户驻村帮扶的"两个覆盖",成立25个扶贫团、112个扶贫工作队,选派3000余名党员干部开展驻村帮扶工作。选派112名科级干部到村担任驻村第一书记,确保村村都有扶贫工作队和第一书记。

扶贫工作队和第一书记"真刀真枪"驻村帮扶,定下来后两年不变,自带被褥、自备灶具,进村入户、精准施策,不拔穷根不收兵。扶贫工作队和第一书记要求每月驻村工作20天以上,与群众同吃同住同劳动。并建立"召回"机制、选派问责机制,督促扶贫工作队和第一书记履行好工作职责。

对于扶贫工程款,做到精确监管,严查扶贫领域腐败问题。2016年9月,井冈山市纪委监察局收到群众举报,反映某村原党支部书记李某套取扶贫资金的问题。井冈山市纪委监察局组织力量深入调查,查明其套取危房改造补助资金1.35万元,李某受到党内严重警告处分的问责。谁敢动扶贫款,纪委就动谁。这是铁的纪律,容不得半点亵渎。

在井冈山革命博物馆里,陈列着革命烈士余贲民的照片。余贲民是红军的"管家",当年红军打土豪收缴的金条、金砖、金戒指等,都由他亲自保管。在他准备结婚时,岳母要求他送枚戒指给女儿,他断然拒绝说:"我这里是有不少的戒指、金条,但都是公家的,半个我也不能动。"

正是因为党制定了铁的纪律,任何人不管职位多高、功劳多大,都不得有超越宪法和法律的特权。刘青山、张子善贪污案被称为"新中国反腐第一大案"。严惩刘、张充分显示了刚刚执政的中国共产党旗帜鲜明反对腐败、坚定不移端正党风的决心。这种决心是基于我们党跳出"历史周期律"支配、"绝不当李自成",确保人民民主政权纯洁性的政治抱负,更是基于对一个政权执政规律的深刻认识和正确把握,体现了党在政治上的高瞻远瞩和深谋远虑。

党的十八大以来,以习近平同志为核心的党中央坚持有腐必惩、有贪必肃,一大批"老虎""苍蝇"被绳之以党纪国法。

…………

纪律是战斗力,更是民心。井冈山市委还推行"工作失职、军法处置"的脱贫责任追究制度,在全山形成了"谁干脱贫不称职,谁就脱帽"的氛围,保证了脱贫攻坚的有效推进。

在西柏坡纪念馆内,一块展板让习近平总书记久久驻足。这是中国共产党人"进京赶考"前定下的规矩。伫立展板前,习近平总书记一一对照着说:"不做寿,这条做到了;不送礼,这个还有问题,所以反'四风'要解决这个问题;少敬酒,现在公款吃喝得到遏制,关键是要坚持下去;少拍掌,我们也提倡;不以人名命名地名,这一条坚持下来了;第六条,我们党对此有清醒的认识……"

立规矩,是共产党人毫不含糊的党性。扶贫攻坚是一场伟大战役,立规矩更不能含糊。

来路当忆,前路可期。在井冈山雷打石立起的铁的纪律,犹如我们

党播下的一颗种子,在时代的不断变迁中、在各种艰难险阻的考验中焕发出新的生机,为党的肌体健康、全面建成小康社会和中华民族的伟大复兴提供了有力保证。在脱贫攻坚中,作为《三大纪律八项注意》的起源地,井冈山更要率先垂范,严守纪律,将这一优良作风传承下去。

率先脱贫树旗帜

"干打垒"的土屋,满地灰尘的泥巴路,凋敝的篱笆墙……一眼望去,一如残花败叶,给人们以萎靡不振的感觉。土灰色是其主色调——这是我们从神山村的老照片中所看到的。

仅仅三年,神山村旧貌换新颜。如今,神山村上空无人机拍摄的图像刷新了我们的视野:青山四合的村落,满目的青瓦、白墙、红灯笼充满了屏幕。土路变成了干净的水泥路。村前的溪流也用鹅卵石砌就,有了规范的护坡和溪岸。整个村子精神焕发,像一个着装整洁、迎娶新娘的帅小伙子。

"在扶贫的路上,不能落下一个贫困家庭,丢下一个贫困群众。"这是中国共产党人的庄严承诺、为民情怀和执政信念。

脱贫攻坚战的冲锋号已经吹响,一轴反贫困斗争的时代画卷在全方位展开。井冈山人民向着全面小康和中华民族伟大复兴中国梦的美好图景,发起新的冲锋。

当年,井冈山作为中国第一个农村革命根据地巍然崛起,造就了"多米诺效应",不仅在毗邻引起连锁反应,而且对全国一些边远根据地和游击区,也产生了广泛的影响,诸如:

——鄂豫皖根据地就提出"学江西井冈山的办法",并采取"集中作战""分散游击"等战术,成功建立了大别山军事根据地。

——湘鄂西根据地也学习朱毛红军,党的组织"以连为单位,每连建立一个支部,连以下分小组"的经验,使湘鄂西根据地的斗争进入一个新的发展时期。

——左右江根据地邓小平在百色起义胜利后不久,提出"学习朱毛红军""汇合朱毛红军"的口号,这支部队从广西千里转战来到江西苏区,与朱毛红军在赣南汇合。

——陕甘革命根据地也受到了井冈山斗争的深刻影响,习仲勋撰文曾谈到,1931年初陕甘地区党组织和领导人,在接到中共中央翻印的《井冈山前委对中央的报告》等文件后,认识到必须"像毛泽东同志那样,以井冈山为依托,搞武装割据,建立根据地,逐步发展扩大游击区,即使严重局面到来,我们也有立脚的地方和回旋的余地,现在最根本的一条,是要有根据地"。

…………

可见,在那个腥风血雨的黑暗中国,井冈山斗争的经验就已经在中国大地广泛推广,成为红色政权割据局面的模范和榜样,成为各地创建根据地的精神源泉。

2017年2月26日,井冈山市在全国率先脱贫摘帽,赢得了脱贫攻坚战胜利的第一面旗帜。这是井冈山又一次载入史册的壮举。江西省扶贫办负责人表示,2016年是全国脱贫攻坚年,井冈山在完成脱贫攻坚任务过程中,各项工作完成得非常扎实。井冈山市脱贫退出,是2016年国务院扶贫办委托第三方评估机构,经过各项数据详细评估后,由国家层面作出的脱贫退出的认定,因此位列全国率先脱贫退出的贫困县行列。4000多户贫困户"摘帽",悬挂在他们大门一侧的信息牌就此成为历史。

革命摇篮井冈山,又成为精准扶贫、精准脱贫的一块试验田。它的成功对贫困地区起到先导作用,对鼓舞其他贫困地区的扶贫脱贫具有率先垂范的引领作用。井冈山总结出一整套脱贫攻坚成功经验,成为脱贫攻坚的一面鲜艳旗帜。全国各地到井冈山来取"脱贫真经"的团队络绎不绝:

——来自四川省达州市宣汉县一行40多人,到井冈山考察学习了解了井冈山分类建立"红蓝黄"卡贫困户、标识标牌制作方式等脱贫经验后,表示将把学习成果与本地脱贫攻坚实际工作结合起来,进一步发扬和传承井冈山精神,做实做细脱贫攻坚各项工作。

——2017年4月,江西省抚州市乐安县委副书记、县长带队赴井冈山市学习考察脱贫攻坚工作。乐安县县长说,井冈山市在全国率先脱贫摘帽,为我们树立了榜样,提供了许多成功的经验和做法。我们将认真学习借鉴井冈山先进经验,把过硬的措施、扎实的工作作风带回去,确保如期完成脱贫攻坚工作目标。

——2017年5月,来自寻乌县的学习考察小组,实地参观学习井冈山产业扶贫及规范化管理等方面的工作经验后,寻乌县县长指出,井冈山在脱贫攻坚工作中攻坚突围精准、干部作风实、各项工作细、资金投入大、脱贫推进快、实践上有创新,我们要好好学习借鉴井冈山的经验。

——永新县是国家级贫困县。永新县委书记表示,将充分借鉴井冈山脱贫的经验和做法,大力弘扬跨越时空的井冈山精神,坚定信念、艰苦奋斗,确保全县73个贫困村全部脱贫。

…………

脱贫摘帽只是"万里长征走完了第一步"。接下来,必须把巩固脱贫成果、防止返贫与继续攻坚放到同等重要的位置,坚持"扶上马、送一程",建立健全稳定脱贫长效机制,努力让富裕和幸福"留得住"。这种实效与时效完美结合的脱贫成果,才是值得我们为之奋斗、孜孜以求的。

岁月不居,时节如流。

一场冬雪过后,井冈山和全国人民一道,迎来了又一个春天。

祖国建设不断传来新的捷报,中国制造、中国创造、中国建造共同发力,继续刷新着中国的发展速度和面貌。嫦娥四号登月探测器成功发射,第二艘航母出海试航,国产大型水陆两栖飞机水上首飞,北斗导航向全球组网迈出坚实一步……国家在实现富强的同时,广大人民群众也欣然步入了小康!

回首往事,历史会给今天作出某种启示。

1949年春天,解放战争即将取得全国胜利的前夕,毛泽东在西柏坡谆谆告诫全党:"夺取全国胜利,这只是万里长征走完了第一步。如果这一步也值得骄傲,那是比较渺小的,更值得骄傲的还在后头。在过了几十年之后来看中国人民民主革命的胜利,就会使人们感觉那好像只是一出长剧的一个短小的序幕。剧是必须从序幕开始的,但序幕还不是高潮。"

毛泽东所说的"一出长剧的一个短小的序幕"已经翻过。而今,我们跨入新时代,又欣逢中华人民共和国成立70周年,毛泽东预言的"过了几十年之后",中国人民能够看见"一出长剧"的"高潮",我想正是精准脱贫、全面建成小康社会之时。在实现第一个一百年奋斗目标即在2020年全面建成小康社会之后,那时的中国还可以说"这只是万里长征走完了第一步""好像只是一出长剧的一个短小的序幕",因为全体中国人民的伟大梦想是"实现中华民族伟大复兴"——这是自鸦片战争以来中华民族前仆后继,抛头颅、洒热血追求的共同理想——这也是毛泽东预言的中国人民演绎的历史长剧展开后循序而来的真正"高潮"!

党的十九大报告指出,实现中华民族伟大复兴是近代以来中华民族最伟大的梦想。中国共产党一经成立,就把实现共产主义作为党的最高理想和最终目标,义无反顾地肩负起实现中华民族伟大复兴的历史使命。

这些萦绕耳际无数遍的话语,说多少次都不感到累赘,就像能消除饥饿的食粮,每顿都要吃,每吃一次就长一分精气神。

实现中国梦的前提是全体人民必须脱贫奔小康。现在,脱贫攻坚的"最后一公里"正在攻克,小康社会正在不远的前方朝我们招手。

在井冈山拿山镇,一场反映井冈山革命斗争史的大型实景演出《井冈山》已上演整整10年,参与演出的600多名演员是周边的农民。井冈山每4人中就有1人从事旅游相关产业;全市旅游从业人员人均年收

入 2.4 万多元。时光荏苒,剧里剧外,人民都是最大的受益者。在距长路村不远的一条国道旁,灵芝产业园、九丰农业博览园、黄桃基地、猕猴桃生态园等渐次铺开,形成一条现代农业产业带。这些现代农业产业,是井冈山脱贫后防止返贫的一道坚固栅栏。

共产党人在井冈山交出的扶贫答卷,向老区群众证明了"诺必践、言必行、行必果",也向全国乃至全世界昭示:带领人民创造幸福生活,是我们党始终不渝的奋斗目标;为中国人民谋幸福,为中华民族谋复兴,是中国共产党始终不变的初心。

站在新时代的新起点上,我们要一如既往地紧紧依靠人民,为实现人民对美好生活的向往而不懈奋斗。中华民族伟大复兴,不仅是气势恢宏的大历史叙事,也存在于街头巷陌和柴米油盐的民生细节之中。

率先脱贫树旗帜。井冈山正与全国各地一道,身披新时代的万道霞光,正满怀信心地奔跑在"两个一百年"奋斗目标的路上。一列满载着中国梦伟大愿景的列车正在由远而近地朝我们驶来,我们正以接力赛跑的英姿朝着向往已久的中华民族伟大复兴的梦想奔去!

卷一 ‖ 播火者

传承红色基因,不忘来路,不忘初心。

满山满冈的歌声

啊呀嘞,
红军阿哥你慢慢走嘞,
小心路上呦就有石头,
碰到阿哥的脚指头,
疼在老妹的心里头……

未到井冈山,我就被这首歌声打动。我虽不会唱歌,但这首哀婉深情、缠绵悱恻的歌,将我的思绪带回到那段久远的红色岁月……

这是一首客家山歌,歌词是由当年红四军一名宣传员搜集整理并创作完成的。这名红军宣传员叫江治华,1927年参加革命,1929年红军主力下山,他给家中寄了一封书信,之后便杳无音讯。后查证,江治华牺牲在井冈山下庄村。他留给家里人的遗物就只有一本记录了30多首歌谣的歌本。

歌本是用当地土纸作坊生产的草纸写就。一行一行歪斜的字句,见证了那段烽火岁月不被人知晓的温婉情怀。歌本除了耳熟能详的《红军阿哥你慢慢走》,还有《过新年》《翻身紧随共产党》《送郎当红军》等红军歌谣。这些歌谣内涵丰富,旋律优美,讲述了当年红军闹革命,掀起轰轰烈烈的"打土豪、分田地"运动,目的就是让穷苦百姓翻身做主人,生活富起来、好起来。

这些歌本的继承人——江治华的孙女从这些歪歪斜斜的词句里,揣摩出了爷爷随军远征的音容笑貌。她时不时地用山歌曲调哼唱着这些歌词,这成为她一生宝贵的财富。

这位红军烈士后人就是江满凤。爷爷遗传给她的音乐天禀,使她成了一名井冈山红色山歌的传承人。她的工作很普通,是井冈山龙潭景区的一名保洁员,但这并不影响她成为一名井冈山精神的播火者。

2007年,庆祝中国人民解放军建立80周年的献礼巨剧《井冈山》在中国大地热播,由姚贝娜和孙维良共同演唱的主题歌《红军阿哥你慢慢走》,曲调婉转柔曼,撼动了无数观众的心弦。这首歌曲的原唱者就是红军烈士后代江满凤。

江满凤在龙潭景区做保洁员,每天从小井红军烈士墓前经过,心里都会不自觉地想起自己的爷爷。她的血管里流淌着红军烈士的血,身体的细胞里充斥着红色基因,这让她心头涌动着一种崇敬的情愫,不禁就会哼起那支歌——红军阿哥你慢慢走嘞,小心路上呦就有石头……

一开始她是小声哼唱,哼到忘情处,山谷的草木、瀑布和飞鸟似乎都在应和着她的歌声。她索性扯开嗓子,让声音跑到峡谷上空,传向远方。许多游客听见了她的歌声,会停下脚步,静静地品味。有的游客顺着歌声传来的方向,追寻到她的身边,打着节拍应和着歌声的旋律。她感受到了游客的喜爱,她的嗓音越唱越婉转。一些游客将她的歌声录下来,传到网上,让远在异地的人们也生发到井冈山听她唱歌的念头。

尤其是那些步行下山看龙潭瀑布的游客,下山时一身劲,上山就没有了气力。江满凤就站在高处唱起了客家山歌——

红军阿哥你慢慢走嘞,
革命胜利呦你回头,
老妹等你呦长相守,

　　老妹等你呦到白头……

　　有些游客听到歌声,受到鼓舞,精神随之振奋起来,应和着她的歌声朝上攀登。她的歌声能给人一种力量,像是战场上的冲锋号,能够给人鼓劲。这是她意外的收获,给了她更大的信心,唱歌的信念倍增。

　　一次偶然的机会,江满凤婉转动听的山歌《红军阿哥你慢慢走》飘进了导演金韬的耳朵。原汁原味的井冈山客家山歌曲调,一追溯,是当年红军宣传队员搜集创作,现在唱歌者竟然还是歌词搜集创作者的孙女,名副其实的"红三代"。一直为《井冈山》电视剧主题歌愁眉不展的金韬眉头一下子舒展开了,这下踏破铁鞋无觅处,得来全不费工夫,就它了——《红军阿哥你慢慢走》! 歌词情深意长,扣人心弦,催人泪下,旋律直击心灵深处。红军阿哥为了家、国和心中的理想,义无反顾地远去,背影消失在阿妹的视野里。

　　金韬作出决定,特邀江满凤去北京录制歌曲,并承诺给她一笔不菲的报酬。这对于做保洁员的江满凤来说,上学的两个女儿和常年在外务工的丈夫,都无疑急需这笔巨款来缓解家庭压力。但她经过权衡,还是决定放弃自己原唱的酬金,唯一的要求就是在片尾"歌词作者"加上爷爷江治华的名字,以此来纪念爷爷,更让爷爷和那些烈士们永远活在人们的心中。

　　歌词是爷爷搜集创作的,原唱又是她本人,按理她索要一定的酬金是顺理成章的,并不过分。但江满凤不是这样想的,她认为,爷爷是革命者,将生命都奉献给了革命,他的任何遗产都是应该奉献给社会的,后人不应该据此做发财的美梦。自己唱爷爷的歌,是对爷爷的怀念,也是对自己心灵的慰藉,怎么能用怀念爷爷的歌去换钱呢?金韬被她的诚挚打动,被她的奉献精神打动。江满凤的人生境界得到了升华,她需要钱,但又不唯利是图。她眼中有着高尚的价值观,那就是钱很重要,但是精神却是无价的。

　　从北京回来后,面对家人的不理解和朋友的质疑,江满凤心底坦然，她向大家耐心而真诚地表明自己的心迹：我是红军的后代，爷爷没能看见新中国诞生，我能有幸把爷爷留下的红歌唱到首都北京，这是我的最大心愿。现在拍摄《井冈山》大型电视剧，展现当年红军的英雄伟业，我很期盼这部电视剧拍好，为包括爷爷在内的红军树碑立传，是我们井冈山人的荣幸。我没想到自己能唱着爷爷的歌去北京，还能让这首歌作为这部电视剧的主题歌，这是做梦也没想到的事。如果不是金韬导演看中了这首歌，我的心愿也实现不了。我无偿为《井冈山》电视剧献唱爷爷的歌，就算是我为井冈山根据地创建80周年做的一点贡献吧。

一些演出机构看她有可挖掘的潜力，想包装她推上舞台，但江满凤有自知之明：我长得不漂亮，干的是卖力气的活，让我去减肥上镜，我做不到。市里想安排她去做宣传和接待工作，她说：我大字不识几个，干不了文化人的事，我觉得拿扫把比拿笔杆要轻松！

行走在井冈山的山道上，突然耳际飘来那首婉转的歌。山的深处，回荡着柔美动听的歌声，那是江满凤的声音吗？我循着歌声，眼前似真似幻——

那场烽火岁月，眼前出现了阿妹的形象，哀婉的歌声，揪人心魄的眼神，望着自己心爱的人像星辰一样消失在风云变幻的远方。然而，戴八角帽的阿哥在黑暗中觉醒，毅然投身烈火与热血交织的图腾里。战火像炉火，战士是铁，在战火中锤炼成钢。支撑阿哥走向远方的，是内心恒定的信念和不屈的精神。

此刻，正是映山红开放的时节。在井冈山，映山红像雾一样铺满山冈，每一朵都开得那么热烈、鲜艳、耀眼、灿烂，就像红军阿哥饱满的青春和滚烫的热血，也像阿妹娇嫩而羞涩的脸。红军阿哥的背影，像阿妹思念深处的意境，这意境渲染着翠绿的山冈、鲜红的旗帜和昂扬的精神。

江满凤在小井医院斜对面开了一家满凤酒楼，许多游客冲着她的歌声到酒楼就餐。江满凤富裕后心系困难群众,从2013年开始,她已资助贫困大学生60多名,向黄坳乡中心敬老院捐棉被和生活用品每年约两万元。2016年,江满凤了解到敬老院的厨房简陋破败,便毫不犹豫捐赠人民币5万元用于修建厨房……江满凤说,如果我们大家都拿出一份力量来帮助贫困户和需要扶持的人,那贫困现状就会得到改观。现在,精准扶贫的春风吹遍中国大地,全体中国人民同步进入小康社会的这一天就要来到,衷心祝福祖国早日实现中华民族伟大复兴的中国梦!

井冈山上的"普罗米修斯"

希腊神话中,宙斯拒绝给人类为了完成他们的文明所需的最后一物——火。机敏的普罗米修斯想出一个办法,他摘取木本茴香的一枝,走到太阳车那里,当它从天上驰过时,他将树枝伸到它的火焰里,直到树枝燃烧。他持着这火种降到地面,将火带给了人类。

早就听闻井冈山有一位普罗米修斯式的播火者——毛秉华,我一直想去拜访他。

毛秉华出生于1929年1月,中共党员,井冈山革命博物馆原馆长,离休后开始义务宣讲井冈山精神。耄耋之年的毛秉华,几年前做过心脏搭桥手术,但他不顾家人的担心和反对,仍然坚守在宣讲第一线。半个世纪如一日,他义务宣讲井冈山精神报告两万余场,每年讲课300多场,听众累计达220万多人次,而且从不收取讲课费用和任何礼品。

毛秉华是泰和县上圯乡人,父亲是苏区干部,比他大20岁的哥哥在第三次反"围剿"老营盘战斗中牺牲。20世纪60年代,他从江西省总工会下放到井冈山支援老区建设。命运将他安排到革命摇篮井冈山工作,是他生命中的惊喜。

1968年,毛秉华调任井冈山革命博物馆馆长,他觉得这是上天对他的眷顾和垂青。从那天起,他就把宣传井冈山精神当作自己神圣的职责。他从收集井冈山斗争史料开始,跑遍了湘赣两省边界各县的农村,还到北京、长沙、广州、闽西、赣南等地拜访老红军及其亲属,收集了革命文物20多件。也就是从这一年开始,他开始了义务宣讲生涯。老红军的事迹感染了他,他想让更多的人了解井冈山革命斗争史和井冈山精神。宣讲井冈山精神,他的人生境界得到了升华,他以井冈山精神严格要求自己。若一个讲井冈山精神的人都不能做到严于律己,又怎么站在讲台上给别人讲授井冈山精神呢?他给自己定了"四不"原则:不吃请、不收讲课费、不参加当地安排的旅游活动、不收任何礼品。"三大纪律八项注意"起源于井冈山,他说,我们要守护井冈山精神,首先自己要做到纪律挺在前面。

从头发乌黑讲到银发稀疏,他充满激情的讲述,诠释着他的宣讲人生。许多来井冈山参观的游客,都想听到他对井冈山精神的注解与诠释。为了满足听众的渴求,他经常带病坚持上课。他说:"让我离开讲台,一天不去上课,我倒显得病情更严重。"他常常上午在南昌讲课,下午赶回井冈山,晚上又为外地参观者讲课。讲台就是他的战场,他就是战士,在这一方没有硝烟的阵地上,他生命不息,战斗不止。

他被人们赞为"井冈山精神第一宣传员"。他的宣讲精神,也融入井冈山精神之中,成为井冈山精神的一部分。

我辗转找到毛秉华的手机号码,想与这位令人崇敬的播火者见上一面。电话那头传来他亲和的声音,他说,前几天不慎摔一跤,正在医院住院治疗。我说:"我想看看您,并参观一下您的工作环境。"毛秉华在市里的医院,我在山上,去看他一时不方便。他让我去"毛泽东同志旧居"找他的孙子毛浩夫,让毛浩夫带我去"毛秉华工作室"参观。

在茨坪毛泽东同志旧居,见到中等个头、偏瘦,身上有一股羊奶酪味的毛浩夫。通过简短交流,我了解到毛浩夫是英国赫尔大学会计与金

融专业研究生毕业的"海归"。

他手持小蜜蜂主机讲解着,面前站着两排穿红军军服的青年学员。学员们佩戴着接听的耳麦,正全神贯注地听讲。尽管现场有十几个参观小组,但因为有了扩音器耳麦,整个现场显得安静极了。以前没有扩音器耳麦,讲解员之间的声音互相搅和在一起,显得现场极其嘈杂、混乱。看来,先进的设备也能使环境大为改观。

下班后,毛浩夫领我去位于井冈山宾馆二楼的"毛秉华工作室"。工作室是宾馆的一间小会议室,布置着桌椅、书架、文件柜之类的物件,墙上张贴着活动时拍摄的照片。

毛浩夫回国后先在南昌一家企业任职,2017年8月起正式入职江西干部学院,成为一名宣讲井冈山精神的现场教学老师,也是专职的英文讲解老师。茨坪毛泽东同志旧居是他的义务讲解单位。从事红色宣讲工作以来,他的讲解饱满、生动,赢得了听众的喜爱。他重点讲解领袖人物故事,比如"毛委员多谋善断""朱军长带兵有方""彭德怀顾全大局"等,用领袖人物的故事感染游客。

从毛浩夫身上,我看到了毛秉华青年时期的影子。

毛浩夫是毛秉华先生培植的一株壮苗。毛秉华近年渐感年事已高,他焦虑自己讲不动了,谁来接他的班呢?这可是自己在习近平总书记面前承诺过的,岂能当儿戏?

2016年2月,习近平总书记到井冈山考察,在八角楼革命旧址亲切接见了全国道德模范龚全珍、毛秉华以及革命烈士后代,畅谈革命理想和信念。

毛秉华以自己一生宣讲井冈山精神的追求和实践,向习近平总书记承诺:不仅自己要讲到生命的最后一刻,还要让自己的儿子孙子讲下去,将来孙子的孙子还要继续讲下去,让井冈山精神代代传。

毛秉华对自己的儿子是有信心的。儿子毛汝亭是中共江西省委党史研究室处长,有扎实的党史研究功底。他对儿子说:"你退休了就回井冈山来讲课,井冈山需要你,井冈山精神要代代传。"毛汝亭说:"您老讲了一辈子井冈山精神,我退休后应当接着讲,让井冈山精神需要代代传。"父子俩简洁的对话里就有好几个"井冈山精神",这是这个家庭的传家宝。

毛汝亭曾参与创作电视专题片《共和国之魂》,搜集素材时,他拜访过宋任穷、萧克、江华、曾志等30多位井冈山老红军。2017年,毛汝亭退休,毅然决然来到井冈山,他说这是自己的第二次生命。他追随父亲,将余热播撒在宣讲井冈山精神的讲台上。毛汝亭讲井冈山斗争史有自己独特的内容,拜访老红军的故事就是一个生动的亮点。通过这些老红军的精神品格来阐述井冈山精神,井冈山精神顿时鲜活起来,学员们听得更加专注并受到极大感染。

只让儿子讲还不够,毛秉华的视线越过儿子,看见了背后更年轻的一代,那就是自己的孙子毛浩夫。

有一天,毛秉华将前来看望自己的毛浩夫带到井冈山南山火炬广场,语重心长地对他说:"今天我领你到这里来,就是了却一个心愿。去年习近平总书记来井冈山考察时,我向他承诺了,要把井冈山精神世世代代讲下去。我现在年纪大了,身体又不太好。我把长期以来讲井冈山精神的内容和提纲交给你,这是个接力棒啊,你要继承好,讲得更好,写得更好。"

毛浩夫接过爷爷的讲稿,心里顿时沉甸甸的。他知道,爷爷年近九十,确实年事已高,此番讲话,似乎在交办后事。爷爷宣讲井冈山精神一辈子,虽然现在父亲也来到井冈山开始了宣讲生涯,但毕竟他也是个退休的人,爷爷希望看到更年轻的一代来接替他。

毛浩夫捧着爷爷的讲稿,将它抱在胸前,像抱着一束火炬,他心底亮堂起来。眼睛是心灵的窗户,这束亮光照见了爷爷,爷爷的眼睛也顿时亮堂了起来,精神倍增。

"终于后继有人了,有你接班,我可以放心了!"毛秉华拍着孙子的

肩膀道。说实在的,毛秉华对今天的"八〇后"一代也是有些担心的,他们成长在共和国的温室中,没有经过风雨磨砺。社会上不少人诋毁"八〇后"是"垮掉的一代",对"八〇后"的质疑明显带有偏见。毛浩夫能够从一个优渥待遇的工作环境转变到传承红色文化的工作环境中来,令毛秉华有一丝意外的感动。时代在前进,青年也在成长。正如习近平总书记2014年5月4日在同北京大学师生座谈时指出的那样:"每一代青年都有自己的际遇和机缘,都要在自己所处的时代条件下谋划人生、创造历史。青年是标志时代的最灵敏的晴雨表,时代的责任赋予青年,时代的光荣属于青年。"毛秉华从孙子身上看到了青年的未来。

火炬广场,矗立着一支支火炬,将整个山冈点亮。这是"星星之火,可以燎原"的象征。爷爷带他到这里将接力棒交给他,寄寓火炬需要一代代传承下去。

从"英国海归"到"红色讲解员",这种身份的转变对毛浩夫而言并非易事。因为自己并非科班专业出身,此前对于井冈山斗争的历史也并不熟悉。第一次站在井冈山茨坪革命旧址群,拿着扩音器面向游客讲解历史时,毛浩夫声音发颤。他眼前立刻出现爷爷的形象,爷爷的眼神像一道电光,鞭策着自己。他很快调整情绪,稳定心神,讲解圆满结束,赢得了大家热烈的掌声。

爷爷一生简朴。房间中除了一张旧书桌、一把旧藤椅、一张旧床、一台旧彩电之外,只有成堆的书籍报纸和杂志。他关心下一代,不惜将自己的稿费收入捐献给爱心助学,并利用自己的社会影响力为15所中小学筹资1100多万元,解决学校的危房改造、校舍扩建、道路不通等问题;个人捐款累计达20多万元,帮助180多位家庭贫困的大、中、小学生上学读书……毛秉华自己的生活十分节俭,对别人却无比慷慨,很多人称他为"活雷锋"。

毛浩夫说:"爷爷是无数热爱井冈山这片红土地的人中普通的一个,爷爷对共产党和毛主席的热爱是发自内心的。共产党改变了中国人民的命运，有良心的人都知道感恩。爷爷说得最多的两个字就是'感恩'。我能回到井冈山，从爷爷肩上接过这副担子，是人生最幸福的事情。"

毛秉华在生命最后的日子里，经常带着毛浩夫去井冈山各个乡镇进行调研，让他更加深入地了解红色故事、领悟井冈山精神。

毛浩夫的面前有一座丰碑。爷爷的一言一行烙在他的脑海里。爷爷的人格和情操，激励着他，成为他人生需要攀登的一座高峰。

井冈山精神代代传，从最初的星火而后凝聚成的火炬不能熄灭在我们手中，必须一代代传递下去，而且要让越来越多的人参与到当中来，让更多的人将这束火炬传递到远方，传递到后世，一辈辈向着光亮前行。

毛秉华于 2018 年 7 月 23 日病逝。毛浩夫告诉我，爷爷生前牵挂着扶贫工作，2016 年春节过后，爷爷率毛秉华工作室的工作人员，来到习近平总书记不久前考察过的茅坪乡神山村开展调研。爷爷了解到神山村的基础设施建设、产业发展、土坯房改造等情况后，决定个人捐款 10 万元钱，资助茅坪乡用于脱贫攻坚工作。爷爷说："这是以微薄之力表达我对党、对人民的感恩之情。"

"老阿姨"龚全珍

"老阿姨"是龚全珍的尊称。这个称谓已经成为她的专属名词。

"向老阿姨表示致敬！"2013 年 9 月 26 日，中共中央总书记习近平在北京会见第四届全国道德模范获得者，在全场目光的聚焦中，习近平总书记特意走到龚全珍老人的身边，与她亲切交谈，并给予高度评价。

2014年1月30日，龚全珍受邀出席中央电视台马年春晚并代表全国道德模范致辞，歌手韩磊演唱以龚全珍事迹创作的歌曲《老阿姨》，感动了全国观众。那一刻，坐在台下的92岁老人龚全珍眼睛里饱含泪水。

2014年2月10日20:00中央电视台综合频道播出"感动中国2013年度人物"，守护开国将军梦想、为群众服务的道德楷模龚全珍荣列其中。

以全国道德模范龚全珍真实事迹改编的电影《老阿姨》，于2016年7月22日在中国内地上映。影片讲述了甘祖昌将军与龚全珍老阿姨相携一生的革命情感，以及为教育无私奉献的大爱精神。

……

一系列荣誉，属于这位96岁仍然在默默奉献的老人。习近平总书记称她为"老阿姨"，媒体称她为"将军夫人"，乡亲们称她"龚老师"，一些受她捐助的人亲切地喊她"龚妈妈""龚奶奶"……

龚全珍，1923年12月出生，山东烟台人，现居江西莲花县琴亭镇金城社区，西北大学教育系毕业，是开国将军甘祖昌的夫人。1957年8月，甘祖昌主动向组织上辞去新疆军区后勤部长职务，回家乡江西省莲花县坊楼乡沿背村务农，龚全珍相随而归。那一年，她34岁。

开国将军当农民，甘祖昌是新中国第一人。

龚全珍完全理解和支持丈夫的决定："老甘不是一个普通的农民，正像他说的那样，活着就要为国家做事情，做不了大事就做小事，干不了复杂重要的工作就做简单的工作，决不能无功受禄，决不能不劳而获。"

从新疆到江西，全家11口人的行装只有3个箱子，却带了8只笼子，里面装着新疆的家禽家畜良种。当时甘祖昌每月工资330元，生活上却十分节俭，把三分之二的工资用来修水利、建校舍、办企业、扶贫济困。他一共参加建造了3座水库、4座电站、3条公路、12座桥梁、25公里长渠道。龚全珍全力配合丈夫,也把自己工资的大部分花在支援农村建设上。回到莲花头几年,她没有做过一件新衣服。

龚全珍在家里闲不住,步行25公里到莲花县文教局联系工作,被分配在九都中学任教。这所学校条件很差,只有3名老师,但她一点也不嫌弃,第二天就搬铺盖去了学校,开始把自己赤忱的爱投入这片红土地。

1961年,县文教局安排龚全珍到坊楼乡的南陂小学当校长,她在那里一待就是13年。后来,她又被调到离家不远的甘家小学当校长,依然还是老作风,吃住在学校,全身心地扑在工作上。

1986年3月,甘祖昌将军因病逝世,一只铁盒子是他留给妻子和儿女唯一的遗产,里面用红布包着3枚闪亮的勋章。

离休后,龚全珍积极开展革命传统教育和理想信念教育,倾力捐资助学、扶贫济困,创办"龚全珍工作室",服务社区、服务群众,从青春岁月到耄耋之年,为广大群众做了大量的实事、好事,受到当地干部群众的尊敬和爱戴。

在旁人眼里,龚全珍做的都是一些平常小事。但就是这些看起来平凡的小事,改变了许多人的生活。这位老阿姨,是将军夫人、学校老师、小学校长,同时也是街坊邻居的阿姨。她将有限的生命放大到无限的精神追求之中,让自己平凡的生命羽化成令人赞叹的伟大。耳际传来《老阿姨》的旋律——

> 光荣岁月里,不变的赤子心,
> 种在泥土等待盛开的记忆。
> 你的皱纹已和山川连在一起,
> 本色成为你感动中国的传奇。
> …………

2013年11月6日,"龚全珍同志先进事迹报告会"在北京人民大会堂举行。龚全珍的事迹是党的群众路线教育实践活动的鲜活教材,充分展示了信仰的力量、精神的力量、道德的力量,她用自己的实际行动,传承了中华民族的传统美德,弘扬了我们党的优良作风,践行了为民务实清廉的价值追求。

在报告会上,江西省莲花县委的同志用自己的亲身经历向全国人民报告龚全珍同志的事迹时讲道:上小学的时候,就在课文里读到莲花县有一个回家当农民的将军,叫甘祖昌。到莲花县工作后,他就怀着崇敬的心情拜访了甘将军的夫人——龚全珍,开始近距离接触龚老。龚老一生有三次选择:第一次选择是跟定共产党,参加解放军;第二次选择是追随甘将军,建设新山村;第三次选择是紧跟新时代,奉献一辈子。

1986年,甘将军因病去世。回顾过往的人生,龚全珍曾有这样一段内心独白:"人生得一知己足矣。我得到了祖昌,对他尊敬多于爱恋。他虽不像知识分子那样温情,但我们也有许多共同之处,对生活要求不高,为理想可以贡献出一切。"龚全珍常以甘祖昌为镜子,查找自己的缺点和不足。她在日记里写道:"祖昌不仅不要国家照顾,还拿出大部分工资支援农业。我这个离休干部为党做了什么呢?我这名党员,又为社会贡献了多少呢?"

年过九十的龚全珍,还经常步履蹒跚地走到学校、农村、机关宣传革命理想信念和新时代新变化。她从不要公车接送,从不在宣讲单位用餐,从不要一分钱讲课费。她用一辈子的坚守和行动,告诉我们应该怎样无愧于共产党员的光荣称号,告诉我们应该怎样全心全意为人民服务。龚老常说:"活到老,就要奉献到老。"现在,龚全珍又在着手成立一个爱心救助基金会,把各级组织看望她的慰问金和自己的稿费、奖金等,都捐到基金会,以帮助更多的人,也带动社会各界关心、帮助困难人群。

龚全珍有个好习惯,她会将每日的所思所想记在本子上,积累下来有46本之多。这些日记，被记者江仲俞整理出来，由人民出版社和江西人民出版社联合出版，书名为《龚全珍日记选》。这些日记本，保存最早的写于1966年，有的本子在岁月风化中发黄、塑料封面老化；本子的大小也不同，有的是会议上发的记录本，有的是孩子们的作业本。

龚全珍的日记里有这样一段记录："为了救润娇，我不得不把仅有的存款奉献出来了。我想，钱以后还能有，生命只有一次，救人要紧。"在报告会上，润娇的女儿——萍乡实验学校教师彭艳峰深情讲述了龚全珍多年来对自己家庭的无私照顾。彭艳峰的母亲润娇得了白血病，因为没有钱打算放弃治疗。在最无助的时候，龚全珍从银行取出了当时所有的存款，给润娇治病。"虽然最后妈妈还是离开了我们，但我没有倒下去。没有了妈妈，我们还有奶奶，我不怕！"彭艳峰热泪盈眶。

"感动中国"年度人物评选活动被誉为"中国人年度精神史诗"。2014年2月10日晚，中央电视台播出颁奖盛典，评选者在"推选理由"中这样说："读她，我懂得了什么是理想主义，而理想主义者可以如何无私。读她，可以让今天的领导干部们净化一次灵魂。"主持人宣读了给龚老的颁奖辞：

少年时寻见光，青年时遇见爱，暮年到来的时候，你的心依然辽阔。一生追随革命、爱情和信仰，辗转于战场、田野、课堂。人民的敬意，是你一生最美的勋章。

守护开国将军梦想、全心全意为群众服务，这是人们对年逾九旬的革命老人龚全珍的评价。而今，我们看到祖国大地，到处是鲜花和绿草、高楼和大厦，一派春意盎然的新时代景象。老阿姨虽然年已96岁，但她的故事、精神依然如春风拂面，在大江南北广为流传。

有幸访问"老阿姨"龚全珍，我向她讲述自己查阅资料时找到一处甘祖昌为井冈山瓷业发展献计献策并筹措资金的故事。20世纪70年代，

宁冈县想利用本地的瓷土资源发展瓷业,但苦于没有资金,当地政府派人到莲花请来甘祖昌将军。甘祖昌是从井冈山走出去的老红军,对井冈山有深厚的感情,见到当地政府发展产业、解决群众就业的强烈愿望,备受鼓舞。宁冈是当年朱德、毛泽东率领工农革命军会师的地方,他给瓷厂命名为"会师"瓷厂,用意深远。甘祖昌趁自己进京开会的机会,向中央提出支援井冈山老区建设的要求,得到批准,中央拨付宁冈县45万元,国营宁冈会师瓷厂红红火火地办起来了。就此,瓷业成为井冈山一段时期里的支柱产业,解决了大批群众的就业,为井冈山摆脱贫困做出了巨大贡献。

龚全珍了解到我在井冈山深入生活采访脱贫攻坚事迹,欣然在我的采访本上写下"牢记总书记嘱托,发扬井冈山精神,打赢脱贫攻坚战"。顿时,我感受到自己承担的创作任务艰巨而光荣,也深切体会到老一辈共产党人心系扶贫事业的拳拳之心。

值得欣慰的是,在龚全珍精神激励下,她的女儿也开始步入宣传甘祖昌将军精神的行列。三女儿甘公荣受聘于中国井冈山干部学院,以访谈教学的形式讲述甘祖昌回到家乡后如何帮助家乡修水利、桥梁、道路,如何种粮种果、植树造林,还讲述母亲如何支持父亲,在自己的本职工作中尽心尽职的事迹,使井冈山精神在新时代铸就新的辉煌。

魂归井冈山

石金龙,一名垦殖场的退休职工,是井冈山时期老红军、中组部原副部长曾志的孙子。退休后,他在江西干部学院给学员们讲述奶奶曾志的故事。

他朴实的语言,讲述着老红军真实的人和事,让在场的所有人听得喉结发紧,眼眶湿润。我几次抑制自己快要哭出的声音,但还是忍不住掉下了眼泪——

曾志,1911年5月2日生于湖南省宜章县城关镇,是中国共产党史上著名的女红军、巾帼英雄、"现代花木兰"。她原名昭学,1926年8月考入衡阳农民运动讲习所,报名时改名"曾志"。同学问:"为什么要改名?"她回答说:"我就是要为我们女性争志气!"同年10月加入中国共产党。为了成为一个彻底的革命者,曾志给母亲写信,并在时任县妇女协会会长彭镜秋的帮助下,坚决解除了父母包办的婚约。

曾志毕业后,担任农协妇女干事,与夏明震结成了革命伴侣。婚后不久,年仅21岁的夏明震被反革命分子残忍地杀害了。曾志没有被敌人的嚣张吓倒,她化悲痛为力量,继续战斗。

曾志调任工农革命军第七师党委办公室秘书,与该师党代表蔡协民结婚,并追随朱德、陈毅上了井冈山。

1928年11月7日,曾志在井冈山大井生下一个男孩。孩子出生26天后,曾志把孩子托付给了王佐部副连长石礼保,之后,到小井红军医院任党总支书记。

石礼保是工农革命军第三十二团的一名副连长,蔡协民是三十二团的党代表,对这名部下的情况也很了解。石礼保的妻子不久前生下一个孩子,因不幸夭折而悲痛万分。听说首长的孩子要给自己寄养,正好可以抚平妻子一颗失落的心。将孩子寄养给这样的人家,曾志心里的一块石头也落了地。

两个月后的1929年1月,曾志接到毛委员派人送来的纸条,指示她迅速做好医院的交接手续,调任红四军组织科干事,随红四军主力下山。

在战火纷飞的年代,托付给战友的孩子,已成了曾志深藏心中的牵

挂。因为在红军离开井冈山之后,井冈山陷入白色恐怖之中。后来,彭德怀率部收复了井冈山,但不久后井冈山再次落入敌手,直到1949年后,井冈山才回到人民手中。

曾志的孩子跟随养父改姓石,名字叫石来发。井冈山失守后,石来发的养父母被国民党反动派残忍杀害了。石来发与60多岁的且双目失明的外婆相依为命。为了生活下去,外婆就让年仅6岁的石来发用棍子牵着,挨家挨户要饭。外婆提着破篮子,里面装着两个碗、一个米袋。婆孙俩挨家挨户地乞讨,就这样,石来发靠吃百家饭长大!

新中国成立后,曾志担任广州市委书记。天下太平了,她越发思念起寄养在井冈山的孩子。她多方托人打听寻找,一个好消息传来,中央革命老区慰问团经过不懈努力,终于找到了自己当年寄养的儿子石来发。

曾志悬着的心终于落下了,而此时的石来发已经在村里分了田地,娶了媳妇。1952年,井冈山有关方面专门派人将石来发送到广州。

时隔24年,曾志母子终于团聚了。

自己只养了26天,就将儿子寄养出去了。孩子要饭艰难求生长大,现在回到了位高权重的母亲身边。此时的曾志,想竭尽全力弥补这份缺失的母爱。

石来发在广州待了20多天,曾志安排他白天到工厂上班,晚上去夜校读书。一天,石来发对母亲说了这样一番话:妈妈,这些天我想明白了,我要回去为外婆养老送终。你让我在城里工作和生活固然好,但家中的外婆双目失明,我是她唯一的亲人,我不能扔下她。石来发还说了一句让曾志心里一震的话:如果我到了广州,井冈山父母那边连上坟的人也没有了。

井冈山的水土养育了儿子,儿子与外婆相依为命20多年,外婆哪能没有了自己一手拉扯大的孙子呢?曾志被儿子的想法深深感动,她感到欣慰。虽然石来发没有读过书，但石来发懂得一个朴素的道理，那就是感恩。如果没有外婆以及当地的乡亲帮助，哪有自己的今天？

石来发就这样失去了进城的机会，从广州返回了生他养他的井冈山，继续当他的农民！

这里有他的外婆，有他熟悉的土地，还有他新婚的妻子。他舍弃不下这块土地。

石来发从亲生母亲曾志那里了解到，自己出生时的父亲是蔡协民。蔡协民是从井冈山走出去的革命烈士，石来发引以为荣。1964年，他改名为蔡石红——蔡协民的蔡，石礼保的石，红军的红。他在井冈山做护林工作，几十年不辞辛苦地在崇山峻岭之中巡逻，为井冈山的绿色生态兢兢业业地工作。

2008年6月27日的《扬子晚报》刊登了陶斯亮（曾志和陶铸的唯一女儿）写的一篇文章，披露了一个真相：原来一直认为石来发是蔡协民的儿子，曾志临终前默认了石来发是第一任丈夫夏明震的遗孤。

曾志临终前几天，一直对石来发的生父有疑问的陶斯亮下决心问个究竟，她说道："妈，你一定要回答我，大哥是不是夏明震的儿子？"

陶斯亮觉得这很重要。"爸爸有我，蔡协民有春华，可是夏家几乎满门抄斩，一个个都那么年轻就壮烈地牺牲了。如果大哥石来发真是夏明震的儿子，那对在中国革命历史上牺牲最惨重的家庭来说该是多大的安慰啊！"

曾志沉默良久后，突然说了一句话："石来发长得和夏明震一个样子！"

"那你为什么不早说呢？"

"都是革命的后代么，不要搞得那么复杂。"

陶斯亮不赞同母亲的逻辑，搞革命就可以不讲血缘了？

曾志逝世后四个月，陶斯亮带着大哥石来发的孩子们，特地到夏明震的墓地扫墓。夏家满门忠烈，兄弟姐妹中有五位为革命壮烈牺牲。著

名革命诗篇"砍头不要紧,只要主义真,杀了夏明翰,自有后来人"的作者夏明翰,就是夏明震的哥哥。如今,夏家终于有后了。夏明震的英灵若有知,那么现在他不仅有儿子,还有两个孙子、一个重孙、四个重孙女,还有两个第五代孙儿、孙女。

真正属于蔡协民与曾志结合生育的儿子应该说有两个。第一个孩子在生下来不久,便染病夭折了。第二个苦命的儿子——蔡春华,生下来还没满13天,就被送给了一位做地下工作的警官婶婶。这位婶婶50多岁,家境贫寒,收留这个孩子后交给奶妈喂养。这个奶妈自己有个不足两岁的孩子在吃奶,因为奶水不够,只好用稀饭馒头来喂养这个可怜的婴儿。蔡春华因为从小营养不良,还患了全身淋巴结核和肾结核,后来做手术去掉了两根肋骨和一个肾脏,并进行了髋关节的清创手术。命虽被保住了,但是一条腿却比正常人短了三四寸,成了残疾人。

新中国成立后,曾志托时任福建省副省长的方毅同志寻找到了蔡春华。曾志第一次见到自己这个儿子,心酸得落泪。原来,这个苦命的儿子,17岁的个头只有10岁孩子那样高。

蔡春华回到母亲身边后,开始上学。由于他的刻苦和努力,后来考取了西安化工工业技术学校,毕业后长期从事炸药研制工作,后来调到广东乐昌任工程师。

2017年10月,蔡春华著文《我是蔡协民的儿子》,详细追忆母亲曾志以及自己回到父亲蔡协民老家见到爷爷、奶奶、大妈的情景,令人十分感动。他在文末写道:

> 当我迷茫时,想想我的父亲母亲,他们在那样的社会环境下还能够坚定信念,不忘初心,于是我便心明眼亮,对事业和前途充满信心。当我气馁时,想想那些为革命流血牺牲的先烈们,面对敌人的屠刀,他们从容赴死,生命不息,战斗不止,于是我便更加豪情满怀,活力倍增。在几十年的工作和学习中,我始终都在提醒着自己

要保持一个革命后代的作风与气质,时时刻刻都在告诫着自己,要做一个有益于人民、有益于社会的人,因为我是红色的传人,我是蔡协民烈士的儿子。

1998年6月21日,曾志同志病逝,享年88岁。没有设置灵堂,也没有通知在井冈山的亲人。曾志去世前,交给女儿陶斯亮一个牛皮纸袋,上面写着"我生命熄灭的交代"几个字。里面是遗嘱,上面写道:"死后不开追悼会;不举行遗体告别仪式;不在家里设灵堂;京外家里人不要来奔丧;北京的任何战友都不要通知打搅;遗体送医院解剖,有用的留下,没用的火化;三个月后再发讣告,只登消息,不要写简历……"

她要求自己的骨灰一部分埋在八宝山一棵树下当肥料,一部分埋在井冈山一棵树下当肥料,还留一点,放在家里的骨灰盒里,埋在白云山有手印的那块大石头下。埋下去,静悄悄的,绝不要搞什么仪式,由女儿陶斯亮把骨灰送井冈山,要求事先不要告诉石来发和井冈山的党组织。

1998年6月30日,曾志的儿女们遵照曾志的遗嘱,将她的骨灰护送到井冈山,掩埋在小井烈士墓右侧的山腰,似乎在守望着小井烈士墓。小井是她曾经战斗过的地方。主力红军下山后,反动派窜入小井村,将130多位来不及转移的重伤员,残忍地枪杀在稻田里。当年若不是跟随主力红军下山,恐怕她也早已成为烈士了。多少回梦里,她都梦见那些倒在敌人屠刀和枪口下的伤病员们挣扎的情形。她在心里无数遍地告诉自己,死后一定要和战友们埋在一起,与他们在地下相伴。

曾志的孩子们,你一把、我一把地将她的骨灰洒在洞穴里,并在上面栽种了一棵柏树。在一块石头上刻上"魂归井冈"四个大字,下面一行写上"红军老战士曾志",这就是墓碑。

在整理曾志的遗物时,发现了叠得整整齐齐的80多个信封,上面

放着一张字条:这些钱是组织发给我的工资,除去我生活上的花费,其余的全部在这里。请转交给老干局,给那些需要帮助的人。告诉组织,这些钱都是干干净净的。

曾志终于与自己战斗过的井冈山融为一体。井冈这片土地,有她长眠地下的战友,也有她初为人母所生下的儿子。她的忠魂将化作云雾,化作青松,化作杜鹃,与井冈山这座伟岸的山长相厮守!

…………

在讲台上的石金龙,饱含深情地讲述:奶奶这个人,手中握着权力,但从来不用权力为她的子女们办任何一件逾越党纪国法的事。他去北京找过奶奶两次,一次是求奶奶给安排一份满意的工作,没想到奶奶竟拒绝了;后来一次是想请奶奶帮他由农村户口转成商品粮户口,也被奶奶拒绝了。

一个农村孩子两次北上投亲,想让自己当大官的奶奶开口说个情,为他找个工作,办个户口,而奶奶却"绝情"地拒绝了。难道这不是自己的亲奶奶吗?其实,奶奶在孙子张口求她时,内心就开始激烈斗争了,石来发这孩子,自己该抚养时却寄养给了别人。自己没有尽到养育之责,现在按道理应该多帮助他这一家子,满足这个孙子的要求才是。但自己又怎么能用公权去办个人的私事呢?那么多烈士牺牲了,换取了这个天下,不是用来满足我们个人的私欲的。她绝不能开这个口子,绝不能让自己手上沾染一丝一毫的与党性不容的不正之风。

"当初不太理解,奶奶身居高位,给自己的孙子安排个好工作就是一句话的事,但她从不开口答应。后来我才明白,她不是不爱我们,而是希望子孙们都能继承她们这代人的好作风,把井冈山的好传统传下去。"石金龙叙述着,湿润的眼睛,在灯光下闪光。

对母亲有不同理解的陶斯亮,在一次报告会上这样评价母亲曾志:她是一名战士、圣徒、女人。70年的革命生涯中,她是一个钢铁的女人。但是她的内核实际上却很柔软、很善良、很纯净。晚年的母亲终于流入大海,成为大海的一滴水,此时她已经无欲无求,就像大海再无须流入任何地方。

石金龙如今释然了,奶奶不愧是一名从井冈山走出去的红军战士,即使革命胜利多少年后,仍然葆有一个共产党人的本色与初心,永远恪守着井冈山精神!

一队队身穿红军服的学员和普通游客来到小井,他们在小井红军烈士墓前默哀,之后绕到曾志墓前,向这位革命女战士致敬。

石金龙也常常会到奶奶的墓前与奶奶对话,他的血液里流淌着红色基因,他告诫自己,严明的纪律,优良的作风,这些井冈山精神的血脉,需要一代代传承下去。

井冈红谣的传唱者

在井冈山新城镇的一次晚会上,我遇见了烈士后代陈平梅和她9岁的小女儿余梓洋。陈平梅告诉我,小梓洋还是井冈蜜柚的代言人呢。小梓洋不仅是红色小传人,还为井冈山精准扶贫事业尽着自己的一份责任。

新城是陈平梅的大爷爷谢桂标参加夺城战斗,建功立业的地方。率先登城的谢桂标被毛泽东赞为"工农革命军中的樊哙"。

陈平梅领着小梓洋,在城墙旧址上徘徊,似乎要找回当年大爷爷登城的痕迹。但岁月沧桑,城墙和周边环境已完全变化,她心底有一丝遗憾。

在一批远道而来的宾客把酒言欢之时,陈平梅站起来主动要求献唱一首大爷爷原唱的井冈红谣,由小余梓洋宣讲谢桂标率先登城、英勇杀敌的故事,母女俩一唱一讲,把整个晚会推向了高潮。

陈平梅是井冈山拿山小学的一名老师,她讲述井冈山红色故事和传播文化的方式有别于他人。她用杜鹃一般的歌喉征服了听众,又用赞

颂英雄的文字征服了读者!

她是井冈红谣的传承人,她是井冈英雄的记录者,她是井冈山精神的独特传播者!

她以著述的方式,讲述她的大爷爷谢桂标等人的故事。几经寒暑,她创作完成了长篇纪实文学《残阳如血:我的爷爷谢桂标的井冈山往事》。继而,经过千辛万苦,整理出版了大爷爷谢桂标的原创歌谣《井冈红谣》。

谢桂标是井冈山斗争时期富有传奇色彩的一位英雄人物。那是军阀混战,社会动荡不安,民不聊生的时代。他13岁时父母相继去世,下有3个弟弟,最小的谢兢武还不足百日,靠他这个半大孩子抚养长大。18岁时,他意气风发,凭着一身武艺和智慧,在梨树山独自拉起了一支自卫队伍,与袁文才、王佐等好汉义结金兰,各占山头,遥相呼应。1924年,他追随袁文才加入绿林马刀队。之后,参加宁冈暴动,加入农民革命军。1927年7月,随袁文才与王佐参加攻打永新县城,打开监狱,营救了一批共产党员和群众。

真正改变谢桂标命运的是,从湘赣边界走来了另一支武装——中国工农革命军第一军第一师第一团深入宁冈,驻扎在古城。"袁毛会见"于大仓,继而袁文才打开山门,毛泽东率工农革命军在茅坪安家。从此掀开了井冈山崭新的一幕,也掀开了中国革命的新篇章。

谢桂标聪明能干,很快在工农革命军中崭露头角。无论是筹集粮草,带路当向导,还是攻城拔寨,做群众工作,他都是一把好手。在陪同毛泽东搞宁冈调查,解茶陵危机,进军遂川,攻占新城等斗争中都起到积极作用,得到毛泽东的赏识。朱毛会师后,他为筹集大军粮草作出显著贡献,被选为第一届湘赣边界特委常委。由于他能力超群,后又担任宁冈县工农兵苏维埃政府主席。

红四军主力下山远征,他被任命为军部副官兼事务长,负责部队的军需物资和粮草征集。参加过大余战斗、圳下战斗、大柏地战斗。由于井冈山失守,他随袁文才私自离开主力返回井冈山。谢桂标回到宁冈,配合袁文才,与王佐一起收复宁冈,为恢复井冈山根据地作出了贡献。

1930年2月,谢桂标在永新县被错杀,与谢桂标一同遇难的还有两个追随他并肩战斗的弟弟——谢继凤、谢继凰。

谢家四兄弟,独留最小的谢兢武一根独苗。三兄弟当了红军,几个哥哥就全力培养小弟读书,谢兢武成为井冈山柏露乡第一个中学生。

谢桂标与萧凤粧结婚后,因萧凤粧在梨树山初创时期被仇家追杀而流产,致终生不育。

遭此变故,勇于担当的萧凤粧很快从悲痛中走出来。她以大嫂的身份操持小叔子谢兢武的婚事,续接谢家香火。

谢兢武很痛惜自己的三个哥哥,发誓要将哥哥们的事迹记录下来。他用毛笔小楷在土纸上一遍遍地书写,一些情节是他寻访哥哥们的战友,仔细询问后端端正正记录下来的。

谢兢武育有独子谢玉海,萧凤粧视若珍宝。1953年,年仅38岁的谢兢武不幸去世,留下仅9岁的谢玉海。萧凤粧将小玉海养大成人。后来,谢玉海入赘山口陈家,育有一个女儿,就是陈平梅。

故事有了新的发展。陈平梅是陈家的心肝宝贝,也是谢家延续的血脉,一断奶,陈平梅就被萧凤粧抱来抚养。萧凤粧在屋里屋外忙着农活家务,领着小平梅哼唱山歌。这些山歌都是当年谢桂标的杰作。毛泽东来到井冈山,谢桂标第一眼见到毛泽东,便有久旱逢甘霖的感受,他从心底唱出这样一首山歌:

先生高才指迷津,话似久旱逢甘霖。
终日苦恼一扫空,蛟龙入海虎归林。

朱毛会师后,有一万多人要吃饭,每天消耗谷子就要1万公斤,如果部队在砻市(今龙市)、茅坪驻扎20天左右,就要预备谷子25万公斤。这么大的需求量,让很多人束手无策,唯有谢桂标有办法,他将到关

北粮仓打土豪的妙计和盘托出,毛泽东一听高兴万分,任命谢桂标为关北筹粮行动总指挥,并调动部队和地方人员4000人作为挑粮大军,统一由谢桂标指挥。由于谢桂标运筹得当,这次行动共筹集谷子30万公斤,粗盐1万公斤,大洋6000多块,缴获各种枪支300支,超额完成筹粮任务。他心情异常激动,张口唱出一首歌:

砻市会师队伍壮,军队打仗要吃粮。
关北拿山打土豪,筹集粮草到天亮。

陈平梅说,谢桂标爷爷是那个时候井冈山上有名的山歌王子。红四军主力远征,大爷爷谢桂标被毛委员点名随部队下山,送行的队伍排成了森林。他知道他心爱的人就在人群里,就对着送行的队伍扯开了嗓子:"雪地行军军号催,老妹山冈把哥追。猛虎出山威风凛,扫灭豺狼凯旋归。"

萧凤粧早已控制不住涌上胸腔的情感,十几年的风雨同行,夫妻恩爱,不知此番一去何时归来。她唱道:"阿哥远征擎战旗,老妹盼哥把功立。扫灭豺狼全无敌,工农做主当家日。"

谢桂标的山歌唱到永新便戛然而止了。井冈山失去了一位英雄,也失去了一位山歌王子。

传承谢桂标山歌的人就是萧凤粧,她每天在劳作和休息时都会尽情地唱。唱谢桂标唱过的山歌,就是怀念远去的人。在她心中,谢桂标永远活着,他只是走远了,总有一天他还会回来。她每天唱谢桂标教给自己的歌,唱到黑发变银丝,唱到春夏变秋冬。过去是她一人唱,现在是她的孙女陈平梅与她一道唱,唱得梨树山的水也变得柔了,树也变得绿了,云也变得低了。有了歌谣苦涩也变得甜美,日子的长长短短变得滋味万千。

陈平梅被萧凤粧训练成了"叫妹子",她和萧凤粧在大山里咿咿呀呀地唱着。陈平梅下学回来,她唱着唱着,将自己和奶奶化作古诗意境——"两个黄鹂鸣翠柳,一行白鹭上青天"。两个黄鹂是她与奶奶萧凤粧,一行白鹭就是谢桂标、谢继凤、谢继凰爷爷。她把这个想法告诉奶奶听,奶奶笑得前仰后合,直夸孙女的想象力丰富。夸完后,她转过身,悄悄地抹着眼泪。

她们将春天唱得花红草绿,将秋天唱得瓜果飘香。萧凤粧将每一首山歌里隐藏的故事讲给小平梅听,这些故事叠加着,渐渐垒起一个英姿挺拔的英雄来,这个英雄就是大爷爷谢桂标。

陈平梅后来读完永新师范学校,父亲谢玉海郑重地将一摞纸稿交给她。这是爷爷谢兢武用毛笔小楷记录下的谢桂标与谢继凤、谢继凰几位哥哥的生前事迹。这堆稿纸里浸透着爷爷的血与泪。那些斑斑点点的痕迹,陈平梅觉得那是爷爷的泪行。爷爷是一边写一边哭,一边哭一边写,才完成这部家史的。

这部光荣家史,全由繁体字和半文半白的句式写就。陈平梅一时半会看不太懂。她一边翻看,一边重新用简体字抄写一遍。她看着抄着,眼泪也不知不觉就掉落在稿纸上。这是爷爷的兄长们用生命书写的家史啊!

不幸的是,20 世纪 90 年代,因家庭变故,她不慎遗失了这一部文物级的生命之书。

20 多年来,她一直生活在忏悔之中。为了弥补自己的过失,她努力地回忆存留在脑海里的记忆片段,一点点地记录下来……

2007 年,陈平梅开始在井冈山革命博物馆做志愿讲解员。像奶奶萧凤粧领着她唱山歌一样,她领着仅 4 岁的余梓洋,到井冈山革命博物馆、烈士陵园、小井烈士墓等地去接受革命传统教育。陈平梅将大爷爷谢桂标和他兄弟们的故事一遍遍讲给小梓洋听,要让孩子明白,她的血液里有着鲜红的烈士基因。陈平梅也教孩子传唱谢桂标原唱、萧凤粧传承的那些红色歌谣。小梓洋不负期望,在江西电视台主持的《少年演说家》节目中,凭借宣传井冈山精神挺进十八强,荣膺当季"人气王"称号。

　　2018年6月1日,以井冈山革命博物馆、井冈山市关心下一代工作委员会、井冈山精神宣讲团的名义,正式成立了井冈山精神"小红军宣讲团",余梓洋被任命为第一任"小红军宣讲团"团长。当天,宣讲团成员正式对外宣讲,在井冈山茨坪毛泽东旧居景区"党指挥枪"雕塑处,余梓洋身穿红军服为游客讲解:"各位大伯、大妈,你们好!这是解放军总政治部塑造的一尊毛委员在井冈山的雕像。后面是摘自毛委员《井冈山斗争》这篇著作中的一段语录:红军所以艰难奋战而不溃散,'支部建在连上'是一个重要原因……"区别于导游和普通讲解员的别具一格的解说和特殊的着装以及红军后代的身份,立即吸引了众多游客驻足倾听,并报以热烈掌声。"小红军宣讲团"得到各方关注,尤其得到了老一辈宣讲员毛秉华的指导。

　　我们欣慰地看到,在如陈平梅这样的"红三代"引领下,红军后代第四代正在茁壮成长,以余梓洋为代表的"小红军宣讲团"成员,正以矫健的脚步,朝着弘扬井冈山精神的高地攀登。

　　在"井冈红旗"雕塑广场前,火辣辣的太阳高高地悬在头顶,化妆师给小梓阳做完简单的补妆后,导演让她站在摄影机前试镜。

　　井冈蜜柚是井冈山大面积种植的一项扶贫产业,小梓洋按照导演的要求,双手捧着一个大大的井冈蜜柚,一遍又一遍的做着同一个动作,脸上自然洋溢着灿烂的微笑。几十遍做下来,摄影师终于调试好最佳拍摄角度,小梓洋绽放如花的脸与井冈蜜柚融为一体。小梓洋的脸像井冈蜜柚,井冈蜜柚也变成了小梓洋的脸,这是一幅新时代扶贫精神映衬的娇美图景……

　　导演试听完陈平梅清唱的井冈红谣后,激动地说道:"这旋律太美了,就用它做井冈蜜柚的配乐!"

　　小梓洋爱说爱笑,我称赞她很棒,小小年纪就与妈妈为精准扶贫做贡献。她笑着对我说:"我是红军传人,为井冈蜜柚代言,当然要棒!"

扶贫好声音唱响世界

新时代,井冈山在精准扶贫领域走在全国前列,于2017年2月26日宣布在全国592个国家级贫困县中率先脱贫摘帽。井冈山精神在跨越时空的今天又攀上了新的高峰。

教育扶贫在井冈山成绩喜人,每学期开学初,各学校肩负收集"建档立卡贫困户"子女信息,建立到校、到学生的教育资助平台,全程追踪资助,确保"一个不落下"的目标实现。

小歌星谢嘉成,六年级小学生,因为歌唱得好,又是贫困家庭的孩子,被井冈山市教育局选拔,随中国扶贫宣传形象大使刘媛媛到德国汉堡,将中国扶贫好声音带到了欧洲,让世界聚焦中国扶贫事业。

小歌星谢嘉成肩负传播中国扶贫好声音的重任,代表的是中国,同时也代表了井冈山。传播井冈山率先脱贫的好消息,也是传播井冈山人民的奋斗历程,传播井冈山精神。

2017年7月7日至8日,G20峰会在德国北部港口城市汉堡举行。在峰会前夜的当地时间6日晚7时30分,刘媛媛"共享美好世界"汉堡演唱会在莱斯音乐厅举办。这场充满东方艺术魅力又不失国际制作水准的音乐盛宴吸引了来自海内外的众多媒体、嘉宾和观众。

一曲气势磅礴的《五星红旗》拉开了演唱会的盛大帷幕,《鲜花陪伴你》《我们是兄弟姐妹》和《感恩》等经典曲目陆续上演,现场观众送上阵阵掌声。来自井冈山的脱贫少年谢嘉成和刘媛媛联袂演唱《乘着歌声的翅膀》,是这台演唱会的焦点,也是向德国人民、向世界人民传递来自中国、来自革命摇篮井冈山"脱贫攻坚战"的最强音。在他们的深情演唱下,现场氛围被推向高潮。

这一场关于共享美好世界的音乐盛宴,让世界更进一步认识了中国的扶贫事业,和中国扶贫宣传形象大使刘媛媛一起同台献艺的井冈山少年谢嘉成也因此备受瞩目。井冈山再次在世人面前亮出了不同以往的新面孔。

小嘉成戴着红领巾,见到我,面带微笑,举起右手,手掌直立,向我行了一个标准的少先队员队礼。我请小嘉成唱一曲,他一点也不忸怩,歌声从他的嗓子眼跑出来,我细心地听着,感受到歌唱者不同寻常的魅力:

乘着这歌声的翅膀,
亲爱的随我前往。
去到恒河的岸旁,
最美丽的好地方。
…………

《乘着歌声的翅膀》是德国诗人海涅写于1822年的诗歌,作曲家们为海涅的诗谱写了三千多首曲子,这是其中的一首。诗歌表达了诗人对爱情的美好向往。我聆听着,心里似乎有一双翅膀在展翅飞翔……

我问小嘉成是怎么被刘媛媛发现的。小嘉成的爷爷跟我介绍,中国扶贫大使刘媛媛打电话到井冈山市委领导办公室,请市委领导给她推荐一名喜欢歌唱的贫困户孩子,跟她一起出使德国宣传中国扶贫。

井冈山率先脱贫已成为全国精准扶贫的榜样,中国扶贫大使携井冈山的贫困孩子一道登上国际舞台,代表中国向全世界宣传中国扶贫事业,是井冈山人民的荣耀,是井冈山精神再次展示魅力的时刻。井冈山市委领导急忙安排市教育局,要教育局在全市范围内拉网式找出一位井冈山扶贫小代言人。

教育局领导连忙在全市三所重要小学——茨坪小学、厦坪小学、龙市小学选拔小歌唱家。这个小歌唱家除了演唱水平之外,当然必须是贫困户家的孩子。

当时,井冈山教育局领导亲自到各学校进行选拔。在龙市小学,小嘉成在9名学生中经过层层筛选,最后脱颖而出。

作为国务院扶贫办授予的中国扶贫宣传形象大使,刘媛媛在工作之余,积极为各地精准扶贫工作做宣传。她本次演唱会携手井冈山少年谢嘉成合唱《乘着歌声的翅膀》,让"蓝卡"贫困户家庭出生的谢嘉成圆了登上国际舞台的演唱梦。小嘉成代表井冈山,代表井冈山的扶贫干部和贫困群众,向全世界传递中国扶贫好声音,让世界聚焦中国扶贫。刘媛媛向所有来宾介绍中国扶贫成绩、井冈山率先脱贫事迹以及来自贫困家庭的小歌星谢嘉成——

> 大家好,我是刘媛媛。这次来德国汉堡开专场音乐会,最重要的目的,就是要告诉全世界,中国政府在消除贫困的征途中取得的可喜成绩。尤其是江西井冈山,率先脱贫作出了最好的榜样。我身边的小嘉成,他的家乡就是在政府的"保障扶贫""教育扶贫""安居扶贫"和"产业扶贫"政策中的受益者,他们全家发生了可喜的变化……

谢嘉成阳光又略带腼腆,在一次偶然的机会中展现出了不凡的音乐天分。在老师的鼓励下,小嘉成大胆开嗓,结果这一唱就唱到了德国。

用一个国际舞台来展示中国的脱贫形象,传递中国的脱贫故事,这对小嘉成来说,得到了一次锻炼,为他今后的人生铺就了一道光环。这一次演唱机会,从一个家庭、一个孩子命运的改变开始,来讲述井冈山的脱贫故事。

就在一年多以前,小嘉成家还是一户因病致贫的"蓝卡"户。2017年,井冈山市在全国率先实现脱贫摘帽,谢嘉成家也随之发生了根本变

化。在政府的帮助下,爷爷在镇农贸市场找到了固定摊位卖干货,每个月能有2000多块钱的收入;爸爸是一名泥瓦匠,在建筑工地揽活挣钱养家。政府还将5000元扶贫资金作为股份,让他们家加入到七溪岭山鸡养殖合作社,每年享受10%的分红。现在,小嘉成家早已告别贫困,在老地基上盖起了一栋明亮的新房。

随着家庭贫困的改变,小嘉成也有了很大的变化,越来越开朗、活泼,从一个自卑的小男孩变成了一个自信满满的男孩。

家庭命运的改变,家庭的脱贫故事,让小嘉成深有感触。他与刘媛媛用中国好声音,向全世界宣布中国脱贫的得力举措,让全世界了解中国脱贫切实有效。井冈少年谢嘉成,用他的阳光开朗、健康活泼,向全世界展现了中国扶贫的力量。

谢嘉成的母亲刁清仁告诉我,亲朋好友都说,哎呀不得了,你儿子为你增光了,为你长脸了。他是代表咱们中国、代表井冈山的形象出去的,是一件很光荣的事情。

谢嘉成回来了,校长、老师和几位同学在接站时给他送上了鲜花。接过鲜花后,谢嘉成向音乐老师汤洁表达感谢,将鲜花献给了老师,场面热烈而温馨。重新踏上家乡的红土地,谢嘉成十分兴奋,他说:"第一次站在这么大的舞台,对我来说,无比的荣耀。这是一次幸福的圆梦之旅,我实现了'让更多人听到我的歌声'的梦想。借助刘媛媛歌唱家和我的歌声,让全世界知道我们井冈山脱贫了,让全世界看到了中国为消除贫困作出的努力和取得的成果,这是我今生永远值得铭记的一段经历,也是我人生不断奋发向上的动力。"

陪同谢嘉成一同前往德国的郭建生老师说:"当在演唱会现场听到'井冈山率先脱贫'几个字时,内心格外自豪和激动,这不仅是我们井冈山的'脱贫好声音',更是我们国家向贫困宣战的最有力的'好声音'。听了我们的故事,台下的掌声持续了好长时间,那一刻,内心无比骄傲和自豪。"

谢嘉成的爷爷介绍,2018年"六一儿童节",井冈山市文明办举办

《承井冈魂　筑中国梦》活动,大家合唱《国家》,由嘉成做指挥。我说:"你唱给我们听听。"小嘉成敞开嗓子就唱——

> 一玉口中国,一瓦顶成家。
> 都说国很大,其实一个家。
> 一心装满国,一手撑起家。
> 家是最小国,国是千万家。
> 在世界的国,在天地的家。
> 有了强的国,才有富的家。
> ……………

国与家,家与国,在任何时候,我们都离不开国与家。它们是那么密切,又是那么不可分割。国没有家,不成其为国;家没有国,便难以为家。

小嘉成起伏跌宕的歌声,激起了我心底的家国情怀,眼眶里不知不觉盈满了泪水。

歌声真有那么大的魅力,以前没有直接感受,现在身边坐着一位小歌星,我的心弦被震动了,感动了。

歌声是长了翅膀的文字。小嘉成的嗓子里藏着无数美妙声音,他是制造文字翅膀的人!

井冈少年用歌声诠释着家国情怀,他不是光唱词,而是用情深唱,他深深懂得家与国深邃的道理。正像中国的扶贫事业,国家富足强盛了,才更有能力帮扶贫困家庭。没有了贫困家庭,象征国家人民富裕,生活蒸蒸日上。

作为井冈山精神的原创地,井冈山遍布红色培训机构。既有国家级培训基地——中国井冈山干部学院、全国青少年井冈山革命传统教育

基地,也有省级培训基地——江西干部学院,市级培训机构——井冈山干部教育学院等事业单位,也有民营体制的各类红色培训机构200多家。教师队伍既有专职的师资力量,也有由数十名国内一流专家教授、离退休老干部、优秀党支部书记、岗位先进典型等为学院兼职教师。此外,井冈山独树一帜的"红军后代授课团""将军授课团",成为新时期践行井冈山精神的活教材。井冈山有天然的红军后代宝库,有些学院"红军后代授课团"师资库存有300余人的储备师资。全国各地每年前往井冈山接受红色培训的人员有40万人之多。以江西干部学院为例,2018年的培训人数便达到3万人。

井冈山的每一寸土地,都承载着红色基因。中国共产党走过的近百年光辉历程表明,井冈山精神不仅在艰苦卓绝的革命战争年代起到了凝聚人心、鼓舞士气、激励斗志的重要作用,在改革开放和新时代中国特色社会主义现代化建设的今天同样发挥着激励人心、增强信心、催人奋进的巨大作用。

井冈山精神谱就的华彩乐章,既是中华民族精神主旋律的具体表现,又丰富和发展了中华民族精神主旋律。在井冈山,听得最多的一句话:"井冈山,两件宝,历史红,风景好。"历史红是毛泽东、朱德、彭德怀、陈毅等老一辈无产阶级革命家及无数先烈,从这里开辟了一条革命成功之路;风景好是自然条件。如今,在新时代引领下的精准扶贫战略,正朝着全面建成小康社会迈进,仍然需要我们用跨越时空的井冈山精神去扫除前进道路上的一个个障碍,去取得一个又一个的伟大胜利。

卷二 ‖ 报道贫困宵遁

在全面小康的进程中,绝不让一个贫困群众掉队。

精神高地的经济"洼地"

脱贫攻坚是全面建成小康社会的重大任务,是实现中华民族伟大复兴中国梦的必由之路。阅读习近平总书记著于20世纪90年代的《摆脱贫困》一书,他在跋中写道:全书的题目叫《摆脱贫困》,其意义首先在于摆脱意识和思路的"贫困",只有首先"摆脱"了我们头脑中的"贫困",才能使我们所主管的区域"摆脱贫困",才能使我们整个国家和民族"摆脱贫困",走上繁荣富裕之路。

而今,在古老的华夏大地,摆脱贫困的责任落在当年还是东南一隅主官、如今是党和人民领袖的习近平肩上。当年提出摆脱贫困,首先要摆脱意识和思路"贫困"的他,在湖南湘西考察时首次提出"精准扶贫"思想,这是对扶贫开发工作的一次重大突破。习近平总书记指出,扶贫开发推进到今天这样的程度,贵在精准,重在精准,成败之举在于精准。

贫困并非新鲜事物,而是像顽疾一样长久地生长并伴随着中国人民。中华人民共和国成立后,中国共产党就甩开膀子致力于治贫事业。扶贫必扶智,治贫先治愚。中国大地开展了一场轰轰烈烈的扫盲运动。这场扫盲运动,迈出了中国社会主义农村建设最初的步伐。从扫盲运动到今天华为在世界竞争最激烈的5G领域独占鳌头,一个正在核心技术领域建构全球化标准的中国在悄然崛起。70年的风雨兼程,从扫盲运动到引领世界科技创新,这其中的联系让人产生诸多联想。

中华人民共和国成立之初的落后状况,是今天的年轻人难以想象的。毛泽东说过这么一段话描述当时的中国,他说:"现在我们能造什么呢?能造桌子、椅子,能造茶碗、茶壶,能种粮食,还能磨成面粉,还能造纸。但是一辆汽车、一架飞机、一辆坦克、一辆拖拉机都造不能造。"这就是当时中国真实的状况。随后,我国开始了以工业建设为特征的民族复兴。2019年是中华人民共和国成立70周年,有人称前30年是"三十而立"。从1949年到1978年改革开放前,我们确定了优先发展工业,特别是发展重工业的国策,在社会事业上也做了很多的工作,包括妇女解放、土地改革、教育的普及、基础医疗的普及等。我们完成了基本政治制度和工业体系、国防体系及科技体系的建设。今天回头看,这些基础建设对我们后来的崛起至关重要。我们的前30年应该说实现了"三十而立",为后40年改革开放国家崛起奠定了基础。不可否认,在建设过程中我们确实付出了沉重的代价,政治上走过一些弯路,民生上欠账,人民的生活水平还相当低。1978年,按照当时的国际标准,绝大多数中国人生活在贫困线以下,如果用人均GDP比较的话,当时中国的人均GDP低于绝大多数的非洲国家。上海当时是中国最发达的地区之一,但多数家庭的人均居住面积只有4平方米。1983年的泰国首都曼谷,领先上海至少20年。1984年的津巴布韦首都和科特迪瓦首都,感觉比北京还要发达。这是当时很多人真实的感觉。

改革开放40年,可以说是"四十而不惑"。我们找到了自己的道路自信,真正实现中华民族从站起来到富起来、到强起来这么一个伟大的飞跃。中国道路、中国模式、中国崛起正在成为全球话题,被各色肤色的人们口耳相传。

中华人民共和国成立后到改革开放前后两段历史,从探索适合中国国情的社会主义道路这条主线来讲,是一个整体,一脉相承。改革开放开辟了中国特色社会主义道路,取得了伟大成就。绝不能用后40年否定前30年,要看到改革开放是在此前基础上进行的,没有前30年打下的基础,也不会有后40年这么快的发展。

回到扶贫这一主题,我们经历了三个不同的阶段:一是多种形式的生产自救阶段。中华人民共和国建立后,政府贯彻生产自救方针,采取发放救济款资助生产和"以工代赈"等措施,取得了显著成效。二是个案型的扶贫阶段。1978年以后,适应农村经济体制改革的形势,有组织、有计划地扶持贫困户,从发展生产和商品经济入手,依靠国家、集体力量和群众互助,采取干部分工负责、富裕户扶助贫困户、逐户落实等办法,帮助贫困户发挥自身潜能,达到摆脱贫困的目的。三是社区型的以经济开发为主的扶贫阶段。1983年起,国家在继续扶持贫困户发展生产的同时,投入更大力量对贫困地区实行经济开发。在政府的领导和帮助下,各有关部门、机关、团体积极配合支持,帮助贫困地区发挥当地优势,挖掘资源潜力,开辟生产门路,实行多种经营,增强自我发展能力,从根本上摆脱贫困,逐步走上致富道路。

革命老区是扶贫开发的重点区域和主战场。革命老区往往是山区、贫困地区,曾为中国革命作出重大贡献、付出巨大牺牲。现在国家发展越来越好,可革命老区却成了全面建成小康社会的一块短板,贫困成了革命老区的标签。让老区群众过上好日子,绝不能让他们在全面建成小康社会进程中掉队,这是中国共产党不忘初心,继续新长征的誓言。

根据《中国农村扶贫开发纲要(2011—2020年)》精神,按照"集中连片、突出重点、全国统筹、区划完整"的原则,以2007—2009年的人均县域国内生产总值、人均县域财政一般预算收入、县域农民人均纯收入等与贫困程度高度相关的指标为基本依据,考虑对革命老区、少数民族地区、边疆地区加大扶持力度的要求,全国共划分了11个集中连片特殊困难地区,加上已明确实施特殊扶持政策的西藏、四省藏区、新疆南疆三地州,共14个片区,作为新阶段扶贫攻坚的主战场。

罗霄山区是11个国家重点扶持的集中连片特困地区之一。井冈山市是其中的一个县级市,也是2006年国务院发布的《中国农村扶贫开发概要》之中的592个国家级贫困县之一。

这片红色的土地,是全国人民深深牵挂的地方。这里曾经演绎过革命英雄壮美的史诗,然而,历史的荣光无法遮蔽这块土地上的窘困。井冈山市是罗霄山区集中连片扶贫攻坚的主阵地之一,这块中国革命的精神高地仍然处于经济发展"洼地"。

井冈山为中国革命作出了巨大牺牲,党和国家从来没有忘记井冈山人民,社会各界也给予了井冈山方方面面的关心,井冈山的经济总量取得了长足发展。但井冈山属国家贫困县,罗霄山脉集中连片扶贫攻坚县,经济总量小,仍属欠发达地区。

我采集2012年的数据资料进行比对,来看看井冈山经济社会状况。当然,这里不与沿海经济发达地区进行比较,而只与江西省、吉安市进行比对——

首先,从国民生产总值数据来看,2012年,江西省地区生产总值为12948亿元,吉安市地区生产总值为1006亿元,而井冈山的地区生产总值则为44亿元,占全省的比重为0.3%,占吉安市的比重为4.3%。

其次,从财政总收入来看,2012年,江西省财政总收入为2046亿元,吉安市财政总收入为143亿元,而井冈山的财政总收入为6.4亿元,占全省的比重为0.3%,占吉安市的比重为4.4%。

再次,从固定资产投资额来看,2012年,江西省固定资产投资额为10774亿元,吉安市固定资产投资额为961亿元,而井冈山固定资产投资额为42亿元,占全省的比重为0.39%,占吉安市的比重为4.4%。

江西全省有100个县市区,吉安全市有13个县市区,井冈山市在其中所占的份额明显低于平均值。

井冈山长期处于经济结构配置不平衡的状态,形成旅游业一家独大,其他产业弱小的局面。第一产业——农业经济龙头企业不强,龙头带动作用不足;第二产业——工业经济短期内难以对财税产生支撑性贡献;第三产业——服务业、旅游业独大。以吉安市2010—2012年的三次产业数据进行比对,吉安市的三次产业比分别为21:50.5:28.5、19.3:

53.0:27.7、17.54:51.22:31.24，井冈山的三次产业比分别为 11.18:39.90:48.92、10.09:40.34:49.67、9.61:37.27:53.12。从横向来比，吉安市的第二、三产业比重逐年增加，第一产业比重逐年下降，而井冈山的第二产业比重明显偏低。

  上述数据，显示井冈山的落后和贫困。但数据给人的感觉总是难以捉摸的，我在深入井冈山生活中，深层挖掘了一些贫困人物在精准扶贫中发生的变化。过去，很多贫困户连基本的生活保障也成问题。自从精准扶贫贯彻实施后，"两不愁三保障"得到落实，不愁吃、不愁穿，义务教育、基本医疗、住房安全都有了充分保障。井冈山对贫困户实施因地制宜，因户施策，因人施策，贫困户从物质层面和精神层面发生了巨大变化。

遇到了好时代

  来到厦坪镇菖蒲村山田垅组，认识了脱贫勇士尹厚根，他是红卡户。
  尹厚根是个不幸的人，但他遇到了好时代。
  尹厚根患有小儿麻痹症，走路需要拄着双拐。家中还有一个 87 岁的母亲需要赡养，两个侄女需要抚养。他作为家中的顶梁柱，没有任何依靠，必须在风雨中挑起生活的重担。
  2005 年，弟弟患鼻癌不治而亡；2007 年，哥哥车祸身亡；2010 年，父亲病逝……家庭接二连三地遭逢不测。这个身体残疾、行走需要拄着双拐的男人到底是怎样挺过来的呢？
  尹厚根说，弟弟去世后，弟媳拖着两个年幼的女儿，生活极其艰辛。他想方设法地帮助家里解决一些经济困难，开着三轮车到新城区去卖菜，一天只卖十几块钱。年老体弱的母亲则挑菜到厦坪去卖。难啊！尹厚根说着,嗓子眼像堵住了什么。我也受到感染,眼眶里盈满了泪水。

除了卖菜,我还帮人家搞家电维修。尹厚根讲述着,感觉这个身残志坚的人还挺聪明。

我问他一个月修家电能挣多少钱?

一个月搞不到两百块钱。

这样的日子不会没有尽头,是什么时候开始好些了?我不免为他的遭遇感到揪心。

两个侄女上初中后好一点了。初中时,孩子可以帮忙,才喘了口气。我带着孩子卖冰棍,开杂货店,能够想到的办法,都想了。只要能挣钱,累点不算什么。为了生活嘛。

现在你的生活开始好转了吧?你有这片房子出租,租金足够维持生活的吧。

是的。国家精准扶贫政策出台后,我们这些贫困户真的有了盼头。这栋房屋代建,政府给了 2.5 万元,我要求扩建成餐馆,贷款 5 万元,花了七八万元完成了餐馆的建筑。现在一年的租金是 1 万元。2019 年到期,会适当调节一下租金,争取三四年收回投资。

村里还照顾我这个残疾人,给了一个公益性岗位,做农家书屋的图书管理员,每月 300 元。尹厚根在从事农家书屋管理员工作中,因为成绩突出,还获得过有关部门颁发的荣誉证书。

精准扶贫政策对你个人起到了什么作用呢?我问道。

我们这样的贫困户,没有精准扶贫政策,可能一辈子也翻不了身!尹厚根说,现在,不愁吃、不愁穿,孩子的学费全免,生病有医疗保障,去掉我们一个大包袱。

我提议去他家看看。穿过餐馆庭院、厨房,来到后面一栋老式砖瓦房里,还有飞檐翘角,古朴庄重。老房子都有一个特点,采光不足,地面和墙壁陈旧不堪,房间的摆设杂乱无章,家具老旧。这样的房子,如果装修的话,不如拆了重做。

尹厚根领我们到他的工作室,这里有电脑,他去年与人合作,在井冈山红旗雕塑前搞摄影。合作伙伴摄影,他做电脑处理,当场可取相片。这项生意,他每月可以赚得3000元。但由于合作方另谋职业走了,尹厚根一个人干不了,现在只好改行。

另一间屋子的床上、地上,摆放着红军服、红军包等物品。他现在为红色培训单位提供红军服和红军包的租赁业务。刚开始涉足,一个月才1000元的收入。这时,尹厚根的母亲刚从床上起来,身体看上去十分虚弱。我想给他们母子拍一张照片,母亲不怎么配合,儿子微笑着主动靠近母亲。母亲端坐着,露出一丝笑容;儿子拄着双拐站着,一副孝顺的样子。镜框里立即跳出一个自强自立的男子和与他相依为命的母亲温馨的肖像。

相机储存着这对母子的记忆:一个年迈体弱,但仍饱含着对世界的挚爱;一个双手拄着拐杖,却露出一副强者的微笑。

最近,尹厚根在电话里跟我说,他家被评为井冈山首届"文明家庭"和"最美家庭",我为他获得荣誉感到高兴,希望走出贫困泥淖的他成为脱贫奔小康的典范,让人们从他身上获取战胜贫困的力量。

"扶贫干部比亲人还亲"

点燃炸药引线时,引线燃烧速度极快。来不及躲避,随着"轰隆"一声,他与石块一起被炸飞……厦坪镇菖蒲村菖蒲洲组红卡户张水梅清楚地记得,那一天是2008年8月27日下午3点左右,因修铁路需要石头,在宁冈炸山,丈夫汤瑞明献出了自己健壮的躯体,成了残疾人。

汤瑞明伸出他的双手,不,那已经不是什么手了,左手是一截肉棍,已经没有了手掌。右手只有三根指头,还是炸断后用钢筋连接上去的。

三根手指并不能活动,吃饭都要靠妻子喂。眼睛炸瞎了一只。我看了看右眼的眼球,像玻璃一样,根本不会动。

张水梅摸着丈夫的脸说,他脸上至今还残留好多石子,取不出来。

他的左脚断了,买了1万多元的骨头补上去,才保住现在的脚。为了让这些骨头长牢,成为身体的一部分,他在轮椅上坐了整整三年。

过去身强体壮的汤瑞明,现在是缺手、瞎眼、脚骨并不灵便的残疾人。出事到现在,已经10年了,他不能像过去一样卖力气挣钱养家。妻子张水梅对他一如既往,每天帮他穿衣、洗澡。看他站着像是个健全人,但却分文的事做不了。

妻子没有嫌弃他,真是一个好妻子。

汤瑞明是安徽淮南人,在这里打工入赘到张家做了上门女婿。两个人心心相印,生活虽然艰苦,但彼此情意不减。他们育有一对可爱的儿女,生活本来应该是芝麻开花节节高,但谁想,意外像一堵墙毫无征兆地倒下来,让他们躲避不及。张水梅说,当知道丈夫出事的消息,自己整个人蒙了。早上出门是一个好端端的人,下午,老板娘交给她一个全身浸满鲜血的人。手和脚都用衣服绑着,还有一只手被炸得不知飞到了哪里。

汤瑞明被紧急送往吉安市人民医院。睡的被子全是血,衣服一天洗三道。血,不断地涌流。血管流干了血,就再输血。人总算从死亡线上抢救过来了。白森森的骨头露在外面好长,张水梅每天陪护在他身边,生怕他再有什么闪失。

汤瑞明在医院一住就是7个月。多亏了张水梅,汤瑞明从死亡线上挣扎过来。有这样体贴的妻子照顾,他才有继续生活的勇气。

这些年的生活怎么过来的?我问张水梅。

托党和政府的福,我们家日子好过了,孩子读书不用交学费,看病也能报销。政府安排我一个公益性岗位,到新城区扫地,每个月有600元,自己种点田,政府发放最低生活保障,每月有305元。张水梅跟我讲述,根据扶贫政策,红卡户有1万元入股到合作社,每年可享

受分红2000元。

张水梅现在住的三层楼房是前两年盖的。她告诉我,拆旧建新,政府补助14500元,向银行申请了5万元贴息贷款。

张水梅动情地说,扶贫,使我们家庭得到新生。如果没有党的扶贫政策,我们家的日子不知怎么过呢。乡里、村里的扶贫干部比亲人还亲,只要我们有困难,乡里、村里的领导和驻村第一书记,都会及时帮助我们解决!

"共产党帮扶我盖起了新房"

古城镇沃壤村店前组红卡户张德林夫妻两人都是残疾,母亲年老,还有两个正读小学和初中的孩子,大儿子患有先天性心脏病。

走进政府为他代建的房子,正在吃饭的他,嘴上还沾着嚼碎的米饭渣子。我们来得突然,他没有工夫擦洗。

他不停地念叨:感谢政府,感谢共产党,感谢习近平总书记!

这是一个懂得感恩的人。我在采访中,曾见到个别贫困户得到了政府和帮扶干部的帮助以及社会捐赠,却隐瞒着不肯对外人道,以为说出来别人就不会再给了,只想着还能得到更多的好处。只知道索取而不知道感恩的人,难免让人心寒。

代建房设计紧凑,客厅、卧室、厨房、卫生间齐全,里外都刷白,顶上盖有琉璃瓦。室内的陈设都是崭新的,一个其乐融融的小家。

张德林跟我叙述过去的穷苦日子。在政府代建这栋房子前,他和家人一直借住人家的房子,总是这家搬到那家,又从那家搬到另外的人家。他像一个流浪儿一样,借住的时间有6年之久。

张德林的父亲是哑巴,母亲智力障碍,自己从小就是小儿麻痹症。

他为了生计,背着理发工具箱,摇摇晃晃地走街串户,给人理发。理发一次收取5毛钱,一天能挣六七元,就已经很满足了。

1996年,他到一户人家理发,这户人家有一个患有小儿麻痹症的女儿,他喜欢上了她,女孩也对他有意,可谓情投意合。经人说合,两人便走到一起了。

结婚第四年,妻子生下一个男孩,然而小孩不到1岁时,检查患有先天性心脏病,在南昌治疗。由于家庭贫困,治疗费用像一座大山一样压在张德林夫妇头上。这时,有好心人为他募捐,引发社会广大爱心人士的同情,捐款达1.6万多元,帮助他家支付了部分治疗费用,解了燃眉之急。

精准扶贫政策下来后,井冈山为了实现户户有安居住房,"住不了"的"建起来"。2016年,政府给张德林家代建了房子,两室一厅,一厨一卫。地基是张德林父亲花几百块钱买的一栋土坯房。张德林领着我看他的房子,指着卫生间的浴霸、电热水器说,这都是政府安装的;厨房抽油烟机、洗碗池都是政府购买的;卧室的衣橱也是政府买的;客厅电风扇、饭桌、凳椅也是政府买的。镇委书记王小辉是挂点他家的帮扶干部,在乔迁之喜时,送来了一个精美漂亮的挂钟作为贺礼。

再也不用借住人家的房子了,张德林搬进新房,心情无比激动,请村里会写毛笔字的人写了一副中堂对联贴在客厅,对联写着"精准扶贫奔小康;坚定不移跟党走",横批是"党恩浩荡"。对联中间贴着毛主席像。现在农村家家户户中堂贴毛主席像,取代了过去中堂贴财神菩萨的位置。张德林说,年年贴财神,财神也没有保佑自己发财。现在贴毛主席像,共产党帮扶我盖起了新房。

共产党成为中国百姓的精神偶像。毛主席像成为这个精神偶像的代表,是朴素的百姓心中的"神"。

从贫困户走出来的扶贫人

在龙市镇相公庙村,我了解到红卡户林陈英的故事。她的父母离异,靠父亲打零工维持一家人的生活。就在不久前,父亲因鼻癌去世。她现在与奶奶一块生活。

我提出与林陈英见见面。张富民带我来到邻乡的睦村乡河桥小学,林陈英在这个学校代课。

来到学校,校长接待了我们。听说我们找林陈英了解扶贫事迹,他十分热心,当即打电话给林陈英,叫她赶紧回来。

校长是个热心人,她告诉我们,林陈英是个懂事的孩子,好学上进,考上了大学。目前林陈英在河桥小学代课,学校知道她家的情况,父亲又因脑出血在吉安的医院检查,回到家里过完春节,又去吉安的医院治疗。因确诊已到鼻癌晚期,又转院到南昌治疗,住院两周后,医生说不要治疗了。回到家十来天就去世了。这孩子很孝顺,住院时全程陪同着父亲。在她照料父亲时,学校没有因为她是代课老师而停发工资。

一会儿,到龙市去办事的林陈英回来了。她剪着短发,穿着一件蓝色暗格裙装,眼睛乌黑明亮,瘦弱的身躯透出一股倔强。

在校门口给她和校长拍了照片。本来想拍一张她上课的照片,但她带的班级正在上音乐课,便作罢了。

林陈英领我们去她家。房子在公路一侧,是七八年前建的一栋两层小楼,房屋外墙未经粉刷,砖块裸露着。房屋前面有一间棚子,挡在林陈英家一侧,只留出大门前一条通道。

见到她奶奶。这位年近80岁的老人,驼背,脸上刻满岁月的刀痕。三个儿子,有两个"走"在她的前头。这需要坚强的毅力才能挺过来。

屋内设施很简陋,柜子和桌子都油漆斑驳。卧室摆放着两张简易床,一张书桌,一个衣柜。这个家庭真可以说是一贫如洗。

现在,林陈英还要负担上大学欠下的两万多元无息贷款。父亲八九万元的住院费等着报销。估计报销下来,还需要自己负担近两万元。这些欠款的偿还需要等她找到一个好工作后,省吃俭用几年才能还清。

林陈英,这位倔强的女孩,还需要靠自己的双手去创造未来。

再次联系她时,她已经通过了"三支一扶"考试,分配在龙市镇庄前小学任教。过去她作为贫困家庭的学子,得到过政府的扶贫帮助。现在,她响应政府号召,到农村基层从事支农、支教、支医和扶贫工作,反哺社会,担负起了一个学子应有的责任。

他将石蛙卵放归溪流

在黄坳乡福溪村丰田组,沿着一条溪流朝一户贫困户家走去。那户贫困户叫廖森香,据说父亲老年痴呆,妹妹是侏儒,还要养两个孩子,生活非常艰难。这家人住在半山腰,往返要走近一个钟头。领路的村干部看我执意要去,也鼓起了干劲在前头开路。

走着走着,我看见路边有一个人,在荒地上一锄一锄地挥动着,我故意与他搭讪。挖什么呢?他说挖蚯蚓。挖蚯蚓干什么,喂鸭子吗?不是,喂石拐。

石拐就是石蛙。我问,你养了石蛙?

他说,养了 30 对石蛙。

我好奇地坐在田埂上与他聊起来。他叫胡本坤,还是个蓝卡户。

他一锄一锄地挖,我不停地抛出问题。他毫无保留地回答我。

胡本坤出生于 1964 年。我好奇,他身体健康,怎么会是贫困户呢?

说起来,话就长了。不是贫穷人,不知道贫困的难处。他说最艰难的时候是前几年,家里上有两个老人,下有两个读书的孩子。父亲长年有病,有一年父亲脑血管堵塞,病来如山倒,送到吉安治疗,需要两万多元。他拿不出,只好到银行贷款。但银行只给他贷了1万元,他还要四处筹钱。他哥哥一家在这一年也遇到了困难,侄子生病,嫂子背谷子上楼,从楼上摔下来,摔断了大腿骨。哥哥一家的日子比他还难过呢。父亲住院全靠他跑前跑后,真是喊天天不应啊。继而是两个孩子读高中,学杂费和生活费一年要两万多元。俗话说屋漏偏逢连夜雨。他家里的土坯房,一下雨就到处漏,被子都淋湿了。贫穷让他丧失了骨气。有一次女儿打电话给他,要200元生活费,他荷包里一分钱都没有,问了好几个人借,人家都不肯借,怕他没有钱还啊。一个堂堂男子汉,知道借钱的耻辱,但没有办法呀,不能让女儿在学校饿肚子,他只好忍气吞声地央求人家借钱。

胡本坤不是个懒汉,他与妻子拼命挣钱。种了10亩地,可一亩地挣的钱,除去化肥,卖的谷子最多只有1000元钱,10亩地也就挣1万元钱,胡本坤平时在家砍点毛竹搞点副业维持生计,有时也挖冬笋、掘野菜、种生姜,用摩托车带到茨坪去卖,可是也填补不了多少家用。

在农村,要供两个孩子从小学读到大学毕业,实在不容易。他们夫妻俩都没有出去打工挣钱,怕耽误孩子读书。胡本坤坚持到了最后,孩子很争气都考上了大学。孩子读大学让他松了一口气,因为大学里有国家助学贷款,可贷8000元,基本能解决孩子读大学的费用。

胡本坤说,自己不是不可以出去打工挣钱,但那样,孩子的教育就成问题了。他舍弃出外打工挣钱的机会,在家抓孩子的教育,培养出两个大学生。不得不说,他的选择蕴含着智慧。

我问他作为蓝卡户,享受到了哪些政策上的待遇?

胡本坤告诉我,他得到了6个方面的实惠:危房改造他共领到了33000元的补贴款,其中18000元是中央财政给的,10000元是市财政的危房改造款,另5000元则是纯土坯房额外补的;政府修建了入户水泥路,还对他的晒场进行了硬化;蓝卡户5000元产业扶持资金入股菊花合作社,每年有15%的分红;教育扶贫,每个孩子3000元,两个孩子就有6000元的补贴;他家是吉安市发改委干部挂点帮扶,花4000元给孩子买了一台电脑,同时他家也是井冈山市文联的挂点单位,每年市文联给他500元钱慰问金;还有医保、社保,每年需要1350元的费用,都是市文联给他交的;每个月黄坳乡医院还派医生、护士上门给他夫妻俩免费检查身体。

2018年,他将自己的土坯房拆除,盖起了新房。因为享受了扶贫政策,他得到3万元的补贴,连屋坪和入户水泥路都是国家搞好的。

我问他,现在日子好过了吧?他说,好起来了,2015年,精准扶贫政策在井冈山实施,他不但从经济上得到了实惠,更从精神上得到了扶贫。扶贫干部循循善诱,锲而不舍地引导他发展产业。他琢磨着,就养起了石蛙。但他养石蛙却做的是公益事业,并不完全是为了挣钱做产业。

胡本坤养了30对野生石蛙,每年这30对石蛙要产卵15000粒。他将这15000粒卵全部流放到溪流中,让它们归于自然。好家伙,15000粒如果全部成活,那将是15000只石蛙呢!

这15000只石蛙如果集中列队的话,是一个庞大的蛙阵。

这15000只石蛙如果全部亮嗓子叫喊,那将是一场多么雄浑的蛙唱。

不少人人工养殖石蛙,那是朝着产业去做的。而胡本坤却不是。他养殖石蛙,只是培育石蛙卵子,然后放生到各条溪流中。他的境界就是与别人不一样。

我问他,为什么要将饲养的石蛙产卵放归自然?

胡本坤此时像一位哲人,眼望蓝天,将目光收回与我侃侃而谈:人养蝌蚪天养蛙,任何蛙都有一种回归的本能。蝌蚪在什么地方长大,它就会在自己有生育能力时回归原地产卵。现在大量田地抛荒,给青蛙们的繁殖带来灭顶之灾,因为蝌蚪要在水里生长几个月,没水就会死亡。石蛙原来在我们这里十分丰富,由于滥捕,现已成稀有物,所以我把石蛙产的卵保护下来，人工养蝌蚪，目的是让石蛙在繁殖交配时防止人为滥捕造成石蛙绝种。虽然已成功，但我人力、物力有限，只在一个局部进行，原来的一个领导答应给我两万元让我发展，他调任后计划就落空了。希望你能宣传一下，号召自然动物保护区在各处石蛙自然生长的地方，每隔1000米水路，修建一个石蛙产卵池，放入雄蛙蛙王，这样方圆500米的石蛙听见叫声，就会跳入池中抱对产卵，池面设铁网锁住，捕蛙者就抓不到蛙，而使蛙顺利产卵，产后的蛙要放出来让它回归自然，关在池中时间久了，没吃的，会死，这是保护石蛙的一种好办法……

胡本坤是个勤劳人，他还在深山中造了150亩林，其中杉木林120亩，毛竹林30亩，每亩政府补贴200元。杉木林需要25年才能成熟，毛竹林第二年就能砍伐。现在每年在毛竹林上，他能有五六万元的收入，加上其他务工收入，他一年有7万余元的收入。盖房子借的一些款也差不多还清了。

孩子现在已大学毕业，找到了满意的工作，他的眉头舒展开了。他说，是精准扶贫政策，使他度过了最为困难的年头。进入新时代，国家政策越来越朝民生倾斜，老百姓的日子越来越好了，国家大有希望！他打心眼里感谢习近平总书记，感谢党和政府。只有共产党才能做到全心全意为人民服务。他教育自己的孩子，要听党话，跟党走，为国家作贡献。

告别胡本坤，我们继续朝住在半山腰的贫困户廖森香家走去。

太阳能灯盏

刘富华家住东上乡浆山村河树湾组，因车祸致截肢，曾经活蹦乱跳的小伙子，躺在病床上大半年，他感到绝望。但善良的妻子和幼小的儿子守望在他身边,又重新点燃了他对生活的希望。他要活下去,他曾许诺让妻子和儿子过上幸福的生活,让母亲安度晚年,这些是他活下去的信念。他说过要盖新房、买车,培养儿子好好读书,以后再不要像他一样到处去打工……

可是自己现在是个残疾人,怎么去奋斗,怎么去实现自己的梦想呢?

刘富华彷徨过,悔恨过,有时候恨不得将那根拐杖扔进万丈深渊,自己也跳进去。后来听人说安装义肢他就能重新站立起来了。他跃跃欲试,四处筹钱,终于实现了安装义肢的愿望。从前靠拐杖支撑的他又重新像正常人一样站起来了。此时的刘富华,涌起了一股久违的豪情。他嘴里不自觉地哼起了《十送红军》,脑子里闪过无数红军的影子。那个年代,多少红军为了革命抛头颅、洒热血,而自己不过是少了一条腿,现在还有义肢帮助自己站立起来,他要干一个正常人所能干的事。自己是井冈山人,必须用井冈山精神去战胜困难。

没有义肢时,生活中有种种不方便,连日常起居都要家人照顾。自己不但不能为他们分担家庭事务,反而成了他们的累赘,他感到十分愧疚。自从装了义肢后,生活慢慢能自理,也渐渐恢复了不少能力。出去打工已经不可能了,重的农活也不能承担,但在家里放养鸭子是完全可以的。虽然养鸭子的收入不是很高,但是他看到了生命的曙光。只要不放弃,生命就有希望!

在回家的路上,他有了很多憧憬。种两亩地,一家人够吃,不用买米;养几百只鸭子,几年以后要盖房子……他盘算着、寻找着致富的路子。

他说到做到,果然喂起了鸭子。好在山里的田地,收割完后可以用来放养。整个山窝里,都是他放养的鸭子。他看着这些鸭子,心头有了满满的幸福感。第一年,他挣了3000元钱。这是他重新站立起来后,自己挣的第一笔钱。钱虽然不多,但却燃起他生活的勇气和信心。

真正让刘富华看到生命曙光的转机很快来了。精准扶贫的春风吹遍大地,也吹到了浆山这个深山沟里。村里来了扶贫工作组,他们走家

串户,访贫问苦。当他们来到刘富华家,看到一个肢体残缺的人迸发出这么巨大的生活热情,也深受感动。工作组制定出了一系列帮扶措施,其中有"六个精准"的秘诀,即扶持对象精准、项目安排精准、资金使用精准、措施到户精准、因村派人精准、脱贫成效精准。

2015年5月,由吉安市水文局投入扶贫资金14万元,成立浆山村养蜂专业合作社,将村里36户贫困户纳入为股东,每户贫困户分得3888元股金,按15%分红,每年每户分红583元。养蜜蜂是繁殖很快的产业,浆山村从2015年的150箱起家,至2018年11月发展到450多箱。与此同时,村里还建了猕猴桃基地,种植猕猴桃60亩,将25户蓝卡户的政府产业扶贫基金每户5000元纳入猕猴桃基地,共投资12.5万元,每年也按15%分红。这样,全村贫困户都可以享受到产业扶贫的分红。

精准扶贫的春风将沉睡中的浆山村唤醒,浆山村展现出前所未有的崭新面貌。刘富华感觉自己像一只太阳能灯盏,白天吸取了太阳能的光能,晚上就能发光了。

村里照顾他,请他做蜜蜂的饲养员,每月发给他两千元工资。刘富华欣然答应,同时,他还恳请村里到外面买蜜蜂的同志帮他带回来10箱蜜蜂自养。刘富华勤学好问,很快掌握了养蜂技术。

2018年1月,刘富华决定自主经营,将政府的产业扶贫基金1万元投入养蜂养鸭。现在,刘富华的蜜蜂已经发展到了30多箱,按照每箱年产蜜7.5公斤计算,年产蜜约225公斤,每公斤按160元售卖,年收入可达三四万元。作为红卡户,刘富华除了自己勤劳创收外,村里还给他安排了一个公益性岗位,每月300元工资。此外,他还有低保金每月305元。

刘富华种了两三亩田,吃的粮食不用买。一个残疾人,太能干了。刘富华说,不勤快不行啊,还有两个孩子读书。我了解到,刘富华妻子是湖北人,因为湖北娘家的家庭条件好,孩子上学更方便,她便带着孩子在湖北读书。暑假的时候,妻子会带孩子来井冈山住上一段时间。刘富华还有一个 68 岁的母亲需要照顾,他只能一边照顾母亲,一边在家里发展产业。

浆山村村支书罗石清告诉我,爱心公寓 32 户贫困户,有 22 户是浆山村人,刘富华也是其中一户。通过精准扶贫的帮扶,刘富华的生活好多了,房子也解决了。刚出事那段时间,他的身体和精神受到摧残,不像个人。现在,每年有四五万元的收入,劳动使他的精神面貌发生了根本转变。电视台采访过他多次,他是我们浆山村的新闻人物呢。

刘富华深情地说:"如果没有精准扶贫政策,靠我养鸭挣钱,恐怕一辈子也盖不起房子呢。现在不仅有了新房子,也学到了养蜂技术,在家里的收入比外面打工还多。对于我一个残疾人来说,我的生活有了质的飞跃。感恩国家好政策,感恩党员干部的帮扶!"

享了共产党的福

在大陇镇中村,我见到这样一对夫妻:如今 70 多岁了,两个人过了一辈子,但夫妻俩说话却各自埋怨对方,似乎有很深的怨气,但却又是夫妻,而且还过了大半辈子。他们有三个女儿,都已出嫁,两个嫁到广东,一个嫁在本地。男方有腰椎间盘突出,血压偏低;女方有神经脑血管病,已经 20 多年了。

这对冤家,是蓝卡户,户主叫吴洪春。吴洪春叙述自己的苦难史,要从 1968 年说起。那年他 21 岁,父亲告别了这个世界,母亲带着最小的孩子改嫁。作为家中老大的吴洪春,上有一个奶奶,下有 5 个弟妹,一家老小全靠他,他成了顶梁柱。怎样度日,他没有过多描述,但免不了靠亲戚朋友的接济,日子总算熬过来了。女主人接过他的话茬说,我嫁过来时,跟他一块砍柴卖。天还没亮,就要挑两担柴到大陇食堂去

卖。卖两三块钱,还要回来搞饭吃。还有一个90多岁的奶奶。我那个时候想走,就跟奶奶说,奶奶我要走了,你孙子对我不好。奶奶说,你不要走,你走了我会饿死的。

两个人的叙述虽然各说一词,但也知道了这对冤家是从一开始就不大对劲。可是如今已经过了半个世纪了,还有什么好抱怨的,和和气气过完余下的日子吧。我跟他们说。

女主人跟我说,大女儿是1971年出生的,孩子4个月时得了血瘤开刀。那个时候吃没吃的,营养更别谈,没有吃的,奶水自然供不上,孩子没奶吃。苦日子过得多了。女主人指责丈夫脾气不好,不过,我看吴洪春还挺有涵养的,并没有因为夫人指责而反唇相讥。

但可以想象一下,一个大家庭,奶奶、弟妹,还有自己的小家庭,这个家如何过,当老大的能不操心吗?没有饱饭吃,经常饿肚子,还能有什么好脾气呢?

后来,就是改革开放,土地承包,这才有了饱饭吃。因为青壮年时期苦力做多了,两位老人身体到老年便自然衰退了,各种病找上门来。重的体力活做不得了,经常这里痛,那里病,看病吃药要花不少钱,有的小病忍着根本不去医院,小病也就拖成了大病。

现在好了,精准扶贫政策像福星一样降临到他们头上。他们与党的政策如此零距离地接触,并享受到各方面的优待。贫困户在过去是弱势群体,没有话语权,受欺负,现在却成了党和政府最关心的群体,这不是我们的福气是什么?

女主人也抢着说,享了习近平的福!现在这个时候,只要身体好,就一切好。

吴洪春接着说,要说日子好过,是从最近这5年好起来的。因为党的政策好,现在搞精准扶贫,让我们贫困老百姓过上了好日子。

我问他,你享受到了哪些好政策?

吴洪春说,60岁以上享受新农保,医疗全报销,一站式清账。土地种黄桃,每年有租金 100 元,产业分红有 15%,拿到了 750 元,三年后挂果了,能有 1200 元。村里还搞了养鱼,挖了一口塘,有 1.7 亩,叫我管理,田是自己的,鱼塘是村里挖的,鱼苗是村里放的,鱼的收获是我自己的。塘里放了 400 尾草鱼,保守估计能收获 300 尾。因为不是饲料喂养,加上是冷水养殖,鱼的出栏周期要两年至三年。每尾鱼出栏约 1.5 公斤,一公斤鱼卖 40 元,300 尾可以收入 1.8 万元。

吴洪春账算得一清二楚。我问他:你要花多少工夫喂养这些鱼呢?

吴洪春告诉我,每天我割 40 公斤草丢下去,冬天鱼不吃草。镇里和村里干部想方设法帮着我们贫困户致富,天下哪有这样的好事,只有共产党才这么干啊!镇人民武装部林部长是我的帮扶干部,有什么困难就找他,他会跟你出谋划策,人好,实在,说到做到,10 天左右来看望我一次,村支书也一样。通过精准扶贫,干部与我们老百姓心贴心了。他们不打折扣地为老百姓办事,将心比心,自己的儿女也做不到这样尽心尽职嘛。我这辈子没有想到现在有这么好的日子过。

此时,女主人又插话,重复她说过的话:享了共产党的福,享了习近平的福!

吴洪春也重复了自己老伴的这句话:真是享了共产党的福,享了习近平的福!感谢帮扶干部!

这对冤家,说起别的家务事,总是拌嘴,但说到精准扶贫的事,却异口同声地赞扬党和政府,赞扬人民领袖习近平。真有趣!

扶贫满足了老表的心愿

来到下七乡爱心公寓,见到了 89 岁的蓝卡户卢心老人。卢心的妻子 67 岁,育有一个男孩、两个女孩。家中因病致贫。

卢心是下七乡光明村土坑组人，2016年8月搬进爱心公寓入住。爱心公寓主要解决下七乡居住在深山区、地质灾害区、交通偏远区特困户的住房问题，是下七乡实施"移民搬迁一批，镇区聚集一批，拆旧建新一批，特困统建一批"政策的一项重大民生工程。

卢心就是依据政策从深山区、地质灾害区迁移到爱心公寓的特困户。他的老房子是一栋土坯房，建在土坑组的山窝里面，交通极不方便。

卢心住在爱心公寓，惦记老房子和那里的菜地。2018年春，他与妻子返回土坑组老房子去住了一段日子，在那里有一片菜地，他想种点新鲜的蔬菜。不料，6月份一场山洪暴发，他和老伴被大洪水困在了深山。

卢心的脑子里永远抹不去这样一幅画面——

这一天突然乌天陡暗，电闪雷鸣，瞬间倾盆大雨从天而降。开始卢心以为只是一场寻常的雨，也便不大在意。

下了两个多钟头，雨还没有停下来。这时候，房屋左边的山窝里一股水，如一条水龙旋转着似乎要卷入卢心住的房屋中来；房屋右后方一个山窝的水也势不可挡地朝房屋袭来。卢心站在房门口，看这势头，这雨似乎没有停下来的意思。如若这样一直下，自己的房屋都有可能不保啊。

他和老伴焦急地等待，不知是期盼有谁来救他们，还是期盼大雨赶紧停下来。盼老天是枉然，因为老天依然雷声隆隆，似乎已经撕开了一道口子，大水只管朝地上泼来。卢心活了89岁，这样的大雨还真不多见。

雨已经漫进了门槛，涌进了房间。卢心和老伴此时已经换上了筒靴，站在雨中。他与老伴坚信，肯定会有人来救他们，不能着急。

他是蓝卡户，房门一侧钉着"精准扶贫大会战"的牌匾，上写"帮扶人姓名：卢诗渊"，还有帮扶人的电话。他拿出自己的老人简易手机说，再不打电话不行了，天都快黑了，今天晚上这里住不得。

卢心颤抖着手，拨不了号码。他将手机递给妻子，妻子伸手来接，电话却掉到地上了。地上已经是一层水，手机落进了水中，捡起来再拨号码，怎么也拨不出去。

这下完了,外面也打不进来电话,只有困守这里了。

妻子安慰他,不怕,肯定会有人来救我们的。

卢心说,那就等吧。老天为难我们,只有等共产党来救我们了。

两双期盼的眼睛望着坑口方向。果然,一个影子朝这边移动。妻子眼尖,说,是卢诗渊卢主任!

渐渐,卢心看清了,是卢诗渊主任。他一手撑伞,一手拿着一根木棍在前方探路。水已经漫过路面,在卢诗渊的膝盖上激起浪花来。卢诗渊每前进一步都要用木棍探实,才能下脚。

近了,近了。卢诗渊已经全身湿透,一双皮鞋和裤腿完全浸泡在水中。"叔公,这雨下得真大,河里涨了蛮大的水,田地都淹了,还有几户人家山体滑坡呢。我到草鞋洲时,想起您这里肯定不安全,于是就朝您这里赶了。"卢诗渊走近来,向卢心讲述道,"您放心,今天就是天塌下来,也要把您和叔婆两人转移出去。后面还有妇女主任黄林香、村支部委员卢永生、村委委员叶九凤和乡驻村工作组组长李金祥,他们马上就会赶过来。"

卢心两眼湿润,拉着卢诗渊的衣角,双膝慢慢跪下来,颤抖着声音说:"卢主任,我晓得你们一定会来救我们的。"

卢诗渊赶紧撑起老人说:"叔公,这是我们应该做的。您千万别谢我,要谢,就谢共产党,谢习近平总书记。我是共产党派到您家的帮扶干部,您家的任何困难都是我的困难,我都会想办法解决。"

卢心不肯起来,说:"你来救我们,我们就得有良心。你是共产党派来的,这跪,我就是给共产党跪的。"

卢诗渊用力把卢心老人搀扶起来,安慰他道:"连习总书记都说自己是人民的勤务员,我们作为共产党的一员,更是人民的勤务员。您是我的帮扶对象,我心里想到的第一个人就是您。下午处理了几宗山洪暴发的事件,我通知全村的党员干部和青年民兵都到一线抢险去了,这才心急火燎地赶到您这来了。我来晚了,让你们受惊了。"

卢心哽咽着,说不出话来。一会儿,妇女主任黄林香也赶来。本来她

是和卢诗渊一同来的,走到一座小桥上,卢诗渊体力强,迎着激浪走过来了。黄林香却几次被汹涌的激浪顶回去,差点还被激浪冲到桥底下去。卢诗渊要回来接她,但黄林香朝他挥挥手,叫他赶紧先去找卢心老人。黄林香在原地等候正在赶来的村支部委员卢永生、村委委员叶九凤和乡驻村工作组组长李金祥。人多力量大,四个人手挽手,才战胜洪流,走过了小桥。

卢心夫妇看着大伙儿为自己的事儿,冒着生命危险而来,感动得泪如雨下。卢心说,你们都是习总书记派来救我的,我卢心感谢你们,说完又朝地上跪了下去。大家把卢心扶起来。卢诗渊给大家做了分工,由于来路上还有一户聋哑人卢卓云也需要转移,由乡驻村干部李金祥负责;村委委员叶九凤负责卢心妻子谢生招转移;卢诗渊和村支部委员卢永生、妇女主任黄林香负责89岁的卢心转移。

卢心年纪大,腿脚不灵便,由卢诗渊和卢永生一边撑扶一只胳膊,黄林香负责探路。遇到沟坎和木桥,由一个人背着行走,另两个人则贴身护卫,防止摔倒。就这样,赶在天黑前,他们将卢心老人安全转移出了深山。

卢心逢人便说,扶贫干部比自己的儿子还要亲,自己的儿子在发生洪水时,还不知人在哪呢,而最先盼来的就是扶贫干部卢诗渊他们。

这次大洪水,是百年一遇,一些桥梁被冲垮了,到处山体滑坡,许多人家的房屋都受灾了,市乡村各级党员干部都奋战在抗洪第一线,抢救财产和生命。卢心告诉我,扶贫,对贫困户的照顾做得好,满足了老表的心愿。党员干部做工作需要花好多的心思心血。洪灾来了,我很无助,扶贫干部来了,就像看到救星来了,当时在老房子里就掉泪、下跪。安全送我到了爱心公寓,我再次感谢下跪。村里、乡里干部来我家回访,我下跪……扶贫干部冒着生命危险来救我,我没有什么回报,只有用跪来表达我的感恩。感恩共产党,感恩习总书记教导了好干部!

看着眼前这位用跪这种古老礼节表达自己内心感情的老人,我的眼前浮现着他叙述的一幕幕画面,眼眶也湿润起来……

列夫·托尔斯泰说:"幸福的家庭都是相似的,不幸的家庭各有各的不幸。"每个贫困家庭细究起来,都有自己不幸的遭遇。我采访他们时,深切体会到党和政府为摆脱贫困所作出的巨大努力,帮扶干部将贫困户从贫困线上解救出来,确实费尽了心血。贫困户也是有血有肉的人,他们感恩党和政府的关怀,感恩帮扶干部的帮助。他们感恩的话也深深打动了我,我唯有如实记录下来。

中国政府承诺,确保到2020年现行标准下农村贫困人口实现脱贫,消除绝对贫困。中国的扶贫成就是人类历史上最伟大的事件之一,这与中国经济的快速增长同样引起了世界各国的热切关注:

——联合国秘书长古特雷斯对中国扶贫事业给予了高度评价,他说:"中国是为全球减贫作出最大贡献的国家。"

——联合国国际农业发展基金全球接触、知识和战略部主任阿什旺尼·穆图也认为,中国减贫模式效果好、效率高,在全球有目共睹。中国精准扶贫的理论和实践表明,通过良好的政治愿景、科学的扶贫战略、适宜的政策措施,实现整体脱贫是完全可能的。

——比尔·盖茨也十分赞赏中国的扶贫事业,他说,中国在过去几十年取得的扶贫成就,是"世界史上最惊人进步之一",并且认为中国可以作为其他国家脱贫的范例。

…………

看着这些国际社会的赞誉,回溯一代代中国共产党人为之奋斗、为之献身的目标,就要在我们眼前实现,我们感到无比的振奋和自豪。

现在,中华民族千百年来存在的绝对贫困问题,就要历史性地得到解决,脱贫攻坚进入最为关键的阶段。行百里者半九十,越到紧要关头,

越要坚定必胜的信念,越要有一鼓作气攻城拔寨的决心。

在中国这片土地上,没有我们想办而办不到的事情,即使脱贫奔小康这样艰巨的事业,也照样能实现。尤其在铸造和凝练"井冈山精神"的土地上,中国扶贫精神正在全中国人民的共同铸就下,成为一种新能量,哺育着这个世界!

井冈山经过多年持之以恒的精准脱贫攻坚,贫困乡村面貌焕然一新,贫困村生产生活设施实现大变样。2016年以来,累计整合涉农扶贫资金7.47亿元,实施1862个项目,实现25户以上自然村全部通水泥路、通自来水,所有行政村卫生室、文化室、党建活动室均已达标,村庄整治、产业发展、技能培训、危旧房改造均实现了全覆盖。

老区脱贫,不仅是经济问题,更是社会和政治问题。党的十八大以来,井冈山深刻牢记习近平总书记的殷切嘱托,大力弘扬井冈山精神,坚持红色引领、绿色崛起,紧扣"两不愁三保障"目标,把脱贫攻坚作为第一号工程和头号政治任务来抓,贫困发生率降至1.6%,兑现了率先脱贫摘帽的庄严承诺。

井冈山由带"穷色"的"贫困样本",率先报道贫困宵遁,变身"脱贫样本"。2017年2月26日,经国务院扶贫开发领导小组评估并经江西省人民政府批准,井冈山正式宣布在全国率先脱贫摘帽。昔日"黄洋界上炮声隆,报道敌军宵遁",如今井冈山人民再次报道贫困宵遁。

卷三 ‖ 驻村第一书记

280多万驻村干部、第一书记,工作很投入、很给力。

曾润洲：坚定执着追理想

解放军来了，

路也好走了，

西瓜好卖了，

房子好看了，

村庄也漂亮了，

媳妇也好娶了……

这是坳里乡寨下村群众赞扬驻村第一书记曾润洲的话语。没有文绉绉的华丽辞藻，也没有豪迈雄壮的语言，都是掏心窝子的大实话。

巍巍井冈山，是中国革命的摇篮，它缔造了英勇善战、与群众同甘共苦的红军。五百里井冈山，人民像爱戴当年的红军一样，爱着自己的子弟兵。

井冈山是红军的故乡。1928年，毛主席亲手创建湘赣边界工农兵政府防务处，这就是井冈山市人民武装部（下简称人武部）的前身。井冈山市人武部把井冈山精神作为建部之魂、立业之本，代代相传，薪火不熄。人民群众称井冈山人武部的同志是永远不走的"红军工作队"。

精准扶贫战略实施以来，井冈山人武部将有实战经验的同志派到各地去执行脱贫攻坚任务。

曾润洲，1980年10月入伍，1981年12月入党。在市人武部担任拥政爱民办主任八年以来，立足岗位，尽心尽责，先后多次被表彰为优秀共产党员，并三次荣立三等功。2014年初，被选派到井冈山几个贫困村挂点帮扶，立足扶贫岗位，被老区人民誉为"扶贫村里的党代表""不走的红军工作队"。2015年初，被市人武部党委、市委组织部选派到坳里乡寨下村担任驻村第一书记。

曾润洲，方正的国字脸上镶嵌着一双大眼睛；见面一笑，两个酒窝好像会说话；微胖的身板配上中等个头，说是"虎背熊腰"也不过分。一副敦厚老实的外表底下透着常人不易觉察的智慧。

2015年5月13日，曾润洲接到组织通知，安排他担任坳里乡寨下村驻村第一书记。曾润洲说，刚接到命令时，我也动摇过，自己是一名即将退休的职工，既没有年轻人的知识和年龄优势，也难寻项目和资金支持，一度打起了退堂鼓。回到家，年过八旬的老母亲看透了我的心思，掏出家谱对我说："孩子，你的先辈们为了劳苦大众得解放，命都可以不要。现在人武部叫你去当第一书记，你要多为乡亲们做实事，不能给红军党代表丢脸，不能给我们家丢脸！"母亲的一番话，让我羞愧地低下了头，作为革命后代，我没有理由不好好干。第二天我就打起背包，来到井冈山最偏远的寨下村报到。

报到的第一天，曾润洲就带上水壶、挎包和笔记本，来到寨下村驻村。临行前，人武部政委对曾润洲说，去当第一书记，不好当。组织上将这个艰巨任务交给你，也是出于对你工作能力的认可。你在部队就当过班长，班长是做思想工作的能手。你到了村里，多跟村里"两委"同志接触，寨下有32户贫困户，你要到贫困户家里去，第一书记就是去与贫困户"认亲"，把他们当作自己的亲人，工作就会好开展。

政委的一番话，使曾润洲对如何开展第一书记工作有了方向。

寨下村是一个典型的基层组织较为涣散的村子，又是一个贫困村。

曲折蜿蜒的山路在山间绵延数十公里,出山一趟颇为不易。一条土路坑坑洼洼连接着村里的房舍。经济条件好的人家盖起了新房,一些没有钱盖房的村民仍旧栖息在四五十年前的土坯房里。乱搭乱建的牛圈鸡窝,鸡屎鸭屎狗屎到处都是,让人无从下脚……

曾润洲来到寨下村,与村支书、村主任见过面后,商议开一次村两委班子见面会。村支书和村主任分头通知下去,可到开会时,除了村支书、村主任两人到场,其他的村委成员一个也没有来。这让曾润洲大吃一惊,开会连村委成员都召集不齐,将来如何在村里树立威信,如何开展工作呢?

他问村支书:"这是怎么回事?"

村支书说:"通知发下去了,就是没人来。"

"那总有个原因吧,他们为什么不来?"

村支书支支吾吾的,说不清楚。曾润洲又转头问村主任,村主任红着脸,说了大实话,委员们看到别的村派来的第一书记要么是银行行长副行长,要么是局长副局长,就我们村派来一个"大老粗",要职权没职权,要文化没文化,怎么能带领我们脱贫奔小康?

曾润洲算是听出味道来了。村委们将自己看成"大老粗",年龄大且老,长得也五大三粗,村委们没有看错。既然村委们用外表对自己做了评判,那自己就要拿出不一般的措施来,改变村委们的看法。当然,村委们的看法也代表了不少村民的想法,对他这个第一书记不信任,认为这不过是上面走形式,派个驻村第一书记,说得好听,就是到村里来走走过场,老百姓该种地还是种地,第一书记能有什么用?能给村里下金蛋还是银蛋?嗤——

这一声"嗤——",摆明了就是不信任。既不相信他个人,也不相信政策。

曾润洲倒吸一口凉气,幸亏自己不是小年轻。年过五十的他,听了这些话,并不急躁。他拿着笔,一边问,一边在本子上记录着。村支书和村主任将村里的情况一五一十地告诉他。首先从村民情况开始摸底,有多少户人家,多少人口,多少党员,多少出外打工的,多少低保户,多少留守儿童,多少户劳力好的,多少户没有劳力的。还重点了解了贫困户的基本情况,姓甚名谁,家里几口人,什么原因致贫等。再从村里产业摸底,哪些人养了鸡鸭牛羊,哪些人种了瓜果蔬菜……最后得出结论,村里除了一部分年轻人出外打工外,基本都是靠传统的种水稻为生,有几户种了西瓜,没有其他增收的产业。

村里有什么?有还算勤勉的人,有不算贫瘠的土地。

村里没什么?没有投资的本钱!没有致富的门路!

一条穷根牢牢地扎在寨下村,多少年也没人能拔得动。

曾润洲没有泄气。他对到会的村支书、村主任两人说,其他村委委员不来也好,那我们先开一个"三人会"。

他首先传达了党中央精准扶贫的精神,党中央这次下了大决心,要让我们贫困村摘帽,让贫困户脱贫。为了解决政令不畅,村里组织涣散的问题,上级派我来担任第一书记,就是要将群众最急迫的问题解决掉。我们村两委干部首先自己要思想上步调一致,干部心齐,才能给群众作示范、带好头。俗话说,"人心齐,泰山移",全村上下,心往一处想,劲往一处使,没有干不好的事。当年毛委员率领工农革命军在那么艰难的情况下,都挺过来了,从三湾来到我们坳下到古城,最后在井冈山立住脚跟,开辟了第一个农村革命根据地。难,肯定是难,但如果因为难,就不去干,那什么事情都干不成。我们要有当年毛委员和工农革命军的勇气,在困难中闯出一条路来,把扶贫工作扎扎实实地做下去。

我这次来,不会因为村委们给我"下马威"我就拍拍屁股走人。这个驻村第一书记,除非上级撤我职或调换我,否则我不会走。我老实跟你们两位当家人交底,我来了就要做事,脚踏实地做事。今天村容村貌是这个样,到两年任职期满后如果还是这个样,那你们就用扫把赶我走。

村支书和村主任咧嘴一笑,哪能呢?到时我们给您开欢送会。

曾润洲说，两年后会是什么样？我不敢说什么大话，但可以肯定，不会还在原地踏步。大的不敢说，肯定村容村貌会大不一样，村道要变，水、厕要改，危房要加固，乱搭乱建要整顿；土地得有效利用，想办法引进绿色产业。我们大家拧成一股绳，保证我们寨下不拖井冈山脱贫奔小康的后腿，并要做全井冈山让人竖大拇指、呱呱叫的脱贫先进村。曾润洲右手大拇指竖起来，问，你们有信心吗？

村支书和村主任将信将疑，奉承道，第一书记既然有信心，我们就有信心，寨下村脱贫奔小康就全靠您了。我们跟着您干，您说怎么干我们就怎么干。

那可不行。我履行我的第一书记职责，你们一个是村支书，一个是村主任，你们是当家人，得压担子，不能冷眼旁观当甩手掌柜。过去部队有连长、营长、团长，是发号施令的人，你们就是这号人。村支书、村主任头耷拉着，他们从来就没有行使过发号施令的权力。他们对村民发号施令，还不如说村民对他们发号施令呢！曾润洲给他们打气，不用怕，我是你们的"政委"，也可以叫"指导员"，我给你们撑腰。保证你们发号施令起作用。

"三人会"统一了村支书、村主任的思想，接下来，他叫村支书通知全体党员，召开一个党员大会。

既然是第一书记，就得与村里的党员认识认识。党员从群众中来，是群众中的骨干和中坚力量，是在党旗下宣过誓的人，总不能跟群众一般见识。

这是一个月光铺地的晚上，除了一名身体有病的同志请假外，15位党员都到齐了。

曾润洲在台下跟党员们递烟，像早就熟悉一样与大家握手，见到老的叫大哥，见到一般大的叫老庚，见到年轻的叫兄弟。大家坐在板凳上，曾润洲没有宣读文件，他问大家会不会唱一首歌？大家用疑惑的眼神看了看他，不知这个看似忠厚的第一书记葫芦里卖的什么药。

大家都摇头。

好,你们不会唱,那我唱。我唱起来了,你们跟着我哼哼就可以了。这首歌其实是一首老歌。老歌不老,《十送红军》就是一首经久不衰的老歌,但还是常常听到人们传唱。我唱的这首老歌叫《党啊,亲爱的妈妈》,我起唱,你们会唱的就跟着唱——

妈妈哟妈妈,亲爱的妈妈,
您用那甘甜的乳汁把我喂养大。
扶我学走路,教我学说话。
…………

他唱着,没有扩音器,没有音乐伴奏,唯有窗外树叶上、地上镀满了银色。十几双满是疑问的眼睛投射在他身上。随着曾润洲的歌声渐进展开,有两三人跟着哼起来,接着更多的人嘴里开始哼出低低的声音。后面的人一跟进,开始哼唱的人声音就高亢起来:"党啊,党啊,亲爱的党啊,您就像妈妈一样把我培养大。教育我爱祖国,鼓励我学文化,幸福的明天向我招手……"

这首经典的红歌,它的创作还有不少故事呢。20世纪80年代初,河北邯郸一名矿工龚爱书写了名为《妈妈,你的恩情该怎样报答》的歌词,表达了儿女对母亲的纯真感情。后来,邯郸人马殿银、周右给这首歌词谱了曲,并在湖南电视台筹备"七一"晚会时推选了上去。试唱会上,时任湖南省广播电视厅副厅长李轻林一听到这首歌当即就表示,歌的旋律很好听,但是歌词不行,要重新写。于是,佘志迪就接下了这个任务,从写妈妈入手,又将党比作妈妈,并将歌曲改名为《党啊,亲爱的妈妈》。歌词歌颂了党的崇高和伟大,歌颂了如母亲一样哺育中华儿女的中国共产党,唱出了人民群众的心声。

曾润洲听着大家伙跟着自己唱起来,声音更洪亮了,脸上也露出了难得的笑容。一屋子的党员用不标准的音节哼唱着,月亮好像低下了腰

身,想听得更真切些。这一夜,好多村民的耳朵里也听到了这里的歌声。不少人聚拢过来,村道上的村民也随着歌声哼唱起来。这一夜,寨下村都在唱一首歌,一首老得快让人记不起来的歌。但有人一领唱,大家又全都记起来了。

会场上的党员和会场外的群众纳闷了,这个第一书记有意思!是个有文艺细胞的第一书记!不像大家一开始说的那样,第一书记是个大老粗。

大家唱着唱着,有些党员同志的心底升腾起由衷的暖意。

曾润洲站在党员中间领着大家唱完歌后,坐到了主席台上,他说:这首歌好啊,大家开始说不会唱,到最后,除了外面水沟里的蛤蟆不会唱以外,党员同志们全都会唱嘛。我还听到外面的群众都跟我们一起唱起来了,这叫里应外合嘛,好得很。我们寨下有希望啊。下面我把我到这里来驻村当这个第一书记的任务和目标,跟大家说说。一句话,我们是党的人,就要为党做事,党现在的中心工作是精准扶贫,让群众致富奔小康。群众的事无小事,凡是涉及群众切身利益和实际困难的事,再小也是大事……我曾润洲,不说什么大话套话,我就说我该怎么干,然后大家再发言——我们村应该怎么干?我这次来驻村,时间两年,来了就得干实事,要不然我就卷起被子走人。我是人武部的兵,我这个第一书记不是仅有我曾润洲一个人,我背后有一座山——人武部这座大山。我不敢说这座山是一座金山银山,但可以肯定地说,这是一座寨下村可以依靠的山,有温度的山,有能量的山。我下来前,我们部长也透露了点底给我。部长说了,人武部就是不换防的驻军。我们会争取从外面引进最好的投资商、引进最好的产业来咱们寨下,到时涉及土地、人力、分配等等方面的问题,需要我们党员同志给群众带好头。我们的共同目标就是把寨下几十年不变的面貌改变一下,变得出去打工的人回来认不出他们的村子……你们有没有信心?

党员们听他说,有的沉默了,这人说的靠谱吗?如果真像那么样,我们肯定跟着干;有的只顾着晚饭的消化打嗝放屁,就等着看多数人表态,然后附和一声;有的索性露出不屑的神色,这又来了牛皮大王,想把村里几十年的面貌变成一幅新景象,你是孙悟空吗?有的表态了,曾书记,你就领着大伙干吧,我们二话不说,只要为村里好,我们有什么不干的,傻子、蠢人才不干呢。

这部分人一表态,其他人感觉好像说出了他们的心声,都说曾书记,你放手干吧,需要我们干什么,我们鞍前马后跑腿,绝不拖后腿!

有个平素喜欢读书看报,有"政治"头脑的党员说,曾书记,刚才你领我们唱歌,唱着唱着,我眼前顿时浮现毛泽东、朱德、陈毅、彭德怀等老一辈无产阶级革命家领导人民群众在井冈山创建根据地的情景。当年的红军在那么艰苦的条件下,创造了革命根据地,为中国革命探索出一条农村包围城市的革命道路。现在党中央号召精准扶贫,发起了与贫困的最后决战。在当年红军将士们与强敌决战的土地上,自己有幸参与到这场史无前例的扶贫攻坚战中,我们一定要打赢这场战役,绝不能退缩当孬种!

曾润洲知道,大家的思想基本统一了,自己下一步就是"怎么干、干什么"的事了。会议的效果达到了,可以散会了。

人群散去,他目送大家,嘴里又哼起了那首歌:"党啊党啊,亲爱的党啊,您就像妈妈一样把我培养大……"他听见了散去的人群中有人也在哼唱。

党员们动起来了,他这个第一书记手下有"兵"了。村支书还从来没有召集过这么成功的党员会呢,他对这个"政委"信服了。这个老曾不一般!

党组织这根牛筋绳有了活力,群众这些珠子串起来就有了保证。当年毛委员在三湾整顿队伍,提出"支部建在连上"。整顿的部队从三湾出发进入井冈山的第一站就是坳里,部队分兵占领古城和砻市,一支低迷的军队从此开始走上成功之路。

1927年9月,毛泽东率秋收起义部队挺进井冈山,途中,他深入分析秋收起义失败的原因，遂确定在江西永新三湾村改编部队，提出实行"支部建在连上"制度，即在连队设党支部，在优秀士兵中发展党员，在班排设党小组，在连以上设党代表。此后，这一制度随着革命斗争的深入发展，不断得到巩固和强化。自三湾改编后，红军虽偶有败绩，但部队完全溃散这种可怕的情况再未出现过，哪怕是在艰苦卓绝的长征时期，也没有一支队伍溃散。而这一切，正源于"支部建在连上"这一组织制度。对此，毛泽东同志在《井冈山的斗争》中指出："红军所以艰难奋战而不溃散，'支部建在连上'是一个重要原因。"

"为什么把支部建在连上？"粟裕曾问毛泽东。

毛泽东这样回答："好钢用在刀刃上，连队是刀，共产党员是钢。"

不言而喻，这正是"支部建在连上"保持长久生命力的关键所在。

进入新时代，习近平总书记在多个场合重提"支部建在连上"的组织原则，要求全党弘扬"支部建在连上"的光荣传统，把全面从严治党落实到每个支部、每名党员，推动全党形成大抓基层、大抓支部的良好局面，正是意在激活"神经末梢"，畅通"毛细血管"，打通党的组织体系的"最后一公里"，推动全面从严治党向基层延伸，加强党的全面领导。

90多年来，我们党始终把支部建设作为"传家宝"，"支部建在连上"这一设置在各地、各条战线上逐渐推广开来，成为中国共产党党支部建设最主要的原则性要求。由此，"连"不仅是一个个具体的单位，更是贴近生活、贴近群众、贴近实际、最能发挥作用的所在——哪里思想最激荡，哪里人气最旺，党支部就建在那里。

曾润洲在当年红军路过的寨下村，做的第一件事就是整顿党的基层组织。村支部没有很好地发挥作用，与村支部成员不知如何发挥作用有关。他勇敢地承担起"政委"的担子，从思想上提振党员士气，增强党员战斗力，让寨下村握成一个拳头，随时能拉出去战斗。这支队伍，后来在完成拆除土坯房的任务时，带头从自己家的土坯房开始拆，起到了带头作用。党员做表率，带头拆自己家里的土坯房，群众看拆除土坯房的确能让村里几十年的陈旧面貌焕然一新,便也毫无保留地拆除了,任务完成得很漂亮。

寨下的贫困户,有时召集他们来开会,像庙里的菩萨,左请请不动,右请请不动。问他们为什么不来,他们说,开会有什么用,耽误我打牌的时间呢。他们宁愿打牌也不愿意来开会,对于他们这种无组织、无纪律的状态,又缺乏任何约束,曾润洲一时还真拿他们没有办法。

曾润洲想,自己撇下妻儿老小来这里帮扶,却不被群众理解,真是好心当成驴肝肺。但他马上又否定了自己心里的这点抱怨,群众不了解,说明自己做工作还不到位。

如何让群众相信党的政策、相信自己是真心下来帮扶大家的?如何打破目前这种僵局?曾润洲陷入了深深的思索。

村民起床后要到田间地头走一走,看看自己的庄稼长势。曾润洲在晨曦下沿着毛委员当年领兵走过的路徘徊。他似乎在计算,哪块石头是毛委员踩过的,毛委员的步伐是七十公分还是八十公分?他知道,当年毛委员的每个脚印里都踩下了深沉的思索。

曾润洲也陷入了深深的思考:寨下村脱贫攻坚该从何处入手呢?

这时,他想起人武部政委临行时叮嘱他的话,"第一书记,就是去与贫困户'认亲',把他们当作自己的亲人,工作就会好开展"。走着走着,他有了思路。

曾润洲迎面碰上了一位扛锄头的老农。曾润洲当过兵,对当过兵的人一猜一个准。曾润洲找话题跟他聊起来。老人叫唐守志,果然曾当过兵,是抗美援朝老战士,已93岁了。曾润洲告诉他,自己是驻村第一书记,初来乍到,对村里情况不了解,向他讨教如何做贫困户工作。老人说,工作方法是自己摸索出来的,你走的这条路,就是毛委员当年走过的路,毛委员当年是怎么做工作的,你按照他的办法去做,肯定没错!

毛委员是怎么做的?

毛委员那一套——调查研究肯定是个法宝。每到关键时刻,毛委员的办法总比别人多,就是得益于调查研究比别人深入。

毛委员当年搞过宁冈调查!对对,我也应该从搞调查开始……

曾润洲学样搞起了寨下调查。

每天晨曦初上,他出门;太阳落山,他还不收班。一家家,一户户,他走到贫困户家中,跟他们掏心掏肺。贫困户在田间地头,他也到田间地头,拿起锄把和镰刀跟他们一块干。他跟他们讲党的政策,也讲自己。他说,我虽然是普通一兵,但我上有人武部,还有井冈山市委、市政府,我是上传下达,既是你们的桥梁也是给你们跑腿的,说白了,就是干实事的。你们别小看我既不是行长副行长,也不是局长副局长,但我肯定是一个尽职尽责的第一书记。我也快到退休年龄了,就用这点余热为精准扶贫做点事,为群众做点服务,你们有什么困难尽管提出来,我老曾能办到的绝不拖延敷衍,办不到的也会上报,争取给你们最满意的答复。

贫困户的心渐渐被他的真诚融化了。曾润洲每天如此,周而复始地在村道上往返。见到大人就握手问好,见到孩子也跟他们亲热地打招呼,叫他们好好学习。走进人家就聊家常,嘘寒问暖。

曾润洲还有一个习惯,就是一个人的时候,会自觉不自觉地哼唱一支歌。渐渐地人们也形成了一个习惯,只要听到他的歌声,就知道曾书记来了——"党啊党啊,亲爱的党啊,您就像妈妈一样把我培养大……"

这支歌,其实很多村民都会唱,只是他们没有唱歌的心情罢了。可曾润洲觉得,总有一天,你们自己也会跟我一样,会发自内心地哼唱。

他走访完了贫困户,又走访普通村民。一家家地走访,一户不落下。随着走访的深入,他与村民交流也流畅自如起来,村民的难事、急事,他都全力以赴地想办法解决。他善于与村民打成一片。他经常挽起裤腿下田,与村民一块劳动,一起聊天,这样谈话才能谈得入心入脑。

有一天,他走过一户独屋人家,村里人悄悄地跟他说,那人是"酒疯子"。每天喝点小酒就乱骂人,什么都骂,你要小心。

"酒疯子"像个单身汉,却有老婆孩子。他的老婆带着孩子到龙市开店去了。他一个人种点田,活得窝窝囊囊,村民也不跟他交往。看来这个"酒疯子"还真不好打交道,没人接近他,说明他性格孤僻。

曾润洲什么世面没有见过,还怕"酒疯子"?他"嗤"了一声,明显是对这种看法不认同。在村子里,一旦对一个人的看法定性,在这个地方生存便像蜻蜓撞上了蜘蛛网,想挣脱就不那么容易了。他跨进"酒疯子"的门,"酒疯子"没有撒酒疯,而是搬来凳子给他坐。

"酒疯子"知道村里来了一位第一书记,只是没有正面谈话交流过。这位在村里传得沸沸扬扬的第一书记肯到自己家来,说明他没有看不起自己,当然得以礼相待了。

两人聊着聊着,眼看到了中午。"酒疯子"说,曾书记,你不嫌弃的话,中午我炒两个菜,我请你喝两盅。曾润洲看他家乱糟糟的,厨房灶上到处都乌漆墨黑的。"酒疯子"是个懒汉,家里没有柴烧了,竟然掀掉自家楼梯的木板当柴烧。曾润洲见过懒汉,但这样的懒汉还是头一回见。

按照规定,作为第一书记是不允许在贫困户家里吃饭的。再说,真吃的话,这卫生条件也难以让人下咽呀。但如果不吃,"酒疯子"肯定会说,第一书记看不起他,这以后的工作如何开展?曾润洲豁出去了,今天一定要"摆平"这个"酒疯子",于是说,好啊,那你炒菜,我去买酒,咱俩喝上两盅。"酒疯子"拦住他,从橱柜里拿出了一瓶谷烧,这劲道不错。

"酒疯子"炒了一盘黄豆、一盘辣椒炒小干鱼、一盘青菜、一盘辣椒炒肉,最后还弄了一个西红柿蛋汤,像模像样的四菜一汤。但仔细看,黄豆炒焦了,吃起来有苦味,吃几粒嘴皮上就乌黑斑斑的。但曾润洲不嫌弃,与"酒疯子"碰杯,两人的话题就这样走心入肺地展开了。趁着酒劲,曾润洲以兄长的身份严厉地批评"酒疯子"的懒惰,再怎么样也不能拆了楼板当柴烧,人勤春早,把家里的事搞好就是支持我这个第一书记的工作。

"酒疯子"觉得曾书记是善意,把自己当兄弟才说这样的话,他当即发誓

道:"我向曾书记保证,以后要努力上进,绝不拖村里脱贫的后腿。"

曾润洲的记录本里记下了村民的诉求,他带着问题回到人武部,在党委会议上向部长刘宗成作了专题汇报。部里研究解决方案,充分利用好东部战区援建井冈山的180多万元资金,由他率领村民们兴修了一条1.8公里的通往深山里的水泥路。

曾润洲将全村32户的贫困家庭情况摸得一清二楚。有的是孤寡老人,没有劳动能力,完全需要靠政策兜底;有的是家里长年有病人,需要住院吃药,贫困难以解脱;有的是好劳力,但人懒惰,穷根不拔,宁愿受穷……他的调查不光着眼于贫困户,非贫困户的诉求,他也同样在乎。他是驻村第一书记,村里的整体脱贫,才是真脱贫。

修路、修桥、鱼塘扩建、农田整治、产业发展……他的记录本就是一本民情手册,他积极向人武部建言献策,通过人武部内引外联,协调引进地方公司投资2000余万元新建光伏产业基地58.2亩。这是井冈山第一家光伏产业基地。他跑上跑下,盖章、拿批文,鞋子都磨穿了两双。

如今光伏产业实现并网发电,不仅解决了井冈山地区自身的用电问题,还能向国家电网出售,每年可为贫困户新增股权分红30万元,可持续20年,确保了经济收益长期有效。

寨下村有一座40多年的危桥,是山里7个自然村的必经之地,上学的小孩、务农的群众、进园区务工的百姓都要涉水过河,每当洪水来临时都要绕行10多里路才能到达目的地。曾润洲向人武部汇报这一情况后,人武部部长刘宗成率领干部职工,组织民兵预备役人员苦战3个月,修建起了一座宽10米、长60米的桥梁,最终解决了山里7个自然村1035户群众行路难、出行难的问题。

抗美援朝老战士唐守志逢人便说:"当年红军把木桥架到山里,今天人民子弟兵把桥修到山里,当年的红军又回来了,人武部干部职工不愧是红军传人。还是共产党好、解放军亲!"后来,寨下村村民自发在桥头立了一块石头,立石上用红漆写上"军民同心桥"。

踏上"军民同心桥",不时有村民从桥上往返。突然,有人哼着一首歌从远处走来,土音土调,看那走路的身板,有人喊:曾书记来了!

曾书记如今调到拿山镇南岸村担任第一书记了,寨下的乡亲们时常念叨他,他也想念乡亲们,他有机会到这边办事,就会过来看看寨下的乡亲们。那悠扬的歌声就代表他的到来。那歌声,还是那样熟悉——

妈妈哟妈妈,亲爱的妈妈,
您用那甘甜的乳汁把我喂养大。
扶我学走路,教我学说话。
唱着夜曲伴我入眠,
心中时常把我牵挂。
…………

周德茂:实事求是闯新路

三送里格红军,介支个到拿山,
山上里格苞谷,介支个金灿灿。
苞谷种子介支个红军种,
苞谷棒棒咱们穷人掰。
紧紧拉着红军手,红军呀,
洒下的种子,介支个红了天。

周德茂从歌曲《十送红军》中知道有"拿山"这个地名,没想到他驻点的这个村就是拿山镇长路村。一路上,他反复哼着《十送红军》这首歌,车子不知不觉就到了长路村。

红色文化是拿山的特色、亮点,拿山镇长路村有丰富的红色文化底蕴,保留了大量的革命旧居旧址和红色标语群。如"焚烧田契借据……"这样的红色标语在村中老屋的墙上仍依稀可见。从这些标语里,周德茂似乎看见了当年乡亲们拉着红军的手,依依不舍的情景。

长路村还是知青驻足地。遥想当年,无数热血有志青年响应祖国的号召,奔向山区,奔向农村,经受历史和乡村劳动的双重考验。如今回过头看,知青上山下乡最伟大的意义是,不仅锻炼了千百万知识青年,也锤炼出了新时代的一批国家领导人,引领国家和人民继续前进。

来到长路村这样一个有着丰富历史底蕴的地方担任第一书记,周德茂似乎找到了当年上山下乡的感觉。

周德茂是吉安市财政局金财工程管理办公室(原信息中心)主任,主要负责金财工程和财政信息化建设,含网络、软硬件系统、信息安全、正版软件等工作。2015 年 7 月 8 日,经吉安市财政局党组推荐、受吉安市委组织部委派,正式到吉安市财政局定点扶贫村——井冈山市拿山镇长路村担任第一书记。周德茂生于 1978 年,正值壮年,可他那一头白发让人"触目惊心"。他说,只要群众脱贫了,他白再多的头发都心甘情愿! 这也许是一句玩笑话,但却道出了他驻村担任第一书记的决心和真诚。

周德茂记得自己到井冈山市委组织部报到的那一刻,内心既激动又忐忑。激动是因为终于可以有机会到基层一线去锻炼自己,可当他想到自己作为一名典型的"三门"干部(指从家门到校门,毕业后进了机关门的新公务员)要去一个完全陌生的农村工作,吃住不惯,语言不通,更无法照顾家里 5 岁的女儿时,他又感到有些忐忑。

出发时,妻子给他打气说:家里有我,你就放心去吧。第一书记不好当,但既然当了,就要扎根下去,做出成绩来。让长路村早点脱贫,你就能早点回来! 妻子是一名党员,分得清什么是家事,什么是国事。这对他是莫大的支持。

周德茂走进村民家里,看到的景象并不乐观。尤其是贫困户,大多是老弱病残家庭,家徒四壁,连最起码的生活都难以保障。城里习以为常的自来水这里没有,只有压水井,用的是地下水。压水井需要一定的体力,不然连水都喝不到。周德茂觉得还真被妻子说中了,这样的局面,要让村民致富,谈何容易。他感觉到了自己肩上的担子沉甸甸的,乡亲们有权力共享当今时代社会经济和改革发展的成果,自己要尽快改变乡亲们的现状,让他们早日摆脱贫困。

第一书记肩上的担子虽然沉重,但他从乡亲们的期盼中坚定了自己为民办实事的信念。他对长路村的乡亲说了这样一句言辞恳切的话:长路村一天不脱贫,我就一天不下山!

事情千头万绪,得一件件来。周德茂做的第一件事出人意料,他制作了一张"第一书记便民联系服务卡",将自己的电话和个人信息印在上面。别看这张小小卡片,这可是自己作为第一书记与群众联系的连心卡。

群众路线是中国共产党人科学的世界观和方法论的体现。来自人民、植根人民、服务人民是我们党永远立于不败之地的根本。党的十八大以来,以习近平同志为核心的新一届中央领导集体力倡改进作风、密切联系群众,身体力行,率先垂范,连续通过下发文件、召开会议、发表讲话、走访调研等方式带头践行群众观点和路线,新政新风已扑面而来。"人民对美好生活的向往,就是我们的奋斗目标。"习近平总书记的这番话,立场鲜明地宣扬了新一届中央领导集体执政为民的决心。

周德茂从村子东头走到西头,一家不漏地走访。他说,自己是村里的第一书记,得让每一个群众都认识我这个第一书记。他每走进一家,就掏出本子记录户主信息、家庭情况、收入情况,有什么诉求,对村里有什么意见,希望上级解决什么问题等。他记完后,就给户主发一张"联系服务卡"。乡亲们年龄大多比他大,见到中青年户主,他就叫"大哥"或

"大嫂",遇到老年人,他就叫"大叔"或"大婶"。你听,他叫得多亲热:"××大哥(大嫂),有事您就找我,就一个电话的事儿。""大叔(大婶),有事您给我打电话,我会第一时间解决您的问题。"

村民手里拿着他的卡片,感觉这不是一张简单的纸片,而是一张诚信卡,是一张希望卡。既然周书记嘱咐大家可以打电话给他提各种问题,那哪能错过这个好机会呢?当然,乡亲们也知道分寸,不能因为有了提问题的机会就红口白牙乱提,得以村民集体利益为主导。个人问题也可以提,群众利益无小事嘛。

周德茂期盼群众将自己的问题通过打电话的方式传达到他的耳朵里。一些平时腼腆的人,在开会的场合会不好意思发言。但打电话就不一样,打电话是一对一的交流,屏蔽了众人,沟通更方便、直接。

长路村家家户户都有了第一书记周德茂的电话。

不久后的一个大早,就有村民打进了电话。

"周书记,您好,我是舍背咯,我们小组没有自来水,您看能不能帮忙弄下?"是一位大娘土腔土调的声音。周德茂从大娘的口中得知,舍背的村民每天喝的水,都是从地下抽上来的压井水,浑黄不清,要沉淀半天才能喝。现在由于是冬季,很干旱,又很久没有下雨,压水井都压不上来水。"现在每天的日常生活用水都没有保证,每天起床最担心的事就是怎么去搞到水来用,去挑吧,外面也没有水来挑……恳请周书记在百忙之中抽空帮我们解决下这个问题。"

"哦,大娘,好的,我马上跟局里汇报,您放心,我们村支部一定会想办法尽快帮您解决。对了,请问您是哪个啊?"周德茂认真回复。

"周书记,您经常来我屋里,我屋里崽开摩的咯。"大娘提醒周德茂书记。

"哦,我知道了,您是刘福才大叔家,月娥大娘,对吧?"周德茂这才想起了这位70多岁的老大娘来。

"对对对,周书记。"

"大娘,现在我把您的电话存起来,方便联系,以后有事您就找我,就一个电话的事儿。"

时隔半年,家住舍背组的贫困户月娥大娘又打来电话:"周书记,您的电话,管用。现在家家户户水龙头一开,清水就哗哗来了,我家里也跟城里一样,买了热水器,装了水冲厕,吃饭、洗菜、洗衣服都可以用上自来水了。"

自来水开通的那天,大家都在高兴地喊着:"水来了,水来了。"月娥大娘站在水管前,痴痴地望着流出的清水,眼眶里盈满泪水,激动得快要哭出来。她极力压抑着自己,哽咽道:"水来了,真好……周书记解决了困扰我们一辈子的用水难问题!"

是啊,一些村民也说,周书记说话算数,共产党一言九鼎,全心全意为人民服务不是一句空话!

说实在的,为打响脱贫攻坚工作的"第一炮"——解决饮用水安全问题,周德茂没有少费心思。他第一时间向镇党委政府汇报,和村两委一块商议。"初生牛犊不怕虎",他也从来没有在农村工作的经验,当时拍着胸脯说:"我们舍背一共才46户,人不多,估计用不了多少钱,我跟局里汇报下,应该很快就可以解决资金问题。"

他并没有意识到,自以为小事的背后却是个大难题。首先就是资金,由于脱贫攻坚所需资金量大,所有财政涉农资金都整合统筹使用了。"一个萝卜一个坑",想再临时添加新的项目,难!为了尽快解决资金问题,周德茂请吉安市财政局领导出面协调,他则马不停蹄地市、县、乡"连轴转",积极向水利、扶贫等单位汇报,最终才得以解决资金问题。

资金问题解决了,规划选址又出问题。由于舍背村地势平坦,除了村背后那远远的山就没有一处足够高的地方能建下水塔。周德茂和村干部陪同水利部门三次深入大山,反复勘察,最终才敲定水塔及管道位置。为了在最短的时间完成工程,他经常日夜赶工、节假不休,终于在一个月内完成了这个"艰难的工程"。

村民是真诚的、感恩的,他们的生活有了一点改观,就没有忘记我们这些人。正如毛泽东同志所说:"一切空话都是无用的,必须给人民以看得见的物质福利。"我们共产党人为老百姓办实事、办好事,改善落后面貌,就是要让老百姓真正享受发展红利啊。周德茂想,作为第一书记,虽然几乎每天都在村里做事,但我为他们做的还远远不够多、不够好,还需要更深入地、设身处地地为他们想、帮他们干,彻底拔掉他们的穷根儿。

周德茂通过深入调查研究,掌握了大量的第一手资料,对该村的基本情况、群众脱贫意愿和精准扶贫工作有了更深刻的认识。在理顺发展思路后,他及时加强与吉安市财政局党委的汇报沟通,竭尽全力帮助村民改善生产生活条件。俗话说"新官上任三把火",周德茂开始了上任伊始大刀阔斧的扶贫举措——

第一,牢牢抓住党建这个"牛鼻子",强化村级阵地建设,在新村部成立"131"工作室,实现制度上墙,工作日推行专人坐班制。"131"指的是:一核心——强化村党组织领导核心地位;三规范——规范组织职责、规范工作运行程序、规范干部行为;一监督——加强村纪检监督机制。坚强的领导集体和铁的纪律,才是胜利的保证。

第二,紧紧围绕长塘组传统村落保护这个中心任务,积极申报并大力推进长塘组传统村落保护项目,争取中央财政和省级财政的支持。

第三,多方筹资争项,实现全村主干道、进组路及入户路全部硬化,彻底改变"晴天一身土,雨天一脚泥"的状况。要想富,先修路。出门的一脚路都走不好,村民怎么可能致富呢?

第四,实施舍背组安全饮水工程,全村最后46户村民实现自来水入户。水是生命之源,让村民喝上健康水,用上自来水,彻底摒弃挑水、压水井。

第五，号召村党员带头拆除自家危旧土坯房，确保危房改造率达100%，实现村容村貌的彻底改观。

第六，大力倡导文明新风，评选"五星家庭"，张贴廉政宣传漫画，创建"拿山镇长路村"等微信群，积极营造"处处是课堂、时时受教育"的党建宣传氛围，合力构建"抓党建、促发展、真扶贫"的工作格局。

第七，积极引导村民自发组织合作社，倡导绿色产业发展，走共同致富之路。

周德茂了解到33户贫困户的基本情况后，对贫困的主要原因进行了分析，并会同拿山镇政府、长路村村委、长路村扶贫工作组共同拟定了长路村脱贫致富的具体措施，按照"一年拉框架、两年见形象、三年树品牌"的要求，高标准编制了《长路村2015年至2017年三年发展规划》。围绕长塘、舍背组进行中心村建设，使其建成农民永久居住点和农村新社区；中心村建设个性突出，围绕知青文化、红色文化和传统村落文化实施布局，完成了"七改三网"建设；实施了"8+4"基本公共服务项目，即村部建好了公共服务平台1个，建设了村卫生室、农家书屋、文体活动中心、3个公共厕所等；因地制宜发展井冈蜜柚、草莓种植等富民产业。2015年，落实参与"井冈蜜柚千村万户老乡工程"150余户，种植蜜柚700余株，利用帮扶单位援建的草莓基地发展"一村一品"草莓产业，帮助所有红、蓝卡贫困户加入井冈山市长路致富果业专业合作社，每户年增收2000元以上。

周德茂知道，兴村富民是村级发展的主线，要着眼长远，既要适时"输血"，更要注重"造血"，解决群众突出问题，将长路村打造成"知青文化旅游点、党建扶贫示范点、干部实践拓展点、传统村落保护点"。

这是拿山镇长路村绘制的一幅战略发展蓝图。这是他与拿山镇政府、长路村村委、长路村扶贫工作组一班人共同讨论，最后形成的针对长路村的精准扶贫思路。

拿山镇有很好的红色历史文化背景。当年的红军在这里留下了鲜活的印记，长舍苏维埃政府旧址就是那段历史的见证。著名红歌《十送红军》中的一段就是唱"拿山"的，就是那段历史的再现。

而今，那些红色标语在古村的墙壁上随处可见，吸引着一批又一批的游客，红色的基因代代相传。

20世纪50年代至70年代，知识青年响应"到农村去，接受贫下中农再教育"的号召，胸怀远大理想，踏上时代列车，来到了井冈山。在长路村的知青点上，他们吃住在村里，和村民一起劳作耕耘。为了还原知青当年"上山下乡"的面貌，村里一班人在没有项目资金的支持下，每人拿出几万元来建设"井冈山知青纪念馆"，同时奔走于知青返城路线，北上南下寻找当年的知青，收集他们的下乡故事和老照片。

周德茂到来后，将知青文化作为旅游增长点，重新规划设计，重新布展，将知青馆提升到一个新的境界。知青纪念馆分上下两层，知青们的劳动生活场景通过老照片展现得淋漓尽致。老照片有很强烈的历史感，看着那时的知青放竹排、巧运圆木、茨坪放羊、茶园细作、学插秧等情景，让人流连忘返，不忍离去。这些老照片和影像让人深刻体会到"为国分忧、艰苦创业、无私奉献"的知青精神。如今，知青纪念馆办得如火如荼，一举成为全省第一家上档次、有品位的知青纪念馆，既吸引了来自四面八方的游客，也召唤着当年的知青归来回顾那段往事。

村里有了资源，制定了规划，似乎应了那句老话"万事俱备，只欠东风"。周德茂知道自己肩上的担子不轻，他的重要任务之一就是向上级跑项目、要资金。不知道跑了多少路，磨了多少嘴皮。功夫不负有心人，终于争取到了长塘组传统村落保护项目资金1000万元，舍背组安全饮水项目资金30万元，省级环境保护项目资金70万元，水毁公路项目资金20万元……争取资金，并不是靠三寸不烂之舌，而是需要科学地掌握向上争取专项资金的政策。要了解国家及省重点扶持的行业和领域，掌握资金投向；了解资金划拨部门运行方式。要根据专项资金投向,编制好申报项目。各部门主要领导要亲自抓,亲自向上争取,吉安市发改委、财政局等部门要积极配合,制定规划明确方向,搞好对接。

现在,长路村传统村落的明清建筑引进了北京一家民宿公司前来投资,计划投资3000万元,打造传统村落的高端民宿。

说到帮扶贫困户,周德茂更是热心加爱心再加恒心。他定点帮扶的蓝卡户史小转,妻子贺小慧因患小儿麻痹症和癫痫,丧失劳动力,家中也因此致贫。为了尽快脱贫,周德茂苦口婆心劝他搞产业。别人不是种草莓就是种苗木,搞得热火朝天,可史小转什么也不会。他就决定承包组里的十一亩鱼塘。养鱼是个笨方法,往塘里放鱼苗,撒鱼饲料,割鱼草投放鱼塘,养大了打捞出来就可以卖。周德茂打报告申请,由吉安市财政局扶持史小转1万元产业帮扶资金,连鱼的销售渠道也打通了,周德茂和村支书找了多家单位食堂包销了。这个划算吧,投资是政府的,他就是负责饲养、打捞。这个史小转,够精明的,算盘搁在头顶上打。他将鱼一次性打捞上来二三百公斤,一家伙全拉到人家单位食堂。可单位食堂是希望他分期分批送,这样单位员工就能吃到鲜鱼。但史小转只考虑他自己的方便,一次性打捞,一次性送达,弄得单位食堂哭笑不得。单位食堂一次吃不掉,只好将鱼晒干了。后来,单位食堂拒绝收购他的鱼,他来找周书记投诉。周德茂耐心地规劝他,政府帮扶只能一时,不能一世。你要想做好养鱼这门产业,就得自己到市场上去探路子。市场需要多少,你就捕捞多少。食堂的关系你要处理好,不然人家不要,你的损失就大了。

只有自己走出来的路,才是路。经过周书记耐心开导,史小转反省自己做过头了,承认自己算盘打得太精了,反而失去了客户。后来,他听从周书记的话,隔三岔五地捕捞百把几十公斤鱼用摩托车运到市场卖,也隔三岔五地送几十公斤到食堂去,这才处理好了与单位食堂的关系。现在史小转不等不靠,不仅懂得了幸福的日子要靠自己去奋斗,还懂得

了市场规则。

还有红卡户陈新媛，丈夫因病去世，大女儿李艳患有间歇性精神病，医药费每年要两万元，建房已欠下8万元，小女儿李媛还在读高中。这个家庭的困难可想而知。周德茂得知情况后，和村主任、民兵连长一起带大女儿李艳到上海市东方医院吉安分院、吉安市第三人民医院就诊、医治，还联系教育部门免除了小女儿李媛的学杂费1767元，并补助1500元。此外，还帮助陈新媛争取到一个公益性岗位，每月有300元的收入……

现在陈新媛家的日子好过多了，大女儿已结婚，女婿是吉安县的一个小伙子，两人生了个漂亮的小女孩，陈新媛当外婆了。小女儿考上了甘肃医学院，立志要当个医生。也许是父亲和姐姐的病让她记忆深刻，她才立下了这样的志愿吧。陈新媛一家对周德茂感激不已，两个女儿把周德茂当成自己的亲人，到了吉安都会跟他联系，报告一下家里的最新情况。周德茂每次看到陈新媛脸上满是笑容，就知道这个家中的顶梁柱见到了曙光，已从悲观的情绪中走出来了，更加美好的生活在等着她们一家子。

周德茂任职期满，长路村的乡亲们知道周书记要离开了，纷纷跑到村委办公楼来送行。史小转来了，陈新媛来了，李艳夫妇抱着孩子来了……全村的男女老少，在村委楼前围着周德茂，不舍这位第一书记走呢。陈新媛拍着他的胳膊说，周书记，以后你得回来看我们哪！周德茂说，一定、一定！

不知谁在人群中唱起了歌，好熟悉的歌声——

> 三送里格红军，介支个到拿山，
> 山上里格苞谷，介支个金灿灿。
> …………

乡亲们跟着一起唱了起来,有的乡亲开始抽泣。周德茂在歌声中与大家挥手告别。他也是个有情有义的人哪,眼中的泪水像快要冲决的河堤,他迅速转身上车。在车窗里,他挥着手,金子般的泪滴终于夺眶而出。

一生能为百姓做点事,是职责所在,也是人生最幸福的事!

叶维祝:艰苦奋斗攻难关

屁股坐在曲江村,
脚步踏在曲江村,
脑袋装着曲江村,
践行初心在曲江,
造福一方为曲江。

这是东上乡曲江村乡亲们为驻村第一书记叶维祝编的顺口溜。

见到叶维祝,我从他那获取了两本扶贫日记,我像读到一部名著的手稿那样兴奋不已。

叶维祝,1980年入伍当兵,1985年退伍分配到江铜集团德兴铜矿工作,1990年当副段长,1994年升任支部书记兼段长,2007年调到矿机关地方工作部当副部长,负责解决矿企与地方的矛盾、纠纷……

没想到,这些履历会与精准扶贫发生关系。扶贫工作需要稳扎稳打的实战经验,需要有处理矛盾和纠纷的能力。没错,叶维祝就具备了这样的能力。

2015年8月12日——这是个特殊的日子,他作为上级党组织选派的第一书记,被派往井冈山市东上乡曲江村挂点开展扶贫工作。

叶维祝到曲江村驻村两年期满,江铜集团领导找他谈过话。曲江村虽然已经脱贫,但脱贫不脱政策,由于他的突出成绩,准备继续让他挂点,直到2020年。

如此一来,叶维祝就得在曲江村工作6个年头。到那时,叶维祝应该是井冈山市精准扶贫工作挂点一个村时间最长的第一书记了。

三年来,叶维祝为曲江村的扶贫做了大量工作。而今,曲江村已经脱贫,但脱贫不是目的,奔小康才是最终目标。2018年,江铜集团又拿出200万元支援曲江村发展产业,种白莲、养鱼虾等,50万元已到位,另外150万元用于村环境整治,需要规划、招标,具体由乡里实施,叶维祝负责监管资金到位、资金的流向以及工程的质量。

三年的考勤表是厚厚一摞,上级要求第一书记每季度驻村不少于50天,叶维祝驻村的时间只多不少。在村里的生活,他都是自己操持。

叶维祝的家远在德兴,妻子也不能前来照顾他,家里还有一个小孙子。他一心挂两头,担心妻子身体吃不消。这不,妻子又感冒了,孙子也生病了。他只能打电话安慰家人,请他们多理解。

扶贫是国家头等大事,自己身为第一书记,岂能敷衍搪塞呢?叶维祝说。

刚开始,村里的百姓以为第一书记待不了几天就走。老百姓还给上面派下来的挂点同志编了个顺口溜:"年头来一次,年尾来一次,什么也没多,就是少了一条狗。"现在不一样了,老百姓看到叶维祝把村里当成自己家,为村里扶贫做了不少实事:路面硬化、改水改厕、入户道铺设……哪一桩哪一件不是为村里老百姓办的实事呀?老百姓看在眼中,暖在心里,专门给叶书记编了个顺口溜:"屁股坐在曲江村,脚步踏在曲江村,脑袋装着曲江村,践行初心在曲江,造福一方为曲江。"

叶维祝初来乍到,看到村里到处是脏乱差现象,牛屎这里一堆、那里一坨;随便走进一户农家,地面上到处都是鸡鸭粪便,无处下脚;

家家户户都是垃圾乱倒乱扔。村里人习惯成自然,他这个外人一看就不顺眼。

他管的第一件事就是"治理牛屎"。他召集村两委班子会议,议题就是禁止鸡鸭鹅牛的放养,垃圾集中焚烧,大力整治环境卫生。

开始村民不理解,农村要那么干净干什么?放养鸡鸭牛都延续了几百上千年,村里没有点牛屎,那算什么农村?

叶维祝和村干部一家家上门做工作,让全体村民都知道了环境卫生的重要。还别说,村道上没有了牛屎,屋里屋外没有了鸡屎鸭屎,垃圾也看不见了,眼睛舒服了,心情也好多了。

现在,村里人的卫生意识非常强,生怕自己家卫生状况不好被人笑话。村民从这件事上对叶书记有了第一感觉——这个第一书记靠谱!

的确,农村环境脏乱差状况,直接影响了农村环境与农民生活质量,影响到农民生活的幸福感与获得感。农村环境卫生事关村民的身体健康,事关农村的和谐稳定,甚至事关农业的可持续发展,党中央要求按照"生产发展、生活富裕、乡风文明、村容整洁、管理民主"的20字方针协调推进农村工作,尽快改进农村整体面貌,打造美丽乡村。

2016年是整个井冈山从上至下最繁忙的一年。上半年,全市打响了消灭危旧土坯房的攻坚战。土坯房就像"伤疤"一样贴在脱贫攻坚的清单上。"决不让一个贫困群众住在危旧土坯房里,决不把一栋危旧土坯房带入2017年。"曲江村也响应号召,在全村打响拆除土坯房战斗。拆除对象是那些违章建筑和影响村庄规划的危旧房、土坯房,因灾倒塌和只剩残垣断壁的半边房、旱厕、危旧(土坯)牲畜栏舍及杂房和其他无人居住且无保留价值的土坯房、危旧房。

村民在正房前后左右盖的杂物间、厕所、猪圈、鸡舍等毫无规划可言,影响观瞻,政府要拆除,但老百姓根本不情愿,因为这涉及村民使用、占地等核心利益。村干部似乎成了"强拆"的"罪魁祸首",老百姓看

他们的眼神就像是"瘟神"来了一样。但观念是需要改变的。叶维祝与村两委班子成员一起，走村串户，苦口婆心地与群众沟通，告诉他们新农村建设的有序开展，需要一个整洁的环境。这不仅需要村里的每家每户进行配合，更是全村村民应尽的义务。

环境整治，既是农村精神文明建设的重要内容，也是新时代社会主义新农村建设的重要内容，加强农村环境卫生治理工作，是提高农民生活质量、缩小城乡差别、建设新农村的重要举措。叶维祝将环境整治上升到政治的高度，挨家挨户去做思想工作。

党员在群众中起到了先锋模范作用，提出先拆自己家。推土机一上，土坯房摧枯拉朽般全铲除了。再看时，房前屋后干净整洁了。全村共57栋土坯房，拆除21栋，维修加固36栋。其中原地重建3栋，为红卡户、蓝卡户建爱心公寓2户，政府代建房1户，旧房拆除126间。一串串数字，凝结着叶维祝和村两委班子成员无数个日夜的心血。

2016年下半年迎接国检，更是扶贫攻坚的核心工作。井冈山是国家级贫困县，要脱贫摘帽，必须通过国家专项评估检查，由省级政府正式批准才能退出。评估过程需要不间断地认证、完善，有的贫困户在外地打工，就通过手机微信、视频等手段完成。

那段时间，丈母娘生病，妻子也生病，叶维祝在千里之外，根本无法照顾。工作时间常常"五加二"，没有周六、周日；白加黑，不分白天、黑夜。为了一个共同目标，完成习近平总书记的嘱托，井冈山要率先脱贫，给全国其他贫困县作示范、带好头！叶维祝只有豁出去了。

时间久了，叶维祝与村里乡亲打成一片，一些乡亲会将自己菜园里的菜送来给他，狗见到他也会摇尾巴。他与村里两委班子关系都处得很融洽，很团结，与村支书许先文配合也很默契。

听说叶维祝有一双不同寻常的鞋子，我请叶书记拿出来看看。

这是一双千层底的土布鞋，鞋底是白布纳的，鞋面是黑布缝的。土布鞋的制作工序不简单，要剪鞋样、打隔板、裁鞋底、铺鞋衬、纳鞋底、裁鞋帮、铺帮衬、缝鞋面、沿鞋口缝鞋帮鞋底。

叶维祝穿着这双土布鞋下村入户,没少走路。尤其是农村的路面不像城里那么平整,因此鞋底的损伤会比较大。鞋面看起来还是好好的,但鞋底的前掌磨出了一圈圈的"漩涡",后跟也磨塌了……

在叶维祝的卧室,我看到一张简陋的床和一张书桌。床用来驱散劳累,养精蓄锐;书桌则供他记录每天的扶贫日志。至今,他写下了10余万字的扶贫日记。叶维祝拿出两本笔记本,那上面记载着他在曲江村3年多的扶贫工作要点。

我从叶维祝的日记中了解到他到曲江村工作的点滴事迹,现整理几则以飨读者——

2015年8月12日,曲江村

在曲江村委办公楼,听取了乡村领导对帮扶村——曲江村的情况介绍。该村是国家"十三五"贫困村,可以说是一个不折不扣的空壳村(集体经济薄弱、财政亏空的村子),只是靠单一农业种水稻,其他农作物种植很少且规模不大,村委的经济来源全靠上级转移支付……面对此情此景,我感受到了肩上担子的重量。但如果该村不是贫困村,又要我们到这里来干什么?

听完汇报,我提议到村民家中和田间地头去走一走,看一看村民的精神面貌,看一看生产劳动现场和农业基础设施,了解村民的生产、生活状态,听取村民的呼声。

走访了部分红卡户、贫困学生家庭了解情况。

下午3点15分。继续到现场察看,了解需要江铜集团援建的具体项目。之后,到乡政府与当地政府领导进行交谈和沟通,也提出我们的构想。

2015年9月22—23日,曲江村

作为驻村第一村书记来到曲江村。与村委的同志开了一个简短的见面会,我提议针对曲江村的贫困户进行登记造册。精准扶贫就要有的放矢,找准目标,根治病灶,下猛药,攻坚克难嘛。村里26名贫困大学生也是我们需要关注的重点。孩子是村庄的希望,也是祖国的未来。再穷也不能穷孩子。要保证他们读书安心,以优异的成绩回报家乡。

在村委吴主任的引导下,分别来到了村民四、五、六小组,主要是对村民的生产生活进行详细了解和掌握,特别是希望对江铜援建的项目进行实地查看。

我的感受有二:一是农业基础设施落后,特别是水利工程根本无法达到农业的要求,有的是简易泥沟排水,有的也因为年久未修或被大水冲坏了,没有及时修;二是农业种植太单一,只有一季水稻,蔬菜也只能供给自己吃,没有其他经济种植物,种出的粮食,也仅仅是供自家人一年的口粮,其他的收入,主要是靠市内陶瓷厂打工或外出务工。

2015年12月11日,曲江村

这次帮扶井冈山东上乡曲江村,尽管只有短短的5个月时间,但我收获不小。从8月份驻村任职以来,我通过深入调研,积极主动与村两委班子成员进行认真的沟通交流,深入农户家中、田间地头,倾听党员、群众对村庄发展的意见与建议。吃住在村的几十天时间里,我进一步了解到曲江村农民的生产、生活、经济状况。看到那些贫困户的生活状况,我几个晚上都没有睡好觉。有的贫困户家庭十分清贫,例如:红卡户刘汉财家,他本人患严重肾病,儿子残疾;蓝卡户吴良才家,他自己年老残疾,老伴多病,儿子精神残疾。像这样的家庭还有很多,他们家庭没有像样的家具,更谈不上存款,只有还不完的外债,他们的生活来源仅靠政府低保、耕作农田来维持日常生活。曲江村35户贫困户,应该说都是属于因病、因残、因学而贫。

2016年1月29日,曲江村

新的一年来到,集团公司对扶贫有了新的计划:在考核项目选择上,以农业基础建设为主,改善村里的生产、生活条件;对曲江村的产业扶助,增加造血和输血功能,增强贫困户脱贫能力;教育扶贫,文化扶贫;在符合公司招聘需要和条件的情况下,优先招聘曲江村贫困户家庭的大、中专毕业生到江铜就业。

在项目选择实施上,根据具体情况、项目规模难易程度和前期工作进度,区别轻重缓急,实行滚动立项,分别实施:

一、坳头水利新建水渠1250米,投入资金20万元,项目已完工。

二、村民小组路面硬化,投入资金18万元,已完成二组、三组,五组、一组已开工,因天气影响要到今年一季度全部完工。

三、贺家桥新建投入8万元,虽受天气影响,主体工程已完成,其他部分可能要在今年的一季度完工。

四、投入10万元到花卉苗木基地,并列为34户贫困户的股资项目,年底分红,既可扶贫,又可壮大专业合作社的发展,一举两得。

五、走访慰问贫困户34户,贫困初高中,大中专学生27人,老党员两人,老村干部两人,二胎纯女户两户,发放慰问金54300元。

2016年7月12日,南昌,江铜集团

上午乘火车去南昌向集团公司领导汇报扶贫工作情况。8点的火车,13点到南昌,15点到公司做汇报。曲江村提出的新增扶

项目是此次汇报重点：

一是新建大棚菜蔬基地3亩，资金需90万元；二是土坯房加固维修，危房重建需74万元；三是村庄整治美化、绿化、亮化需65万元。上述项目已经给公司工会打了专题报告。

资金虽然还没有到位，但我眼前已经浮现了曲江村在资金到位实施后的景象，那是在自己奔走下成长的新农村。

想到这些，我不由得有些兴奋起来。

2017年12月27日，南昌名都宾馆，晴

一年又很快过去了，时间过得太快。今天有点时间，就多写点字。回顾2017年，我觉得所做的事太少，有些事我想做，但是力不从心，不过我尽力了。

我很感谢乡亲们对我工作的支持。乡亲们对我们一年来工作的肯定，讲得最多的话就是感谢习近平总书记，感谢党和政府，感谢江铜集团，感谢第一书记！

每当听到这些话语，我从内心感到满足，就像扶贫一样，感谢江铜给予了我为革命老区服务的机会。

我记得在我踏上井冈山扶贫之路的前夜，江铜集团领导对我说的一段话："维祝，这次江铜对接帮扶井冈山市东上乡曲江村，选派你去当驻村第一书记，党委是慎重考虑的。既是对你的信任，更是对你的期望。因为你曾经当过4年兵，在矿上做过工段书记、段长，当过劳动模范，公司派出的扶贫干部必须是优秀的，希望你不要辜负组织的希望。"

当我在扶贫道路上遇上困难和曲折的时候，首先想到的是集团公司领导在我来井冈山扶贫前的交代：帮扶老区人民脱贫，不讲条件、不讲困难；扶贫工作只能做好，只能成功。

以上这些，可以说都是我在扶贫路上的营养剂。

叶维祝在最后写了这么一段:"我每天行走在曲江村的道路上,每天都会遇到很多贫困户和非贫困户。以前我是希望多接触贫困户,听听他们的好话,不想多接触非贫困户,怕他们讲坏话。其实我想错了,很多非贫困户对我们的扶贫工作,对贫困户的确定,都能理解和支持。特别使我感动的是,他们知道我一个人烧饭吃,很多非贫困户都会送小菜给我。我们每做一件事情,他们都很感动。"

担任曲江村第一书记以来,叶维祝在曲江村、东上乡政府、龙市镇、井冈山市政府、南昌江铜集团总部、德兴铜矿等地奔走。曲江是他挂点的村;东上乡政府是他请示、汇报挂点工作的地方;龙市镇是他休息时理发、买菜、采购的地方;井冈山市政府各部门是他为群众的事跑腿的地方;南昌江铜集团总部是他汇报挂点各项工作的地方;德兴铜矿是他安家的地方。三年来,叶维祝在这条线上来来去去,中心工作是围绕曲江村精准扶贫奔小康。

三年来,叶维祝的奔忙,为曲江村跑来了土坯房改造、饮水工程,整治水渠、新修入户路、修建连组桥,文化活动中心、休闲文化广场等工程;他和曲江村民一起探索种养产业发展,种白莲、养鱼虾,促进农业增效、农民增收;同时,帮助发展养殖大户两户,发动贫困户养殖鸡鸭两千余只。曲江村脱贫奔小康的道路正在不断延伸,越走越宽。

曲江村村支书许先文说:"第一书记叶维祝工作实实在在,为人做事公公正正。他办事从来一丝不苟,要求严格,从他身上可以看到一个共产党员的高尚品格和优良作风。他经常说,脱贫不只是物质脱贫,更需要精神脱贫。他不仅帮助我们从物质上脱贫,还从思想上、精神上脱贫。他经常给我们上党课,带领我们学习党的文件,提高我们的办事能力。他要到市里、省里去多方协调,争取项目和资金。包括平时生活,他解决了很多贫困户的困难,可是他的生活就没有困难吗?有。忙完工作,

还要动手做饭。有个病痛没有人照顾,一切要靠自己克服。他的家离这里上千里,远在德兴铜矿,家里有什么困难都要丢到一边不管不顾……他这是为了什么?还不是为了贫困户脱贫和村里发展,为了我们村快步奔小康。我们曲江村这几年发生了翻天覆地的变化,真心感谢江铜集团、感谢第一书记叶维祝!"

听村支书许先文这么一总结,叶维祝不好意思起来。天上的雨点,滴滴答答地打在村前一片广阔的荷田里,这是村里今年新种的百亩荷花。一朵朵喜人的荷花,正争先恐后地从荷叶里探出头来,那是它们为曲江村的新农村建设捧出的最美容颜呢!

罗军元:依靠群众求胜利

感谢人民好书记,

情系百姓办实事。

这是新城镇排头村蓝卡户谢秋香送给驻村第一书记罗军元的一面锦旗。锦旗上虽只有区区 14 个字,却凝聚着百姓对驻村第一书记的真诚赞扬,也宣示着驻村第一书记与百姓的鱼水深情。

一个时代有一个时代的使命,从罗军元身上,我们看到了正在成长的新一代——"八〇后"积极作为、勇于担当的一面。时代在前进,实现中国梦的伟大事业需要年青一代迎风破浪、乘势而上。我们的时代需要树新人,只有勇立潮头的新人才能激流奋进,展现新作为,接受时代的洗礼。

罗军元个子瘦高,鼻梁上架着一副眼镜,外表看像一位资深的人民教师。他脸上的微笑,让人如沐春风。

2015年4月，中共中央组织部响应习近平总书记关于精准扶贫、精准脱贫的重要指示精神，决定从各级机关优秀年轻干部、国有企事业单位的优秀人员中选派一批政治素质好、热爱农村工作并且有较强工作能力的干部到村担任第一书记，以加强农村基层组织建设，推动精准扶贫工作。中组部文件中还特别强调，要加大对赣闽粤等原中央苏区地区的选派力度。

正是在这一背景下，江西省农业厅决定向井冈山老区派出驻村第一书记，罗军元第一个提出驻村的申请。精准扶贫是国家实施的伟大战略，自己能在这一旗帜指引下回到农村，用自己的实际行动为群众做实事、服务乡亲，他感到这是人生最荣幸的事。

井冈山地处江西和湖南两省交界的罗霄山脉中段。绵延千里的罗霄山脉为井冈山地区带去了丰富的动植物资源和湿润的气候，却也在某种程度上限制了这一地区的发展。交通闭塞、资源禀赋较差、产业结构单一等因素使井冈山所在的罗霄山特困片区和赣南苏区一度成为全国较大的集中连片特困地区。

罗军元的父亲是吉水县的一名村支书，到排头村担任第一书记，或许源于父亲的影响。从记事起，父亲就是村干部，由于办事公正，后来当上了村支书，总是为全村的大小事情操心着。可以说，父亲的村支书形象，深深地扎根在他的心里。到井冈山要路过家门口，罗军元回了一趟家看望父亲。父亲以一名老支书的名义，送给他一句壮行的话："军元，别的老爸不多说，我只给你一句话，要想打赢脱贫攻坚这场硬仗，只有紧紧依靠群众，才能求得最后胜利！还有就是叮嘱你，无论从上面跑来多少帮扶资金，要严格财经制度，不容许私自插手。工程项目全部要通过镇、村两级组织，采取招投标形式完成。"

"记住了，老爸，依靠群众求胜利，严格财经纪律！"罗军元给父亲敬了一个礼，转身踏上了上井冈山的路。

罗军元出生、成长在井冈山的邻县江西吉水县。在来排头村之前他在省农业厅下属的鹰潭市余江县邓家埠水稻原种场工作。虽说自己考上大学,后来到了省农业厅工作,与农业、农村、农民有着千丝万缕的联系,可是作为村领导直接跟农民打交道,对罗军元来说还是头一回。

来井冈山前,罗军元做了一些功课,知道驻村所在的新城镇,是一个红色底蕴非常深厚的老区。当年,毛泽东指挥工农革命军攻克宁冈县城新城,取得了新城大捷。战斗前夕,毛泽东命令宁冈县党组织发动赤卫队、暴动队和群众骚扰敌人,分散敌人注意力。战斗进行时,地方群众纷纷支援,将家中的棉絮等物资提供给部队,为破城提供了保障。战斗胜利后,毛泽东说,新城打胜仗,这个力量还不是我们的,是宁冈群众的。新城大捷是党和军队依靠群众取得胜利的典范。

有了毛泽东依靠群众取得新城大捷的指引,罗军元对自己驻村打赢扶贫攻坚战有了必胜信心。

2015年8月12日,罗军元踏进了新城镇排头村。他与前来开碰头会的村委一班人说:"我们要打赢脱贫攻坚这场硬仗,除了依靠你们,更多的要依靠群众。只有群众脱贫了,这场硬仗才算打赢,我们才能舒心。"

吃下了"依靠群众求胜利"的定心丸,他一头扎进群众之中,虚心向群众请教,与群众交朋友。当群众知道这位第一书记本来也是农家子弟出身、父亲还是村支书时,与他的心就更贴近了。

"扶贫先扶志",要想帮助贫困家庭真正摆脱贫穷,就得让他们从心底里产生摆脱贫穷的渴望和志气。而要走进贫困户心里,首先就要取得他们的信任。为此,罗军元和其他两个同时被派到排头村的扶贫队员花了两三个月时间,走遍了排头村的每一户人家,挨家挨户了解情况。同时,他们又召集村两委成员以及村里的党员同志开会,逐步对排头村的村情民情进行了深入的了解。

新城镇排头村是国家"十三五"贫困村,当时村里有建档立卡贫困人口35户，147人。万事开头难，罗军元来到排头村遇到的第一个难题就是如何开好扶贫工作的头。为了尽快改变村里的贫困面貌，他通过调研和广泛征求意见，与村两委班子一道制定了一份"三年脱贫规划书"，力图从根本上解决贫困村、贫困户的脱贫问题。

在江西省农业厅支持下，规划书的内容一桩桩、一件件地从纸上落实到实处。昔日落后的排头村像芝麻开花节节高，日复一日地发生着日新月异的变化。

要给群众办实事，必须是群众看得见、乡亲们感同身受的好事。罗军元走进排头村时，村子里是"雨天一脚泥，晴天一身土，晚上一抹黑"。罗军元想方设法跑来上级的扶持资金100万元，用于硬化排头村的主要农业生产道路、各村组道路及入户道路，实现了全村的村道、巷道、人行便道全覆盖。此外，还在排头村各村组安装了150盏太阳能路灯。现在的排头村不必像过去走夜路需要带手电。罗军元还争取到整合新农村建设和村庄整治资金110余万元，用于村里的土坯房拆除、危旧房改造、改水改厕改电、清理生活垃圾、绿化道路、添置健身器材、新建文化广场等。这笔资金经过精打细算有效利用，村容村貌焕然一新，外出打工的村民回来一看，甚至以为自己走错了路呢。

为了拉近与贫困户的心理距离，他从"微"处发力，开展了"微心愿送温暖"活动。他号召江西省农业厅的同事为贫困户捐款，满足贫困户一个个微小的心愿。贫困户领到暖手袋、孤寡老人拿到老年手机……虽然只是一个小物品，但却满足了贫困户的心愿。这些东西，虽说不能吃、不能穿，但却是自己想买又拿不出钱来买的东西。现在，罗军元给他们都解决了。

罗军元还拿出自己的驻村工作经费用于村部改造、购置办公设备，每月至少开展一次党员活动……就这样，第一书记罗军元扎扎实实地走进了村民和党员的心里。

产业是致富的基础，要脱贫，必须产业先行。罗军元在排头村实施

了荒废鱼塘标准化改造工程,帮助排头村建起了果蔬种植基地、牲畜饲养基地。35户贫困户通过种养、享受分红、获取劳务收入等方式,全部加入到产业脱贫这盘棋中。

要想改观村里的落后面貌,没有资金投入是难以奏效的。罗军元争取到50万元项目资金,将荒废鱼塘进行标准化改造,成立了泉盛水产养殖专业合作社。他通过各方面协调,筹资45万元建立了果蔬种植基地,将基地大棚优先承包给贫困户种植。他利用自身资源,邀请江西省农科院、江西省水科所、吉安市农业局等单位专家来到排头村进行种植、养殖实用技术培训,并为贫困户提供辣椒苗和火龙果苗,大大增强了贫困户的脱贫信心。

在火龙果大棚里,我遇见了正在大棚里劳动的谢岗华,他一脸喜悦地告诉我,这一排7座大棚,都是他负责管理的,他去年种的是辣椒,今年改种火龙果。走进他的火龙果大棚,里面有三列火龙果,苗壮的火龙果枝条伸展在由水泥桩支撑的篱笆架上。我了解到,谢岗华今年54岁,原来因父母长期患病致贫,他家被评定为红卡户。7座大棚,交纳承包管理费1000元,为了减轻承包户压力,罗军元又与村两委研究,免除了他500元的承包费。

2016年是扶贫攻坚最为艰苦的一年,那时工作没日没夜地忙活,罗军元连续三四个月不回家,目的只有一个:就是想尽快看到村里有大的转变,贫困户能尽快脱贫。

罗军元一头联系群众,一头联系上级各部门。他在村里经常下到田间地头和村民家中,了解群众的需求;必须由他出面到上级各部门去争取的项目资金,他一刻也不耽搁,踏破铁鞋也要完成任务。为了实现农民种粮增收,他向江西省农业厅争取到项目资金200余万元用于高标准农田改造。

排头村处在银冈仙下,时有山体滑坡发生。为了杜绝安全隐患,罗军元积极争取资金修建山体护坡,确保群众生命财产安全。

他带领群众研究护坡工程如何修建，既要保障群众修建时的安全又要使工程永久牢固。在修建护坡时，一个村民指着半山腰的一处亭子说，那里是银冈仙的龙潭，当年红军师长张子清在那里疗伤。疗伤期间，毛委员和朱军长经常来看望他。

张子清师长献盐的故事曾感动无数人。每每想起革命前辈可歌可泣的故事，罗军元就会感受到无穷的力量。他觉得井冈山这块英雄的土地，成就了中国革命，这里的人民应该享有率先脱贫的机会。

在井冈山红色故事的熏陶下，罗军元对工作更加充满激情，他在心里对自己说，要多为井冈山人民做些事，让井冈山早日脱贫。

一次，罗军元从上面跑来一笔帮扶资金安装节能路灯，用以解决排头村夜晚照明。村民听说罗书记跑来帮扶资金给村里装路灯，都像盼星星盼月亮一样地盼望着这一天。几个熟人找到罗军元要求将这个工程包给他们，承诺到时候给他好处。罗军元想起"张子清献盐"的故事，革命前辈连救命的盐都愿意献出去，难道我们还要为一些蝇头小利而丧失自己的人格吗？父亲曾交代的"要严格财经纪律"的话又在耳畔响起。他跟熟人声明，工程需要招投标，走程序，不能暗箱操作。有先烈的榜样，有父亲的叮嘱，罗军元的心里亮着一盏明灯⋯⋯

至今，排头村还流传着第一书记罗军元拜干娘的事呢。

谢秋香是排头村的蓝卡户，也是罗军元的帮扶对象。谢秋香今年59岁，丈夫是建筑公司退休工人。谢秋香原有3个儿子，大儿子在广东打工意外死亡；二儿子因为抑郁症，在吉安市第一医院跳楼自杀；三儿子有智力障碍，娶了个同样有智力障碍的媳妇，生育了一个孙女。尽管家庭接二连三发生悲剧，但谢秋香没有被不幸的遭遇所击倒。她每天在田间地头，为一家人辛劳地忙进忙出。罗军元同情谢秋香的遭遇，经常到她家走访慰问。人都是有感情的，走得多了，就亲近了。罗军元主动与谢秋香"攀亲"，他亲切地喊谢秋香"干娘"。性格开朗的谢秋香乐呵呵地说："喊我干娘，是罗书记看得起我这个老太

婆。"论年龄，罗书记与她的儿子一般大。论感情，罗书记在村里三年多，总是到自己家里来问寒煦暖，关心自己有什么困难，早已比亲人还亲。只要遇到困难，罗书记从来不会袖手旁观，都会撸起袖子帮她解决……自己虽说生了几个儿子，但一个个都让她伤心透顶，现在有罗书记这样一个"干儿子"，这辈子活得也值了！

罗军元走村入户的身影出现在2017年2月26日的中央电视台《新闻联播》中。井冈山脱贫一周年后的2018年2月27日，江西卫视《新闻联播》播出了他的扶贫先进事迹。

2018年1月，罗军元从江西省农业厅水稻原种场农业科学研究所所长调任江西省农业厅红壤研究所副所长，但他仍然挂职排头村第一书记，坚持每季度驻村50天，主要是巩固脱贫成果，发展农业产业。诸如集体果蔬大棚火龙果基地，他需要操持。4月份果苗全部栽种到位，第二年就能挂果，预计收益能达到10万元左右；组织全村农户在房前屋后、菜园等空闲地种植黄桃，全村新增种植黄桃面积30亩，以果业带动村民增收致富；在去年完成的农田标准化建设基础上，继续为全村百姓免费提供优质水稻良种，实现亩增收100公斤以上的目标；还有一项重点工作就是对接社会扶贫APP（网上发布贫困户需求平台），发动社会扶贫力量为贫困户解决实际困难……

扎根山村，心系困难群众，是罗书记担任第一书记三年来不敢丝毫懈怠的初心。罗军元先后获得井冈山市脱贫攻坚突出贡献奖、2015—2016年全省扶贫先进个人、省职工职业道德先进个人等荣誉。

荣誉的背后是辛勤付出。我们来看看他在排头村为群众办了多少事，做了多少业绩，就知道他有多少艰辛付出。

罗军元从2018年10月16日开始办交接手续，直到11月9日才离开排头村。他说："三年来，虽然付出了汗水，但收获的却是浓浓的亲情，我再次看到了干部与群众、党员与老百姓的那种鱼水深情。"贫困户听说罗书记要走了，都来请他吃饭。他一家也没有去。谢秋香见请不动罗书记,就到街上买了猪蹄,还将自己家里养的鸭子和鱼塘里的一条七八斤重的鱼提到村部罗军元平时做饭的地方,无论如何要他收下。罗军元怎么推也推不掉,只好让村里会计帮忙折算成钱还给干娘谢秋香。但谢秋香说什么也不肯收,她说,你们之前送给我家的扶贫款我收了,但这回是我作为贫困户的一点心意,怎么能算钱呢?

在巍峨挺拔的银冈仙下,这一天,罗军元依依不舍地告别了工作三年的排头村。检视"三年规划书",他的诺言,如今一一兑现。

三年来,罗军元从江西省农业厅申请下拨扶贫资金630多万元,有了资金做后盾,扶贫就不是一句空话。排头村的35户贫困户依次脱贫,国家"十三五"贫困村的帽子也被远远地甩掉了。他无愧于党,无愧于排头村的群众。这里是他挥洒汗水的地方,这里有与他奋斗了三年的干部群众,别忘了,这里还有他的干娘。

临别时,谢秋香送来了一面锦旗,上面写着:"感谢人民好书记,情系百姓办实事。"谢秋香拉着他的手,不舍得放下。罗书记说:"干娘,今后不管是公事还是私事,村里大伙有什么困难尽管向我提。即便我离开了村里,还是会和过去一样,尽全力帮助大家!"

谢秋香用手背擦拭着溢出的眼泪,点点头说:"干娘明白。"

排头村的群众挥手跟他告别,但内心已经在期待,有一天罗书记还会再来村里看望他们!

罗军元也在心里对自己说,别了,排头村!

这里是自己扎根的地方,记得要再回来这里看望乡亲们,一定!

习近平总书记在2019年新年贺词中说:"这一年,脱贫攻坚传来很多好消息。全国又有125个贫困县通过验收脱贫,1000万农村贫困人口摆脱贫困。17种抗癌药降价并纳入医保目录,因病致贫问题正在进一步得到解决。我时常牵挂着奋战在脱贫一线的同志们,280多万驻村干部、第一书记,工作很投入、很给力,一定要保重身体。"

习近平总书记动情地讲述他在这一年看望过的困难群众,并深情地惦记着他们。他们真诚朴实的面容时常浮现在总书记的脑海……这就是一个大国领袖满满的人民情怀!

为了确保贫困人口全部如期脱贫,全国有数百万名扶贫干部奋战在第一线,仅派驻贫困村的第一书记就有19.5万名之多。他们兢兢业业,夙夜在公,始终与人民心心相印、与人民同甘共苦、与人民团结奋斗,让人民再次看见了当年的"苏区好干部"或"焦裕禄"的身影。

卷四 ‖ "大仓会见"变奏脱贫曲

　　立下愚公志、打好攻坚战,让老区人民同全国人民共享全面建成小康社会成果。

穿越时空的"大仓会见"

　　一阵荷花清香袭来,再次来到大仓,这里已经是"天翻地覆慨而慷"。房屋已经焕然一新,外墙刷成统一的蛋壳色。村庄前的溪流用石头砌成小渠,溪水缓缓流淌。一条柏油路穿村而过,村里的土路铺上了石板、砖和鹅卵石。村后的坡地,耸立起一栋栋精致的民宿小楼……

　　大仓人扫榻以待,正在等待一批批前来游览和参观的人群。

　　在辉煌厚重的中国革命史上,井冈山的历史地位毋庸置疑。轰轰烈烈的井冈山斗争,虽然只有两年零四个月,但锻造出了井冈山精神,对中国革命和建设起到了无可估量的影响。

　　井冈山斗争,正是以"大仓会见"为节点,毛泽东、袁文才两双大手紧握,拉开了这重历史大幕。1927年9月29日,几经挫折的工农革命军到达三湾村,毛泽东领导了举世闻名的"三湾改编"。毛泽东在三湾时就提出,我们要和地方结合起来,要取得地方的支持,一方面把伤病员交给他们,他们可以把我们的伤病员安置好;另一方面,我们可以发枪给他们,帮助他们发展起来,这样我们就不会被敌人打垮。这多少已经有了武装斗争要同建立农村革命根据地相结合的思想。

　　袁文才与毛泽东素不相识,心存疑虑。一旦不慎,将导致自己的武装遭殃,那就悔之晚矣。于是,他据实给毛泽东写了一封言辞诚恳的信——

毛委员:

敝地民贫山瘠,犹汪池难容巨鲸,片林不栖大鹏,贵军驰骋革命,应另择坦途。

敬礼!

袁文才叩首

此信是吉林收藏家皮福生发现并向世人公布的。据载,皮福生于1989年到湖南株洲出差,在旧书摊上淘得一套光绪年间的线装书。书为雕版印刷,非常精致。令他惊喜的是,书中夹着两张宣纸,宣纸上写着文字,是一封信。信的内容令人惊奇,抬头竟然是"毛委员",写信人是"袁文才",但落款的日期字迹潦草,不易辨认。这件信函曾给袁文才的内弟谢翔龙确认,谢翔龙指证袁文才手写"袁"字像手表的"表"字,该信为袁文才的亲笔信被确认下来。

在部属陈慕平和宁冈县委书记龙超清的积极斡旋下,袁文才对"毛委员"有了全新的认识,他决定打开山门,欢迎工农革命军在茅坪安家。

大仓会见是开创井冈山革命根据地的关键一步。挖掘这段历史,拓展红色旅游,为大仓群众脱贫奔小康创造机遇,在今天显得格外重要。

我的笔触毫不犹豫地深入到时间隧道之中,用文字黏合那场被人们传颂了90余年的会见——

1927年10月6日,是袁文才与毛泽东约定见面的日子,袁文才着意打扮了一番,身穿长衫,外套黑缎马褂,早早地来到大仓林凤和家。早饭过后不久,人们看见毛泽东和六位随从人员徒手而来。统领着一支近千人正规部队的毛泽东没有耀武扬威,袁文才打心眼里佩服。他赶紧迎

上前去,紧紧地握住毛泽东的手。

在祠堂内约略寒暄了一会儿,袁文才便领着毛泽东沿着村道来到村里位置最高的一栋房屋前。门楼前站着一位和蔼的中年男子,袁文才介绍,这是林凤和,这屋的主人。毛泽东与林凤和握手。林凤和转身引导毛泽东跨进院门,见整个屋宇四面环合,有四座门楼,堂屋正前方院子里两棵桂花树长得枝繁叶茂。此时虽说是阴历九月,却仍花香四溢。

林凤和家雕梁画栋,堂屋高耸。这家人虽说富有,但却生性和善。这院落依山建在整个村落的最高处,院子一东一西两座门楼,堂屋前方是一座吊楼,与堂屋形成封闭的四合院。

毛泽东与袁文才的谈话就在吊楼。吊楼依地势而建,屋柱从垒砌的高坎底下竖起,底下放杂物,上面是接待上宾的客房。

毛泽东精辟地分析了国内国际局势、井冈山的地理优势和斗争策略,两支部队联手合作,工农革命军负责外围扩展,农民自卫军负责内线保卫,必要时内外夹击,只要我们内外齐心,不信打不垮壁垒森严的反动势力。

袁文才先前担心毛泽东有大鱼吃小鱼的意图,现在担心一扫而空。他坦言,原来我以为毛委员是大海里的巨鲸,不适宜在我们这样的山林栖息。现在我明白了,您是冲天的雄鹰,正好依托井冈山的雄伟高峰展翅翱翔。我们就等着您来统领,打出一片红彤彤的天下来。

袁文才赤诚相待,感动了毛泽东。他以前委书记的名义宣布,工农革命军拨付给农民自卫军100条枪作为见面礼。

袁文才作为东道主,自然也不能寒酸,得凑上1000块大洋回馈才是。袁文才的脑袋迅疾转动起来,可以筹钱的不外乎是大仓林凤和家、马源坑钟家、虎岭村李家……这时,袁文才的眼睛电光火石般射到了邓海波脸上。邓海波是农民自卫军的秘书,此刻正参与谈判做记录呢。邓海波听说袁文才要他回去向父亲谢祥开借钱,二话不说,到院外解开一匹马的缰绳,纵身上马,只见鞭影一闪,便消失在山弯处。

袁文才接着拉住林凤和的衣袖,伸出一只手,问他能不能凑足这个数。林凤和知道袁文才要他凑500块大洋,赶紧吩咐下人到东源、大庙等村找自己关系铁的大户人家筹集钱款去了。

午宴开席,一路风餐露宿的毛泽东,为谈判初见成效,部队有了落脚地,打从心底高兴。见袁文才、林凤和真诚款待,毛泽东端起大碗盛的酒感慨道,这杯酒让我敬井冈山这一方神圣土地,敬这里的父老乡亲;同时,还要敬文才同志,在井冈山为我们开辟了一块站稳脚跟的宝地。毛泽东手捧的大碗里盛着烈酒,但却同样盛着他开创新天地的壮志与豪情。

袁文才也连敬了毛泽东两碗酒,他心底有了与过去不一样的东西,像松涛,在心底呼啸着,还似海潮,一浪一浪地涌动着。这次与毛泽东见面,他隐隐感觉这是人生一件头等大事,也是整个井冈山的头等大事。他心底潜藏的巨大力量似乎正在喷涌,无法用语言表达,一切在酒中。碗中的酒代替了他心底的千言万语。

日头西移,林凤和派出去的人风尘仆仆回来了,邓海波也接踵而至。一看他们的表情,袁文才知道筹款的事情已经办得八九不离十。

袁文才从林凤和与邓海波的手中接过沉甸甸的布袋,拿在手上掂了掂,明白其中的数目。他拉着毛泽东的手说,毛委员啊,我们山里人以心交心,您敬我一尺,我敬您一丈。我知道您的部队眼下最缺的就是军需,我让人筹措了1000块大洋,您拿着,这是我袁文才的见面礼。

日头快下山了,原来文才同志是给我准备厚礼去了啊。那我毛泽东恭敬不如从命,暂且先收下,等革命成功了再还你这个大人情啰。我们工农革命军要用你袁文才这1000块大洋做本钱,做一笔全中国最大的买卖,把蒋介石的地盘全买下来啰!毛泽东握住袁文才的手,哈哈大笑说。

什么叫举重若轻,这就是。1000块大洋竟然变成了买蒋介石地盘的本钱。毛委员好气派啊!望着打马而去的毛泽东一行,袁文才久久不肯收回自己的目光……

会有那么一天,一定会有那么一天!

这一天确实没有白等。1949年10月1日,中国人民盼望已久的时刻终于到来了!这一天,毛泽东健步登上天安门城楼,向全中国、全世界庄严宣告:"中华人民共和国中央人民政府今天成立了!"

中华人民共和国成立了!无数仁人志士用生命和鲜血换来的新中国,在这一天异常清新明洁,人们眼前展现出一幅波澜壮阔的历史画卷,欣喜和泪水冲击着人们的心房,淹没了人们的视线……

所有的牺牲和付出终于画上了圆满的句号。袁文才和所有为革命、为新中国献身的烈士在泉下有知,也该欣慰瞑目了。

时序变迁,物换星移。转眼到了2017年,荷花乡党委、政府抓住井冈山市将大仓村列为精品示范点的契机,弘扬井冈山精神,努力将大仓袁毛会见旧址打造成井冈山红色培训的教学点、美丽乡村示范点和全域旅游新景点。

新时代的党员干部有了一处新的教育培训基地。

为了建设这块新基地,设计者、施工建设者、民宿经营者、教育与培训机构等各方人士又聚集到大仓,一场新时代的"大仓会见"拉开了序幕。

吊楼守护者

第一次来到大仓,我直奔主题,急于想见到"大仓会见"旧址——吊楼。大仓开发红色旅游,带动群众脱贫致富,吊楼是关键的一环。

恰逢"星火大仓"美丽乡村精品示范点基础设施开建之时,道路由于降坡,中间已经硬化,两边还是黄泥路,形成落差十几公分的路基,只能容一辆车单行。如果对面来车,其中一方就要倒车给对方让路。我们的车就碰到这种情形,对方装土的农用车像头猛牛冲过来,我们不得不倒车到一侧,让它先过,才得以通过这段路面。

村中工程车正在作业,我们停车步行经过林家积庆堂、大仓讲习所,来到尚存的林凤和家老屋。

我观察着林家老屋周围的环境,东西两厢房屋已经倒塌,但主屋还在。东门楼不久前做了修缮,西门楼已不存在。所幸,当年毛泽东与袁文才会谈的那座吊楼,历经岁月的风雨,依然挺立。院子里两棵金桂树枝繁叶茂,我耳畔似乎听见了毛泽东当年对这两棵树的赞叹声。

这时,从老屋里走出一位老太太,她就是林凤和的孙媳妇张丁宁。

张丁宁十分热情,邀请我们进屋喝茶。跨进老屋门槛,房子显得很老旧,里面都是陈旧的桌椅板凳。中堂板壁上贴有毛主席像,张丁宁说,这张毛主席像还是20世纪50年代贴的。仔细看,这张毛主席像比现在市面上的画像看起来要年轻得多。当年贴画像用的是米汤。米汤做画像和木板的黏合剂,是农村最常见的。画像与壁板浑然一体,贴合得很紧密,时间久了,也揭不下来。这倒好,成了这栋老屋的文物。当年的东道主和客人,都已经不在世了,但人们依然在追忆那段往事。

张丁宁,生于1946年,大仓村人。家有五姐妹,上有两个哥哥,下有一个弟弟,一个妹妹。她18岁嫁入林家,31岁时丈夫林含青在一次事故中离世。张丁宁二嫁古城,年老后眷念故土,搬回林家老屋居住。她时常担心这些仅存的有着非凡文物价值的房屋被破坏。多少岁月,她孤独地守护着这栋老屋和吊楼,成为"大仓会见"核心遗址的保护人。

当年工农革命军在极其艰难的时候,毛泽东和袁文才在大仓林家实现历史性会见,林凤和慷慨解囊捐出500块大洋,使部队渡过了危机。毛泽东没有忘记这段历史。1965年毛泽东重上井冈山时,向当地官员问起心中一直惦记的林凤和,得到的答复是"人已不在了"。

在新时代的今天,林家老屋和吊楼受到高度重视。张丁宁期盼的那一天,"国家会管这事"终于盼到头了。"星火大仓"美丽乡村精品示范点

已经按图索骥开始营建了。村前道路上挖土机正在将村道拓宽成6.5米的游览道；污水处理在全面展开；立面改造工程已完成，群众房屋面貌焕然一新。

林家吊楼整治项目是整个工程的重中之重。吊楼是毛泽东与袁文才进行深谈的地方，目前只有后部的正房以及前面的吊楼完好，其余附属用房年久失修，有的已经倒塌。规划整治四合院，复原东北角倒坐、南部的厢房和大门；整治前庭，复原边屋、东部大门，还将设计台地水景，增设连廊……这一系列的整治，将使封闭落后的大仓一跃而成游客向往的经典景区。

林凤和作为当年"大仓会见"的重要关系人，一直为人们所关注。许多人都想知道林凤和一家的境遇。

林凤和家早年家境贫寒，其父是手艺娴熟的篾匠。省吃俭用，购买农田、茶山用以出租，几年后富甲一方。

其实，林凤和是过继到林家的，他的继父没有子嗣。林凤和娶葛田乡华龄村女子曾生莲为妻。曾生莲与毛泽东同年出生，称毛泽东为"老庚"。

林凤和的儿子林忠玉娶茅坪乡谢淑芬为妻，八角楼主人谢梦尧是谢淑芬的胞弟。林忠玉去世后，谢淑芬改嫁同村张姓人家。一对儿女由奶奶曾生莲抚养长大。

林家三代单传。1977年，林凤和之孙林含青（张丁宁的丈夫），在维修电站水渠时被砍倒的松树砸死。林家男丁不旺，外嫁的女儿们却人丁旺盛。林凤和有5个女儿，发展到今天，人口加起来有400余人。

丈夫林含青意外死亡后，张丁宁迫于生活压力改嫁古城，到1990年才带着儿子返回林家老屋居住。她要让林家后人知道自己的家史与一代伟人有关，与井冈山革命根据地有关。

现在，张丁宁的儿子林望明育有二女一男。孙女林雨，1995年7月出生，已读大学；次女林云，1997年5月出生，也已升入大学；孙子林枭,2009年1月出生,正读小学。

张丁宁打开吊楼的门,给我看吊楼里面的布展。展板上文字记载的是毛泽东与袁文才大仓会见的内容。大仓会见是毛泽东和工农革命军命运的关节点,也是井冈山革命根据地创建过程中的关节点。90多年过去了,故事被再次翻新,成为当地打开小康大门的一把金钥匙。

"星火大仓"拉开帷幕

夜色渐浓,但没能阻止我与荷花乡党委书记吴小平的话题。

"星火大仓"是荷花乡全域旅游的核心工程,既是大仓美丽乡村建设项目,也是井冈山全域旅游启动的一个全新景点。

吴小平谈到大仓会见对中国革命的影响时说:大仓会见,是毛泽东同志的"以农村包围城市,武装夺取政权"中国式革命道路的起点,同时,也是中国共产党统一战线工作的一个成功案例。大仓会见,也是毛泽东和贺子珍第一次见面的地方,从此开始了一段轰轰烈烈的革命爱情……

历史的车轮碾过煌煌90个春秋,而今,"星火大仓"美丽乡村精品示范点再次在这个偏僻的山村掀开了新的序幕。

在吊楼的宣传展板上有"大仓会见"的亲历者苏兰春的一段回忆文字:

> 大仓会见。寒露节前两天,毛委员由古城至龙市,由龙市经茶梓冲进来的。共来了7人5马,毛委员披一件大衣。袁文才当时布置了20多人枪埋伏在林家祠堂。袁文才、陈慕平、邱凌岳、李筱甫等在林家祠堂门口石桥上等候毛委员。石桥上看得远,见毛委员只

带了几个人来,便迎上去,一直带到林凤和家。吴石生在林家门口杀猪迎接毛委员。毛、袁等人在林凤和家吊楼上边吃瓜子、花生、喝茶,边谈话。

当时,正是农民送租上门,佃耕户要箩上山摘茶籽,林凤和家是富家,三栋房子,有两个门楼,要我们学生把住门楼,不许任何人进来,当时参加守卫的学生有张祖钦、张汉翘、林鹤庭、苏兰春等。

会见那天,毛委员在林家吃了中饭。他和袁文才从上午十点谈到太阳快落山。离开林家时,袁文才给了毛委员一千块大洋,其中袁文才自己二百块,在马源坑钟家借了三百块,在林凤和家借了五百块。毛委员还决定赠送一百支枪给袁文才。

这是苏兰春《回忆宁冈的革命斗争》中的一段话。当年毛泽东与袁文才会见时,苏兰春还是龙江书院的一名学生,袁文才当时安排他与张祖钦、张汉翘、林鹤庭、肖斐章、林芳华等同学一起在林凤和家守门。

从苏兰春的回忆文字中知道,这段文字没有涉及邓海波借款500元一事,这里面会造成很多误会。我分析,当时袁文才派出人马去借款,除了给毛泽东带走1000块外,第二天安排工农革命军吃住还需要一笔不小的花销。所有借款的名目,当然就说成是给毛泽东的工农革命军了。

当年的革命是为了穷人打天下。但革命所需要的钱财又是从地主、富农那里得来。开明的地主将自己的钱财捐献扶助革命。革命者"打土豪分田地",将聚集于地主、富农手里的财富和田地分给贫农。历史的车轮就是这样滚滚向前,正所谓革命洪流浩浩荡荡,新中国毫无疑义是建立在旧制度的彻底破产基础上的。

我寻访到大庙村,见到苏兰春的儿子苏云生。他不是苏兰春亲生的,是从大仓本家家族过继给苏兰春的。苏兰春家五兄弟,都是纯女户,没有一个有亲生儿子。苏云生今年71岁,与老伴育有一个女儿,两个儿子。大庙村村主任张德生介绍说,苏兰春喜欢写字,房子里贴满了他写的毛主席语录和毛主席诗词,有时候也写李白、杜甫的诗。"我爷爷也是老红军,做过排长。袁、王被错杀后,回了家。'文化大革命'时,苏兰春到县里挨斗,我爷爷到村里、乡里挨斗。"

村里人至今还在传闻,毛泽东到荷花搞土地调查,在苏兰春家住过。如今,苏兰春的房子已经倒塌,剩下的残垣和墙基还能复原当年房屋的概貌。村民指着一处用竹木搭起的棚子说,那就是当年毛泽东睡过的房间位置,毛泽东在这住了3天。毛泽东进驻茅坪后,就着手搞宁冈调查。每逢调查,都要请当地人做向导。苏兰春是本地读书人,熟悉情况,毛泽东住在他家进行调查研究,这符合逻辑。

…………

在大仓,真让人有"五百里井冈尽收眼底,九十年前烽火再现眼前"的感觉。走进大仓村,一眼望去,一排排整齐、风格相近色彩相同的建筑矗立着。

"星火大仓"红色旅游点建成后,中国井冈山干部学院、江西干部学院等将组织学员前来接受红色培训,按日接待游客两百人的保守计算,荷花乡每年的收益不少于900万元。这对于一个山乡来说,是从糠箩跳进米箩里。

大仓乃至整个荷花乡,由于交通等条件的限制,发展比较落后,村民每年人均收入仅四五千元,是"十二五"省级重点扶贫村。"星火大仓"的建设也是当地村民脱贫致富的一个契机,预计每年至少接待5万人次的游客和学员,当地村民人均年收入可增至8000元至1万元。

我期待这一工程早日竣工,让荷花乡的群众早日过上红红火火的日子。

老支书的新故事

  大仓讲习所的设计给人耳目一新的感觉。该设计是由东南大学建筑学院师生共同创作的,荣获江苏省第十二届土木建筑学会建筑创作评选一等奖。它的屋顶由多面斜坡组合,尤其最上一层像一只腾空而起的蝙蝠。墙体采用夹板红土夯筑,此建筑与进村的横江桥一侧的"梅塘荷廊"彼此呼应,有异曲同工之妙。

  大仓讲习所征用土地时发生了一个鲜为人知的故事。故事的主人公是大仓村老支书张振华先生。当然,这个故事得从张振华的父亲讲起——

  20世纪40年代末,土生土长的青年吴革正是十八九岁的好儿郎。一天,吴革听说村保长领着乡保安团的人在夜晚来抓壮丁。当时,国民党军在强大的人民解放军面前节节败退,这时去当兵就是去为即将覆亡的国民党政府充当炮灰。吴革得知消息,惊慌失措,连忙找到自己的结拜好友张乡庭商量。张乡庭见自己的结拜兄弟有困难,挺身而出说,与其被抓壮丁当炮灰,不如一跑了之,或许还能寻到一条活路。

  张乡庭对国民党抓壮丁行为义愤填膺,决定帮助吴革逃离魔爪。他代吴革到家里收拾了几件衣物,连夜护送吴革到龙市。吴革逃到龙市后远走他乡,从此与家乡天各一方。

  光阴荏苒,时光如流。转眼到了1971年,昔日从龙市出逃的吴革已是南昌市新建县劳改农场的一名正处级干部。无论岁月流逝,吴革的心中一直对当年张乡庭的善举心怀感恩,回到老家把自己一栋四行的老宅赠送给张家。此时,张乡庭已过世,两个儿子都已长大成人。23岁的张振华此时正是血气方刚，大哥张三华也是堂堂的27岁精壮后生。兄弟俩觉得自己年轻力壮，家产得靠自己打拼，不愿接受他人馈赠。吴革的房子位处大仓中心位置，同族人看吴革将这么好一块地送给张家，心中都愤愤不平，想花钱买下来。但吴革说，张家对自己有恩，当初若不是张乡庭的帮助，自己也不会有今日。他说什么也要张家兄弟接受他的馈赠，以报自己深藏了20多年的感恩之情。

一方要赠予，一方却坚决不肯收下。后来，村里的长辈出面，说既然吴革有情有义，如今张乡庭又不在人世，张家兄弟也不能埋没他的这番情谊。不妨由张振华兄弟出一部分钱，吴革以半卖半送的方式将房子转让给张振华兄弟。张振华兄弟也不好再推辞，只得以这种方式接受吴革的心意。既然是买卖，就得立字为凭，双方在中间人的见证下签了一份买卖字据——

立出卖房屋字人吴革：今卖给张三华、张振华两人名下管业房屋壹大栋，大小四行，后向、前向、左右滴水为界，上面屋顶，下面基地，当日三面言定屋价叁佰伍拾元正，自买之后，不准任何反悔，由买方所有。空口无凭，立字为据。

主卖房屋人：吴革、吴军、吴群方

在场人：吴方兰、吴兰发、张克文、张天恩、张大耀、张诚平、张明哲

代笔：张大安

公元一九七一年十二月二十日

话说回来，20世纪70年代的350元钱，也不是一笔小数目。新中国成立至20世纪70年代，中国社会处于一个物价非常稳定的年代，钱无贬值，当然，人民普遍工资也不高，某些商品匮乏，因此出现了票证，如粮票、油票、布票等等，计划经济的稳定性和产品的供给不足是那个时代的经济特点。350元钱相当于一个技术工人一年的工资收入。身处

农村的张振华兄弟能拿出 350 元钱来买一栋房子，说明那个时候他们兄弟俩在全村是有一定经济实力的。

  时间又过去几十年，故事还在继续演绎。如今，大仓村全力打造"星火大仓"红色旅游精品示范点建设。张振华两兄弟的这栋房子虽已倒塌，但这块地基却成了精品示范点大仓讲习所的坐落地。为了积极响应村里红色旅游发展，张振华不但没有接受这块土地的征用款，还主动提出要将这块地献给村部。他反复强调，现在党的政策好，党和政府为老百姓办了这么多实事、好事。大仓美丽乡村精品示范点的建设为村民脱贫奔小康铺平了道路，这是大仓乃至荷花乡百年不遇的发展机遇，不容错过。我作为一名共产党员，理应出点力，做点自己应该做的事。

  这样一位老共产党员，让我想起了井冈山斗争时期红军师长张子清献盐的故事。1928 年 4 月，在湖南郴县接龙桥战斗中，张子清为掩护朱德、陈毅部队转移，左脚踝负伤，子弹钻进了骨头里。在没有麻醉剂的情况下，张子清忍着剧痛让军医切开脚板取子弹。折腾了两个小时，子弹没有取出，张子清痛得昏死过去。毛泽东被张子清"刮骨疗伤"的精神所折服，称他为红军关云长。由于流血过多，又没有消炎药，伤口深度溃烂，医生只好一次又一次将腐肉剔除。战友们心疼张子清，每天从伙食中省下一点盐，集成一小包，给他冲洗伤口用。不久，一场战斗后，医院里的伤员骤然增加，而用于消炎的盐严重缺乏，很多伤员因伤口得不到有效控制而恶化。从昏迷中苏醒的张子清得知这个情况，立即摸出枕头下的那一小包食盐，交给护士班长说："盐不多，一定要把重伤员的伤口洗一洗。"护士班长捧着这一小包救命盐，眼泪不禁夺眶而出。后来，战士们一个个重返前线，而他却因反复感染，不得不锯去了一条腿……在生命紧要关头，张子清将自己救命的盐倾囊相献，舍己救人，体现了一个共产党员的高贵品德。

  张振华献地与张子清献盐，虽不可同日而语，但同样显示了一个普通共产党人的高尚情操，是穿越时空的井冈山精神在现实的一次深情回眸。现实社会,锱铢必较的"钉子户"为了自己的利益不惜丧失人格的现象屡见不鲜,而大仓一个老共产党员演绎大义献地的故事,不得不令人赞叹!

　　1986年,荷花乡从葛田乡分离出来,张振华被委任为荷花乡大仓村第一任支部书记。他不干则已,干就要干出点名堂来。张振华的性子就是这样,不甘落后,工作处处争先,多年的兢兢业业,使他落下坐骨神经痛的毛病。1997年,张振华积劳成疾,不得不辞去支部书记的重担。坐骨神经折磨了他整整五年,最后在株洲访到了一位名医,住了两天院,拿回来一大包中药,病奇迹般地好了。

　　2001年,康复后的张振华,不愿意闲着,到龙市的恒华瓷厂上班,一干就是六七年,到2008年转到飞翔瓷厂上班。

　　2010年农历三月十六日,张振华家发生了一件不幸事件——他的房屋被烧了。油盐和几十担谷子全部被烧了,只抢出一个柜子。被子、家谱都被烧了。最让他心痛的是,自己当村支书时请村里老人林日辉写的一份有关毛泽东与袁文才大仓会见的材料也被烧了。林日辉是老辈人当中对大仓会见知根知底的一个人,现在已过世了。保存了20多年的一份珍贵材料,就这样被毁了,他十分心疼。如果没有烧毁,现在大仓搞建设,肯定能起到重要作用。

　　2012年的一个大雨天的早晨,张振华骑摩托搭着爱人去上班。雨天路滑,导致摩托失控,他重重地摔倒在地上,不省人事。爱人打电话叫来儿子,紧急将他送至龙市医院,后来又转到吉安医院。确诊左前胸肋骨断了三根,治疗了一个多月。病未痊愈,张振华就要求出院。张振华回到家,坚持锻炼,身体恢复后,他又到飞翔瓷厂上班。上了不到一年时间,他感觉身体状况不佳,2013年回到家里休息。2015年,村里安排他当了一名保洁员,他很高兴自己还能为村里发挥余热,做些力所能及的事。而今,已是古稀之年的张振华,每天坚持将村里收拾得干干净净。

　　现任大仓村党支部书记张云庭告诉我,每月交党费的时候,是张振

华最幸福的时候。农村党员每个月只要交两毛钱党费,他每个月都要交上八块十块。超额交党费,不是因为他家境富裕,而是因为他内心坚定的信仰。事实上,张振华夫妻年纪大,身体差,两个儿子家里还要供小孩读书,家庭负担重。尤其是2010年的那场大火,烧毁了一栋房子,包括木料、口粮、家用品等在内,财产损失达5万余元。邻居建议他向政府申请救助,但他却从不向政府开口为自己寻来任何帮助。他总觉得,目前自己还有能力把日子过下去,政府救助应该留给更困难的人。

"君子抱仁义,不惧天地倾。"张振华以其无私奉献,履行着一名共产党员的职责。作为一名共产党员,内心的那座灯塔没有黯淡,它放射出的光芒,给迷航的人以前行的方向。

…………

在大仓讲习所,我想起了过去的农民夜校、村民小组会、院坝会、围炉会等灵活多样的形式,这是让农民重新走进课堂,接受新时代思想洗礼的最好方式。

毫无疑问,大仓讲习所是乡村振兴的讲堂。讲好大仓红色故事,完善红色培训教育阵地,也为来荷花乡参观学习、开展革命思想教育的研学团队提供了一个研讨、交流的课堂。

在众多聆听和讲述者的故事当中,一定有一个叫张振华的老共产党员的身影。他的故事,已成为大仓讲习所的一部分。

村支书是烈士后代

大仓村不远是仓冲村。车子沿着新修的县道,几分钟就到了仓冲村。傍山的一栋两层小楼就是邓国珍家。邓国珍是仓冲村党支部书记,也是井冈山著名革命烈士邓海波的后代。

邓国珍,1980年初中毕业后回家务农,2009年担任仓冲村主任,2018年担任仓冲村党支部书记。他主政村事务期间,主抓村入户道硬化、安全饮用水、农田基本建设、美丽乡村建设等工作,勤勤恳恳,有口皆碑。

邓国珍介绍,全村有18户贫困户,其中红卡户6户、蓝卡户2户、黄卡户10户,合计贫困人口65人。村里的特困户要数樟树坡组的张小文。他骑摩托车去瓷厂上班,因发生交通事故而摔成植物人。采访中得知,因骑摩托去瓷厂上班出事故而致残的事件就有五六起。

在荷花乡东源村就有一户红卡户,叫黄炳华,今年73岁。他小儿子于2014年遭遇车祸丧生,当时在瓷厂上夜班回家,一个炎陵人骑摩托太快,他小儿子被撞后当场死亡。炎陵人也是瓷厂工人,自己也摔成重伤瘫痪了。听到这样的故事,我心里沉甸甸的。

张小文就是为躲避行人而自己撞到山沟里的。还好现在有精准扶贫政策,兜底保障,每月低保金380元,产业扶贫每年还有1500元。如果到医院住院治疗,医疗费可享受全额报销。因为出了这样的惨剧,老婆丢下他和孩子走了,现在孩子由张小文母亲抚养。邓国珍作为村支书,极力为这样的特困户争取政策上的优抚。

我问邓国珍靠什么致富奔小康?如何带头让村民致富?

邓国珍说,他自己在村里上班,每月工资2000元,一年有2.4万元的收入。他也搞些多种经营,养了17箱蜜蜂,是纯天然的蜜,每公斤卖160元。一箱蜂一年可产5至15公斤蜜,平均按一箱收获10公斤蜜计算,养蜂一项能为他增收2万多元。他还养了16头牛,过年卖掉5头,还有11头。一头牛能卖7000元左右。卖5头牛,有3.5万元的收入。此外,还养鸡70只,养鸭60只,养鱼塘4亩。这样算来,他一年有8万至10万元的收入。对于一个农村家庭来说,已经算跨越小康了。

邓国珍将养蜂技术无偿传授给村民。他说,村里的老支书邱石林,今年61岁。见老支书无事可做,邓国珍就对邱石林说,你养养蜂吧,一

年到头有吃不完的蜜糖。养蜂不需要什么成本,连蜂都不用花钱买,山里有的是。邱石林听从了邓国珍的劝说,开始的时候,跟邓国珍学一些基本的收养野蜂技术。不到一年的时间,邱石林就收养了40多箱野蜂,一年净挣三四万元纯收入。

山里怎么有那么多野蜂呢？

有,别的地方飞来的。蜜蜂喜欢住在阔叶林里,阔叶林开花,是蜜蜂采蜜的最好场所。

收养野蜜蜂,不怕被蜇吗？

不怕,蜜蜂嗅觉灵敏,闻到人有气味它才会蜇人。每次发现了野蜜蜂,洗个澡、穿一身干净衣服去就行。蜜蜂爬到身上也不会蜇人。

原来干什么都有秘诀。

邓国珍有一段光荣的家史。爷爷邓祥开,1928年被国民党杀害；伯父邓海波,1929年壮烈牺牲。

整个荷花乡,最有名的烈士要算邓海波。

邓海波是仓冲村人,1905年出生,20世纪20年代在南昌读书,接触了进步思想。邓海波与龙超清同在南昌读书,有较深的交情,两人入党时间都是1925年。从南昌求学归来,邓海波决定在家乡做洋货生意,从南昌进了一批洋伞、洋鞋、洋袜、西洋镜。袁文才经常会到邓海波店里买东西,一来二去,两人就熟了。因为邓海波见过世面又有文化,袁文才对他很是欣赏。

邓海波与龙超清、袁文才都是熟人,便充当了他俩的联络人。1926年夏,宁冈县党组织龙超清、刘辉霄、刘克犹等商议招安"马刀队",并借此机会争取袁文才。邓海波从中牵线,联络双方在半冈山见面会谈,经过谈判,袁文才同意率部下山,成立了宁冈县保卫团。随着北伐战争节节推进,1926年袁文才率保卫团在新城起义,成立国共合作的县人民委员会,邓海波担任县人民委员会宣传科科长。同年12月,邓海波的母亲病逝,父亲强烈要求邓海波回家做教书先生。父命难违,邓海波回到老家仓冲。不久,借去桃寮走亲戚的机会,邓海波又回到了袁文才的队伍中。他主要负责记账、管账、抄写文件、管理后勤这些事务。由于部队的给养越来越困难,邓海波经常出去打土豪、催派税款,因此,邓海波成了土豪劣绅的眼中钉,土豪劣绅经常联合其他土匪设伏抓他,前前后后邓海波被抓了三次,每次都是袁文才用枪和子弹将他换回来。

毛泽东与袁文才大仓会见时,邓海波作为记录员亲眼见证了这次改变中国命运的历史性会见。当时,邓海波接受了袁文才托付的筹款任务,为了应急,邓海波回到家中,把袁文才与毛泽东在大仓会见的事如实相告,晓之以理,动之以情,最后两位长辈终于同意各家出260块大洋,凑了520块。邓海波把筹到的钱交给袁文才。袁文才把这笔钱如数交给毛泽东,解了工农革命军的燃眉之急,也为工农革命军在井冈山站稳脚跟奠定了基础。

井冈山革命根据地建立以后,边界掀起了打土豪、分田地的热潮。为了保证土地革命的顺利开展,邓海波亲自带了一队人马到自己家打土豪、分田地。邓海波的父亲怎么都没想到,自己的儿子会打土豪打到自己家,既惊讶又愤怒。

父亲说,你打土豪怎么打到自己家里了。

邓海波说,革命就得先革自己家的命。

这一次邓海波不仅把家里的田地分给了当地穷人,就连自家用的锅、箩、镰刀、铲子、耙子等都分给了老百姓,什么都没留下。气得父亲连扇了他几个巴掌……

邓国珍是这段历史的叙述者。他坦言,爷爷邓祥开是仓冲的大地主。不是大地主,哪有钱供家里长子邓海波到南昌读书呢?爷爷有三个儿子:长子邓海波、次子邓金庭、三子邓桂庭。我父亲是三个儿子中最小的。伯父邓海波参加红军后,首先革了父亲的命,将家里田产、浮财全部分给了贫苦农民,这在当时轰动了全村。爷爷的田产、浮财分完了,成了名副其实的贫农,只好跟随红军参加担架队和运输队,并担任队长。反动靖卫团对邓祥开一家恨之入骨，总想找机会报复。那年田里稻子熟了，爷爷回家收割稻子，被反动靖卫团盯上，将正在晒稻草的爷爷抓到新城，最后迫害致死。爷爷就这样成了烈士。

邓国珍指着公路下的一块田丘说，爷爷就是在那里被国民党抓走的。当时爷爷在田里晒稻草，敌人早有预谋，从两边包抄过去将他抓走了。山里的田丘是梯田。当时，看见敌人来抓自己，他想跑也来不及。

说到伯父邓海波，邓国珍的语气中满是敬重。

1928年8月，时值井冈山"八月失败"后，邓海波与谢冲波一道出山前往砻市、古城一带侦察敌情。不料走到大仓一带被敌人发现，边打边退到秘密联络点穿风坳，敌人紧追不舍，包围了房子。邓海波打开侧门打算冲出去，迎面碰上两个敌人，他一枪一个，把门关上。敌人无奈，只好放火烧房。谢冲波从屋顶跳下摔伤被捕，邓海波从二楼窗户跳下也被敌人当场抓住。敌人用刺刀刺进了他的肚子，肠子当场就流出来了。残忍的敌人把他的肠子塞回腹中，用绑带捆住。然后，将他俩用铁丝穿肩胛骨押至长溪。敌人开始了严刑拷打，逼问党组织和袁文才部队的活动去向。谢冲波和邓海波两人都怒目而视，拒绝回答。敌人恼羞成怒，先割掉他们的耳朵，然后割掉鼻子，剁去双手。即使这样的酷刑还不能叫他们屈服，敌人就用"剥芋"的酷刑反复折磨他们。所谓"剥芋"就是拿香灰和盐敷在满是伤痕的肉体上，再用绑带捆住。第二天又剥开来，继续用香灰、盐敷，如此往复。实在受不了这种非人的折磨，邓海波和谢冲波开始绝食。可是敌人就用斜口筒子像灌牛药一样往他们的嘴里灌米汤和稀饭，一直折磨到两人都奄奄一息，才拖出去枪毙了。

井冈山烈士陵园纪念堂内有一个吊唁大厅，四周墙面嵌刻的是在井冈山革命斗争时期牺牲的烈士英名，在这些汉白玉鎏金名单中，镌刻着许多烈士的英名，其中就有邓海波、邓祥开的名字。而在大仓，为了革命，为了穷苦百姓吃饱饭，像邓海波一样献出年轻生命的还有钟仕申、张观龙等烈士。

是什么力量让出身富裕的邓海波甘愿跟随工农革命军过艰苦的生活？是什么力量让他把打土豪的行动落实到自己父亲的头上？又是什么力量让他即便忍受非人的折磨也绝不向敌人吐露半点部队的行踪？

无他，只有信仰！

往事悠悠，一切都已成云烟。

邓国珍领我去看当年被靖卫团烧毁的老房子。从一棵高大挺拔的大枫树下走过，来到一排旧房子前。邓国珍跟我描述当年房屋的布局。在当年烧毁的裕芳祠堂的位置，邓国珍家在20世纪70年代盖了住房。现在邓国珍在公路边盖了新房，这栋老房子只好空着。说空也不空，邓国珍在里面放养了十几箱蜜蜂。

在住房右侧，是一排断壁残垣。邓国珍说，这些房屋就是当年靖卫团烧毁的，现在还能找到当年烧毁的木头残片。当年，整个家族烧了7栋房屋，爷爷家烧了4栋。这7栋房的地基，除了一头一尾盖了住房外，其他的仍然是当年烧毁的残垣模样。当年这里的房屋布局一前一后两排房屋，后排是主屋，前排是吊楼，与大仓林凤和家的房屋相似。

望着这些历史的遗迹，即便是断壁残垣，但还是可触摸到历史的呼吸。

邓国珍的住处已经搬离，但他还在空房子里养蜂、喂鸡、饲鸭……对于这块先辈用热血造就的房屋遗址，他有无法排遣的心结。无数个日日夜夜里，他的梦都与逝去的岁月和地下的先辈们纠缠在一起。

这些在风霜雨雪中矗立了90余年的残垣，但愿一直能保存下去。这是井冈山斗争岁月的珍贵记忆，从中可以想象井冈山人民在何等残酷的血雨腥风中才走到今天的。这些被国民党靖卫团烧毁的房屋残墙，也完全可以作为井冈山精神屹立的象征！我也希望，在井冈山像邓海波这样的烈士，有后人给他们树碑立传。

当然，仅仅纪念是不够的。

让老区人民同全国人民共享全面建成小康社会的成果，才是告慰先烈最好的方式。

映日荷花别样红

一进入荷花乡地界，就看到田丘里成片成片的荷花。"星火大仓"美丽乡村精品示范工程里，有一个"梅塘荷廊"建设项目。

"梅塘荷廊"位于横江桥旁，就是当年袁文才眺望、迎接毛泽东的地方。

廊桥将参观人流引导到新开辟的游览路线上，从另一个角度打量大仓村。造型上用转折的态势，象征袁毛会见，毛泽东和工农革命军正式步入宁冈腹地，开始了井冈山革命根据地的创建之旅。交会处提供了足够大的平台，可以让人亲近水面，眺望远景。廊桥将为村民公共生活提供更多可能：休闲赏荷、荷花节宴会、革命小讲堂、戏曲舞台等。

荷花乡名字叫荷花不奇怪，进入荷花乡，田丘里看到的全是荷花。

这些原本种稻谷的田，现在荷叶挨着荷叶，荷花从荷叶中蹿出，有的早已绽放，露出了青翠的莲蓬；有的正含苞欲放，花苞上的淡紫色似一抹少女的羞涩，是最耐看的。

荷花如此妖娆，使村子有了别样的意蕴。过去人们饿怕了，所有的田地都用来种稻谷。现在粮食连年增产，粮食已经不愁吃了。用土地搞多种经营，荷花既是经济作物，又是美化环境的观赏植物。尤其是新农村建设，荷花的点缀作用进一步凸显。在荷花乡种荷花，是一项精妙的乡村振兴思路。相反，走进荷花乡见不到荷花，反倒觉得缺少了点什么。

荷叶田田，花香沁人心扉。置身荷田，有蜻蜓飞翔，也有蛙声一片。好一派乡村风光！

种荷花的人叫张金彪。他头脑灵活，有一套经营思路。种荷花前，他跑过短途运输，做过竹木生意，挣了不少钱。2014 年，时任荷花乡党委书记曾建涛找到他,要他转行到家乡建设上来,现在政策好,党中央大力推动精准扶贫,需要发展产业。张金彪人勤快,善动脑筋,是个搞产业的好苗子。

在乡党委鼓动下,张金彪鼓起了为家乡做点实事的心思。做产业,能带动村民致富。自己一个人富不算富,村里老百姓都富起来,才是真富。他想来想去,动起来了种荷花的脑筋。他将自己的想法向曾建涛汇报,没想到,乡里也有此想法。荷花乡荷花乡,叫荷花的乡,就得有荷花产业,这才名副其实嘛。

既然大家意见一致,张金彪就开始行动了。种植荷花,得有种植技术。正好,前两年有个湘潭人在荷花乡也种过荷花,因为是外地人,人生地不熟,难以发展,只好打道回府了。张金彪在村里很活跃,对湘潭人也不排斥,一来二去,交成了知心朋友。湘潭人没有张金彪的地利人和,听说张金彪要在荷花乡种荷花,愿意倾其所能,将技术完全传授给他。张金彪真诚拜师,跑到湘潭整整待了一个月。学成归来,便开始流转土地、打田、购种,扎扎实实地干了起来。

万事开头难。虽然学了技术,但真要到实践中还是有很多东西令他走了一些弯路。第一年,张金彪试验性地种了 100 亩,但因经验不足,销售渠道不畅,人工工资都亏进去了,赔了 10 万多元。曾建涛虽不懂栽种荷花技术,但看到张金彪亏了血本,也心疼,便上网搜寻资料,将人家的经验学来,下田手把手教张金彪,令张金彪打心眼里感动。

张金彪没有气馁。第二年,他又流转 100 亩土地,栽种了 200 亩荷花。通过第一年的试种,他终于有了底气。他接纳 20 户贫困户的扶助资金入股到合作社,其中红卡户 7 户、蓝卡户 13 户,按入股资金的 10% 给予分红。这一年没有亏本,也没有盈利,但总结了经验,争取到了市场,就是赢了。能有这样的结局,张金彪对来年充满了信心。

辛勤的劳作终于看见了成效。2016 年,是张金彪种植荷花的第三年。他干劲冲天,将荷花种植面积增加到 600 亩。这年风调雨顺,盈利达到40万元,给贫困户分红就达15万元之多。此外,他发放给村民的务工工资也将近100万元。看到自己栽种荷花给村民带来了收益,他心里说不出有多高兴。

2017年,乡里加大了对张金彪种植荷花的扶持力度,张金彪劲头更足,他栽种荷花的面积增加到了800亩。到年终结算,利润比去年增加一倍。他添置了机械设备,改变了手工加工的原始状态,还将大仓村集体经济纳入荷花种植当中来。这一年,他支付村民务工工资130万元,盈利达七八十万元,贫困户分红达十六七万元。

2018年,张金彪的荷花种植面积冲刺到1000亩,这年人工成本增加了,加上气候欠佳,他的收益并没有增加。付给村民的务工工资累积达160万元,贫困户分红保持往年十六七万元不变,盈利保持去年的水平。

张金彪家住在荷田一侧。荷花其实也叫莲花,张金彪引种的是广昌县白莲科研所与中科院作物遗传所合作开发的太空莲。

太空莲是科学家将白莲种子搭载宇宙飞船进入太空周游后,使白莲种子在空间高能重粒子、真空及微重力的综合作用下,引起白莲种子遗传基因的突变,后经地面种植精心培育而获得的。

白莲周游太空后,莲的藕、花、叶、莲、籽粒都产生了广谱变异。太空莲莲子采收期比常规品种长30天至40天;莲蓬特别大,种子颗粒均匀,结实率达90%以上,平均亩产高达120多公斤。太空莲最大特点是莲子产量高、莲蓬大、花大色艳、花箭多、花期长等,具有很高的经济价值和观赏价值。白莲不仅产莲子卖钱,全身每个部位都有价值。莲子是主产,莲心是中药,每公斤价格比白莲还高,能卖200多元;莲叶可制茶,每公斤可卖100多元;莲蓬生吃,挑到旅游点去卖,每公斤可卖60元;莲带,刚从田里冒出的尖尖,像小竹笋,是一道爽口的菜肴,每公斤可卖40元。

看看,这小小荷花,看不出竟有如此巨大的经济价值啊!

在一个名字叫"荷花"的乡里种植荷花,名副其实。既好看,又来钱,真是里子面子都有。

张金彪种的1000亩荷花，分布于大仓、大庙、东源。

张金彪租荷花乡村民的田种荷花，每亩租金500元，1000亩田的租金就是50万元。

农业多半靠天吃饭，张金彪实话实说，2017年的莲子亩产量平均达到80多公斤。2018年的亩产量平均却只有40公斤至50公斤。

为什么差了这么多？我问。

是啊，授粉时连日下雨，加上田亩面积大，没有蜂蜜授粉，影响结实。看来，要大面积种植荷花，还需要配套养殖蜜蜂，荷花的产值才能上去。

我给张金彪算了算投资成本：人工工资，每天需要40人做工，每人每天工资100元，每个月需要支付12万元，全年有6个月出勤，全年工资支出为72万元；挖机打田，每亩200元，1000亩需要20万元；肥料，每个月需要施肥一次，肥料款需40万元至50万元。

…………

张金彪的太空莲种植专业合作社是精准扶贫和村集体经济两大块的创收基地。合作社融入建档立卡贫困户20户，红卡户1万元产业扶助基金、蓝卡户5000元产业扶助基金入股合作社，按10%分红。村集体资金入股50万元，分红5万元。

贫困户和村民乃至村集体都可从张金彪种植太空莲得到多项收益。要说实惠，至少有两方面看得见、摸得着：一是田地租金变现；二是劳动力变现。在太空莲专业合作社支出的人工工资、挖机打田以及乡政府支出的田地租金这几项，费用就达140多万元，这笔钱实打实地落入到了本地村民口袋中，这就是实惠！

张金彪接受村民的不同方式入股，有资金入股的，有田亩入股的，还有劳动力入股的。他还无偿提供技术、种子帮助愿意种荷花的农户种植太空莲。

张金彪说，除了党和政府对他产业的扶持外，老百姓和贫困户对他

的支持最大。当初,村民们看他亏本,大家都不问他要工钱,说等来年挣钱了再给。当年年底,张金彪东借西凑借钱支付了村民和贫困户的工资。老百姓和贫困户忙一年到头,也就望着这一点工资。张金彪宁肯自己艰难,也不能让老百姓和贫困户跟着自己担忧。

大庙村有个兔唇的残疾人叫叶善郁,因语言交流上有障碍,外出打工人家都不要他,就窝在家里跟张金彪学种荷花。张金彪将栽种好的五六亩荷花无偿送给他管理,所有收益也归叶善郁所有。五六亩荷花一年的收益少说也有两万多元。叶善郁忙完自己的活,还到张金彪这里务工,一年的务工工资也能拿到1万多元。叶善郁心里感恩张金彪,将自己养鸡生的蛋、种的花生送来给张金彪,以表谢意。张金彪当然笑呵呵地接纳,这种礼尚往来,是村民间的一种淳朴情谊。

改革开放后,年轻人不愿意守着几亩薄地,很多人出去打工了。而今,进入新时代,头脑灵活的年轻人照样能在本村搞活经济,如张金彪在新农村建设中大显身手。农村要发展,还是需要立志于乡村的农村本土青年参与到新农村建设当中来,农村才会大有希望。

看着长势良好的荷花,心中涌动一浪一浪诗的波涛——"接天莲叶无穷碧,映日荷花别样红"。这是一幅乡村绝美图。

微风吹来,荷花展现千姿百态的舞姿,给人无限遐想。"星火大仓"美丽乡村精品示范点的打造,有了荷花的映衬,在每一个身临其境的人眼眸中,历史与现实的双重画面将更加壮阔!

青山书答卷,老区展新颜。这句话用在大仓村、荷花乡乃至整个五百里井冈,是何等的贴切!

卷五 ‖ "红军的一天"

不忘初心,牢记使命。

八角楼的灯光

　　天上的北斗星最明亮,
　　茅坪河的水啊闪银光,
　　井冈山的人哎抬头望哎,
　　八角楼的灯光哎照四方……

　　来到井冈山,心里藏着一把火,熊熊燃烧。参观八角楼旧址群是"红军的一天"的必要内容。1927年,毛泽东在这里创立了中国第一个农村革命根据地,点燃了工农武装割据的"星星之火",开辟了"农村包围城市,武装夺取政权"的革命道路,自此中国共产党找到了正确的革命道路,开辟了一条成功之路。

　　踩着历史的足迹,走进八角楼革命旧址群,重温毛泽东在此思索中国革命航向,从伟人的革命足迹中获取力量。2016年2月,习近平总书记考察茅坪八角楼革命旧址群指出,井冈山道路是马克思主义中国化的经典之作,从这里革命才走向成功。而对于当代共产党人来说,毛泽东、朱德、彭德怀、陈毅等老一辈无产阶级革命家在这里孕育的井冈山精神,正是实现中国梦的精神之源。

　　今天的扶贫攻坚其实是昨天革命斗争的延续。那时斗争的对象是白色恐怖及反动政权,面临的是枪口和屠刀、流血与牺牲;今天的扶贫攻坚,斗争的对象转化为贫困,没有了残酷的流血牺牲,但井冈山精神却丝毫不减。习近平总书记在井冈山考察时指出,要结合新的时代条件,坚持坚定执着追理想、实事求是闯新路、艰苦奋斗攻难关、依靠群众求胜利,让井冈山精神放射出新的时代光芒。

井冈山精神,历届党和国家领导人都有各自的阐述,但其精神实质并没有变。要说变的,只是结合新的时代特色。

在茅坪河西岸,与八角楼遥遥相望的一个河湾处,垒建了一座"油灯广场",这是与茅坪乡缔结友好乡镇的江苏江阴市青阳镇捐建的。"油灯广场"矗立着一盏巨型油灯雕塑,油灯前是两卷巨型书卷的造型,寓意当年毛泽东在油灯前写下的两部光辉著作。

站在油灯前,听茅坪河水潺潺流过,往事一幕幕都已成历史画卷。

茅坪,是毛泽东率秋收起义部队在井冈山插上第一面红旗的地方,也是中国共产党创立第一块农村革命根据地的"心脏"之地。

当年,毛泽东、朱德、陈毅、余贲民、张子清等红军领导人在井冈山活动,他们的许多时间都是在茅坪度过的。茅坪无疑是中国共产党探索武装割据、以农村包围城市革命道路的原创地。

茅坪最著名的景点就是八角楼,当年毛泽东工作和住宿的房舍,由于屋顶藻井呈八角形而得名。八角楼位处谢氏慎公祠后,土砖结构,小巧玲珑,由一架木梯引入二楼。由此,很多人有了诗意的联想,一代伟人就是从这架木梯登上八角楼,最后通往北京天安门城楼的。

小学时,我们学过《八角楼的灯光》这篇课文,几十年后,很多人还能背诵出其中的内容:"在井冈山艰苦斗争的年代,毛主席住在茅坪村的八角楼。每当夜幕降临的时候,八角楼上的灯就亮了……"

很长一段时间,八角楼成为人们心中的圣地!八角楼的灯光成为鼓舞人们斗志的精神源泉!

八角楼的门框有些低矮,毛泽东伟岸的身躯进出卧室兼书房需

要弯腰。卧室内有生活起居的床榻、椅子、橱柜,当然还有书桌、笔砚。习惯于夜间工作的毛泽东,少不了一盏油灯。油灯由竹筒和铁盏构成,是当地山乡的土产。当年的物资尤其紧缺,连灯芯都要节省着用。当时,毛泽东号召全体红军将士厉行节约,规定连、营、团部夜里办公可以点三根灯芯。作为红军首脑的他,思考着中国革命的前途,常常工作到深夜,却坚持只点一根灯芯照明。有一天,卫士给油灯多添了一根灯芯,毛泽东悄悄地将那根灯芯挑到一旁,以备一根点完后接着再点。

就是在这盏油灯下,毛泽东写下《中国的红色政权为什么能够存在?》《井冈山的斗争》两篇探索革命斗争实践的光辉著作。这也是毛泽东在井冈山向党和人民交出的一份答卷,为井冈山革命根据地和在全国建立农村根据地指明了方向。

八角楼的灯光,也成为指引中国革命航向的灯塔,成为一盏精神之灯。我们现在常常谈到井冈山精神,而井冈山精神的源头是什么?我想,井冈山精神的源头应该塑形为"油灯精神"。

已是深秋,油灯的光焰跳荡着。一个穿单薄军装的身影,右手执笔,左手用小竹签挑着灯芯。不知不觉,披着的毛毯从肩上滑落。这束光焰,穿透漫漫黑夜,迎来黎明。油灯燃起的光焰,与人们口头传诵不衰的"星星之火",有着共通之处。油灯的光亮本就是星星之火;毛泽东领导的这支尚在襁褓中的队伍,也是一束"星星之火"。秋冬时节,茅草枯黄,星火一旦点燃,火借风势,燎原一片的景象是可以预见的。

"星星之火,可以燎原"在中国古代著作中也是惯用语。最早可追溯至《尚书·盘庚》:"若火之燎于原,不可向迩。"明代张居正《答云南巡抚何莱山论夷情》写道:"究观近年之事,皆起于不才武职、贪黩有司及四方无籍奸徒窜入其中者,激而构煽之,星星之火,可以燎原。"

毛泽东写道:"这里用得着中国的一句老话:'星星之火,可以燎原。'这就是说,现在虽只有一点小小的力量,但是它的发展是会很快的。"毛泽东总是高瞻远瞩,在别人盲动的时候,他始终思路清晰,烛幽探微地作出精准判断。

翻阅俄国十月革命的历史,可以发现,列宁早年创办过一份叫《火星报》的报纸。报名的来源是俄国十二月党人给普希金回信的一句诗作:"星星之火可以燃成熊熊烈焰!"这正是"星火燎原"。

当智慧发展到高处时,就像飞船运行于太空,所设定的思维方式是相通的。领袖的襟怀和胆略总是比一般人要高出许多。列宁借星火之势燃成了"十月革命"的燎原大火,毛泽东借井冈山的小块根据地,探索出"以农村包围城市"的革命道路。正如贺敬之在《重回延安——母亲的怀抱》中所描绘的那样:"'星星之火,可以燎原'……井冈山的红旗插到了延安,插遍了全中国。"

尽管是一根灯芯燃烧的火焰,毛泽东预知了它的穿透力和燎原之势。现在回过头再看这盏油灯——即便表象已经没有光焰,但透过这盏油灯,人们看见了它曾经撒落在历史长河中的灼灼光焰。中国共产党人因为在井冈山插上了第一面红旗,才有中华苏维埃共和国在瑞金的诞生,才有延安的红旗漫卷,最后将红旗插遍全中国。

八角楼成为井冈山精神的溯源地。

是的,八角楼的灯光,曾经穿透茫茫黑夜,唤醒了黎明。如今,它的亮光不再闪烁了吗?不,它的光芒还在源源不断地播撒着,在每一个追寻井冈山精神的人心里亮着。

而今,精准扶贫战役在全国打响,一种新的精神——精准扶贫精神在悄然成长。井冈山在全国592个贫困县中率先脱贫,这也正是井冈山精神衣钵传承的结果。今天中国共产党人的精准扶贫精神,也可以说是井冈山精神的延续。

追根溯源,中国共产党在奋斗中砥砺前行,它的每一步成长,严格说来,都离不开井冈山精神的引领,而井冈山精神的源头,就是八角楼的这盏油灯以及它所播撒的光亮!

油灯精神本身包含艰苦奋斗、厉行节约的革命传统,在"星火"微弱的时候,积蓄力量,等待"燎原"的那刻来临。

油灯精神,还有更深一层意义:以弱小的光芒,穿透黑夜,召唤黎明。毛泽东借油灯之光,撰写出辉煌巨著,像灯塔一样指引着中国革命的航向……

油灯精神的丰富内涵,与今天的精准扶贫精神一脉相承。精准扶贫精神是让困难群众共同迈入小康,毛泽东在微弱的油灯下苦苦探索革命真理,其精神内涵就是让工人农民翻身求解放,过上幸福生活。

时间相距90余年,但精神内涵却有着"不忘初心"的坚韧。

有人悄悄唱起了歌,就是那首《八角楼的灯光》——

八角楼的灯光哎,
是黎明的曙光哎。
驱散了万里云雾哎,
映红了天空海洋哎。
照亮了革命者的心哎,
给人类带来了希望……

"红军"回来了

身穿红军服,头戴八角帽,肩挎红军包,手端红军枪,跋涉在崎岖的山间小道上,体验井冈山斗争时期红军的急行军和反"围剿"等场景生活。八角楼教学,瞻仰烈士墓,到农户家自做红军餐,入户调查访问,听红军故事……这些内容组成"红军的一天"。

"红军的一天",是全国青少年井冈山革命传统教育基地自主研发的针对全国青年学员体验教学的一门课程。

"一堂课带富一个村,培训到农村,体验在农户,红色旅游助推精准脱贫"——这是茅坪乡坝上村探索出来的一套脱贫办法。

"体验红军的苦与乐,践行井冈山精神"是这一课程的主题。坝上村便成为这一课程首选的落地实景村落。

坝上村"红军的一天"学员年度统计表上显示,从 2012 年的 3000 人,逐年增加,到 2018 年达到 30000 人,人数翻了 10 倍。红色旅游给这个村的脱贫攻坚带来了可喜的成果。

坝上模式的成功经验,被复制到茅坪的马源村和大陇的源头村,带动井冈山其他乡村的发展。

"坝上自然村'红军的一天'教学点接待排班表"的公示栏,共有李忠林、肖富民、邓洪明、张福庭、谢清平、杨丁秀等 26 户村民参与了接待任务。村民领受接待任务,是村里安排给村民的增收项目。学员自做红军餐,村民将准备好的菜洗干净,指导来到家中的学员烧火做饭。"红军"与村民嘘寒问暖,鱼水情深,恍惚回到革命斗争年代的火热生活。据村主任李樟林介绍,坝上全村已有 50 多户村民参与接待。2016 年与 2017 年全年接待人数达到 48000 人,2018 年有所减少,是人流被分配到茅坪的马源村和大陇的源头村的缘故。

当年的红军,每到一个地方,都会走进百姓家,帮助百姓挑水、砍柴,嘘寒问暖。红军不能离开百姓,离开百姓就像鱼离开了水。有了人民群众做坚强后盾,才有红军一次次走向胜利。

而今的精准扶贫工作在各地落地生根,学员们可以透过访问群众,了解井冈山精准扶贫工作的情况,了解这里的民风、民情与其他地方的差异。人民苦在哪?贫在哪?怎样去帮他们摆脱贫困……这些都是让人深思的话题。

学员们走进农户家"自做红军餐",是接触人民、了解人民,与人民融洽感情、心气相通的最好形式。

"红军的一天",活动内容丰富多彩。这样的经历对于青年人来说,是受益终生的。

队员们在坝上村李忠林家里分发"枪支"——用于团队实战射击体验的模型枪,还有头盔和防护服。当然,这些模型枪支非常现代,与井冈山斗争时期的土枪土炮完全不同。

这个课堂以自然村落为教学场所。学员们举着红旗,行走在山道上,即便汗流浃背,但一想起当年红军真刀真枪地同强敌拼杀,自己的这点苦算得了什么?流再多的汗,与当年红军相比,也算不得什么苦和累。

只要想起井冈山斗争时期红军的牺牲精神,年轻的"红军"们便精神倍增。他们穿着红军装、肩挎黑色钢枪,无论是站立还是行走,都透出一股子英姿飒爽。

"红军"在村里端着枪寻找"战机",村民该干什么干什么。有时候,"红军"正在进行"反'会剿'阻击战","敌我"战场之间却站着一名村民,丝毫不加躲避。村民对这种场景经历多了,也便司空见惯。想想战争年代,若是红军和白军摆开了战场,村子里早已人去村空了。

"自做红军餐"项目,既让参加"红军的一天"的学员们体验到"自己动手,丰衣足食"的劳动情怀,也能让村民增加一定的收入。每顿红军餐,学员每人交费33元,理事会抽取3元管理费,村民得30元,参与接待的农家每月能增收两千元左右,一年下来有两万多元的收入。全国青少年井冈山革命传统教育基地与坝上村共同开发的这项脱贫策略,可以说是因地制宜。

坝上村订立了《"红军的一天"接待户管理制度》,从工作纪律、食品安全、环境卫生、安排要求等方面对接待户作了详细规定。

村民的中堂贴着一幅毛主席画像,学员们将自做的红军餐端上大圆桌,在画像里毛主席的注目下,一桌12人,围着大圆桌,当中有一位是村民,一起吃得开开心心,真正是"红军"与百姓心连心。

强度大的活动,如行军、反"会剿"对抗等都安排在上午。中午吃"自做红军餐"特别香。下午,学员们研究如何用竹竿和绳子制作担架,体验抬伤病员的过程。他们请来村里的红军后代讲述当年红军的故事……

坝上村的红军故事不少。当然讲得最多的还是毛泽东的故事。当地村民都知道"毛委员罢宴"的故事——

毛泽东率领工农革命军到茅坪安家,袁文才和李筱甫看到毛泽东因患脚疾走路很不灵便,便安排他到条件比较好的李筱甫家休养、治疗。李筱甫二话没说,牵来自己家的白马,让毛泽东骑着马来到坝上家中。毛泽东当然是贵客,李筱甫的父亲李培秀吩咐弄了一大桌子菜,都是些难得一见的野味,有烟熏的锦鸡、麂子肉等山珍,也有新鲜的猪肉、羊肉,加上蔬菜,这可是战争年月难得一见的佳肴。毛泽东一见,脸上露出不悦,说:"李老先生,您搞这么大一桌子好酒好菜,我是不敢消受啊!"李培秀大惊道:"毛委员是远方来的贵客,只恐招待不周,还望毛委员海涵!"毛泽东拱手道:"这年月有多少百姓家揭不开锅,就说我们的红军战士,也只是吃些南瓜、野菜填肚子,我们怎好在这里大吃大喝呢?"李培秀说:"我们山里人家,没米三下碓,贵客来了自然要拿出家里最好的菜肴来招待,但下一餐就没有这么多好菜了。请毛委员入席吧!"毛泽东见李培秀热心待客,也不好责怪,但来了个约法三章,他说:"今天的菜既然做出来了,那就撤走一半。以后,就与平常一样,不搞特殊化,这样我才吃得安心!"李培秀与李筱甫连忙应承,当即将菜撤走一半。毛泽东这才坐下来,一边吃一边与他们交谈起来。

毛泽东住在坝上"李氏宗祠"一侧的"八角门",这里清净,是读书和思考的好地方。毛泽东也时常到村里走动,与百姓们聊家常,问寒问暖,讲述革命道理。有一次,他在村里看见一位十来岁的童养媳在吃力地磨米粉,便走上前去帮助童养媳推完了一升米。毛泽东一边磨,一边询问童养媳的生活情况……从这些点滴小事件,可以了解毛泽东改造旧世界的动力,就是来源于他立志让穷苦人翻身做主人的人民情怀。

毛泽东在坝上的故事真不少。当年冬天,有个孩子不慎掉入水田,毛泽东发现后跑过去跳入水田救起孩子。一打听,孩子的父母出外劳动去了。他赶紧买来茅草和柴火,烧火为孩子取暖,帮助孩子洗干净衣服并烘干。到傍晚,孩子的父母归来,他才将孩子送回其家中……

还有毛泽东打草鞋的故事。那时的红军物质生活十分匮乏,鞋子每天在山路上踩踏,有的破得不能再穿了。一些贫困的老百姓也没有鞋子穿,他们将稻草编织成鞋子,总比赤脚强多了。毛泽东在坝上的洋桥湖也住过一段时间,总是到谢慈俚家看他打草鞋。一天,毛泽东让谢慈俚教自己打草鞋。谢慈俚将一把挑选好的糯谷稻草,用木槌反复捶打,这样稻草就不会硌脚。毛泽东用手摸了摸,果然柔软许多。打草鞋从搓绳子开始,将棕树片用手工搓揉一番,撕开后浸水晾干,接着抽丝。毛泽东跟着谢慈俚将棕丝搓成了一人长的草鞋绳。一根草鞋绳对折两次,一头绕在一根小竹节上,即是草鞋鼻子,另一头扣在草鞋耙上。毛泽东在腰间系上绳子,把草鞋鼻子拴在绳子上,在谢慈俚的指导下不紧不慢地编织起了草鞋。一顿饭的工夫,毛泽东手中的草鞋编织成了箬叶形状,并不比师傅谢慈俚的差呢。毛泽东边打草鞋边想,这下红军不怕没有鞋子穿了。他要每个红军战士自己学会打草鞋,自力更生、丰衣足食嘛!谢慈俚拿出几片笋壳,教给毛泽东草鞋如何防风防雨。用笋壳一改造,草鞋就变成了套鞋。在寒风中穿行或雨天行走都不成问题了……

"红军"们竖起耳朵听红军后代讲述90年前的红军故事,一个个听得入了迷,心神进入那个遥远的年代,真切感受到红军的艰辛与困苦。

坝上的故事很多,几天几夜也讲不完。

红色传人

井冈山,以其辉煌灿烂的革命历史,锻造出了井冈山精神,它是全国党性教育、理想信念教育、革命传统教育、爱国主义教育的大课堂、大基地。

坝上村有一位土生土长的红色传人,叫李祖芳,现年62岁,是红军烈士李筱甫之孙。他21岁当生产队长,30岁时入党,曾担任坝上村党支部书记。现为坝上红军村义务讲解员、江西省委党校井冈山培训基地讲师,被首都师范大学聘为研究生社会实践指导教师,多次被邀请到北京联合大学、首都师范大学、河池学院等高等院校做"讲述井冈故事 传承红色基因"主题讲座,是井冈山唯一一名从乡村登上大学讲堂的红色传人。

李祖芳的爷爷李筱甫,在井冈山斗争时期,是赫赫有名的红色大管家。李筱甫出生于宁冈坝上一个富裕家庭,年少思想进步。1928年2月,组织宁冈县群众参加新城战斗,任全县暴动队总指挥,带领两千多群众,配合工农革命军作战,取得了新城战斗的胜利。2月21日,中共宁冈县委成立,他被选为县委委员。同年5月任红四军三十二团军需处长,5月下旬,湘赣边界工农兵苏维埃政府成立,他被选为财政部负责人之一。边界各地打土豪所得的金银首饰和战场上缴获的金银,当时都统一上缴边界政府,由李筱甫登记造册,统一保管。他严格执行财经纪律,在红军中一律实行统一平等的经济供给制,在极其困难的条件下确保了红军5000人的供给。1928年5月起,他又主持在大陇创办红色圩场,动员白区群众把布匹、食盐、药材运到红区来卖,是一个很有经商头脑的红色理财家。

李祖芳作为红色传人,以身作则讲好红色故事,以实际行动践行一名党员一面旗帜的优良传统,已为来自全国各地的党团员义务讲解《井

冈山斗争史》《李筱甫的廉政故事》700余场。李祖芳向同学们介绍井冈山的红色背景,满怀激情地讲述了革命烈士李筱甫的革命事迹,包括他多次慷慨解囊助力革命、全身心投入革命、为革命队伍解决物资供应问题等事迹。讲到高兴之处,李祖芳会唱起红色歌曲来,同学们深受歌声的感染,掌声四起……

李祖芳是"红军的一天"活动中最受欢迎的老师之一。李祖芳对学员们说,"我们不要忘记今天的幸福生活是怎么来的,要把红色基因传承下去。"如今,李祖芳并不局限于在坝上授课,他要让红色故事、井冈山精神走出大山。2017年11月,他受邀到华南师大传播红色基因;2018年他又被聘为首都师范大学研究生部社会实践教师。

为了讲课,他经常顾不上吃午饭,曾经有一天受邀与学员拍照合影就达180多次。"听过我讲课的人又邀请我出去讲课,现在听过我讲红军故事的人非常多。"李祖芳自豪地说。

在此之前,坝上村还未形成规模化的红色培训基地,李祖芳只能靠外出务工、种地维持生计。精准扶贫战役打响后,坝上村确定为全国青少年井冈山革命传统教育基地,开发了"红军的一天"的教育模式。李祖芳参与到坝上红军村的红色宣讲之中,既服务于全村脱贫攻坚项目,自己的收入也逐年增多。"去年就赚了3万元,今年收入大概能达到5万元。"李祖芳满意地说。

在扶贫攻坚行动之初,坝上村有贫困户36户92人,而在2017年全村仅剩一户贫困户。

李祖芳深有感触地说,现在和5年之前比,变化确实很大,五六岁的小孩都能自觉地把垃圾扔到垃圾桶里,会说普通话的人越来越多,人的素质也提高了。

在一段坝上村的航拍视频里,我看到这样一幅景象:蓝天白云下,一个环山四合的小盆地,自然分布着村民的房舍。蓝色和紫红的琉璃瓦,在青山绿水中十分亮眼。绿色的庄稼,在道路河川的分割下,与鲜艳的房舍相映成趣……

我与李祖芳的谈话是从坝上村"李氏宗祠"开始说起的。李祖芳说，宗祠旁边有一栋与"八角楼"相似的建筑称"八角门"，是当年毛泽东来坝上村的住所，因为来不及修缮，于20世纪90年代拆毁。

毛泽东率部来到茅坪"安家"，坝上村便成为共产党人和工农革命军活动的纵深。为什么坝上会得到毛泽东以及工农革命军如此垂青呢？现在看来，原因有三：首先，除迎接毛泽东和工农革命军上山的农民自卫军总指挥袁文才是坝上人外，当时袁文才决策的参谋人物李筱甫也是坝上人。袁文才与李筱甫在坝上土生土长，有深厚的群众基础，工农革命军与民众形成天然的鱼水关系，利于工农革命军"安家"发展。其次，坝上地处群山环抱之中，其中白云寺、象山庵、茶源山等处既相对独立又有隐蔽性，是工农革命军开展训练、修造军械、储存药材的好地方。再者，坝上与茅坪、桃寮、神山、柏露等村有小道穿梭往来，互为犄角，盘根错节，进退自如。

茅坪安家后，通过工作和思想交流，袁文才和李筱甫等人对毛泽东的人品、思想、才华和指挥能力十分佩服，引为人生知己和革命导师。

不言自明，李筱甫作为东道主，自然要引毛泽东到自己家里做客。毛泽东当时身患脚疾，李筱甫安排毛泽东在坝上李氏宗祠旁的八角门办公住宿，兼以疗伤。三四天后，毛泽东率部到酃县一带活动，辞别坝上时，李筱甫将家中的一匹白马送给毛泽东，另外，还向新成立的工农革命军后方留守处捐赠了第一笔资财——600块银圆、20担菜籽和36担稻谷，支援工农革命军在茅坪安家。

毛泽东委派余贲民负责后方留守处。余贲民本是中国工农革命军第一军第一师副师长，是工农革命军初创时期的高级将领。开始，余贲民觉得管后勤不如带兵打仗，毛泽东语重心长地开导说："贲民啊，汉高祖首封功臣的故事你听说过没有？他首封的既不是运筹帷幄的军师张良，也不是战必胜、攻必克的战将韩信，而是镇国家、抚百姓、给馈饷，不

绝粮道的后勤主管萧何啊!"兵马未动,粮草先行。眼下部队冬衣无着,粮米难继,吃穿都不能解决,怎么能与敌人斗争呢?后勤如此重要,余贲民果断地承担了这份重任。他不为毛委员分忧谁为毛委员分忧?

那个时候,白色恐怖像一张巨网,笼罩在共产党和工农革命军四周。毛泽东要带领工农革命军去撕碎这张网,创建红色政权。

眼下自己的部队有了茅坪做基地、坝上做后方,而这个后方又有自己的心腹爱将余贲民留守,更关键的是,有了地方党组织和袁文才的农民军做依靠,毛泽东撕破白色恐怖这张巨网的底气更足了。

"依靠群众求胜利",这是毛泽东和工农革命军来到井冈山后做的第一件事,成为党和军队取得胜利的重要法宝。

李祖芳告诉我,坝上村在井冈山斗争时期是全红村,全村有80多人参加了红军。1929年2月,当时井冈山已失守,白军占领了井冈山,实行"茅草要过火,石头要过刀,人口要换种"的三光政策,进行惨无人道的烧杀抢掠。从永新来的白军一个营,将村子里的房屋全部烧毁,最后将"李氏宗祠"也放了一把火就匆忙撤走了。村民躲藏在山上,看着自己的房屋被烧,心焦如焚,白军刚撒,都从山上冲下来灭火,所幸"李氏宗祠"因为是最后烧的,抢救及时得以保全。那场烧杀,整个坝上烧了300多间房子,仅李筱甫家被烧的就有30多间。

李祖芳对坝上的红色故事如数家珍,对袁文才与李筱甫的故事更是津津乐道。

岁月不居,时光如流。李祖芳侃侃而谈,说起井冈山斗争时期的故事,带给学员们的除了感叹,就是让他们了解到中国革命的艰难曲折。无数革命志士为中国革命的胜利作出了卓越贡献,甚至付出了生命。我们铭记他们,珍惜今天来之不易的幸福生活,为美好的明天不懈奋斗。

红军的苦与乐

> 红米饭那个南瓜汤,
> 挖野菜那个也当粮,
> 毛委员和我们在一起,
> 餐餐味道香,味道香……

一队"红军"唱着歌,整队进入已经安排好的村民家里,开始自做红军餐。这时,村民已经将菜摆在菜架上,班长对学员进行分工,洗菜的洗菜,烧火的烧火,刷锅的刷锅,切菜的切菜……这些活都不难,难的是谁掌勺。掌勺关系到一桌菜的好坏,关系到全班人的胃口。实在找不出厨师级的学员,那就每人一道,轮流献艺。味道好不好,吃的时候由大家品评。厨艺不精,再接再厉嘛!重在参与,重在学习,重在体验。当年红军的苦与乐,值得年青一代尝一尝、学一学。

人们常说,井冈山是精神力量的源泉。人们无论遇到多大困难,只要一想到井冈山斗争岁月,再大的困难也就不成为困难了。精神的力量是来自身体内部的一种内在力量,这种力量一旦形成,便有无坚不摧的能量。那时,红军在万般艰苦的环境中,承担着推翻旧秩序,建立新政权的责任。没有一种精神,是不可能成功的。

作为根据地人民和工农革命军的领袖,毛泽东的一言一行,都是人们效仿的榜样。

当时,毛泽东患脚疾,袁文才为他在洋桥湖找了栋民房住下。山下不远就是步云山练兵场,战士们训练的口令时常传到他的耳畔。他工作累了,就出来转转,一转就转到了练兵场。

在练兵场上训练的都是袁文才的农民自卫军。毛泽东派游雪程、徐彦刚、陈伯钧、金蒙秀等人到农民自卫军工作,按照工农革命军的一套训练方式,有组织、有纪律地进行操练。除了战术训练,更主要的是要让自卫军明白为谁打仗、为谁斗争的道理。做好了政治思想工作,才能更好地提高杀敌本领。

袁文才恨不得自己的队伍很快变成一支纪律严明、能打胜仗的部队。毛泽东当然也想将这支部队改造成一支能征善战的工农革命军。在这一点上,袁文才与毛泽东的思路一致。袁文才认定了一点,只有跟着毛泽东,自己的农民自卫军才能发挥最大作用。

袁文才听从毛泽东的话,将自卫军的顽劣子弟请出去,从砻市、大陇等地招了一批新人,组建了一个新兵连。这一招,不仅令队伍年轻化,而且战斗力加强了。很快,在袁文才的部队里,也建立了士兵委员会,实行了民主管理。

这个模式,不久后同样在王佐的部队中进行复制。几个月后,袁、王两部主动要求加入工农革命军。毛泽东顺应时势,在大陇朱家祠举行袁、王部队升编仪式。袁、王两支农民武装获得新生,升编为中国工农革命军第一军第一师第二团,袁文才任团长,王佐任副团长,何长工任党代表。

这天,毛泽东照例来到步云山,见自卫军战士们正在开饭,一些战士议论纷纷。此时已是冬天,部队伙房采购的菜不多,这餐大家吃的是野菜,就连平日子吃的南瓜也不见了。

毛泽东不动声色,拿起勺子舀了一勺放在碗里,津津有味地吃起来。

一个战士看见毛泽东与他们吃一样的伙食,就说:"毛委员,这么苦,你吃得下?"

毛泽东回答道:"这野菜虽苦,可有丰富的营养呢!我们干革命,就要吃大苦,耐大劳。没有今天的苦日子,哪来明天的好日子呢?"

这件事在部队传开,有人编起了歌谣——客家人善于自编自唱,这就是后来大家熟知的"红米饭,南瓜汤;秋茄子,味好香,餐餐吃得精打光……"这首以苦为乐、洋溢着革命乐观主义的歌曲,很快在工农革命军和农民自卫军队伍里传遍了。越是艰苦的时候,这首歌唱得越是嘹亮。

当年的红军,在极端困难的形势下,艰苦奋斗,直至夺取全国胜利。如此辉煌业绩,也只有从艰难困苦中走来的中国共产党领导的人民军队才能创造!

学员们吃着自己做的饭菜,想起当年红军艰苦的生活,自然而然地感觉今天的生活优越多了,内心充盈着一种幸福感。

今天我们的物质生活已经极大丰富了,贫困地区也在实现"两不愁、三保障"。忍饥挨饿的日子犹如逝水东流,一去不复返。

随着物质生活的不断改善,"红米饭,南瓜汤"的歌声也渐渐远去。更加年青的一代,大多都不知道苦日子到底是什么。当年红军的"苦",不就是为了后人享受生活的"甜"吗?人们享受今天的美好生活,万不可忘却井冈山斗争岁月的艰苦。1965年,毛泽东重上井冈山时嘱咐身边工作的同志说道:"日子好过了,艰苦奋斗的精神不要丢了,井冈山的革命精神不要丢了。"

不远的将来——到2020年,全国人民将全面建成小康社会。"一个不落下!"这是中国共产党人对人民的庄重承诺。

当全国人民真正迈入小康社会后,过着幸福生活的人们仍要牢记革命先辈为之奋斗的艰苦岁月,仍然要传唱"红米饭,南瓜汤,餐餐吃得精打光"等歌曲,让井冈山精神成为民族的血液,一直传承下去。

即便将来我们全面建成小康社会,但战争、饥饿、疾病这些相伴了人类几千年的灾难,谁也保证不了会从地球上根本消灭。我们需要时刻葆有战胜一切困苦的乐观主义精神,更需要将红军在困难中创造的歌曲传唱下去。

干稻草那个软又黄,
金丝被儿盖身上,

毛委员和我们在一起,

心里暖洋洋,暖洋洋……

歌声穿越 90 多年的时空,被"红军"们传唱着。歌声像白云飘浮在蓝天下,像雄鹰翱翔在青山绿水之上……久久盘旋在坝上村的上空。

蓝卡户

省委领导问她:"你还需要政府和帮扶干部帮你什么?"

她笑呵呵地回答:"现在我不需要了,政府已经帮我很多了,有什么困难要靠自己解决,靠双手来赚钱,靠'农家乐'来过上幸福的日子。"

这一席感动了无数人的话,出自蓝卡户吴云月口中。

吴云月今年 63 岁,1997 年丈夫因病去世。丈夫去世时女儿 15 岁,儿子 12 岁。一个寡妇拉扯大一对儿女,说有多艰难,就有多艰难。

坝上村开发"红军的一天"接待项目,吴云月积极发挥自身特长,参与接待工作。吴云月在自家展示民俗和坝上变迁历史等见证物品,深化了"红军的一天"的内涵。

为了提升村容村貌,2016 年,坝上开展村内环境整治,吴云月带头拆除自家的牛栏、厕所。在她的带动下,其他村民也拆除了自家的猪圈、鸡舍。坝上村的环境大为改观。她被村民一致评为"最美脱贫户"。

学员们在吴云月的指导下,自做红军餐。和蔼可亲的老人笑容满面地和学员们亲切对话,为学员们讲述了自己的故事。学员们从吴云月零零碎碎的讲述中拼凑出这位六旬老人历经 20 年的脱贫之路:骤然失去家庭顶梁柱的吴云月,依靠砍柴、做零工、种田,为一双儿女撑起一片天。井冈山实施精准扶贫,因村施策、因户施策,坝上村开展"红军的一天"实践教育活动,彻底扭转了吴云月的生产生活状况。自己在家里便能获得稳定的经济收入,这是她做梦也没有想到的。

在吴云月看来,这顿并不奢侈的"红军餐",正是让她摘掉贫困户帽子的"致富餐"。饭菜虽简单,但食材必须新鲜可口。每逢接待日,吴云月早上5点就起床去买菜,一直忙到下午。她留给学员们最深刻的印象就是"暖暖的笑意"。自参与村里"红军的一天"旅游接待以来,吴云月的日子明显好转起来。现在,一年下来,家里收入有近4万元,这对于她一个农村妇女来说,已经很知足了。吴云月说:"没有精准扶贫政策,我可能还在愁明天的吃饭穿衣怎么办呢。现在我的生活越过越好,真心感谢习近平总书记来井冈山关心我们困难群众的生活,感谢共产党的好政策!"吴云月的一番话,说出了很多贫困户的心声。

吴云月取出一个牛皮纸档案袋,里面装着精准扶贫的一大摞材料,我打开一一查看,有"贫困户脱贫档案卡""脱贫户脱贫申报表""脱贫攻坚产业扶贫股权证"和《扶贫资金入股协议》《井冈山市家庭医生签约服务协议书》等一系列政府各部门与贫困户之间的档案资料。

从"贫困户脱贫档案卡"中的"贫困户信息栏"里,了解到吴云月家的致贫原因:配偶早年去世,自己身体差,儿子大龄未婚。

吴云月说,儿子原先在外打工,现在在家做零工。家里的房子是丈夫在世时盖的。现在外墙和瓦由政府统一粉刷和铺盖了,村道和河堤也是政府打造的。原来乱搭乱建的牛栏、猪圈、鸡棚、茅厕、柴寮都拆除了,整个村子变得干净透明,谁走进来都夸好。她由村民变股民,政府给蓝卡户的扶助政策其中一项是5000元产业扶贫资金,入股到村里的黄桃专业合作社,每年按15%分红,可以分得750元。

在"帮扶工作记录卡"上,清晰地记录着"帮扶单位""帮扶干部"以及帮扶干部的"联系电话"。在一栏栏的表格里,记载着帮扶干部何时到

贫困户家中"到户帮扶内容",并需要"贫困户签字"。"到户帮扶内容"一栏这样写着:

8月18日,宣传新农保、新农合代缴政策,告知其2015年新农合返还至"一卡通"及新农保代缴事宜;

8月25日,宣传产业扶贫政策,帮助贫困户填写产业帮扶资金申报表;

9月10日,鼓励贫困户加入农民专业合作社;

10月19日,签订入股协议;

10月28日,确认帮扶牌是否挂好,并了解近期情况;

11月16日,了解贫困户收入情况,制定贫困退出规划;

……

以上是2015年的帮扶干部谢雄华、戴玉兰的入户工作记录。从工作记录中可以看出,帮扶干部每月到贫困户家中至少一次,有的月份两次,有的月份三次。每次去不是送慰问金,就是了解贫困户的家庭情况;每次都要带去党的政策,向贫困户宣传党的扶贫政策,鼓励贫困户加入农民专业合作社,帮助贫困户签订入股协议等,工作细致入微,态度谦和体贴。2016年帮扶干部谢雄华、戴玉兰入户工作的部分情况,记载如下——

1月28日,了解农户年货准备情况;

3月10日,入户宣传精准扶贫政策;

4月27日,了解其住房条件,宣传土坯房改造相关政策;

5月19日,吉安市社保处走访送慰问金;

6月2日,吉安市社保处走访慰问送米油;

7月9日,吉安市御美丽公司慰问贫困户;

7月21日,宣传脱贫政策;

8月6日,帮助其搬东西;

8月17日,帮助其拆除土坯房;

8月29日,了解其生产生活情况;

9月3日,了解上半月接待坝上"红军的一天"学员情况;

…………

  2016年对帮扶干部来说,是不平凡的一年。这一年2月2日,习近平总书记访问井冈山,对井冈山精准脱贫作了重要指示和嘱托,井冈山上下一心,奋力谱写了一曲率先脱贫之歌。帮扶干部入户工作情况记录,全年记录达20次,平均每月近两次入户。了解贫困户过年的年货准备情况,送慰问金、慰问品,宣传党的精准扶贫政策,了解生产生活情况等。2017年帮扶干部谢雄华入户的部分工作情况记录如下:

…………

10月20日,了解近期生产情况,了解油菜种植情况;

11月5日,宣传生态建设、景区房屋建设管理政策;

11月21日,宣讲十九大精神,新时代要有新风貌、新作为;

12月6日,走访了解环境卫生情况,宣传脱贫攻坚政策;

12月21日,了解近期生活情况,嘱咐冬日烤火取暖注意安全。

  2017年2月26日,井冈山在全国宣布率先脱贫,贫困户虽然脱贫了,但帮扶政策不变,还要继续巩固提升,朝着奔小康的目标前进。

  从帮扶干部入户工作情况记录中可以看到,帮扶干部是如此体贴入微地关心着贫困户,难怪我听到群众反映"比家人还要细致"。一年当中20多次的走访慰问、送钱送物,说老实话,即便出外工作的子女,也做不到,然而帮扶干部却做到了。把贫困户当作自己的亲人一样对待,

只有党派来的帮扶干部能做到。

贫困户,是村里的弱势群体,若是没有精准扶贫政策,哪会有人如此体贴热心地帮助他们呢?现在扶贫干部处处为贫困户着想,难怪有人跟我聊到这里时说,好像当年的"毛委员和红军"又回来了……

正当我查看吴云月的这一大摞资料时,突然,门外拥来一群身穿红军服、头戴红军帽、肩挎红军包的青年。他们看见我正翻阅的资料,也好奇起来,纷纷拿出手机来拍摄这些资料。

我一打听,得知他们是从广西百色地区来井冈山取经的,来坝上村考察学习井冈山精准扶贫的先进经验。当他们听说我是一位作家时,给我发出了真诚邀请:您来百色吧,百色也是革命老区,欢迎您来百色写我们的精准扶贫事迹!

是啊!如今,精准扶贫的东风吹遍了全中国,华夏大地上,到处都在为精准脱贫而奔忙、奋斗!

"好人榜"

"红军的一天"如火如荼地展开着,这其中少不了扶贫干部的功劳。坝上村竖了一块"好人榜"宣传栏,刘卫东就是"好人榜"中的一位。

刘卫东是坝上村挂点扶贫干部,我的笔墨不自觉地落在他身上。这位1972年出生的井冈山人,瞧他的身板,就有一股执着的韧劲。我在坝上见到的他总是手中拿着一个喇叭,腰间别着扩音器,用厚重的男中音向围拢他的学员、游客讲解坝上村的红色故事和精准扶贫情况。

"好人榜"这样介绍他:刘卫东,茅坪乡党委委员、纪委书记,挂点坝上村。在脱贫攻坚工作中,率先垂范,团结带领坝上村工作组、村"两委"理事会、监督委员会成员,发扬团队协作精神,做到"众人划桨开大船"。他经常深入组户,促膝谈心,关心贫困群众疾苦。工作中,"实干+巧干",撸起袖子加油干,那昔日脏乱差的贫困村,变为富裕美丽幸福的旅游村。

2016年7月,坝上打造精品示范点,刘卫东真是"白加黑,五加二",没日没夜没休息天地干,身上脱了一层皮,孩子身体不舒服也没时间过问,家成了旅店,单位才是家,办公室才是窝。家里的事永远是小事,扶贫是大事。让干部职工离开家庭,牺牲自我,成全扶贫户的阖家团圆,幸福安康,这才是扶贫的意义、扶贫的伟大!刘卫东说:"整整两个月没回家,天天在村里拆土坯房,做群众思想工作。老婆很难理解,说:'刘卫东你是不是卖在坝上了,有家不回?'一肚子怨言。"但刘卫东觉得挺值,老百姓评价说:"帮扶干部,成了咱村里的人。"七八岁小孩都认识他,一见到就会喊:"刘书记来了。"

坝上全力打造"培训到农村,体验到农户,红色旅游助推精准脱贫,打造井冈山旅游扶贫样板村、示范村",经过大力提升村容村貌,2017年来坝上学习的学员达到了4.8万人,接待户从2012年的8户增加到2017年的52户,户均增收1.8万元。这对于农村家庭来说,已经是一笔非常可观的收入了。这就是"一堂课带富一个村"的"坝上经验"。

刘卫东对扶贫有深切体会,他总结扶贫工作五大经验:干部要实——来不得半点虚;群众要动——依靠群众求胜利是根本;工作要细——粗枝大叶难成大事;投入要大——坝上村投入五六百万元,才有现在的模样;监督要严——要以铁的纪律为脱贫攻坚保驾护航。

刘卫东跟我谈到坝上村驻村第一书记段欢欢的故事。

段欢欢是共青团井冈山市委副书记,作为驻村第一书记,一定要住村20天以上,与老百姓吃住在一起。一次井冈山市纪委督察组来坝上督查,问贫困户是否认识第一书记。好多贫困户说不认识。纪委在全市通报批评:坝上第一书记,没有深入贫困户家中,工作不实,段书记要好好检讨。段欢欢在村里埋头工作,想不到最终得到督察组的批评。刚接任茅坪乡坝上村第一书记不到一个月的段欢欢深深自责道:"感谢督查

组的及时提醒。身为驻村第一书记,总认为有空过来走走看看就行。自己没有真正沉下身子深入村里,关心帮助村民不够,导致不少村民还不认识我,我为自己的失职失责行为作出深刻检讨。今后我将以脱贫攻坚为己任,扎实履行第一书记职责,帮助村里早日脱贫。"

为尽快熟悉情况,提高帮扶成效,段欢欢自备摩托车,开启了日复一日的坝上村"帮扶之旅"。他痛定思痛,改变工作作风。为了贴近贫困户,他给每户贫困户砍了1公斤肉,全坝上村有36户贫困户,共砍了36公斤肉。他提着肉,挨家挨户上门走访,了解收集村民需求和生产生活情况。有了这次不同寻常的走访,所有贫困户都认识他了,都知道驻村第一书记是段欢欢。段书记积极联系扶贫部门争取村道硬化;对接培训机构开展"坝上的一天"体验教学活动;争取资金为贫困户解决有线网络、电视收视等"微心愿"。第二次督察组来督查,大家一致表扬段书记工作体贴入微,对他的满意度是百分之百。段欢欢也因此被评为井冈山市优秀帮扶干部。

党员干部作为带领群众走向小康社会,实现伟大中国梦的先锋队,更要牢记使命,在清贫中体验为民服务、为国奋斗的快乐,时刻把人民群众的安危冷暖挂在心上。

夕阳西下,参加"红军的一天"的学员们陆续返程。刘卫东一天的工作结束,他载我返回茅坪。

卷六 ‖ 案山"1+8+48"模式

开对了"药方子",才能拔掉"穷根子"。

大山里的"苏莲托"

看那海浪轻轻荡漾,心中激起无限幻想。
绚丽风光令人神往,仿佛沉醉梦乡。
这果园一片金黄,蜜橘长满在山坡上。
传来一阵阵的芳香,心中充满阳光。
…………

这是著名的意大利歌曲《重归苏莲托》的歌词。《重归苏莲托》是一首橘园工人歌唱故乡,抒发个人情怀的歌曲。歌词中写到了海、蜜橘,以此描述家乡的美。优美的旋律配上精美的歌词使这首歌突破了时空的界限,超越了国界,在全世界广为流传,经久不衰。

在井冈山大陇镇案山自然村,有一座名声斐然的咖啡屋叫"苏莲托"。

苏莲托咖啡屋是一栋两层小楼,由案山民居改造而成,有鲜明的意大利风格。"苏莲托"这个名字是大陇镇党委书记刘济光起的。当时,咖啡屋打造出来了,大家为咖啡屋的命名绞尽脑汁,却始终没有理想的名字。酷爱音乐的刘济光灵机一动,说,就叫苏莲托吧。苏莲托是一首呼唤远方游子重归美丽故乡的歌曲,特别是最后两句"重归苏莲托,回到我身旁",令人回味无穷。我们打造案山美丽乡村,也需要《重归苏莲托》的力量,将出外打工的青年召唤回乡,建设自己的家园!此外,苏莲托是意大利那不勒斯海湾的一个市镇,那里临海,风景优美,被誉为"那不勒斯海湾的明珠"。苏莲托在希腊文中的原意是"苏莲女仙的故乡"。苏莲托的许多建筑都建在面海的悬崖峭壁上,十分壮观。我们这里四面都是大山,这些郁郁葱葱的山峦,也是绿色的海洋。让我们的"苏莲托",成为一个游子们刚离开就想重返的地方!

经过刘济光诗意般的阐述,"苏莲托"这个名字就像梦一样潜入大家的心房。除了它本身的音乐旋律外,呼唤走出大山的青年返回家乡、建设家乡更具深厚内涵。

案山是个奇迹。全村的危旧土坯房,一周内全部拆除;独具案山特色的农家乐,两个月内全部建成;高标准的精品民宿,4个月内顺利营业……案山,像一位风姿绰约的明星,被无数媒体追捧,称其为"案山速度""案山模式"。

拆除土坯房这样的难题,也有可复制的案山模式在起作用。案山成立了一个理事会,由村里有威望的老年人组成。理事会到家家户户做工作,将拆除土坯房的政策讲透,然后将新农村建设的好处讲明。村民中也有个别难讲话的,想趁机多要补偿款,但最后看全村都拆了,也顶不住压力,就拆了。村级理事会代表一定民意,由村级理事会去做群众工作,有时候比政府出面更容易化解矛盾。这一经验后来在其他乡村推广,屡试屡爽,切实可行。

拆除了家家户户乱搭乱建的土坯房,村貌焕然一新。有能力的盖起了新房,没有能力盖新房的,对旧房进行加固、刷新,也成为新村一景。同时,新建起护坡、硬化道路,新修了排污系统、围墙护栏、旅游公厕、游客集散中心等基础设施。通过环境综合整治、房屋立面提升、村庄美化亮化、挖掘红色内涵等,历经4个月艰辛奋战,小山村面貌焕然一新。

红墟坊公司入驻案山,租赁村民的房子打造红客楼餐馆、陇门客栈高端民宿、苏莲托咖啡屋、陇上行农家乐、红歌厅、公卖处等店铺纷纷建起,形成"吃住行娱购"一条龙服务体系。

在众多的业态体系中,苏莲托起到了中枢的作用。游客来到案山,谈工作、谈恋爱、谈友谊,不都需要一个安静的环境吗? 苏莲托就是这样一个地方。走累了,需要歇一歇,苏莲托提供了桌凳和需要的茶水、咖啡。当然,读书、听音乐、上网,苏莲托更是个好地方。

一个风清月朗的夜晚,在陇客来农家乐吃完饭,在荷花飘香、灯光与月光辉映下,我来到苏莲托。

苏莲托正播放着《重归苏莲托》。我再次重温了这个眷念家乡的人远离故土后,被恋人召唤重归故里的故事——

…………
但是你对我说再见,从此远离我的身旁。
离开你可爱的家乡,永远留在远方。
请别抛弃我,不要再使我悲伤。
重归苏莲托,回到我身旁。

在这里见到了大陇镇党委书记刘济光,我们对大陇的红色历史做了深入探讨。

茶杯似酒杯,叮当碰撞,我与这位镇党委书记的谈话渐入佳境。一个镇的领导对本土文化有如此的深刻认识,不得不令我对他产生敬意。

乡镇干部一般只是对本土文化略知皮毛,但他却对井冈山红色文化有着透彻的研究和理解。大陇这个地方,是井冈山斗争时期不可割裂的重要板块。我们从三个方面进行了十分有益的探讨:

一是组织建设。乔林党建,开辟了井冈山第一个农村党支部,由12名党员发展到56名。有了党建,才有领导群众的基石,也才能使党在群众中扎根,迅速扩红。赤卫队、暴动队从乔林开始发展。鼎盛时期,井冈山赤卫队、暴动队员达3000多人,大陇就有1000多人。这可以说是"坚定执着追理想"的一个标志。

赤卫队、暴动队是红军的生力军,修工事,打扫战场,后方抬伤员、打探敌情、筹集物资、维持治安等,对根据地建设起到了重要作用。尤其是黄洋界保卫战,赤卫队、暴动队、少先队,男女老少齐上阵,削竹钉,制作松树炮,堆滚石、滚木,军民同仇敌忾,最后取得了黄洋界保卫战的胜利,这就是"依靠群众求胜利",是党建工作做得好的具体体现。

二是军队建设。袁、王农民自卫军在大陇朱氏祠堂升编为中国工农革命军第一师第二团,从地方武装成长为正规的工农革命军。这一建军模式,为人民军队"实事求是闯新路"作出了表率,为井冈山革命根据地的壮大和发展作出了贡献。

三是经济建设。开辟红色墟场,搞活红区经济,打破国民党对井冈山革命根据地的经济封锁。红色墟场也可以说是最早的经济开发区、改革试验田。红色墟场还是红军造币厂"工"字银圆的发行处。这也是"实事求是闯新路"的典范。

后来又掀起挑粮运动,部队官兵一致,连毛泽东、朱德、彭德怀这样的军队高级领导人都带头挑粮。挑粮的起点是红色墟场,从墟场到黄洋界15公里,每天走两趟,往返60公里。这不是"艰苦奋斗攻难关"的最好体现吗?

刘济光总结的井冈山斗争时期的"三个建设",有理有据,论点清晰,论据翔实,值得点赞。"三个建设"与井冈山精神是镜子的两面,互为映衬。用他的话说,井冈山精神的四个方面,在大陇全部能找到"原型"。

一直以来,谈论井冈山多是突出路线与斗争,而组织和军队建设讲得少,尤其经济建设谈得就更少了。井冈山是一座精神宝库,有挖掘不尽的力量源泉。

现在,精准扶贫战略在全国打响,井冈山在全国率先脱贫,这是井冈山精神的再现和延续。"坚定执着追理想",共产党人不忘初心,继往开来,始终坚持以人民为中心的执政理念,这是任何其他政党无法与之

相提并论的。

大陇案山美丽乡村建设,陇上行、红墟坊、挑粮小道生态农业的经营理念与大陇红色文化接轨,实现零的突破,采用"1+8+48"等模式与精准扶贫对接,使大陇镇精准扶贫工作落到实处,真正实现脱贫攻坚,让老百姓过上小康生活。党的十九大报告清晰地擘画了全面建成小康社会、全面建成社会主义现代化强国的时间表、路线图。案山模式就是为"在2020年全面建成小康社会、实现第一个百年奋斗目标"而探索出的一个乡村振兴的典范。

乡村兴则国家兴,乡村衰则国家衰。全面建成小康社会和全面建成社会主义现代化强国,最艰巨最繁重的任务在农村,最广泛最深厚的基础在农村,最大的潜力和后劲也在农村。案山今天的探索,就是未来乡村振兴的一个样板,这个探索是十分可贵的。

不知是月光还是灯光的映照,这位镇领导的脸泛着一层红光。难道微醺的茶让他内心的表达更具深沉的内涵?

我举杯,朝他的杯子轻轻碰了一下,他将一杯子月光倒进了肚子。

话题戛然而止。我们走出苏莲托,在阵阵荷香中,他哼起了小调。我不会唱歌,但也随着他的节拍,让歌声飘散在晚风中,与荷叶一起荡漾。我觉得曲调有点熟悉,慢慢才知,他哼的是《重归苏莲托》——

> 看那海浪轻轻荡漾,
> 心中激起无限幻想。
> 绚丽风光令人神往,
> 仿佛沉醉梦乡。
> …………

远山,在月影下,像一浪一浪的波纹,令我产生无限遐思。也给我的文字附上了一层朦胧的诗意。

红墟坊"业态很新"

案山是大陇镇的一个自然村。村子背后的山就叫案山,村子的名字就依山名而叫案山。案山有51户人家,196人,耕地150亩,山林800亩。过去这里的村民大多打工、种田,村内土房密布,栏舍众多,可谓破败不堪。2017年,井冈山市大陇镇仅以4个月的时间,就将案山自然村打造成集吃住行、游购娱为一体的山水田园度假村,吸引了众多游客前往休闲度假。

案山与大陇镇街遥遥相望,中间是一大片良田。茅坪—龙市公路穿田而过,将案山与大陇分割为南北两块。南边是大陇,北边是案山。

案山交通便利,又独立于其他村组之外,被陇上行农业开发有限公司几位精明的老总看中,一系列开发项目随之在这里展开。这就是轰动井冈山的案山美丽乡村建设项目。

案山,探索出了一个"1+8+48"经营模式,即让1家公司联合8个村集体,带动48户贫困户,搭建村民、政府、公司三赢的合作平台,推动旅游产业、农业产业、电商产业多轨发展模式。这个模式刚一出台,立刻引起轰动效应,为井冈山脱贫攻坚奔小康探索出了一条新路,并受到新闻媒体的追捧和各级政府的高度关注。

案山美丽乡村建设得益于红墟坊乡村旅游公司的健康运营。如果只是投资建设美丽乡村,而没有业态运营的话,美丽乡村也不过是一潭死水,久而久之就会富营养化造成水质污染。只有业态的正常运营,美丽乡村才能像一条流动的溪流,不时溅起浪花,一年四季花鸟虫鱼生机盎然。

要了解红墟坊的经营业态,只有找到红墟坊总经理蔡铁夫,才能通盘摸底。在陇上行乡村度假村有"三蔡",分别掌管各自一摊事务,"大蔡"是蔡春风,负责对外联络;"中蔡"是蔡雪晴,负责管理网络电商;"小蔡"蔡铁夫,是红墟坊乡村旅游公司的法人代表,负责公司的经营打理。

蔡铁夫身材瘦长,头戴一顶颇为时尚的长舌帽,身穿印有毛主席头像的文化衫,一副"西部牛仔"的派头。

红墟坊乡村旅游公司是陇上行农业开发有限公司的子公司,承担着乡村旅游、业态布局的任务。蔡铁夫在谈到他的构想时说:"村民、集体、政府、企业是多方一体,需要融洽共赢。红墟坊的经营核心是红色旅游、生态养生,与村民共同打造,成为井冈山独特的一面旗帜。"

红墟坊的出现,打破了井冈山下旅游业态的空白区。红墟坊有一个"1+8+48"模式。经过蔡铁夫的解释,我才明白:"1"是一个公司红墟坊,"8"是大陇镇7个村加一个居委会,"48"是大陇镇48户蓝卡户。

红墟坊的经营模式和结构里,原来把整个大陇的蓝卡户列入计划当中了。红卡户是国家政策兜底,黄卡户已经摆脱贫困,剩下蓝卡户是真正需要靠产业来扶贫的困难户。红墟坊把全镇的蓝卡户都纳入到了自己的产业扶助计划,可谓雄心勃勃。

这就是红墟坊精心打造的"1+8+48"模式。

江西省人民政府主要领导考察案山旅游度假村后,对"1+8+48"模式大加赞赏,他说,咖啡很香、业态很新、路子很对!并对案山模式竖起了大拇指。

我问到红墟坊怎么融洽与村民的关系时,蔡铁夫不慌不忙地说,村民看重的是利,将这个利分配好,让村民有一定技能的在家门口靠自己的手艺也能挣钱,没有技能的靠自己的房屋出租也能挣钱。比如,王根梅就是在村里开了一家一口香小吃店,不用出外打工,靠自己的手艺在家门口挣钱,她就是最好的例子。村里的住房以后也会像城里的房子一样升值,我们现有的业态都是租赁村民的房子,与他们签订长期合同,支付租金。陇门客栈、红客楼、陇客来、苏莲托等业态,哪一家的装修投资都在几十万上百万元,村民得到了房租,也享受了新农村建设的红利。我们现在感觉房子不够用,业态在扩展,案山这个村子也开始变得寸土寸金了。

蔡铁夫头脑灵活,务实肯干,我在心底暗暗佩服他。一个公司如何在一个传统村落立足,这是一个很实际的问题。蔡铁夫似乎胸有成竹,他侃侃而谈红墟坊的立足点。他说,我们发展业态,使村民的空置房转变为现金,这是村民的利益点之一;我们搞环境美化种植荷花、开挖鱼塘,利用抛荒土地种植果园,使村民的荒田荒地也变成受益点;村民不用到外地打工,技工回流到本土,发挥一技之长就能挣到钱。红墟坊公司进驻大陇案山后,目前只有短短的8个月时间,村民们看到了环境大变样,这些是实实在在的。有些老人说,我这一辈子也没有想到案山会有如此翻天覆地的变化。

蔡铁夫并不是油腔滑调的人,他讲的话句句有实证。他跟我谈到红墟坊公司进驻案山以来,带动了大陇乡村的一些出外打工的年轻人回流本土创业,红墟坊公司的副总杨喜华就是一个实例。这些年轻人在外省漂泊多年,打拼创业不容易。现在红墟坊提供了一个在家乡创业的平台,他们就能在家乡营造自己的梦想。杨喜华在面试的时候说,他的梦想就是在家乡找到一个施展自己才能的舞台,现在终于找到了,那就是红墟坊。还有从西安回来的青年龙白忠,过去几年没有回家,一回家看到家乡的变化,决定在自己家门口做生意,将在西安学到的技术拿到家乡发挥,既可照顾老人,又能挣钱养家。龙白忠说,出外打工的这些年,父亲身体不好,去了几次医院,都没有人照顾,心里很是不安。这次回来,看到家乡的新农村建设这么好,每天有不少游客来参观,就在家门口摆个摊挣钱,生活也变得无比轻松。这就使红墟坊很自然地与村民、政府融洽起来,形成乡村共建、共同发展的局面。

蔡铁夫谈到红墟坊在精准扶贫的作用时说,我们"1+8+48"模式中的48户蓝卡户,国家给每户蓝卡户5000元的产业扶贫基金,全部投入到红墟坊乡村旅游公司,红墟坊公司每年固定按20%给他们分红,每户

每年可以收益 1000 元红利,规定每年 10 月定时发放。红墟坊各方面业态运行好了,村民得到的实际利益也会更多。红墟坊公司在精准扶贫的国家战略中应运而生,我们就有责任帮助村民脱贫致富,这也是我们不遗余力想做得更好的动力。

红墟坊这个名字似乎隐藏着公司老总们的深层情结,我从蔡铁夫口中得知了这背后的故事。蔡铁夫说,你一定知道大陇有座红色墟场吧。朱毛会师后,井冈山根据地达到全盛时期,宁冈和井冈山上的生产、生活物资极其匮乏。时任湘赣边界特委书记的毛泽东,指示湘赣边界特委财政部和宁冈县委采取各种措施,组织根据地内外群众开展物资交流,解决食盐、药品、布匹和其他紧缺物资的供应问题,粉碎敌人对井冈山根据地的经济封锁。经过筹划,决定在靠近湖南酃县十都镇的宁冈大陇设立红色墟场,开展湘赣边界经济贸易,打破敌人经济封锁。红色墟场为朱毛红军坚持井冈山斗争作出了重要贡献。我们取名红墟坊,就是来源于红色墟场的创意。

当年的红色墟场解决了红军的给养问题,我们现在的红墟坊是给井冈山脱贫奔小康探路呢。井冈山已经领先全国率先脱贫,现在需要探索如何巩固提升的问题。我们案山"1+8+48"模式就是为脱贫摘帽后的井冈山探索一条可资借鉴的新路,让脱贫后的群众能巩固提升,不至于返贫。这是我们努力实现的方向。蔡铁夫进一步阐明道。

原来红墟坊与这样一个宏大叙述联系在一起,穿越了 90 年的井冈山斗争与精准扶贫两大主线,大有深意啊!不仅如此,红墟坊还与脱贫后如何实现巩固提升作出了典范,为精准扶贫贡献出了自己的力量。

我问红墟坊还有什么新的计划?蔡铁夫谈到公司目前正在打造竹林山苑,总共规划了 9 栋房子,大陇人认购了 6 栋,陇上行兜底了其余 3 栋。竹林山苑主要用来做民宿,接待游客。

蔡铁夫旅游专业出身,做旅游产业是他的老本行。他说,老婆、孩子都在香港,他非常想念远方的亲人。在香港,他有安逸的生活,来到井冈山,一切都得从零开始,但一切又都是机缘巧合。他开始讲述他到井冈山来的缘由——

最初,是大舅(蔡春风)在部队时,曾带战士在井冈山拉练,对井冈山的地理十分熟悉。他转业后,便到井冈山搞起了水电站。我父母先前在广州住,身体总是这病那病的。大舅觉得井冈山生态好,负氧离子比广州城不知高多少倍,在一次电话中,就喊老人过来井冈山看一看,租当地农民的房子住上一段时间,当作在负氧离子环境下的一次疗养。父母亲觉得大舅说得有道理,就携上行李,从广州来到了井冈山。

大概从2012年开始,父母亲在大陇镇井水背村住了一年。井水背村在井冈山斗争时期驻扎过红军医院,那时就是伤病员疗养的地方,你说那地方好不好?交通不便、闭塞,但对于疗养的人来说,那里空气特别好。第二年转移到源头村。源头村在黄洋界下,当年红军挑粮上山,就是从源头开始登山的。"黄洋界上炮声隆,报道敌军宵遁",当年的黄洋界保卫战,红军的一发炮弹落在敌军驻扎在源头村的指挥部爆炸,敌军惊慌失措,吓得连夜撤走了。父母亲在这样一个既有红色基因,又有美丽风景的地方一住就是两年。到2015年时,父母亲访问到案山有房屋住,而且交通方便,就搬到案山来了。

父母亲的身体还别说,真被大舅那句话说中了。人体置身于全生态的环境中,空气清新,没有污染,原先的病灶被一点点修复,过去打针吃药的体质,到了这里渐渐变得好起来,根本不用打针吃药这一套了。

我一开始来看望父母亲,看到他们非常喜欢这里的环境,大有乐不思蜀的味道。当时想,既然父母亲喜欢井冈山这块地方,不如找一块地盖个房子,创造更好的条件给父母住。

2016年冬天,我到案山考察,跟地方政府谈,没想到谈着谈着,谈的不是一块盖房子的地皮,而是整个案山模式的雏形。后来,各方面很顺利,很快就制定了方案。2017年10月动工,到现在仅仅8个月,案山变成现在的景象了。

为了父母养老盖房,却谈成了一个村庄发展模式。无论是地方政府还是蔡铁夫们,真是太有才了!

眼前这个景象,就是案山模式!是全井冈山独一无二的模式,既有美丽乡村,又有业态欣欣向荣。随蔡铁夫去参观了竹林山苑,9栋房屋的框架已经立起来了,接着是内外装修。不久的将来,来此休闲的游客就能从网上订购这里的高端民宿了,红墟坊正在越来越接近它的目标——打造"吃住行娱购"的一条龙服务体系。

沿着一条新开挖的山道,来到一个湖泊,止住了脚步。蔡铁夫说,这个湖泊也已经进入了红墟坊的规划图纸。红墟坊计划在这里打造一个休闲山庄,在山林里建木屋,让游客享受山水兼备的民宿体验……

蔡铁夫在山弯处、鱼塘边建了一栋轻钢木屋,面积60平方米,欧式风格。闲来可以钓钓鱼,钓上来的鱼可以直接下锅做成美味。一侧的山上种满了黄桃、奈李、杨梅等果树,还有葡萄、西瓜……

这栋小别墅,是蔡铁夫为父母养老设计建造的。为了这一天,他不惜勾画了红墟坊,用一个全新的案山美丽乡村来换取。为了这一天,他将案山、大陇,甚至整个井冈山都装进他的心里。

这个不显山露水的蔡铁夫,心中有一个大世界!

与春风一席谈

案山"1+8+48"模式的"1",指的就是井冈山陇上行农业开发有限公司,由广东客商蔡春风融资上千万元,对这个贫困小山村进行开发。如今,走进案山,只见村内的土坯房全部修葺一新,道路沿线种上了盆景花卉。村里开起了苏莲托咖啡馆、陇客来农家乐、豆腐坊、一口香、糍粑坊、酿酒坊等具有当地特色的店铺。许多游人来这里都要住上几天。

走在案山的街道上，街面是压印成石板模型的水泥路。水泥路一侧是村民的房屋，一侧是新造的荷塘景观。村民的房屋有的新建，有的穿衣戴帽，改造成风格统一的民居。

村街虽不是城市街道，但却有时尚的陇门客栈、光辉岁月乡村俱乐部、苏莲托咖啡屋、公卖处、红客楼红色文化主题餐厅、陇客来客家美食等业态。这些业态由红墟坊公司统一打造规划，承包给业主经营。

迈过苏莲托咖啡屋的门槛，似乎与门外的山乡有着天壤之别。通过几天的考察，我开始懂得了设计者的用心所在。咖啡屋就是产生 idea 的土壤。如果没有一个安静的谈话的地方，那很多的 idea 也就没有生根的地方。好的设想有时候的确是你一句、我一句经过思想碰撞产生的。

在大陇村支书尹仁善的引见下，我在苏莲托见到了陇上行山水田园度假村的设计师、陇上行农业开发有限公司董事长蔡春风先生。

蔡春风个头挺拔，乍一看还以为是东北人，浑身透出军人气质。但细致了解，他其实是我老家宜丰的邻居——奉新人呢。果然，蔡春风说，他16岁就当兵了，先是在福州军区，后是在南京军区服役。1995年到广东，2005年转业，在部队摸爬滚打25年。井冈山是他在部队拉练时就熟悉的地方，后来转业到广州，魂牵梦萦的地方仍是井冈山。井冈山水资源非常丰富，他再次来到井冈山时，已是小水电建设的投资人。

蔡春风让咖啡店服务员泡了一大杯洛神花茶。我第一次喝洛神花茶，话题就从这花开始。我们久居闹市，会对大自然充满渴望，而花果茶恰好满足了人们的浪漫情怀。

我品味着洛神花茶，有点酸酸的，入口与一般茶大不一样。他见我喝完了一杯，又给我续了一杯。他说，这是案山种的，目前有七八户村民在种，销售得不错。大力推广，也不失为一朵"扶贫之花"。

蔡春风首先打开壁挂电视看宣传片。片子拍得不错，是案山美丽乡村示范村的影视资料。这些影像资料显示，案山过去是一个什么样的破败景象，后来镇委、村委组织精兵强将，对危旧土坯房进行拆除、加固，

一番整治后,案山逐步有了现在的新面貌。的确,破败的村落需要规划设计和环境整治,才能使传统上一成不变的村子变得让人可亲。

蔡春风就红色墟场开始了他的话题——

在井冈山斗争时期,为了解决红区的物资紧缺局面,毛泽东指示在这里建一个墟场,融合湘赣边界的经济,进行生产生活物资的交易。红军铸币厂把打土豪收缴的银器,铸造成"工"字银圆,大陇街大店就是当年红军发行"工"字银圆的交易处。老百姓用"工"字银圆购物能够得到优惠,因此"工"字银圆成为当时大陇红色墟场流行的钱币。每逢二、五、八便是墟日,从四面八方来的客商和群众在这里进行商贸洽谈,购买自己需要的物资,交易自己生产的农副产品。

大陇是一块浸染红色文化的土地。这里曾经活跃着袁文才的马刀队,后来工农革命军来了,才有了朱毛红军会师,大陇也有毛公井、朱德认亲树等传奇故事。听村里老人说,当年红军立下豪言:"打赢在这过年,打输在这肥田!"

蔡春风对大陇的红色历史文化可谓了如指掌,话锋一转,开始谈及陇上行山水度假村——

案山这个地方禀赋很好,四周的青山、清澈的河流、闲置的老房子都是资源,但因为闲置,一直没有变为资产。现在通过注入市场因素,这些闲置的资源就变为了资产,带动了村民增收。案山村变身度假村,并非投资商唱独角戏,而是投资商、村集体和村民的大合唱。大陇村支书尹仁善说,村里采取"1+8+48"的模式:"1"指井冈山陇上行农业开发公司,占股42%;"8"指大陇村7个自然村加一个社区,占股40%;"48"指当地48户贫困家庭,占股18%。贫困户加入度假村以后,可以通过分红和务工等多种渠道增收。目前有20多名贫困家庭成员在度假村务工,每月工资有2200至4000元。除贫困户外,其他村民也能参与到度假村的经营当中获益。一直在广东打工的案山村村民王根梅回村开了"一口香"小吃店,如今月收入已达3000元以上。

目前在案山运营的实体产业有苏莲托咖啡屋、红客楼、陇门客栈、公卖处、红歌厅等,子公司红墟坊乡村旅游公司,经营思路是"从生态农业做起,把乡村旅游做强,将红色文旅做大,农业为旅游服务,旅游为红培服务,以红培引领红色文旅发展"。

这时,村支书尹仁善插话道,案山美丽乡村建设不仅带来了收入、带来了人气,还带来新的观念、新的风貌。搞案山美丽乡村建设对大家的触动很大,一个很明显的变化就是大家更爱卫生、更有礼貌了。村干部范凯琳也说:"案山村的红色传统、红色故事不胜枚举,我们在这里开展工作,也时刻谨记党的光荣传统,发动群众,依靠群众,为群众解决实际问题。现在打造的旅游、饮食这批绿色产业,提升了群众的收入水平,也让他们获得了更多的满足感。"

蔡春风接着谈到他脑子里酝酿的一盘大棋局——

我们的"1+8+48"模式,不仅仅是案山自然村这一个小范围。我们希望通过案山模式带动整个大陇镇,带动山下的旅游业。我们计划利用大陇的红色资源开办红色教育培训。这个项目已经征地,准备打造"井冈山农村基层党员干部培训学院"。当年毛泽东指示毛泽覃在大陇乔林创建了井冈山第一个农村党支部,饮水思源,在这里建造农村基层党员干部培训基地是适得其所。

大陇地处井冈山革命根据地的生命线。当年从宁冈通往井冈山黄洋界的小道有三条:一条是柏露小道,由于当年白军攻下井冈山,就是奸细带领白军从柏露偷袭上去的,给井冈山根据地造成了巨大损失,因此这条小道是红军的伤心小道;一条是茅坪半冈山小道,后来修建茨坪到茅坪的公路被毁掉;剩下大陇这条,与红色墟场相连,挑粮小道凝结着"朱德的扁担"和毛泽东在黄洋界荷树下给战士讲述革命道理的故事。当年黄洋界保卫战,红军一发炮弹的落点,正中白军设在大陇源头村的指挥部,红军由此一举获胜。这些无疑给大陇挑粮小道增添了无比美好的传奇色彩。

蔡春风又谈到扶贫说,扶贫,没有产业支撑就是空的。他设想的大陇镇扶贫产业应以"井冈山农村基层党员干部培训学院"为龙头,打造三个点:乔林党建广场,挑粮小道景区,案山美丽乡村旅游。他是一位谋略家,脑子里有无数个落地生根的种子。他喝一口茶,继续他的构想——

国防教育主题公园,计划建在中村。他谈到,一次省军区领导带队到中村视察——中村是省军区的援建村,部队在这里进行了大量投入。蔡春风见到军区领导,半开玩笑地说:"司令啊,今天我们可不可以不以首长身份谈话?"军区领导用锐利的眼神扫了他一眼,吐了两个字:"你说——"

蔡春风与军区领导道出了他的设想:"中村的扶贫做了三年,也很有成效。但不知你们明年还来吗?后年还来吗?如果后面不来了,就停止输血了。能不能换个方式,由输血改成造血……"

军区领导知道蔡春风后面的话就是钱了,于是打断他说:"你小子眼睛不要盯着我的口袋,我们部队没钱!"

蔡春风也是军人出身,骨子里有一股执拗劲,他接过军区领导的话头,侃侃道来:"我不盯你的口袋。打仗要训练,我过去在部队是研究渡海作战的教官,知道部队训练的侧重点在哪。在这里打造一个军事训练基地,可以搞民兵预备役训练基地,诸如射击训练场、水上训练场、拓展训练基地、障碍训练战术训练场、综合训练场等。有军事训练时由部队使用,部队不用时,转为民用……我们可以公司化运作,打造一台村民参与的'黄洋界实景演出',吸引游客,让村民获得相应的演出费,这样不仅部队有了训练基地,游客能获得国防教育知识,村民也能得到收入……真正完成造血功能。一举多得啊。"

这位军区领导的思维被他一番话激活了,笑着对他说:"行啊,小子,你有胆识!你想要我做什么?"

蔡春风话中有话:"上面说的这些还不是最后的目的,如果条件成熟,这里还可以打造一座陆军博物馆。司令您知道,空军、海军都有博物馆,唯独陆军没有自己的博物馆。而中国陆军真正壮大的起点,正是井冈山。而大陇又是当年'黄洋界保卫战'打垮强敌的地方,在这里打造陆军博物馆不正是理想之地吗?"

省军区领导被蔡春风的一番话说得频频点头,他没有当即表态,冷静地说:"你既然有如此缜密的计划,那你拿出一套方案来,我们再仔细斟酌!我们共同的出发点还是让井冈山的群众有更多的造血机制!"

返乡青年的舞台

在案山美丽乡村建设前,大陇镇的大多数年轻人想求发展,只有出外打工一条路。本乡本土,除了几亩薄地,根本没有其他挣钱的路子。但案山开始美丽乡村建设后,年轻人看到了家乡发展的前景和希望。

作为一名多年在外打工的返乡青年,有幸投身案山的美丽乡村建设,杨喜华的感触尤其深刻。

杨喜华,1973年生,大陇镇井水背村人。从1992年到深圳打工算起,到2017年回大陇案山承租陇门客栈,他在外漂泊了整整25年。也可以说,整个青春年华,他都是在外乡度过的。背井离乡的彻骨之痛他感受深刻。

一开始,他在深圳一个线板厂做工,4年后,由车间生产人员转入销售部门,进入市场营销领域。在营销领域摸爬滚打,渐渐建立了自己的客户网络,也积累了与各种人打交道的商战经验,他开始有了自己的工厂——生产塑胶原料。这个行当他一干便是16年。

2016年,他回井冈山,利用深圳积累的人脉资源在旅游大本营茨坪做起了旅游咨询服务,经常奔走于湖南、福建、广东等地,为红色培训

机构、旅行社接单。

机缘巧合,总是让人的际遇发生意想不到的转折。一次偶然的机会,杨喜华遇见了蔡铁夫。经过深入交流,两人一拍即合。蔡铁夫欣赏杨喜华的经营才干,杨喜华找到了自己施展才华的平台。经过几个月的磨合和考察,蔡铁夫将陇门客栈以福利的形式(原始股票)转租给杨喜华。有了平台,杨喜华不愁没有客源,他在线上线下同时进行销售,陇门客栈在他的精心营销下,渐渐步入正轨,成为红墟坊公司推出的精品业态品牌。

杨喜华是陇门客栈的掌门人,但他的工作并非陇门客栈一处,整个红墟坊的业态营销,都是他的工作范畴。目前,红墟坊有红色主题餐厅——红客楼、自助红歌吧、苏莲托咖啡屋、公卖处、陇客来以及陇门客栈精品民宿六个实体,他既要负责对外将客源导入消费,又要负责实体的服务质量监管。

整个案山美丽乡村,还处在一个雕琢的初始阶段,还有许多工程正在进行。各处的工程质量的把控,也需要他投入大量时间。忙碌,是他眼下的状态,连午休打个盹的时间也没有,经常干到晚上十一二点才能睡觉。但杨喜华干得风风火火,他说,他喜欢这份职业。案山模式,是家乡发展的基石。我们总是说,为建设家乡出力,如今真正有了为家乡建设出力的机会,又拥有了好平台,能不努力工作吗?

母亲心疼儿子,对他说:"儿啊,你比镇里的刘书记还忙耶。你虽说回家了,但跟过去在深圳打工一样,一天到晚也见不到面。"杨喜华说,母亲的话虽有点夸张,但也反映了自己的工作状态。其实,身在大陇,家里有个什么紧急事,几分钟就能赶到。如果在深圳打工,一年最多回家一两次,怎么能说一样呢。父亲、母亲都是几十年党龄的老党员,儿子忙的是正事,他们当然为儿子的事业有奔头而开心。

"男人的个子高矮不是问题,关键是脑子好用!现在政策那么好,一个身体健全的人不应该有穷的可能。"杨喜华个头不高,这句话似乎是他的宣言,"我虽然每天很忙,但我做自己喜欢的事情,所以不觉得累。如果为了生活而工作,那肯定会很累。如果把自己的工作融入生活之中,协调好,就不觉得累了。"

是啊!生活与工作的完美结合,工作就是生活,生活就是工作,每天从事着自己梦寐以求的工作,你能说累吗?肯定不累!

杨喜华在深圳打工时就有一个梦想,能够回到自己的家乡,参与美丽乡村建设。由于个人财力、人力的局限,他无法实现。现在,红墟坊在家乡成立,案山正在朝着美丽乡村的全新模式日新月异地发展、变化。他一直以来的愿望,现在有人帮他实现了,这本身就是快乐的。

现在,他有机会投身红墟坊,为案山的宏伟蓝图添砖加瓦,他当然感到十分开心。作为一名大陇人,为家乡的新农村建设,尽自己绵薄之力,是他的最大愿望!

是的,案山还在成长,还会有更多的"杨喜华"返乡,为家乡的美丽乡村建设、为村民脱贫致富作贡献。

杨喜华谈到案山美丽乡村建设的开始阶段,推土机进村,三推一平,拆除危房、废弃猪牛栏及露天厕所茅房等建筑。开始阻力很大,涉及村民土地的时候,寸土不让。最极端的时候村民躺在推土机前头,不让施工。最后村、镇两级政府协调处置,村民从心理上才开始慢慢接受。

杨喜华雄心勃勃地说:"我认为新农村建设,大陇案山已经作出了表率,正在成为全井冈山的一张名片。如果大陇镇7个村,都按照案山模式运作起来,那受益方就是整个大陇镇的每一个村民。如果这件事可以干成,我未来在任何地方都可以大声地告诉对方:我是大陇人!"

听说,我们"七〇后"能干的事并不是很多,我希望干一件有意义的事。就是希望外出务工的年轻人通过美丽乡村建设的召唤,返乡创业,再也不必背井离乡。背井离乡25年,正应了当年那首打油诗所言,"少小离家老大回,乡音难改鬓毛衰"。

"当我们老了,"杨喜华说到这,顿了顿又说,"我们老了,回头谈论

当年在外打拼多年果断返乡创业的话题时,可以自豪地说,我做对了!"

原来,他在为自己今天的选择,设计一个未来的情景剧。

大陇镇其他7个村都建成案山模式这样的美丽乡村,你认为有可能吗?我不禁问。

杨喜华自信满满地说:"有!从我作为一个销售经理来说,是完全有可能的。我手头有数据,建美丽乡村不难,让美丽乡村自动造血非常难。红墟坊公司具备了造血功能,我们有专业团队,所打造的业态正在产生利润。所谓的造血功能,需要团队去为每一批游客提供用心的服务,使业态拥有口口相传的优良口碑。"

现在有些地方正在打造美丽乡村,但很多地方是一个空心的美丽乡村——他提出"空心"这个词很有意味。我赞同他的看法,的确很多地方的美丽乡村存在"空心"问题。杨喜华的构想是贴近实际的,他说,这些美丽乡村都希望我们提供团队帮助他们运营,但我们现在还处于自我发展的状态。后续的发展,我们将考虑帮别的乡镇培训管理或提供团队管理人员。

杨喜华在案山美丽乡村建设中,扮演了一个返乡青年创业的带头大哥的角色。他告诉我,1995年,他在深圳龙岗打工时只需要付2万元就可以买一套100平方米的房产,还给3个深圳户口,但那时没有钱,即使有钱,没人引导,也不敢买。他说,那时我错过了一个绝佳的华丽转身的机会。我错过了1995年的龙岗,希望自己再也不要错过2018年的案山。

当我问及他在案山的赢利点时,杨喜华毫不隐讳地说,我目前的赢利点靠陇门客栈的收入,按目前的数据,每月可以挣12000元,一年就有十四五万元。如果未来大家都效仿我的步骤去做,就完全没必要背井离乡去外面打工挣几千元钱了。我已安排在深圳做管理的妻子也返乡到红墟坊来工作。

我把所有的路斩断,只剩了回家一条路!杨喜华这句话,听来掷地有声。

案山模式,正在吸引更多的返乡青年回乡创业,建设家乡少不了年轻人的参与。案山模式,像一个正在滚动的雪球,在滚动中不断由小变大。案山模式,正在成为大陇,甚至全井冈山美丽乡村建设的引擎。

杨喜华最后兴致勃勃地说,目前案山正在实施"三园两亿"方案。三园即青春创业园、康养产业园、红色培训产业园;两亿即"三园工程"总投资金额。目前陇上行以商招商的方式融资成功,签订了合作协议。不久的将来,你再来案山,将会是另一番模样。

"一口香"有了落脚点

案山有家颇负盛名的"一口香"小吃店,店主王根梅也是一位在外务工返乡的创业者。

王根梅与丈夫范发明本来是在深圳打工的,2016年案山开始搞美丽乡村建设,夫妻二人便不再去深圳了。

这天晚上,王根梅多炒了几个菜,丈夫范发明邀来在海外做贸易的同学刘龙宝一起喝酒。酒是故事的引子。听完了刘龙宝在海外做生意的故事后,我没有忘记请王根梅讲述她的故事。

"一口香"美食店,设在"红军井"旁,全木结构,是红墟坊统一打造的小吃店铺。老板娘王根梅,家住案山,店铺离家几百米远。

王根梅说是老板娘,其实里里外外全靠她一个人。有时候,丈夫也会腾出手来帮帮她。别看她小本经营,但案山红客楼酒楼、陇客来饭庄这些店常常一个一个电话打来,要她酿造的米酒和煎炸的各种小吃。一些游客路过小店,闻到喷香的美食,也会停下脚步品尝一下她做的小吃。这不,有个团队又定制了一锅5公斤的糍粑。她忙不过来,便打电话叫正在跑短途运输的范发明抽空回来帮忙。丈夫在跑车的间隙,回家帮

助妻子王根梅打糍粑。糍粑打好,结团,黏上香甜的豆粉,就完成了订单。一单少说也有 100 元的利润。

说到王根梅的丈夫范发明,我需要费些笔墨。范发明在案山搞美丽乡村建设时,看准村里建设需要大量的砂石建材,这些建材肯定需要运输。他一拍脑门,与妻子王根梅商量道,你在家做小吃,我买一辆农用车,专门跑运输。这样他俩各挣各的钱,又能相互照料,更主要的是可以照顾到家里老人和孩子。这不,范发明的决策完全正确,农用车买下了,很快施工队需要的砂石土方、钢筋水泥、竹木砖瓦都靠他的农用车运输,他成了案山美丽乡村建设的运输队长。其实让范发明跑运输还真有点大材小用,他早些年当兵服役于海军某部。他作为退伍军人,没有向政府提一点要求,自谋职业到深圳打工,家乡搞美丽乡村建设又开农用车装运材料。他说,人只要靠双手去创造,累点、苦点算不得什么。钱是血汗钱,用得才安稳。他的这番话,令我对他肃然起敬!

王根梅一早要侍候两个孩子吃早饭,由范发明开车送到龙市去读书。在王根梅家吃早餐的人不少,陇门客栈的陈管家经常带一帮住客来这里用餐。

王根梅的早餐也没有什么特别,多是豆浆、煎饼、麻圆、鸡蛋面、肉丝粉等。王根梅想开发新品种,问我有什么好的早点既好吃,又省时。是啊!早餐时间短暂,一个人,一双手,有时候要应付太多的客人不易,如果有一道既好吃又省时的早餐,那就好了。

我在想,如果能设计一道既有案山特色、又能让人吃了难忘的早餐,那就太好了!

酒喝完了。王根梅收拾完桌子,开始跟我讲述她的故事。

王根梅是东上乡人,19 岁便到深圳打工,在鞋厂当了一名文员。她与范发明,一个在深圳打工,一个在海军部队服役。两人鸿雁传书,写了 7 年的"两地书",到 26 岁才结婚。

她与范发明是高中同学。当时全班 77 个同学,只有 5 个女生。范发明本分老实,在学校时他俩连话都很少说……

因父母离异,王根梅3岁开始由外婆抚养长大。她懂事早,上学后,一到周末就帮着外婆干活。高中毕业后,她就与一帮姐妹去深圳打工。1998年外婆去世,她心里十分难过,外婆没有享过她一天的福。1999年,她与范发明结婚,第二年便有了女儿。

2002年,家里盖了这栋房。这是一栋三层楼房,十五六年前这样的建筑造价需要10多万元。可那时,10多万元对于家里来说,那是天文数字。范发明每个月生活津贴只有1000多元,王根梅打工的积蓄也不多。好在当时的潜艇艇长无私支持丈夫盖房,借给他两万块。他服役12年,当了三期士官长后主动提出转业。当时正处宁冈县与县级井冈山市合并组建新的井冈山市,民政局没有马上安排工作,他到部队领取退役一次性补助,拿到五六万元钱,加上住房公积金2.8万元,共有8万元,加上借来的钱,差不多有了10多万元。

王根梅跟我讲了一个戒指的故事。她说:"老公当了6年义务兵,结婚时花了1万多元钱。他给我买了一条项链和一个戒指,你知道他是怎么买的吗?每次部队出海,会有几百元钱的补助。项链和戒指都是他几次出海,部队发放津贴,他省下钱来给我买的。先是出海舟山,他买下了一条链子;后来出海台湾海峡,他又买了一个坠子;戒指就是到海南岛出海时买的。遗憾的是,那个戒指,我在田里做事时掉了,怎么找也没有找到,让我心疼了好久。丈夫知道后说,掉了就掉了,没事,以后我再给你买一个。后来,在深圳打工,拿到第一笔工资,他要去买戒指,被我死活劝住了,我们一家老老小小,生活比戒指重要啊!

"发明从部队回来,不知道做什么好,恰好有个战友在深圳福田区开了一个豆腐坊,叫我们去那一道干。干了两年,因为怀上了大儿子,快生的时候才回家。感觉去深圳发展也不容易,便将做豆腐的手艺运用到大陇来,既做豆腐又喂猪。我们在街上摆起豆腐摊,还喂养了十几头猪。这样,在家里又干了两年,生下了小儿子。养猪成本高挣不到钱,做豆腐利润也不大，迫于经济压力，我们又踏上了去深圳打工的路途。

"就这样，在深圳和案山往返多次。一直到2016年，案山开始打造陇上行山水度假村。发明利用自己的驾驶技术，买了农用车，拉砂子、石头、砖头搞起了运输。农用车一直开到现在，一年可挣六七万元，比在外打工强多了。我做早点、蒸酒、做点小吃、打糍粑、炸麻圆、煎饼、做米果，夏天做凉水、冰糖莲子水什么的，甚至自家菜园的菜也可变成现金了。一年下来比在深圳打工挣的钱多多了。政府牵头打造的这个平台——陇上行山水度假村，使家乡大变样，我们做梦也没有想到自己可以参与到家乡的美丽乡村建设当中来。不用跋山涉水去远方打工，在家门口就能挣钱，这是最大的满足。

"以前在外面打工，既不能照顾父母，又不能抚养儿女，回家一次路途遥远，千难万难有多少说不出的苦衷。不瞒您说，日子艰难时，自己还偷偷流过几次眼泪呢。

"发明是老党员，1994年在青岛潜艇学院就入党了。我也是党员，2015年在大陇入党。作为党员，在响应政策方面，我们从不打折扣。比如这次拆迁土坯房，我就提出先拆了自家后院搭建的鸡舍、猪圈。"

劳动是无上光荣的！在脱贫致富的路上，依靠自己的双手劳动，不向政府伸手。无论出外打工还是建设家乡，他们都是榜样，值得许多年轻人学习！

再次来到红军井旁的这家木结构小作坊——"一口香"美食店，王根梅正在给客人煎"一口香"煎饼，香气盈满村巷。客人排着队，等候着品尝。我没有打扰她，朝前继续走，那边是村里打造的荷田。

一些荷叶已经钻出了水面，尖尖的荷叶比肩而立，布满水面。再过两个月，就是荷花绽放的时节。我想，这里的村民和红墟坊的创业者们，就像这小荷才露尖尖角的荷叶，不久的将来，就能见到耀目而壮观的盛景。

红卡户的盖房梦

美丽乡村的建设,无疑会让贫困户跟着受益,精准扶贫便有了不一样的意义。

红卡户曾红梅就是在案山美丽乡村建设中走出贫困的一户人家。

大陇村支书尹仁善领我走进一户老房子,这是曾红梅的暂住地。她的旧房子拆除了,新房子建起来还需要装修才能乔迁,现在只能暂时寄居在侄子家。

老房子的客厅中间摆着八仙桌,一侧摆着竹床和椅子。客厅没有人。尹仁善喊了几声,从一侧的卧室中传来一个女人的声音。接着,一个拄着双拐的妇女从内室一步一晃地走了出来——她就是曾红梅。

曾红梅是先天性小儿麻痹症患者,需要靠双拐支撑才能行走。她61岁,丈夫是盲人,因病于2005年便离开了人世。

听说曾红梅是寄居在侄子家,就问起她的房子来。

曾红梅说,盖一栋新房子,是她和去世多年的丈夫很早就有的梦想。丈夫在世时,辛勤劳作,就想盖一栋住着舒适的房子,现在这个愿望快实现了,而丈夫却已成为另一世界的人了。

提到丈夫,曾红梅陷入了深深的思念之中。她说,丈夫虽是盲人,但力气很大。可能常人对盲人实在不太了解,盲人还有超乎寻常的一面。她说丈夫做体力活一点不比别人差,有些身体正常的人还做不赢他呢。砍树前,他用手一摸,就知道树的粗细,该从哪里下斧,树倒哪一方,都听他的。俗话说,上帝给人关上一扇门,就会给人打开一扇窗。

曾红梅说,砍完树,他一个人还得扛回来,像眼睛正常的人一样走

起来飞快呢。我有点不信,那怎么能说是盲人呢?盲人扛着树还能走得飞快?

曾红梅说,盲人记忆好,只要走过一次的路,哪里有沟,哪里有坎,他都摸得一清二楚。再走时,他就如履平地。

村支书尹仁善也证实了曾红梅的说法,她丈夫确实有这个天赋。当然,也不是每一个盲人都有这个本领,可能这也是因人而异吧。

丈夫去世,这个家庭顿时失去了主心骨。那些年,曾红梅不知自己是如何支撑着挺过来的。她需要靠双拐才能行走,而生活中又有那么多需要靠体力和智慧的"双拐"来支撑的事,她在艰辛和苦难中一步步支撑到今天。

最苦最累的时候,莫过于丈夫去世后那几年。丈夫去世时,最小的女儿才10岁,还在读小学;儿子15岁,刚读到初三,因为没有钱便辍学了;大女儿17岁,初中毕业后回家务农,当男孩子使唤。

曾红梅有三个孩子。大女儿已招郎上舍,生了个女儿;儿子也患有小儿麻痹症,个子与同龄人相比偏小,还未成家;小女儿已经从九江财经学校毕业,在一家房地产公司工作。现在孩子都长大了,曾红梅渡过了最困难的时候。自实施精准扶贫战略后,曾红梅享受到了实实在在的扶贫政策的好处。曾红梅说,大陇镇党委书记刘济光挂点帮扶,经常来看望她,问她家有什么困难。尤其是现在案山建成美丽乡村,这辈子算是有福了。

曾红梅以前的土坯房阴暗潮湿,住在里面时常担心房子会突然倒塌。尤其是下大雨,漏雨是常有的事,家里的脸盆和瓷缸全用上才能勉强应付过去。这样一栋危房,到了非拆不可的地步。乘精准扶贫的春风,在政府的动员下,她家拆除危房,在老宅基地上重新盖了一栋三层楼房。建房一共花了14万元,政府补助2.75万元,还欠下外债4万多元。新房子建筑面积120平方米,入户道、房屋琉璃瓦和外墙粉刷、一层粉白都是政府帮扶修建完成的。

曾红梅跟我算了一笔笔账："政府对我家特别照顾，一家三个低保，我、儿子、小女儿，每月每人低保金305元。每月有这笔钱，家里生活就不成问题。除了低保，红卡户还有1万元的金融入股扶持基金，每年可分红1500元。医疗扶贫方面，去年我生病住了4天医院，花了两千元，全部报销了。政府给患小儿麻痹症的儿子安排了一个打扫卫生的公益性岗位，每月有300元的收入。小女儿读书时，井冈山市委组织部张继春部长每年资助5000元学费，连续资助了两年，她每年还可获得6000元的助学贷款，三年共1.8万元。这些贷款可以延迟到小女儿工作领取工资后再偿还。"

对于案山美丽乡村建设，曾红梅深有感触，案山搞陇上行山水度假村也使家里的田地有了一定的收益。家里共有5亩地，栽荷花用了3分地，一年有150元的收益；开鱼塘用了两亩地，每亩300元；过茅坪种黄桃1亩地，一年有200元的分红；还有1亩多地自己种粮食吃。

曾红梅说，儿子从前在广东打工，后来在厦坪打工。现在妹妹出去打工，他就在家照顾我。

村支书尹仁善领我去看曾红梅新建的房子。外墙已经贴了瓷板，里面装修正在进行中。这样一栋三层楼房竟然是身体残缺的红卡户曾红梅家盖的，着实令人惊叹。

借着精准扶贫的春风，曾红梅渴望了一辈子的新房子拔地而起，这在任何其他时代，都只能是可望而不可即的事。今天，曾红梅实现了盼望已久的盖房梦想，她感慨万千地说："如果没有共产党和政府的帮扶，没有精准扶贫政策，我家这种情况哪能盖这么好的房子啊！"

曾红梅脸上洋溢着对新生活的向往和欣喜。她在儿子的搀扶下，拄着拐杖，要去新房子看看。那是她最开心的事，她盼望着早一天搬进她的新房，所有的好梦，都要在那里重新做一遍。地砖的铺设，墙面的粉刷，她都要一一看在眼里，烙印到心里。她要告诉地下的丈夫，他们曾经在梦中憧憬过的新房子，现在终于盖起来了，而且比梦里的还要高大、

气派!

2019年春节我回访案山,得知曾红梅因病到吉安住院,需要施行手术。她的大女儿给村支书尹仁善打电话说,母亲不肯住院要求回来。尹仁善回答说,你不要回来,扶贫政策这么好,放心住院吧。后来,曾红梅才安心住院。

我见到曾红梅的儿子范明华,他现在是新成立的案山客家农庄合作社的股东兼会计,每月有固定工资1000元。小伙子很热心,领我到他家去喝茶、吃点心。新房子确实很漂亮,瓷板地面,墙面刷得雪白。几件不舍得扔的旧家具重新刷上油漆,像新的一样。床换了新的,窗明几净,非常舒心。

从挑粮小道走来

陇客来是红墟坊公司打造的一家有当地特色的饭庄,用来接待游客用餐,生意天天爆满。陇客来的食客不少是从挑粮小道下来的。爬山爬累了,身体正需要补充食物和能量,陇客来已经准备好了分量十足的"毛公九大碗",有鳝鱼腊肉、米粉鹅、酿豆腐、油炸肉丸、小鱼干、粉巴泥鳅、东坡肉、酸菜笋仔、石拐汤。光听这菜名,就令人垂涎欲滴了。

陇客来是租用村民欧阳春梅的自住民居精心打造而成的。欧阳春梅,50多岁,丈夫2016年去世,留下一双儿女和一个80多岁的婆婆。儿子30多岁,已成家,女儿也已出嫁。红墟坊租用她的房子,租金一年5000元,租期10年。欧阳春梅自己在陇客来打工,洗菜、端菜、刷碗、打扫卫生,将店里的工作当作自己家里的事来做。

红墟坊将欧阳春梅的房子装修成农家乐,利用房前屋后的菜地设计了门坊、凉亭。凉亭紧邻荷塘,是游客乘凉休闲的好地方。摆上了六七张大圆桌、长条桌,游客喝茶、用餐十分惬意。陇客来有200多个席位,可以同时容纳4辆大巴车的游客用餐。

红墟坊将陇客来打造出来后,聘请厨艺精到的人来承包。承包人向红墟坊缴纳承包费,但服务质量、卫生、菜单价格要受到红墟坊公司的监管。

陇客来于2017年6月18日正式营业,以前由大陇镇政府食堂承包人朱文明接手承包。朱文明在镇政府食堂承包时,为政府工作人员做工作餐和客饭,每餐收费5元,客饭另外收费。镇政府每月另外补助1000元费用,为了让承包户安心工作,镇政府给朱文明的妻子安排了一个打扫卫生的公益性岗位,每月700元。承包陇客来后,朱文明和妻子轮流炒菜,有时忙不过来,就让女儿、女婿一起上。开张时客人特别多,平时十几桌也是常事。人多时,做好准备,客人一来,就热锅炒菜、出锅、上桌。一般中午人多,晚上客少。

朱文明与红墟坊是租赁关系,他说,这种经营模式非常好,菜单价格都是与红墟坊公司共同拟定的,朱文明从来不乱加价。公司每天有人来巡视,询问客户满意度,对服务态度、卫生情况等进行明察暗访。朱文明既是为自己的声誉开店,也是为公司争荣誉。只有顾客满意了,才能将案山的经营理念传播出去,吸引更多的游客来消费。

合同经营期为一年。一年后的2018年7月,陇客来由村民自愿组合的案山客家农庄合作社接手经营。董事长范育明告诉我,合作社投资30万元,股东由15位村民组成。根据股东自愿,有的投资五六万,有的投资一两万不等。除了饭店外,还投资鱼塘,鸡、鸭饲养。端盘子的服务员也是股东,每月可领2000元工资。预计年产值150万元,其中餐馆90万元,纯利润30万元。合作社吸纳了红卡户范明华入股。范明华自筹了2万元,成了案山客家农庄合作社的一名股东。

这时,一辆大巴驶入停车场。从车上下来一批"红军",直奔陇客来

饭庄。我问其中一位瘦高个小伙子,你们从哪里来?他说,刚从挑粮小道下来,累惨了。他一边说着,一边仰头将手中的矿泉水瓶嘴对嘴,咕隆咕隆全倒进喉咙里了。

看到这一批从挑粮小道下来的"红军",我眼前浮现出了90年前的那场挑粮运动——

一条小道,与井冈山红色政权休戚相关。它锻炼出无数的铁肩膀、铁脚板,担起了中国革命的重担。1928年秋冬之际,由于山上粮食不足,朱毛红军和边界群众掀起了轰轰烈烈的挑粮运动。当时已是42岁的朱德和35岁的毛泽东在公务繁忙的情况下,带头参与挑粮运动。在他们的带领下,红军每天往返100余里,靠着肩挑背驮把15多万公斤粮食运上井冈山,解决了井冈山革命根据地的给养问题,支撑了井冈山工农武装的革命斗争。

我问从挑粮小道下来的小伙子,走这段路有什么感想,小伙子感慨道:"我们重走挑粮小道,肩不挑,手不提,最后走上黄洋界都汗流浃背,有气无力。可想当年毛泽东、朱德等老一辈革命家和红军战士们还要挑五六十公斤的粮食上山有多辛苦。"

想想那时,井冈山上大小五井产谷不满万担,粮食供给十分困难,为了打破湘赣两省敌人对井冈山革命根据地的经济封锁,毛泽东和边界党领导根据地军民开展了一系列艰苦卓绝的斗争,探索出了一条适应当时艰苦形势的经济建设之路。因而,广大红军官兵、党员干部高擎理想信念的火把,坚定不移地走在挑粮小道上。

小伙子由衷地表示:"这次重走朱毛红军挑粮小道,更加珍惜现在的生活。相比以前革命先辈的艰苦,我们真的是很幸福。很多时候,我们对生活还这抱怨那抱怨,太娇气了。我觉得今后无论在生活中还是工作中,都应该少点抱怨,多点付出,做一个对社会、对人民有价值的人。"

大陇还有家挑粮小道生态农业公司,已在窑背村、大陇村流转土地种植了大面积的黄桃,采用"公司+基地+合作社+贫困户"的运作模式,引领贫困户脱贫致富。挑粮小道生态农业公司现已吸纳12户红卡户、30户蓝卡户加入黄桃基地。基地每年给入股贫困户按资金的10%分红。进入丰产期后,公司将划拨每户贫困户一亩果园,成立精准扶贫产业基地。

大陇村支书尹仁善打电话叫来中村村支书曹智平。曹智平30多岁,走路办事风风火火,人未到声先到,他冲尹仁善说道:"案山'1+8+48'模式,我们中村也是'8'里面的一个,今天终于等到了尹书记您这位地主在陇客来请我啦。"

尹仁善说,我跟你一样是"8"里面的一个。闲话少说,我给你介绍凌作家,他就是来了解你这个"八分之一"的,你们好好聊聊。

曹智平见我是来采访的,重点是绿色产业这块,就把话题引向了挑粮小道生态农业公司在他们村开发的黄桃基地:"我们村有个'中村锦绣桃园'基地,由中村组、塘庙前组流转土地220亩,江西省军区注入帮扶资金30万元,由挑粮小道农业生态公司具体运作管理。基地帮扶中村8户贫困户入股合作社,通过合作社加入公司的黄桃基地,公司全权负责基地的生产管理和销售。合作社从2016年起每年按15%的比例给贫困户分红,果园进入盛产期后,将按纯利润的50%返还给贫困户。预计每亩黄桃可获纯收入8000元至10000元,每户贫困户可获两万元的收入。黄桃基地建设、管理过程,优先安排本村20名有劳动能力的贫困户就业,每天工资100元,这也是解决贫困户长期增收的途径……"

曹智平见我问得仔细,就索性用摩托车将我载到中村实地察看。中村与湖南炎陵县十都镇接壤,潜伏在岁月深处的盐茶古道忽隐忽现,一座小拱桥、一段麻石路,镌刻着当年红军穿梭湘赣边界的足迹。而今,水泥村道通到每一户村民家门前。在宽宽窄窄的扶贫路上,留下深一行、浅一行的足迹,那是辛勤的扶贫人踩下的。

  这些扶贫人,包括江西省军区的扶贫代表、挑粮小道生态农业公司员工和各级政府部门派驻到村的扶贫干部,当然还有村干部,他们不舍昼夜地辛勤工作,刻下了不可磨灭的印痕。他们的足迹印在当年红军的足迹上,重现非同寻常的时代魅力!

卷七 ‖ 希望小镇的希望

实施精准扶贫、精准脱贫,坚决打赢脱贫攻坚战。

走进罗浮

走访由华润集团援建的江西井冈山"华润希望小镇",切身感受到一个与以往观念有所不同的农村。或许,我们能在这个村镇中看到一个不太一样的中国。

这是地处井冈山腹地的绿色小镇,满目青翠,一条曲折溪流穿村而过。一条溪流潺潺流过,这条溪流因为有了花海,而命名为花海溪流。小溪发源于黄洋界、金狮面南面的峡峪中,由数十条溪水环绕于丛山峻岭之中,然后流入罗浮水库,跳过闸口,来到罗浮。这条溪流经石市口后成为主干河流,流经厦坪、拿山,再流入泰和县境的牛吼江注入赣江。

花海溪流,在鲜花盛开时节,溪流倒映着姹紫嫣红,倒也名副其实。花海溪流,也倒映着蓝天白云和青山,村民的房舍像影像资料一样被花海溪流拉动着。

花海溪流进行了重新打造,由溪流、花田、花岛呼应,配套市民休闲设施,形成一座滨水休闲中心公园。

小镇行政上隶属井冈山罗浮林场管辖,有茅坪村、土山村、罗浮村3个行政村9个村民小组2200多人。境内有4.9万亩公益林,林地6万多亩,因为保护生态,林区处于零采伐状态。

罗浮林场宣传委员石春明介绍说,总部设在香港的华润集团是央企,他们热爱公益事业,全企40多万名员工每人捐出一天的工资,用来支援贫困地区援建希望小镇。井冈山华润希望小镇是华润集团在全国无偿援建的第7座希望小镇,涉及罗浮林场的土山、坪头2个自然村,占地面积78.1公顷,涉及改造民宅145栋,新建安居房26栋,农户600余人。工程总造价为1.2亿元。

希望小镇新建幼儿园、福利院、医院门诊楼等公共建筑,改造粮仓、医院住院部、祠堂等公共建筑,并配套修缮村内道路,综合提升了小镇的公共配套服务水平,优化了乡村景观。通过新建米兰花酒店,打造了以米兰花酒店为龙头,帮扶村民们发展民宿、农家乐等产业的综合乡村旅游发展平台,实现了井冈山希望小镇的可持续发展。

希望小镇建成后,加速了罗浮整体建设的提升。井冈山市政府在小镇周边规划了移民小区,第一期已入住,第二期也已开工建设。为了配合人居环境的改善,扩建了农贸市场,花海溪流两岸规划慢生活区,建休闲公园;重新规划埋设排污管道,建垃圾中转站;建农垦文化园,打造农垦家园,此项目由浙江省军区援建。花海溪流改造工程正在建设;六八河改造,投资2000万元;井冈山游客服务中心也完成了征地和规划设计……

在华润集团援建项目启动前,青山绿水之中的村民可以享有的现代基础设施极为匮乏,住宅、医疗、教育、交通、供水和排污等都极为落后。华润集团联手当地政府对小镇进行整体规划,通过环境改造、产业帮扶和组织重塑三个环节,力图全面改变当地面貌。很快,主要地段有了硬质公路,农民搬进了新居,孩子们也有了新学校,老人有了安享晚年的福利院。小镇的整体面貌有了前所未有的改变,许多村民的幸福指数直线上升。当然,随之而来的,也有追问——

小镇农民是走向城市打工,还是返回乡村参与建设?

华润援建小镇之前,当地村民要么在乡务农,要么外出打工。

随着希望小镇项目的进展,不断有外出农民工返乡参与建设。以石小洋为代表的一些青壮年农民以前在外地建筑工地做架子工(搭建施工脚手架),现在看到家乡建设希望小镇,纷纷返乡参与小镇建设。针对大多数村民没有上岗证的情况,井冈山市政府通过绿色通道,召集架子工农民进行培训上岗,解决了三四十个村民的务工需求。小镇的外墙立面粉刷,新建安居房、福利院、幼儿园及米兰花酒店等工程项目的架子工程,都是由他们完成的。华润集团工程部成员对这帮架子工的工作十分赞赏,夸他们扎实、肯干、守时、诚信。华润希望小镇的如期完工,与他们的劳动分不开。

架子工被人们称为工地上的"蜘蛛侠",他们把脚手架搭在高空中。看他们站在半空中,托起钢管,按照图纸搭建着脚手架,扣上扣件,拧好螺栓,才算完成一根钢管的操作。他们身手矫健、动作敏捷,攀爬在"钢管丛林"中,奏响着一曲优美的建筑旋律。

希望小镇建设完工后,罗浮片区又在规划新的移民小区和农贸市场,只要涉及架子工都由石小洋的团队承揽。小镇青壮年劳动力在本地就能挣钱养家,石小洋们当然十分高兴。

石小洋,"七〇后",罗浮村大船组组长,结婚前到浙江温州打工,感觉没有发展前途,就回到井冈山跟人学做架子工。从小就攀山爬树的他,在高空搭建架子并不费力,觉得做架子工倒是一种乐趣。他熟练这门技术后,独立承包一些小工地,组织村里的年轻小伙加入自己的团队。渐渐地,他的架子工队伍成长为全井冈山最有实力的团队。井冈山排得上号的大工程——市民中心服务大楼的架子工程,就是他的团队完成的。架子工是特殊工种,属于高风险行业。石小洋告诉我,一年下来,忙的时候,能有六七万元的收入,如果不忙,一年只有两三万元。在农村,能有这些收入,他们感到挺知足。

看到石小洋在阳光下的脸晒得黝黑,眼睛却透出神采,阳光照射在他额头的汗珠上,反射出钻石般的光芒。他晃动了一下头,汗水从他的额头滴落,将地面的灰尘砸出一个坑。劳动让一个人活力四射,浑身阳光灿烂。他说,一天不劳动,那除非是生病了。

我探寻地问陪同我的石春明,"希望小镇"会不会成为另一个华西村?

石春明沉思了一会儿,笑着对我说,井冈山希望小镇的设计力图帮助当地农民发展自己的产业,但却不可能以巨大的财力、人力和时间来按照华西村模式进行改造。华西村的发展黄金期处在我国政策与经济机制转型的特殊阶段,获得了巨大政策性优势,井冈山希望小镇则不会再有这样发展的可能。我们乐于看到农民通过自身努力,获得脱贫致富的希望;乐于看到企业在创造高额利润的同时,积极履行社会责任;乐于看到这个国家的更多民众,能有分享改革和发展成果的机会。

华润的"希望"

一曲《在希望的田野上》伴随中国人民走过30多年的历程。至今,人们唱起这支30多年前的老歌仍然激情澎湃——

> 我们的家乡,在希望的田野上。
> 炊烟在新建的住房上飘荡,
> 小河在美丽的村庄旁流淌。
> 一片冬麦,(那个)一片高粱,
> 十里(哟)荷塘,十里果香。
> ············

每当唱起这支歌,就会油然而生一种渴望,希望的田野上展现了一幅丰收的图画,一派莺歌燕舞的景象。

华润公司将自己对理想的乡村建设蓝图寄托在他们倾情建设的"希望小镇"上。华润人将自己设计并逐步推广的"小镇"命名为"希望",其本质意义与这支老歌的动人旋律有异曲同工之处。

前些年,罗浮人在小盆地种植了一大片花海,吸引来自全国各地游客的眼球。穿村而过的溪流,后来也被命名为"花海溪流"。华润在罗浮人种植了一大片花海的地方建设井冈山华润希望小镇。是花海吸引了华润的目光,还是华润被种植这片花海的村民感动了?最后,华润将希望小镇落户在罗浮。

作为央企的华润集团,早在2008年就对接贫困偏远地区,把相当一部分精力用在"产业+小镇"建设上,成为名副其实的小镇建设生力军。经过持续十年的努力,华润已在广西百色、河北西柏坡、湖南韶山、福建古田、贵州遵义、安徽金寨、江西井冈山建设了7个希望小镇;宁夏海原、贵州剑河、湖北红安、陕西延安等地的希望小镇也正在规划建设中。

我们发现,这些希望小镇全部建在艰苦偏远的革命老区。昔日盘踞在大山里、溪流边、旱塬上贫穷落后的村落,被一座座崭新且魅力十足的特色小镇所代替。华润为小镇引来了幸福水、修通了康庄路、连上了智慧网,让昔日落后的乡村展现一派欣欣向荣的景象。一些村民住的房子岌岌可危,随时都有倒塌的可能;泥泞的村道,晴天一身土,雨天一身泥;到了晚上,除了星星和月亮点灯,村野到处是漆黑一片……华润希望小镇就是为改变这种落后状况而规划的。华润希望小镇设计蓝图中就有与周边环境的改善、人与自然和谐共生与小镇居民依托特色产业创收致富等规划。希望小镇的建设,将出现青年返乡创业的新型潮流,留守老人、留守儿童等困扰中国乡村发展的难题将得到很大程度的缓解。

华润公司与革命摇篮井冈山发生联系是在2016年8月23日,正当井冈山市精准扶贫工作向深水区挺进时,华润援建的井冈山华润希望小镇在罗浮举行了简朴的奠基仪式。

华润希望小镇位于核心景区茨坪镇山脚下,在建的景区游客服务中心紧邻希望小镇,省道S321及泰井高速连接线与小镇擦肩而过。小镇四面环山、临河而建,土山、坪头两个自然村分布在小镇的东南和西北部位。花海溪流穿镇而过,给希望小镇带来曲折回环的荡漾动感。优越的区位条件、生态环境,对拉升井冈山旅游发展框架、打造核心景区服务功能起到锦上添花的助推作用。

华润积极响应党中央的号召,高度重视扶贫开发工作,通过持续不断的努力探索与实践,走出了一条具有华润特色的扶贫之路。至今,华润希望小镇直接受益农民总计3000余户,1万余人,华润的扶贫工作,加上广昌、海原两县定点扶贫项目,辐射带动贫困人口超过30万人。

华润的红色背景由最早的两根金条起家,到如今发展成为在香港和内地分别拥有5家上市公司的商业巨头。它的前身"联和行"于1938年在香港成立,旨在接受和保管社会各界的抗日捐款和物资,为中国共产党领导的抗日根据地采购军需物资及药品。解放战争时期,华润依旧扮演着重要角色。1948—1949年期间,华润分四批将350多位著名民主人士和700多位文化名人、爱国华侨安全送抵解放区,其中不少人士随后北上参加首届中华人民共和国政治协商会议……

华润的大,不只是财富上,不只是规模上,而是情怀之大,境界之大,愿望之大;华润之大,是因为它天生心怀天下。因为一个"润"字,它的天下之爱,是如此默默、微妙,如此得时间的真传、万物的真传——

用三点水,
写一个润字在掌心上面。
一滴来自长江,

一滴来自黄河,

一滴来自亿万人眼睛里……

词作家喻江的心里总是萦绕着"华润"这两个字,经过艰辛的孕育,一首《润物耕心》的歌词终于如泉流一般涌出来。她说,歌,就在那里,在时光里某处的一个博物馆里,与其说是写字,不如说是取字。她从字库里取出了"用一束光,写一个华字在掌心上面,一横跨越东西,一竖纵贯南北",这些字,反映了华润的初心和情怀,润泽着天下和所有生命。

"华润"二字蕴含"中华大地,雨露滋润"的美好寓意。华润的历程,造就了自己的奇迹,也感染着千千万万人。华润的理想就是要用自己的企业伟绩而"润泽中华"。

农垦精神

在希望小镇,有一座建于1965年的罗浮大粮仓。这座大粮仓由当年的井冈山垦殖场修建,在农垦时期发挥过重大作用。粮仓采用砖木结构,地面采用杉木板,通过设置地垄墙及木梁抬高架空,起到防鼠防潮作用。粮仓内设置栈道,可经由室外设置的楼梯上至栈道,将粮食倒入粮仓内。粮仓屋面采用杉木板拼接满铺,保证粮仓的密封性。

在粮仓一侧,有一栋王家祠堂,华润将其修葺一新。王氏祠堂是福建省上杭县王姓客家人自清代初年迁居罗浮后修建的一栋客家风格的祠堂,距今约370余年。王佐早年曾在此祠堂内拜当地拳师王东文习武,达三年之久。

1927年10月,毛泽东同志率工农革命军上井冈山后,开始了改造、团结王佐及其所部的工作。王佐向毛泽东提出两个请求:一是请毛泽东派人帮助他训练部队;二是帮助他除掉东北面拿山的心腹之敌——尹道一。为了争取改造王佐部队,毛泽东派何长工去王佐部队当教官,训练王佐的部队。

1928年初,毛泽东同意何长工在旗罗坳设伏的方案,并调遣一个排由何长工带去配合王佐攻打尹道一。尹道一指挥人马从石市口河边的娘娘庙向旗罗坳上冲,突然枪声大作,埋伏在山上的农民自卫军向民团猛烈开火,尹道一的人马败下阵来。尹道一不甘失败,指挥反攻。这时,农民自卫军尖兵排从芭茅丛里钻出来,尹道一连枪都没有来得及掏出来就被刁辉林和李珍珠二人用刺刀捅死了,随即脑袋又被砍下。王佐高兴极了,连夜在王氏祠堂摆酒庆功。

王佐从此更加相信毛泽东,相信工农革命军,坚定了参加革命的信心。毛泽东也就此收服了王佐这员猛将……

2016年,井冈山华润希望小镇开始建设,罗浮大粮仓被华润彻底翻修改造,现已成为小镇村民培训、聚会的公共场所。

罗浮大粮仓是井冈山农垦人建设井冈山的见证。新中国成立后,井冈山开始了大规模的开发建设。可以说,今天的井冈山建设成就离不开农垦人辛勤汗水的浇灌。

1957年12月,中共江西省委决定创建国营井冈山林牧农综合垦殖场(后更名国营井冈山综合垦殖场),场部设在茨坪。首任场长是马廷士,原为江西省人民检察院副检察长,他与新任命的国营井冈山林牧农综合垦殖场党委书记左克仁(原省航运厅副厅长)率领江西省直和南昌市直机关干部688人、转业军官95人和上海知青381人,满怀革命浪漫主义情怀,来到中国革命摇篮井冈山,团结带领当地干部群众,开始了轰轰烈烈、艰苦卓绝的创业历程。

井冈山综合垦殖场创建以来,一直坚持走艰苦奋斗、敢闯新路、无私奉献、开拓进取的道路。90余年前,中国工农革命军在井冈山创建第一个农村革命根据地,勇闯新路,最终取得了全国政权。60余年前,农

垦创业者们来到贫穷落后的井冈山老区,高举井冈山精神这面旗帜,高唱《南泥湾》,并自己填词,将歌唱出了另一番风味——

花篮的花儿香,
听我来唱一唱,唱一呀唱。
来到了井冈山(南泥湾),
井冈山(南泥湾)好地方,好地方呀,
好地方来好风光……

1958年3月1日,井泰公路全线破土动工,三县10余万民工在陈志民等40余名下放干部指挥下,辛勤建设,全长110.2公里的井泰公路于当年7月1日实现通车。与此同时,茨坪兴办了井冈山酒厂,生产白酒、杨梅酒、梨子酒等果酒。1958年8月,井冈山综合垦殖场委托来井冈山参观的文化部原副部长钱俊瑞捎给毛泽东主席自产的梨子酒一瓶。

井冈山农垦建设之初,农垦部长王震亲自批给井冈山场10辆苏式卡车,5台日本手扶拖拉机;志愿军司令员杨勇支援卡车4辆,美式吉普1辆,手摇电话机100部,组建了汽车队。后来,这些汽车和文化部赠送的钢琴、电影放映机、大提琴、手风琴、图书等和下井植物园、奶牛场、文工团等均移交给了新成立的井冈山管理局。

60多年的风雨兼程,井冈山垦殖场创业者们继承和发扬伟大的井冈山精神,风餐露宿,箪食瓢饮,战天斗地,投入到垦荒种地、植树造林、修筑公路、修建住房、饲养禽畜、兴建电站、创办工业的社会主义建设当中,把一腔热血和美好的青春年华奉献给了这片土地,曾经一穷二白的荒山野岭改天换地,旧貌变新颜。

1962年2月,峡江县委副书记、金坪垦殖场党委书记赵义方,接过第三任井冈山垦殖场党委书记的接力棒。在群众眼里,他是一位不打官腔,衣着朴素,卷起裤腿能下田、扛起锄头能垦荒的庄稼人,大家经常能在田间地头看到他和群众拉家常、同劳动。在干部眼中，他始终充满工作激情，是一位吃苦在前，克己奉公的带头人。垦殖场事业欣欣向荣，而他一家老小却住在场部条件最差的土坯房里。房子冬天灌北风，夏天当西晒。同志们要他搬到一处条件好的房子住，他说，山里群众不也住土坯房吗，我怎么不能住？他后来还兼任井冈山管理局副书记，退居二线后担任吉安地委巡视员，本来有机会搬到城里安家的，但他却选择留在井冈山，直至逝世。他的墓碑上镌刻着这样一则墓志铭：

创业艰难乐趣多，险道苦行奈我何？
一片丹心为人民，自身无须论功过。

时光荏苒，光阴似箭，改革开放40年过去了，井冈山综合垦殖场经过几番变迁，1992年12月由井冈山垦殖场改组为江西井冈山企业集团；1997年6月，井冈山企业集团成建制地由省农垦集团总公司平稳移交井冈山市管理，逐步将土管局、文教卫生系统划转井冈山市政府有关部门管理；2001年1月，井冈山企业集团下属6个林场成建制划入井冈山自然保护区管理局管理；2008年1月，井冈山市罗浮管理委员会成立，与井冈山企业集团实行合署办公，标志着井冈山企业集团从企业经营管理向社会化事业管理转型。

进入新时代，井冈山企业集团开展精准扶贫工作，实现了49户困难群众脱贫。2015年，为了支援井冈山建设，将原羽绒厂和原齿轮厂近160亩的厂房和占用土地无偿用于罗浮开发建设，即现在的罗浮旅游客服中心、罗浮拆迁及移民安置工程和华润希望小镇的各项建设。

2017年8月，井冈山企业集团在浙江省军区的帮助下，由浙江绍兴市柯桥区援建帮扶1000万元，在罗浮旧厂区实施建设井冈山农垦文创园建设项目。

井冈山农垦60余年的辉煌历程被载入史册。这是一部开发建设井冈山革命老区的创业史,更是一幅农垦人弘扬井冈山精神、铸造农垦精神的生动画卷。

老红军、井冈山垦殖场首任场长马廷士当年在日记中写道——

> 我们曾经在这里战斗,现在我们又回到这里生产,我们一定要在党的领导下,以革命的英雄主义精神,用劳动的双手,把荒山变良田,把荒山变森林,把井冈山建成一个美丽幸福的乐园。

井冈山农垦60余年的艰苦创业,以"献罢青春献子孙"的豪迈信念,为后来者擎起了一面鲜艳农垦精神旗帜。

走在华润希望小镇整洁的水泥路上,看华润给罗浮带来新变化的同时,不得不为农垦的奉献精神打动。

脚下的土地,既浸染了一代代农垦人艰苦奋斗奉献的汗水,也洒下了华润人坚定执着拼搏的汗水。这些汗水浇灌的收获里,贯穿着井冈山精神放射出的时代光芒。

米兰花+润农合作社

米兰花酒店是华润希望小镇的首创。罗浮林场宣传委员石春明告诉我,米兰花酒店是华润集团慈善基金会帮扶革命老区的慈善项目之一,酒店所有的经营利润将全部用于当地民生公益事业。开始由华润自己经营,把他们的营销模式和先进管理经验带过来,盈利以后捐赠给当地政府。

我眼前似乎出现一位仆人,他匍匐自己的身子,让主人踏着他的肩膀上马。待主人坐稳马鞍后,他没有急于离开,而是牵着马缰,送主人走了一段。待主人掌握了马的性子后,他才将缰绳交给主人。主人扬鞭驰骋而去,他这才露出欣慰的笑。

这个"仆人"就是华润,而主人当然是人民群众。为了帮扶贫困山村的群众脱贫,甘愿俯身负重。这就是华润希望小镇的精神。

华润这个扶贫模式具有创新意义,我为华润这个扶贫模式点赞。

走进米兰花酒店,一条醒目的宣传语映入眼帘:"选择米兰花酒店,助力精准扶贫,您在米兰花的居停就是为慈善添砖加瓦。"

一对入住的情侣迎面走过来,边走边议论,女子说:"这里还蛮舒服啊。适合自驾游,旁边就是高速。优雅的徽式庭院式建筑格外别致,周边环境安静舒适。没想到,我们入住酒店还为扶贫做了贡献。"

米兰花酒店建筑格局清幽精致,是井冈山一座徽派庭院式酒店,院内回廊连通客房,客房带有独立院落,可一览店内亭台楼榭景观组合,畅怀舒心。客房整体设计结合本地自然风光元素,为旅客提供了一个清雅、舒适、现代化的旅居空间。米兰小厨餐厅可容纳70人同时用餐,主打乡土味极浓的江西"家乡菜",以地方特产原料为食材,风味讲究原汁原味、味厚不腻、鲜咸兼辣。

酒店将具有深厚历史文化底蕴的罗浮粮仓改造为罗浮大会堂,可容纳150人的会议需求,是组织团建、会议培训、重温革命历史的理想场所。

不少入住酒店的游客对米兰花的扶贫情怀表示支持,热情地写下了自己入住酒店的感受,希望为扶贫事业出一份力。酒店从服务的角度,对每一条顾客的留言都做到真诚的回复。从顾客与意见到酒店的反馈,我们能感受到真诚的互动。这种真诚,是由米兰花的善意和大爱带来的。

米兰花酒店与当地村民合作,成立米兰花润农合作社,旨在帮扶村民们发展民宿、农家乐等乡村旅游产业,实现希望小镇的可持续发展。土山村村民王思发就利用自己的三层小楼与米兰花润农合作社合作,由华润出资将自己的民房改成示范精品民宿。他自住二层,将三层和一层沿路房屋及院落,改造成新型民宿,打造精品客房2间,客厅2间,一层自助餐厅,可满足两个家庭的旅客入住需求。

米兰花润农合作社与王思发签订了5年协议,房屋产权归王思发所有,使用权归合作社,米兰花酒店负责将客源引到他家居住。第一年,他每月可获得由合作社支付的950元租金收益,以后租金将逐年增加。

陪同我采访的宣传委员石春明说:"华润希望小镇为了小镇居民可持续发展,确实动了不少脑筋。作为美丽乡村建设的样板,希望小镇是引领村民脱贫致富的典范。华润希望小镇作为华润集团在江西境内投资建设的首座小镇,是情系革命老区、履行央企社会责任的慈善公益项目。它不仅完善了罗浮片区公共配套设施,对提升井冈山红色旅游也有重要意义。"

老有所终,幼有所长

希望小镇福利院的外墙上醒目地写着:"老吾老以及人之老",与幼儿园外墙的"幼吾幼以及人之幼"遥相呼应。

这两句话出自《孟子·梁惠王上》。"老吾老以及人之老",第一个"老"字是动词"赡养""孝敬"的意思,第二及第三个"老"字是名词"老人""长辈"的意思;"幼吾幼以及人之幼",第一个"幼"字是动词"抚养""教育"的意思,第二及第三个"幼"字是名词"子女""小辈"的意思;两句中的"及"都有"推己及人"的意思。整句话的意思是:"在赡养孝敬自己的长辈时不应忘记其他与自己没有亲缘关系的老人;在抚养教育自己的小辈时不应忘记其他与自己没有血缘关系的小孩。"

在赡养自己的长辈、抚育自己的子女时,还要照顾到与自己没有亲(血)缘关系的老人和孩子,两千多年前的圣人就已经为我们作出了行为示范。孝顺父母、尊老爱幼是中华民族的传统美德。

希望小镇将福利院、幼儿园纳入小镇建设不可或缺的内容,与医院、酒店形成公共配套设施。福利院是享受国家一定数额的经济补助,接待老年人安度晚年而设置的社会养老服务机构,设有起居生活、文化娱乐、医疗保健等多项服务设施。

步入福利院,铁栅栏与门楼之间有一个圆形花坛。在房间走廊上,几个垂垂老者坐在过道上悠闲自得地乘凉。每隔十几二十步一个房间,房间的门帘花色一致,为紫色,与悬挂在走廊上方的灯笼颜色搭配十分协调。房门外张贴着"中老年人如何养生"的展板。走进一个房间,里面摆着一张床、一张组合桌子、一个衣柜。此时是夏天,床上只有薄薄的被单。阳台上晾着衣服,卫生间安装有马桶、电热水器。室内窗明几净,空气清新,整个布局和设施与宾馆无异。

走进福利院厨房,墙上悬挂着"一周食谱",上面标明早餐、午餐、晚餐的食谱,普餐与病号餐又有不同。

周一,早餐是面条,中餐则是米粉肉、土豆,晚餐是鱼汤、绿豆芽。

周二,早餐稀饭、包子,中餐海带排骨汤、茄子,晚餐鸡腿、豆角。

……

营养调配得当。厨房里餐具摆放有序,整洁干净。

娱乐室,四五个老人正盯着电视看电视节目。

一位叫陈丁香的孤寡老人,今年92岁,恰好与井冈山革命根据地同龄。她饱经沧桑的脸上刻写着岁月的印记。我问她住得好不好?她握紧我的手,不停地表达她心中的感激之情:感谢党!感谢政府!感谢华润!

隔壁的幼儿园,由华润集团出资650余万元捐建,占地面积6250平方米,总建筑面积1670平方米,主体建筑为两层复式结构,一楼为教室,二楼为休息室。幼儿园共配备5个教室、1个绘本馆、1个音体室以及现代化的厨房设备,可容纳约150名小朋友。

2017年9月4日,井冈山华润希望小镇幼儿园迎来了建成后的第一批小朋友,共计51名,其中大班16名、中班13名、小班22名。小朋友们走进崭新的教室,看到崭新的课桌、书本、黑板,明亮的音乐室,多功能的绘本馆,美丽的园区景观以及丰富的室外活动设备、五彩花样的塑胶跑道,个个露出了兴奋而幸福的笑容。

新幼儿园与老幼儿园相比,简直是一个天上,一个地下。老幼儿园建于20世纪90年代,房屋和设施都已陈旧不堪。园内地板也坑坑洼洼,加之处在杂草丛生的环境中,苍蝇蚊子满天飞,一些在园内活动的小朋友经常被虫子咬伤、奔跑摔倒。现在新幼儿园的落成,家长表示今后可以省去很多担忧。新幼儿园配备了现代化的教学设备,家长们相信孩子在新的幼儿园里更能好好学习、健康快乐地成长。

最近,井冈山华润希望小镇幼儿园举办了以"生态孕童心,运动我最行"为主题的冬季生态运动会。老师们根据幼儿园的生态教育特色,结合形式多样的游戏活动,精心设计了丰富多彩而又充满童趣的比赛项目。"我是环保小卫士"让孩子们在运动中融入了"垃圾入筒不乱扔,保护环境"的环保意识;"撸起袖子加油干"让孩子们用独轮车运输木块,体验到与平时生活中不一样的乐趣;"挑粮上井冈"是结合井冈山本土特色,让孩子们挑着扁担越过重重障碍,体验当年红军的艰辛……这些在华润帮扶下健康成长的孩子们,个个精神抖擞,努力拼搏,享受着运动带来的快乐。

华润将福利院与幼儿园分布在小镇中心位置。一老一小,是社会伦理秩序的关键,不容忽视。孟子在描述他理想的社会时说:"老吾老以及人之老,幼吾幼以及人之幼。"这与孔子对大同之世的理解——"故人不独亲其亲,不独子其子,使老有所终,壮有所用,幼有所长,矜寡孤独废疾者皆有所养"的思想是一脉相承的。

老人们听见琅琅的读书声和孩子们的嬉闹声,似乎又回到了他们的童年时光。这种时光倒错,也是颐养天年的好方式。

乡贤乡约

来到坪头组,村民张秋祥告诉我:"华润帮我免费改造了房屋,看起来像新房子一样。原来我家的瓦片是土瓦,经常有漏雨的现象,检修房瓦非常麻烦。现在瓦片换成了喷过漆的水泥瓦,不易漏水而且也好检修。"

看着大家住在这么优美的环境里,村民对华润满怀感激之情,我作为一个采访者,心里也十分感动。张秋祥一边与我说话,一边领我朝张氏宗祠走去。

坪头村张氏宗祠是一栋客家风格的祠堂,据传是福建省上杭县张姓客家人自清代末年迁居到这里时修建的,距今已有170余年。坪头村地处拿山至茨坪的交通要道,来往路人经过坪头都要歇歇脚,喝口水,充充饥才能继续赶路。井冈山斗争时期,朱德、陈毅、彭德怀、何长工等老一辈无产阶级革命家都曾在张氏祠堂暂住,并多次在祠堂内召开会议,慰问当地百姓,宣传党的群众政策,为井冈山革命打下了良好的群众基础。新中国成立后,张氏祠堂办起了井冈山红军小学,直到1965年小学才停办。20世纪70年代前,祠堂每年都会举行张氏祭祖活动,并定期在祠堂前举办堂会等乡俗活动。70年代后,这一乡俗逐渐淡化,张氏祠堂也随之废弃。

现代化不是简单的城市化,不能抛弃乡村的温情。2016年,井冈山华润希望小镇开始建设,将张氏祠堂彻底修葺一新。本着重塑精神的愿景,华润希望小镇通过开展循祖训、树乡贤、整家风、塑乡情活动,逐渐恢复祭祖堂会等乡俗,并将张氏祠堂作为米兰花润农专业合作社的培训基地,定期组织村民培训民宿和农家乐等相关技能,共同发展乡村旅游。

建立一个充满活力、民风淳朴的美丽乡村,是华润希望小镇建设的终极目标。"乡贤乡约(家训)"成为小镇居民的共同约法,希望小镇村民自觉摒弃赌博、迷信活动等不良生活习惯,乡风乡情得到明显改善,积极健康的生活方式逐渐成了希望小镇村民精神生活的主流。一张展板上张贴着"乡约",词句通俗易懂:

为了乡村更美丽,乡规民约要牢记。
公共财物属集体,人人应当要爱惜。
修房造屋需审批,违章搭建要严禁。
屋旁杂物摆整齐,不能随地倒垃圾。
…………

说到乡约,这里需要多费些笔墨,因为这关系到乡村发展和未来构建的一个重要体系。乡约是村民共同遵守的规约,其渊源可追溯到西周时期。现在广为流传的成文乡约是北宋时期的《吕氏乡约》,由吕大防、吕大忠、吕大钧、吕大临四兄弟共同订立的。《吕氏乡约》以儒家道德伦理为准绳,规定同约人要"德业相劝""过失相规""礼俗相交""患难相恤",体现了德治、礼治、法治三元和合的立体乡村治理模式。南宋时,朱熹对《吕氏乡约》加以增删而成《朱子增损吕氏乡约》,作为道德教育读物广为传播,影响极大。明代王守仁又将《吕氏乡约》颁行为《南赣乡约》,对《吕氏乡约》的内容和形式又有所发展。现代梁漱溟认为《吕氏乡约》充满了人生向上的意义,不仅包含了地方自治的内容,而且成为一种伦理情谊化的组织,他也模仿《吕氏乡约》创办乡村学校,推行乡村建设。

城镇建设,要体现尊重自然、顺应自然、天人合一的理念,依托现有山水脉络等独特风光,让城市融入大自然,"让居民望得见山、看得见水、记得住乡愁"。

从人文情怀的角度,乡村需要发现和塑造新的乡贤人物,把古代乡约与现代村规民约结合起来。"乡贤"一词东汉就开始沿用,泛指本乡的贤达,即本乡有德行、有才能的名人。

乡贤是维护乡村社会秩序,担当文化传承的主要人物。乡约的基本内容是在日常生活各方面,乡人互相帮助,互相劝善戒恶,目的是为了使风俗淳厚。为了让这些办法易于实行,并且能够持久,也建立了相应的组织。推举约正主持其事,大家轮流当值。定期聚会,记录并赏善罚恶。这是民间发起的自治,不使用强制的方式,他们采用的是传统文化的力量,遵循的是传统文化价值,依靠的是自身的人格魅力。

乡贤文化资源可以对青少年进行道德教育,提高人格修养,使青少年踏着乡贤的足迹成长;另一方面还要发现和塑造新的乡贤人物,如退休教师、离休干部,乡村当地一些辈分高、办事公道、有威望的老人,在一些关怀乡村文明重建的知识分子从外部的帮助下,把古代乡约与现代村规民约结合起来,让农民自己组织起来,在致富的同时注重乡村的文化建设,提高村民的文明素养。

华润希望小镇提倡的"乡贤乡约(家训)"模式,为美丽乡村建设提供了蓝本。小镇居民有了自己的共同约法,使乡村文明建设上了一个台阶。试想,今天的乡村建设,若能从传统文化中汲取营养,定能开辟一条与传统衔接的新时代中国乡村之路来。

离开坪头村,我又读了一遍《乡约》——

············
喜事新办要简明,抵制邪教不迷信。
争做文明好乡邻,和谐共处大家庭。

希望的田野

随着新农村建设的兴起,各色各样的小镇,在中国大地崛起。诸如扶贫小镇、特色小镇、光明小镇、旅游小镇……小镇建设如火如荼。2016年7月,国家发展和改革委员会、财政部、住建部三部委,联合发布《关于开展特色小镇培育工作的通知》,计划到2020年,培育1000个左右特色小镇。一时间,随着精准扶贫向深水区挺进,特色小镇建设也进入高峰期。

小镇建设与扶贫密切结合,"特色小镇+扶贫""特色产业+小镇"等扶贫类小镇模式应运而生。

一个叫埃比尼泽·霍华德的英国人在一百多年前写过一本名为《明日的田园城市》的书,提出了"城乡一体化"模式的设想,他直截了当地说:"城市和乡村必须成婚,这种愉快的合作将迸发出新的希望、新的生活、新的文明。"城市与乡村就像父亲与母亲,父亲发达了不能抛弃母亲。母亲永远是城市温暖可靠的怀抱,城市的繁华与乡村的宁静应该在现代化过程中实现新的完美结合。

作为一个农业大国,几代国家领导人都曾明确指出:中国的问题实质就是农民的问题。如何破解"三农问题",如何进行新农村建设,已成为关系国家发展的根本性问题。

作为全国首个由企业捐建的希望小镇,这不是一般性的扶贫项目。华润创新扶贫援助模式,旨在为国家探索一条企业利用自身资源解决"三农"问题,积极参与社会主义新农村建设的道路,为乡村振兴践行着华润之路。

在脱贫攻坚进入深水区时,有四家中央企业在江西省定点帮扶国家扶贫开发工作重点县:中国石油天然气集团公司定点帮扶上饶市横峰县;中国长江三峡集团公司定点帮扶吉安市万安县;中粮集团有限公司定点帮扶九江市修水县;华润(集团)有限公司定点帮扶抚州市广昌县。2002年以来,华润集团每年在江西省广昌县选取一个贫困状况相对集中的贫困村,帮助进行危旧土坯房改造及基础设施建设,现已累计投入扶贫资金5200余万元。

我眼前燃烧着一团火苗,具有红色基因的"希望小镇",像星星之火,发挥带头示范作用,带动着更多老区人民脱贫致富。

这是未来小镇发展的模型!

这是乡村振兴的样板!

这是《在希望的田野上》传唱30多年后,田野上出现的新"希望"!

中国大地如果处处都是希望小镇,那我们的未来,就在希望的田野上;我们的努力,就在希望的田野上;我们的丰收,就在希望的田野上!

祖国的繁荣富强,也在希望的田野上!

近年来,在全国工商联、国务院扶贫办和中国光彩会精心组织、周密安排、积极稳妥推进下,"万企帮万村"精准扶贫行动成绩显著。截至2016年上半年,已有2.2万余家民营企业通过投资项目、安置就业、捐款捐物等多种形式,与2.1万多个贫困村建立了结对帮扶关系,充分展现了民营企业饮水思源的强烈社会责任感,充分展现了当代民营企业家弘扬扶危济困这一中华民族传统美德的自觉性。

在中国的扶贫领域,现在最缺少的并不是热情和钱,也不是一两个项目,而是模式的创新。

中国的很多企业都在探索这个模式,诸如万达帮扶丹寨"包县"模式,在中国扶贫进入最后攻坚阶段对扶贫模式作出了巨大贡献;恒大帮扶毕节市"政企合力整体脱贫攻坚"创新模式也引人瞩目。

据悉,从2015年12月开始结对帮扶贵州省毕节市,抽调2108人的扶贫团队常驻乌蒙山区,无偿捐赠110亿元,恒大的精准扶贫之路是从大方县帮扶扩展到帮扶毕节全市10县区,到2020年预计帮扶毕节全市100多万贫困人口全部稳定脱贫。恒大的扶贫雄心赢得了社会的广泛赞誉。

江西自2016年启动"千企帮千村"精准扶贫行动以来,截至2018年年底,江西省民营企业参与行动总数达3550家,贫困人口受帮扶总数超47.2万人,扶贫资金总额超24亿元。目前,全省269个深度贫困村已实现民营企业结对帮扶全覆盖。

我的脚步在希望小镇踯躅,在花海溪流休闲公园漫步。我一边走,一边沉思:希望小镇作为华润集团利用企业资源解决"三农"问题和贫困问题,积极参与社会主义新农村建设和城镇化建设的有益探索和尝试,为正在实施的乡村振兴战略提供了可资参考的典范。如果中国的乡村都能像希望小镇一样,中国的乡村是否就算振兴了呢?

这或许只是众多模板中的一个,但这一个模板当中的很多做法,的确值得在乡村振兴的具体实施中效仿。生态、和谐、有机、绿色是希望小镇的主色调,产业帮扶、组织重构、精神重塑更是新农村建设需要纳入的主体。如果这些都能在乡村振兴战略中有效实施,那中国的乡村将会呈现出怎样一幅壮美的图景啊!

笔墨至此,我的耳畔潮水般涌来一阵歌声。我屏声静气,让歌声越来越清晰。哦,还是那首《在希望的田野上》,还是那个质朴浑厚、高扬激越的女声——

> 老人们举杯(那个)孩子们欢笑,
> 小伙儿(哟)弹奏姑娘歌唱。
> 哎咳哟嗬呀儿咿儿哟,
> 咳!我们世世代代在这田野上生活,
> 为她幸福,为她增光……

卷八 ‖ 芦笋基地变身扶贫车间

要推动乡村生态振兴,坚持绿色发展。

芦笋基地

井冈山鹅岭乡焦陂村有一座有机芦笋生态园，300多座标准化大棚排列整齐，从空中俯瞰，像是绿浪翻滚的海波上航行的大型舰队。

鹅岭因鹅岭峰而得名。鹅岭峰位于罗浮林场西北、鹅岭乡东南，海拔1408米。从山脚至峰顶，古人修筑了一条石板道，依山形而盘旋，九曲十八弯之后便登上了山顶。越过"通仙险关"，迎面两座壁立千仞的玉笋峰，其中一座山峰如鹅颈般冲天而立，巧的是顶端横向伸出鹅嘴形山岩，鹅岭便呼之欲出。"空山未剥啄，乔木异明阴"，鹅岭之上的玉笋雄姿耸立了千万年，似乎就是在等待今天一座有机生态芦笋基地的崛起。

苏轼有"溶溶晴港漾春晖，芦笋生时柳絮飞"的诗句吟咏芦笋。诗人写的芦笋是生长在水中的，与19世纪传入中国、起源于欧洲地中海沿岸及小亚细亚一带的芦笋有本质的不同。在宋代诗人的笔下，芦笋生长在长有芦苇的水泽，是渔民的盘中餐。

诗人写的芦笋实际上是芦苇的嫩芽。宋代临江军新喻（今江西新余）人萧大山有诗作《芦》，诗曰："江客因贫识荻芽，一清鏖退杂鱼虾。烧来味挟蠔边雨，掘得身离雁外沙。春馔且供行釜菜，秋妆莫管钓舡花。食根思到萧骚叶，痕感边声咽戍笳。"

这位长期居住在江边的仁兄也是因家境贫寒才认识"荻芽"，即芦苇的嫩芽，还知道这东西可以充饥解馋。

大医学家李时珍把芦苇的几个部位分别叫作根、笋、茎、叶、蓬(花名蓬),显然,芦苇的嫩芽就叫作"芦笋",芦笋的气味"小苦、冷、无毒。(主治)膈间客热,止渴,利小便,解河豚及诸鱼、蟹毒,解诸肉毒"。

江南水乡,多江河湖泊,也多芦苇。人们用芦苇秆编芦席、芦帘,用芦花编织保暖性很好的蒲鞋。用芦根煮汤,具有很好的清凉败火的作用,但是很少见有人采芦笋吃,或挑到城里卖。

20世纪80年代,鄱阳湖畔的共青垦殖场利用湖边荒地栽培芦笋,几年后,芦笋就成了中国人喜欢的蔬菜之一。

据考证,公元前2世纪,罗马人便将芦笋制成干品食用,古代的高卢人、日耳曼人和不列颠人还将芦笋作为药用和强身健体的食品。最早把芦笋作为蔬菜食用的是古希腊人,当他们把芦笋作为蔬菜食用时给它取名为"Asparagus"。经过长期的人工栽培驯化和选择,大约到16世纪,在荷兰首先形成了芦笋的栽培品种。此后,欧洲大陆各国便开始大量栽培,芦笋成为欧洲许多国家的传统食品之一。

无论是中国还是欧洲,芦笋有共通处:都是食品,都有药用价值。

现在,井冈山鹅岭岭口大面积种植的有机芦笋,正蓬勃生长,它无疑是"舶来品"。不过,将芦笋出土的芽头与鹅岭挺拔而立的玉笋峰对比,两者有着天然的神似:一大一小,衬托世间万物的彼此关联;一山石,一植物,构成自然世界的巧夺天工。

此刻正是阳春,柳絮在空中飞扬,正值芦笋生长旺季,我来到鹅岭乡瓯峰芦笋基地。从公路拐入芦笋基地的大门,一条笔直的柏油路直通基地办公楼。

柏油路两边是绿化带,越过绿化带外侧就是种植芦笋的大棚。

芦笋基地办公楼是一栋两层小楼,背靠冠里山,门前垒建一座塔形假山,山尖上矗立一杆红旗。

办公楼悬挂着"党员之家"的醒目牌匾。井冈山的所有村级办公楼,都悬挂着这个标示,芦笋基地也悬挂它,让我有耳目一新的感觉。当年,

毛泽东创建"支部建在连上"模式，使涣散的军队迅速成长为一支钢铁之师，有了战无不胜的强大精神力量支撑。瓯峰农业将党小组建在芦笋基地，其用意不言自明，是要将芦笋基地打造成行业里的明星。

党小组组长

芦笋基地办公楼一楼正中，是党建活动室。芦笋基地党小组共有4名党员：李秉谦、尹其辉、谢石庭、李正提。

党小组组长李秉谦，是一位不同凡响的老共产党员。展牌上这样介绍他的事迹——

李秉谦，1953年10月出生，浙江温州人，现任井冈山瓯峰农业科技有限公司董事长，井冈山市瓯峰农业科技有限公司党支部书记，岭口芦笋种植专业合作社社长。他所经营的公司、合作社先后在2014年被选为江西省农业科学院芦笋科研示范基地、江西省蔬菜花卉研究所示范基地，2016年被评为吉安市农业产业化经营市级龙头企业，2016年被评为全省供销社系统省级农民专业合作社示范社，并被农业部授予"国家级示范社"称号，2017年被国家质监总局授予"芦笋种植标准化示范区"称号……

到井冈山来创业，是李秉谦多年的夙愿。李秉谦是一名退伍军人，20多年前他在温州创办了一家物流企业——振武物流。有着20多年物流经营经验的李秉谦，为何突然来到井冈山搞起了芦笋基地？

原来，李秉谦与妻子于2011年来到井冈山旅游，夫妻俩被革命摇篮的红色文化所吸引。一般游客看完风景就提脚走人，但李秉谦没有。

他在这片红土地上流连忘返。他曾是一名军人,又是一名老共产党员,井冈山精神是他几十年来追慕和敬仰的生命之魂。在那些当年先辈战斗过的地方,抚今追昔,他落下了热泪。这片土地里似乎与他有着前世今生解不开的情缘。

他决定留下来。他钟爱上了这里的红色文化和生态环境,萌生了到井冈山创业发展的想法——既能享受井冈山的红色文化和自然生态环境,又能为井冈山老区的经济发展助一分力。岂不两全其美!

他对妻子说,你先回温州吧,我不走了。

妻子深知丈夫的脾气,他一旦决定,九头牛也拉不回来。她说,你真要留下来?难道是想在这找一块清静的地方养老不成?

一踏上井冈山的土地,我似乎回到了故乡——井冈山是军人和共产党员永远的故乡。我不走了。我要把这副老骨头丢在井冈山。

既然你不走了,我回去干什么?那我们就选择这里作第二故乡,清闲一下,这里是养老的好地方。

不,看起来我们老了,但我还可以在井冈山创业。

创业?

对,创业。

那在井冈山创什么业呢?还搞你的物流?

骑驴找马吧。我们先看看这里物流行情怎样。我们看电视也知道,现在党中央提倡绿色生态,我们只有跟着共产党走,才有光明的前景。井冈山水好、土好、空气好,昼夜温差大,最适合搞绿色生态产品。我们过去搞物流,制造了垃圾;儿子搞矿,也是破坏生态,这与党中央提倡的"绿水青山就是金山银山"不太协调。我们在井冈山落下脚了,也叫儿子来参与。要换换脑子,只有听党话,跟党走,才能走得顺,走得稳!

倔老头子!妻子嘴里笑骂着,但心里认定老头子说得对。

一个已过花甲之年的老人,还像年轻小伙子那样,雄心不减,开始

了在井冈山创业的艰难起步。

…………

李秉谦心底认定了绿色生态这个大方向,他开始与各方人士打交道,主动联系农业部门,跟他们探讨、研究,几经周折,最终选择了从生态有机农产品入手,建起了芦笋基地。

芦笋基地刚建起来,他倡议成立党建活动室,组织党员们开展学习党的政策,坚定走绿色发展之路,要求党员带头攻关芦笋栽种技术。干任何一行都需要探索,需要创新,他要求党员要带头,然后带动群众一道干。井冈山市是全国592个国家级贫困县之一,现在党中央将精准扶贫作为国家战略,党小组要研究如何帮扶困难群众,如何脱贫奔小康。芦笋基地的发展,要紧紧依靠群众,带动群众共同致富。

李秉谦学习全国道德模范毛秉华创立工作室的做法,创立了李秉谦工作室。他要将他固有的温州人精神融入井冈山精神之中,带领芦笋基地的群众奋发向上,用"红色引领,绿色崛起"统领党员群众的思想,为井冈山走绿色发展之路探索新路。

党小组积极配合党的扶贫工作,芦笋基地划拨10多个大棚作为爱心大棚,由党小组成员负责管理,研究增产技术,将增产的收益提取出来作为扶贫基金。扶贫基金主要用于对贫困户、残疾人、孤寡老人和助学帮扶。这10多个大棚,总共有3亩地,增产收入每年有3万多元。每逢年节时分,党小组会组织基地成员到贫困户、孤寡老人、残疾人家中以及学校送去慰问品、慰问金,表达芦笋基地反哺社会的诚挚爱心。

一次,李秉谦在井冈山市财政局联系工作,听说荷花乡有一个残疾人刘金华,生活很困难,孩子读初三,缴不起学费。他让财政局的同志带他到这户困难群众家中察看。刘金华拄着一根拐杖在门口迎接他。一家三口住在一栋建有几年的楼房里,因为没有钱装修,内墙外墙都是裸露的砖头,连楼梯也没有贴瓷板。说是新房子,实际像个烂尾楼,破破烂烂，到处是灰尘，没有一件像样的家具，连坐的凳子也是缺胳膊少腿的。一些残疾人，有一定文化和技能，还能解决温饱问题。刘金华没有文化，也没有技能，家庭开支完全靠妻子，家里连柴米油盐都成问题。唯一的女儿正在读初三，如果不好好培养，那这个家庭就看不到希望。而刘金华夫妇的想法，女儿读完初中就让她去打工。李秉谦看到这种情况，对刘金华说，知识改变命运，绝不能让孩子辍学。他二话不说，当即从钱包里掏出4000元钱，让孩子好好读书，也承诺了结对帮扶。从初三开始资助，每学期4000元，一年8000元，到2019年，已连续资助了5年，现在这名女孩已经考上某职业技术学院，正读大一。

　　李秉谦说，我们资助贫困学生，并不是我们自己有多少钱，我们活得多么潇洒，而是出于一种情怀，一种社会责任。我们在芦笋基地，每天也要像农民一样到田间地头去劳动，过着农民一样的生活，也很辛苦。

　　芦笋基地这栋两层小楼孤零零地伫立在山脚下，冬天寒风瑟瑟，夏天阳光直射，讲生活条件还不如有些农村老百姓的房子住得舒服呢。但创业不是图享受，要享受的话就不来鹅岭，在温州要什么有什么。

　　李秉谦说，儿子李正提决定搞芦笋基地时，我跟他讲清楚了，你要搞农业，五年之内别想当老板。想当老板搞不好农业。儿子还不错，愿意听话。

　　基地办公楼后面是一块荒山，两百亩，瓯峰农业租用下来全部种上了覆盆子。覆盆子隐藏着李秉谦的一个"惊天"计划，他经过多方筹划，找到了一条带动村民致富的好路子。但这条路目前还不成熟，需要自己探索，然后才能向群众推广。

　　他计划试验成功后，将覆盆子的栽种经验向农户推广。由基地提供苗和肥料，农户将苗和肥料领回家栽种，由公司回收农户的覆盆子产品。覆盆子是中药材，每亩只要投资2000元就可产生效益。不像芦笋，每亩投资6万元，一般老百姓不敢碰。

还有很重要的一条，栽种覆盆子没有多少科技含量，每年除草两次、施肥两次就行。栽种的第二年就可产生效益，以后产量逐年增加，可连续保持15年的盛产期，是一项投资少，收益快，适合在农户中推广的绿色产业。

覆盆子为蔷薇科悬钩子属的木本植物，果实有红色、金色和黑色，味道酸甜，植株的枝干上长有倒钩刺。在国际市场上，覆盆子被誉为黄金水果，果实为聚合浆果，柔嫩多汁，色泽宜人，营养丰富，是目前风靡世界的"第三代水果"。

在欧美市场大放异彩的水果，在中国却鲜为人知。目前，仅在东北地区有少量栽培，市场上比较少见。

覆盆子可入药，有多种药物价值，其果实有补肾壮阳的作用，《本草正义》有云："覆盆子为滋养真阴之药，味带微酸，能收摄耗散之阴气而生精液。"

李秉谦看中了覆盆子的药用价值，其销路也已与制药企业挂钩。

种植覆盆子是一个脱贫产业，一亩地可产300公斤鲜果，晒制后也能有75公斤干果。每公斤综合价180元，亩产效益可达1.35万元。如果试种成功，将对村民脱贫奔小康起到巨大的推动作用。

希望李秉谦和他的党小组的"试验田"早获成功，让这小小的覆盆子为村民脱贫奔小康开拓新的途径。

李秉谦说得最多的一句话就是"永远听党话，跟党走"，正像一个佚名诗人写的那样：

桑榆暮年跟着党，不忘初心不走样。
老骥伏枥志千里，奉献余热更辉煌。

"芦笋人"

芦笋基地总经理李正提先生在基地办公楼迎接我们。他中等个头、微胖,上身穿一件黑色短袖,下身是磨白牛仔裤,看上去很休闲。他满脸笑容,眼睛眯缝着,嘴里不停地用一口温州普通话跟我们介绍芦笋的种植、鲜笋的采摘、加工等环节。从他的相貌和热爱芦笋的那股子劲头,我称他是"芦笋人"。芦笋刚从地层冒出来,支棱着脑袋,壮壮实实的模样,也应是李正提这样的吧。

芦笋是他的宝贝,也是他的命根子。刚开始栽种芦笋时,他有一头茂盛的头发;现在芦笋长势良好,他的头发反倒稀稀拉拉了。

李正提跟我描述他种植芦笋的过程,他说,芦笋特别娇贵,没有耐心的人伺候不了它。所有的经验都是他一点点摸索、积累出来的,他也从一个门外汉,成长为芦笋种植的专业人士。其中付出的汗水不是一般人可以体会的。但成功往往就是汗水的结晶,没有汗水,成功只能远远地朝你观望。

李正提有自己的人生三部曲。第一部是在温州从做小生意发展到做皮鞋厂,前后10年,也有跌落到谷底的时候,后来咸鱼翻身又大挣了一笔;第二部是把盈利的鞋厂卖了,提款跑到云南开矿,后来受环境影响,亏损1000万元,投资血本无归;第三部便是2013年受父亲的召唤,来到井冈山开发芦笋基地。人生的起落,正是故事的峰回路转,一帆风顺的人生算不得大成功。

李正提有一股韧劲,他认定的事,就要钻研到底。为了全盘摸清市场行情,吃透芦笋的各个环节,他广泛搜集芦笋的相关信息。经过对全国各大芦笋出产地和芦笋市场的实地考察,他总结出中国不缺芦笋,缺的是有机种植高品质安全的芦笋。他想,既然井冈山的生态这么好,种植的芦笋肯定能够在全国形成品牌。

提起芦笋,李正提抑制不住满脸的兴奋。他说,芦笋全身都是宝。芦笋不仅可以当菜吃,还可以做好多附加产品。通过与农科院专家合作,对芦笋老根进行食品分析,找到了一种处理芦笋废弃物的方法:用低温干燥处理,磨制成精细的芦笋粉,还可制作芦笋茶、芦笋干等系列产品。

李正提说,来到井冈山,他的人生境界也发生了大转变。在井冈山这块红土地,处处都有红色故事,就在离基地不远的塘南村有个龙超清,出身大地主家庭,却投身中国共产党,成为宁冈县党组织的创始人。他策动袁文才率部在宁冈起义。毛泽东率工农革命军进入宁冈后,他担任宁冈县委书记、湘赣边界特委委员、西路行委书记,参加创建赣西南革命根据地。井冈山斗争时期,毛泽东、朱德都来过塘南村,指导打土豪分田地工作。进士殿曾经是宁冈县第三区第八乡工农兵政府驻地。至今,塘南村民还在传说,毛泽东在进士殿与反对分田的土豪龙志思进行斗争;朱德在进士殿牌楼前召开军民大会,动员群众打土豪;红四军宣传队队长伍若兰"骑白马,挎双枪",带着红军宣传队员在村中开展群众工作的故事。红军在塘南村房屋墙壁上留下很多标语,已经成为国家一级文物的《宁冈县三区八乡工农兵政府布告》,是这段烽火岁月的历史见证——

    打倒封建势力,严禁赌博洋烟。
    红军帮我工农,瓜分地主粮田。
    属乡均已分好,务□耕耘在前。
    倘有自由抛荒,查觉重责难免。
    刻下稻熟之期,不准鹅鸭放田。
    特示布告于后,各宜领遵为先。

布告用六字言,通俗易懂地宣告:红军帮助工农分粮分田,所分田亩不准抛荒,不准放养鹅鸭侵害稻田等。

红军将地主的粮食和田地分给农民,这也可以理解为共产党在井冈山斗争时期就开始了"扶贫"工作。分田后不准抛荒,杜绝不劳而获的懒汉行为。一旦发现抛荒现象,则要受到重责,这与今天精准扶贫的"扶志"举措有相似之处。

井冈山斗争时期,红军就为老百姓办事,这个初心一直未变,到现在精准扶贫,共产党想尽一切办法为贫困群众脱贫奔小康,老百姓人人都说共产党好,听党话,跟党走不会错!

李正提已经是一名预备党员了。他在基地党小组的引领下,认真学习中央文件,在自己本职岗位上勤奋工作。

李正提哼起了他喜欢的歌曲,他似乎想起了远在温州的妻儿,他说,每天,基地的员工下班回家,就剩下他一个人孤苦伶仃,有时候会觉得自己真苦。除了一条狗,就剩下我自己。当初来的时候,荒山草丛中到处是坟墓,阴森森的吓人。现在倒也习惯了,工作一忙什么也忘记了。他的歌声,还在继续,里面有思念,更有对事业的坚守。我知道他哼的是刘欢演唱的歌曲《从头再来》——

> 昨天所有的荣誉,
> 已变成遥远的回忆。
> 辛辛苦苦已度过半生,
> 今夜重又走进风雨。
> 我不能随波浮沉,
> ⋯⋯⋯⋯

父子同心，其利断金

芦笋基地的办公室墙上贴的全是芦笋的介绍，桌子上摆放的都是芦笋的产品，第一次看见芦笋酒、芦笋粉、芦笋茶……

李正提跟我讲述了父亲李秉谦与芦笋结缘的故事——

一开始，父亲在自己的老本行里转，想在井冈山搞物流，但洽谈了一年多，物流产业没有着落。一个偶然的机会，父亲与农业干部一起聊天，聊到了"芦笋"。从此，芦笋便在他心里生了根，没有一刻能忘记。

父亲天天打电话，要我放弃在云南经营的矿山，来井冈山与他一道开发芦笋基地。那个时候，恰好我在云南经营的矿山处在一个转折时期，既然父亲竭力要我来井冈山老区创业，我就毫不犹豫飞到了井冈山。刚开始，我只是抱着试试看的态度，搞得成自然好，搞不成父亲也不会责怪自己。当时就是这么想的。

芦笋是高科技种植产业，不像种番薯、萝卜那么简单。2012年9月，我与父亲去南昌江西省农科院咨询芦笋的种植技术，正好碰到农科院副院长陈光宇教授。早就听说陈光宇教授是芦笋研究领域的领军人物，他对芦笋的研究在全国领先，具有权威性。也许是知音难觅，陈光宇教授与我们谈了足有两个多小时。我们是带着问题去的，当然所有问题在陈光宇教授面前都不是问题。陈光宇教授将我们的问题一一分析解剖，让我们看到了问题的五脏六腑，一切开始透明起来。

最后，陈光宇教授斩钉截铁地说，种植芦笋不存在问题，技术上已经相当成熟了。你们要搞，技术由我们负责。井冈山种植芦笋还有一大优点是其他地方没有的，那就是优质的生态资源，水、土、空气都是最好的，其他地方都不能比。你们搞起来后，我们农科院在那里设点挂牌，针对井冈山的环境进行芦笋种植技术的专门研究。现在关键问题就是资金,你们既然对芦笋这么中意,就去准备资金,种植芦笋和将来加工芦笋都需要大量的投入。当然,这种投入是值得的,芦笋会给你们应有的回报。

听了陈光宇的一番话,我的思想开始松动了,与父亲的认识逐步重合起来。到了这一步,父亲也开门见山地告诉我,正提呀,芦笋看来是大有前景的绿色有机产业,比起我们搞物流和你过去搞的矿产,还是芦笋更值得我们将毕生精力投进去。我老了,学技术、抓管理就得靠你了。你当主力往前冲,我在后面给你吹冲锋号。你看怎么样?

听完父亲的话,我知道,这实际上是父亲在激励我。人生需要选择,现在就是选择的时候。我爽快地回答,既然这是一个有前景的绿色产业,那我就沉下心来干,把云南的矿停了,扎根井冈山,以芦笋基地为后半生的事业。这番表白,实际上等于是给父亲一颗定心丸。

南昌之行,与江西农科院陈光宇教授彼此默认了对方。我们需要他们的技术支撑,他们需要有实力的企业家投入芦笋领域,壮大江西的芦笋产业。南昌之行,也让我与父亲形成了统一体,过去,他搞他的物流,我搞我的矿,各不相干,现在我们父子同心,共同搞一个事业——芦笋。有道是"父子同心,其利断金",没有什么比这个更令人开心的了。

南昌之行,可以说是我们父子俩坚定搞芦笋产业的一次"歃血为盟"。资金是我们自己的事,技术又有了江西省农科院作坚强后盾。为了进一步了解全国芦笋种植和加工情况,我到北京、上海、广州、深圳等大城市考察芦笋市场,到山东、江苏等芦笋种植基地考察种植情况。之后,开始紧锣密鼓地寻找土地合作,在时间节点上完成了一系列事项:

——2013年11月签土地合同,12月开始基地建设。

——2014年3月开始建设办公楼,5月正式移栽第一批芦笋苗。

——2016年7月开始采收第一批芦笋。

············

种植芦笋科技含量太高,我们在种植芦笋的过程,遭遇了很多常人难以想象的困难。

刚开始种植芦笋的前两年,由于没有经验,芦笋植株太密,导致通风效果和施肥效果都产生了问题,芦笋偶尔会"生病",如果情况发展下去,可能会衍生出更多不良的后果。当时我站在田间地头,望着绿油油的芦笋基地,陷入了沉思,摆在面前的只有两条路,一是放弃前期所有投入,颗粒无收,改行;二是重新改变种植方法,从头再来。可这两条路无论哪条都是艰难的,都意味着前期的资金投入、曾经付出的汗水付之东流。

父亲给我打气说,失败是成功之母,没有轻而易举的成功。虽然损失了一些时间和金钱,但买回了教训就是值得的。如果改行,再去做别的,同样会遇到失败,难道每次遇到失败都打退堂鼓吗?困难像弹簧,你强我就弱,你弱我就强。要像当年红军那样,不惧任何强大的敌人。当然,需要讲究技巧,游击战就是与强敌对抗的办法。

经父亲这么一提醒,我从痛苦的挣扎与思考中醒悟,毅然决然地让工人把之前种植的芦笋全部铲除,改变种植方式,更换大棚结构,又开始了新一轮的芦笋种植。

经过艰辛的探索,终于寻找到了种植和增产的方法,后来还申报了国家发明专利——芦笋不间断采摘(增产)方法。

是啊,勇于探索的人,总是会寻找到通往成功的路径的。在芦笋基地,李秉谦率领儿子李正提没日没夜地奋战,投下去2000多万元。前三年基本是培育期,看不见任何收获,这需要超常的韧劲。

这些年,他们默默耕耘,获得了不少荣誉。李正提指着挂在门框上方的铜质牌匾说,3年的努力,最引以为豪的是这两块富有含金量的牌匾:一块是由国家质监总局颁发的"国家芦笋种植标准化示范区";一块是由农业部给井冈山岭口种植专业合作社颁发的"国家级示范社"。此外,还有江西省人力资源和社会保障厅颁发的"就业扶贫示范区"牌匾,吉安市农业产业化工作领导小组授予的农业产业化经营"市级龙头企业"等荣誉。

这些在阳光下闪闪发光的牌匾,凝聚着李氏父子和基地员工洒下的无数辛勤汗水。向劳动者致敬!

"蔬菜之王"+冷链

截至2018年,江西芦笋种植突飞猛进,由2013年的两千亩上升到两万亩。每亩产值1万多元,总产值突破两亿元,5年间增长了10倍。这个数字还在不断刷新。

江西生态环境优越,有些地方气候温差大,有机生态种植芦笋已经慢慢被国人所认可。

李正提自豪地说,特别是我们井冈山瓯峰有机芦笋现在已经走入了千家万户,也得到了所有食用者的高度评价。有机生态种植芦笋现在已经在江西形成规模,在全国也是屈指可数。

站在二楼,望见芦笋基地钢架大棚分列两边,如整装待发的大型舰队。芦笋基地目前已开发有机芦笋基地388亩,架设标准化芦笋钢架大棚280余座,占地10万多平方米。基地内道路、灌渠等基础设施也已建设完工,开创了井冈山市农业产业水肥一体化设施示范样板,并率先通过了中国有机认证及欧盟有机认证。

芦笋又名石刁柏,原产地中海沿岸。在欧洲栽培已有两千年以上的历史,后由欧洲移民传入美洲。19世纪末传入中国,但栽培面积极其有限。20世纪60年代,芦笋栽培迅速扩展,现主要分布在台湾、浙江、山东、河南等省。目前我国已成为世界芦笋栽培面积最大、出口芦笋产品最多的国家。

在国际市场上享有"蔬菜之王"美誉的芦笋,富含多种氨基酸、蛋白质和维生素,其含量均高于一般水果和蔬菜。芦笋不仅美味可口,还具

有药理效用。芦笋中的天冬酰胺和微量元素硒、钼、铬、锰等,具有调节机体代谢,提高身体免疫力的功效,在对高血压、心脏病、白血病、水肿、膀胱炎等预防和治疗中,具有很强的抑制作用和药理效应。

芦笋是全世界人民喜爱的绿色食品,德国人对芦笋的喜爱简直到了膜拜的程度。李正提以温州人特有的敏锐,跟上时代步伐,让自己选择的农业种植与世界接轨。瓯峰农业与国内专业院校合作,相继开发了芦笋粉、芦笋茶、芦笋酒、芦笋米稀等芦笋系列产品。一个现代化的有机生态芦笋园已经初具规模。

芦笋产业链长,由一产向二、三产延伸,可大大提高附加值,具有高投入、高效益、高回报的特点。国内各地发展芦笋产业的积极性日益高涨。目前,中国生产和出口量均占世界第一位,栽种面积和出口量超过世界总量的50%,年产值达数百亿元。未来3至5年,全国芦笋产业总产值可突破1000亿元。

在大棚的连接道上走动,看女工们采摘芦笋。她们抱着刚刚采拔的青翠芦笋,放在筐子里。一个女工说,她包了14个棚,在芦笋生长旺季每天可采摘50多公斤,现在天气太热,一天只能采摘二十多公斤。除了正常的工资外,她们每采摘1公斤能多领1元钱。采摘完后,她们还要将青翠鲜嫩的芦笋整理捆扎好,由裁切员切去芦笋根部,老根再利用,加工成芦笋粉、芦笋茶等产品;保留下的尾部脆嫩的部分,通过线上销售,再用标准包装快递出去。当天发物流的芦笋就直接切到最佳位置,喷水冷藏,到下午5点拿出来打包托运,这样能在最短时间内将新鲜芦笋送到客户手中。当天不能发运的芦笋,则不能一次切到位,需要留出一段,待发运时再切,这样能使芦笋的鲜度保持在较好的状态。

芦笋生长,最适宜的温度在17℃~23℃,一天可采6个小时。3月中旬至5月底是最佳出笋季节,一旦超过30℃,芦笋就处于休眠状态,但晚上温度下降,又会生长。9月之后产量减少,它会吸收叶子的营养回流到根部。芦笋有两至三年的培育期,进入第四年才是盛产期。望着眼前长势良好的芦笋,李正提告诉我,现在一天可采1500多公斤,全年可采9个月,一年可采40万公斤,产值约为800万元。

为了保证芦笋的品质,基地制定了严密的管理措施,严禁农药、化肥进入。除草不用除草剂,采用人工除草。

芦笋在电商平台上一对一针对家庭专卖,目前有8600多户家庭吃过瓯峰基地的有机生态芦笋,而且83%是回头客。客户评价井冈山的芦笋"脆、嫩、细",口感独特,比其他地方的芦笋口感有明显优势。

芦笋基地是瓯峰农业在井冈山布局的大手笔,为了推进老区绿色有机农业发展,瓯峰农业还筹资在井冈山市新城区工业园购置土地,启动了万吨果蔬冷库冷链配送及芦笋加工生产线建设项目。冷链是保证产品食品安全、生物安全、药品安全的特殊供应链系统。建立冷链,首先是芦笋基地采摘的芦笋有了完善的保鲜硬件设施,芦笋的后期加工生产线也一步建设到位。

来到瓯峰农业冷链系统,里面成一字形排列着七八个冷库车间,还有完备的芦笋加工厂房。

"不做则已,要做就做到最好。"温州人办事果然不同凡响。

目前,瓯峰公司正与井冈山市供销社合作,成立欧供电子商务有限公司。瓯峰占80%的股份,供销社占20%的股份。"瓯供"计划在井冈山的每个乡镇建立快递站,实现"农村快递最后一公里"。

反哺是一种责任

企业家须反哺社会,一个不懂得回报社会的企业家不是真正的企业家,只能算个商人,企业家最重要的标志之一就是情系社会、反哺社会。李正提如是表示。近年来,日益壮大的多种所有制经济,不仅为社会创造了极大的财富,也激发了企业反哺社会的强烈责任感。

李正提坦言,芦笋基地作为井冈山红土地和绿色生态环境的受益者,承担社会责任也更加主动、自觉。随着瓯峰农业科技有限公司的快速发展,公司不仅向客户提供优质的产品和服务,还自觉承担社会责任,致力于精准扶贫、生态环保、公民教育、就业促进、和谐社区等公益事业。

在努力做好高质量产品的同时,瓯峰农业时刻不忘扶贫。公司贯彻井冈山市精准扶贫政策,推进芦笋产业扶贫。合作社已有86户贫困户通过土地入股、荒地折价、基地务工等不同形式参与芦笋种植产业,2017年累计发放贫困户土地租金21万元,入股分红14.4万元,务工工资110万元,人均收入1.6万元,实现了鹅岭乡一半以上贫困户脱贫致富,真真切切将扶贫做在前面。根据规划,瓯峰农业还将进一步依托井冈山市优美良好的生态环境,加大投资,扩大有机芦笋和中药材的种植规模,让更多的贫困户参与进来。

芦笋基地推进"党支部+合作社+贫困户"的模式,得到上级部门的大力推介。芦笋基地设立"就业扶贫车间",吸纳刘兰香、艾青燕、谢光华等13户蓝卡贫困户参与生产劳动。扶贫车间占地300平方米,主要用于新鲜芦笋的清洁、分拣、包装等。芦笋基地将扶贫对象培养成了熟练的芦笋加工工人,为他们脱贫开拓了稳定的就业途径。

贫困户陈和娥,40来岁,因为患小儿麻痹症,手指伸不直,走路也一瘸一瘸的,干不了重体力活,与丈夫离异,家里有一个读初中的儿子需要抚养。现在她带着儿子住在村里的爱心公寓。从前生活困难时,她只能靠娘家人接济度日。芦笋基地成立后,陈和娥作为贫困户被招聘进了芦笋基地承包大棚。一般正常劳力包棚12个,她也不甘示弱,承包了10个大棚。包棚就是包干大棚里的施肥、除草、浇水、摘笋工作。施肥一般半个月一次;除草的工作可以利用早晨和傍晚的时间,不用天天除;浇水也不用专门挑水,大棚安装了滴管,每天早晨摘笋时,打开滴灌的开关,摘完笋就关掉;摘笋,是包棚的核心工作。笋是基地的产品,是所有工作的落脚点。她摘笋不灵活,比别人的时间长。等她摘好,别人已经捆扎完好。捆绑芦笋时,她的手指不灵便,将那些脆嫩的芦笋捆扎起来有困难,这需要十根手指相互配合才能做到,这时已经准备收班的姐妹就一起帮助她捆扎。

扶贫车间生产组组长曾新花告诉我,陈和娥人挺勤快,她一个残疾人,能做到自食其力,姐妹们帮助她也是发自内心的。基地也没有因为陈和娥是残疾人而嫌弃她。事实上,基地完全可以招聘一个健全的人来包棚,这样不会耽误基地的工作。扶助弱者,扶助贫困,这本身就是一种传递爱心。这就是芦笋基地扶贫车间存在的意义。

扶贫车间生产组组长曾新花,是"七〇后"女子,身材高挑,热心肠,工作认真负责。20世纪90年代,她到广东珠海打工做过电子产品,干了六七年,到2000年跳槽做电脑CD,又做了5年。后来结婚生小孩,就没有出去打工,在邻近的新城镇映山红瓷厂上班。瓷厂工作4年后,建在村里的芦笋基地开始招工,她和丈夫就辞去瓷厂的工作,到家门口的芦笋基地上班,再也不用赶急火燎地骑摩托车去七八公里外的瓷厂上班了。那时候早上5点多起床做饭,还得带上中午饭在厂里吃,晚上六七点摸黑才回家,几乎是顶着星星出门,披着月亮回家。她与丈夫是芦笋基地的双职工,两人还可以互相照应,又能照顾家里老人、孩子。夫妻两人都积极肯干,丈夫在基地协助李正提工作,她则承包12个大棚。每个棚一个月是175元的工资,12个棚就是2100元,采摘芦笋每公斤另外奖励1元,一天能摘50公斤,如此,一个月能有3000多元的收入。由于曾新花工作积极肯干,与车间的姐妹们关系处得不错,她的工作得到基地上下一致的认可。曾新花说话办事干净利落,在村里的妇女们眼中是个能人,大家一致选举她为村妇女主任。担任村妇女主任后,她除了负责芦笋基地的扶贫车间事务,还积极帮扶村里的其他事务,包括卫生、合作医疗、农保等工作。

贫困户除了劳务获取报酬外,还可从土地入股中获得土地流转金。土地流转金按每亩540元计算。这个数据根据当年的粮食收购价核定,

每亩按 200 公斤干谷计算而来。土地流转金,芦笋基地是最高的。有的田,如果租给人家种稻子,一亩地才 100 元。芦笋基地带给当地百姓的好处十分明显。此外,芦笋基地兼顾村集体入股 40 万元,每年按 10%分红,以壮大村集体经济。

曾新花说,芦笋基地在家门口,对于我们农村劳动力来说,解决了我们就业难的问题。我们这些姐妹们,如果不是芦笋基地,到哪里去找工作啊?

当初,芦笋基地刚成立时,我们招不到人,李正提说,那时,村里群众对我们抱怀疑态度,怕做了事拿不到钱,都不愿意报名来上班。我们招的人,当月工资按时发,一分钱不少,一天不耽搁,准时打到务工人员的卡上。后来报名的人就多了。现在我们的信誉在乡里可好了,想进基地上班的人排着队呢,十分踊跃。

"温州人精神"+"井冈山精神"

李秉谦父子是温州人。说到温州人,立马会让人想到"只有鸟飞不到的地方,没有温州人到不了的地方"这句俗语。温州人有 60 多万人在世界各地打拼,200 多万人在全国各地发展。温州人"顾家不恋家",极大地拓展了他们的生存和创业空间。

作为温州人的李正提,当然具备了温州人敢闯敢拼的精神和聪明的商业头脑。

鲜嫩的芦笋在井冈山的土地上拔节而起,李秉谦将脆嫩的有机芦笋用保鲜盒严密包装后,第一时间来到温州。这里正举行世界温州人大会,与会代表都是分布世界各国的温州商会会长。李秉谦找到自己的老朋友——意大利、德国、迪拜的商会会长,将自己多年培植的有机芦笋赠送给他们。这些见多识广的商会会长告诉他,老李您这一步棋走得好,绿色有机食品是国际通行的环保生态食品,有着广阔的国际市场。您好好做,只要产品好,就会越走越宽广,而且能走得稳、走得远!

李秉谦这位老军人、老党员,做事有魄力、有韧劲。他说:"我来井冈山投资有三不怕:一不怕没本钱。事业有利可图,投资人大有人在,温州是民间资本雄厚的地区。二不怕产品没销路。因为我们做的是绿色无公害产品,对人的健康有益,产品过硬,销路自然就畅了。三不怕竞争。因为井冈山的芦笋口感好、品质好,客户品尝后就自然认可了。我是党员,我最担心的是做不好。"

温州人有个特点,做一件事非要做成功不可。温州有著名的"温州人精神":白手起家、艰苦奋斗的创业精神;不等不靠、依靠自己的自主精神;闯荡天下、四海为家的开拓精神;敢于创新、善于创新的创造精神。温州人靠着这股精神,在全世界投下了他们拼搏的身影。

"来到井冈山,重温当年毛泽东在艰苦环境下,建立起了第一个农村革命根据地,我们有什么理由说自己这也搞不成,那也搞不成?不仅做人要有精神,做事也需要精神。"李秉谦豪迈地说,"现在,我这个温州人用井冈山精神做人做事,坚信任何事只要去做,就能取得成功。"

在父亲的影响下,李正提申请加入了中国共产党,在工作生活中也严格以一个共产党员的标准要求自己。他听父亲念起"温州人精神",接过父亲的话茬,代父亲念起了广为人知的"井冈山精神"的准确内涵:

> 坚定执着追理想,实事求是闯新路,
> 艰苦奋斗攻难关,依靠群众求胜利。

李秉谦父子从前在温州当老板,现在来到井冈山,一切从零开始搞起了农业种植的创业。这正是"温州人精神"包含的"闯荡天下、四海为家的开拓精神;敢于创新、善于创新的创造精神",也是"井冈山精神"涵

盖的"坚定执着追理想,实事求是闯新路"的实践过程。

一直以来温州人凭借着智行天下、敢为人先的精神,依靠自己能吃苦、不服输的意志,让自己的足迹遍布于世界各地。温州人的视野在全球,李正提说,井冈山作为革命根据地,"红色最红,绿色最绿,脱贫最好"同样吸引了他的目光。

受到李秉谦父子拼搏劲头的感染,一行行文字流泻在纸面上。我要记下瓯峰农业在井冈山大地的辛勤耕耘,记下李秉谦老当益壮的奉献精神,记下李正提挥洒汗水的辛勤劳作。

他们瞄准井冈山,将这片热土作为事业的新起点。

他们以"温州人精神"+"井冈山精神"的饱满激情,扬起绿色的风帆,融入井冈山精准扶贫的大潮之中。

李氏父子,是井冈山农业种植和绿色生态产业的旗手。

瓯峰农业,正在成长为江西乃至全国有机芦笋的一面旗帜。

芦笋基地,是井冈山这片红色热土上以绿色产业融入扶贫事业的典范!

卷九 ‖ 梦想家园

让全体人民住有所居。

遥远的西坪

西坪很偏僻,到底有多偏僻?我决定去走一走。

在井冈山的行政地图里,找遍每一个角落,也没有找到西坪。只得查找同音字"锡坪",地图上显示出两处标注"锡坪"的地方。一处在罗浮水库以西,一处在严嶂岭东北方位靠近遂川五斗江的边界。我潜意识认定严嶂岭东北方位的"锡坪",就是我要找的西坪。

后来证实,整体移民村西坪,就是严嶂岭东北方位的锡坪——它在井冈山政区图东部最边缘的一个旮旯里。之所以现在叫西坪,大概是避免与前一处锡坪的同名而做的修改。

查阅《井冈山垦殖场志》"长古岭采育林场场域地名"之"西坪(锡坪)"云:位于林场部南面20公里处。邓姓在修族谱时发现此地方位正位于福建老祖公村的西面而得名"西坪"。后人因字谐音而写"锡坪"……清初,邓姓由福建省汀州府上杭县祖直坑迁居此地开基。

当初邓姓开基祖选择西坪这个偏僻的山旮旯落脚,多半是这里远离尘嚣,可避战祸。在农耕时代,自给自足完全不在话下。随着社会经济的飞速发展,城市化的推进,交通不便成为村民脱贫奔小康的障碍。

西坪偏远,给出行、就学和就医造成困难。进入西坪有三条道路:第一条路,因为梨坪打通了隧道,从茨坪开车到梨坪,再从梨坪步行翻山到西坪,步行大约需要30分钟。以前没有梨坪隧道,需要翻山到罗浮——

茨坪公路上，步行路程需要 70 分钟。第二条路，从朱砂林场沿着 946 乡道到西坪，路程 14.5 公里，车程大约 40 分钟，因村子没有公交车，步行时间需近 3 个小时。第三条路，从长古岭林场湘洲村枫树坪出发，步行 6 公里到西坪，行程要 1 个多小时。过去，西坪组的学生要到湘洲村小学读书，每天需往返步行 12 公里的山路，花在路上的时间就要 3 个小时。多少孩子望而却步，家长们因要陪读而苦不堪言。孩子的厌学情绪严重，甚至发展到多人辍学。

西坪人口 18 户 63 人，农田面积 43.2 亩，人均不到 7 分地。这些地被村民称为"望天田"。何谓"望天田"？就是灌溉完全靠天。如果天不下雨，这一年可能颗粒无收。之所以出现这种情况，皆因田地的位置比水沟要高，溪水无法自然灌溉田亩。

如此恶劣的生存条件，让村民长期以来与贫困纠缠在一起。西坪组 18 户，贫困户就有 15 户，贫困率高达 83% 以上。

西坪是长古岭林场的一个林业村落，过去有采伐指标，西坪村民还可以采伐木材获得工资收入。自 2002 年长古岭林场划转到井冈山国家级自然保护区管理局后，林场实施零采伐，以保护森林资源环境为职责，村民因此也断了主要经济收入来源，年纪轻的都外出打工，剩下老人和孩子在家守着这个几乎与世隔绝的村落。

孩子读书之难就不用说了，村民有个三灾两病就医的话，连救护车也不知道进山的路。有的小伙子在外头找了个姑娘谈婚论嫁，姑娘一走进蜿蜒的山路，总也走不到头，不等走进村子，就转身离去了。

精准扶贫的春风吹到西坪，如何脱贫，给当地政府提出了严峻考验。

绝不能让西坪拖井冈山脱贫的后腿！

根据"一村一策"的原则，这样的深山贫困村，只有整体搬迁才能一劳永逸地解决脱贫难关。井冈山管理局党工委书记、井冈山市委书记刘洪亲临西坪组看望群众，一家一户了解情况，倾听村民们的顾虑，并一一作答解决。刘洪对干部群众强调，移民必须做到三到位：一是拆到

位——拆除危房、杂棚,避免生命财产受到威胁;二是断到位——断水、断电,避免搬迁后又返回居住;三是改到位——在护林站修建客栈,使回来看望家园的村民能够有地方住、有地方吃。既做到政策落实,又保证人性化管理,这样的做法让村民很安心。

扶贫工作队深入村民家中了解情况,全村18户群众户户都有搬迁的愿望。组里召开多次会议,讨论移民问题。开始,不少村民有顾虑,担心搬进城镇后,自己没有文化、技术,失去土地等于失去生活的依托,日子更难过。扶贫工作队将他们的诉求一一记录下来,根据各户的不同情况,区别对待。有劳动能力的,扶贫工作队帮助联系就业渠道,解决就业,村民搬出去就能稳得住。长古岭林场向市劳动局打报告,为每户村民申请一个公益性岗位……扶贫工作队不厌其烦,耐心解释党的扶贫政策,做了三天三夜的工作,村民们最后才放下顾虑,同意搬迁。

思想通,万事通。村民由不愿意搬迁,到主动要求移民,向扶贫工作队递交申请书。西坪组集体再次提出移民申请报告,每个村民都在报告上签字按手印。工作做得扎实细致。

西坪组整体搬迁,安置地点选在罗浮小镇。那里人口集中,就医、就读、出行都十分方便。按移民政策,搬迁资金每人补助8000元,建档立卡贫困户每人另外还可以领到12000元的移民补助款。

2016年12月7日,长古岭林场组织搬迁队伍前往西坪,将村民接至罗浮安置小区,让村民参观他们梦寐以求的住宅区和新房。移民小区的名字很好听——梦想家园。习近平总书记说:"每个人都有理想和追求,都有自己的梦想。现在,大家都在讨论中国梦,我以为,实现中华民族伟大复兴,就是中华民族近代以来最伟大的梦想。"这或许就是梦想家园的意义所在。生活在一个有梦想的国度,人民是幸福的。

小区环境整洁,场院都是平整的水泥地面,小区外是整洁的街道。这里完全是城镇化的基础设施,已经完全没有了山村的凹凸不平和泥土腥味,村民们做梦也没有想到,自己能一夜之间变成"城里人"。

房子是楼房,一户一门,走进去窗明几净,所有房间都装修齐全,只等拎包入住。分房采取抽签形式,抽到哪个号,那个号的房子就是你的。村民拿到自己的房号,一个个喜笑颜开,都笑着说,这是天上掉下来的大好事,盘古开天辟地以来,只有共产党才会为老百姓办实事,全心全意地为人民服务。

拿到房号的村民,回家整理搬家的物品。什么该带,什么不该带,他们心中很纠结。楼房多干净啊,老房子的东西到了新房用不上,带去了没有地方放,也影响房子的整洁和雅观。被子、衣服等生活必需品一定要带,以免花不必要的钱。新房子里烧的是液化气,烧柴火的锅灶自然用不上了,不用带;笨重的家具肯定不能搬到新房子里去,搬去占用空间不说,多难看啊。到了新房子那,做了城镇居民,那里可不像村里,能够随便开荒种菜什么的了,所以镰刀、锄头、柴刀就派不上用场了。可是,这些镰刀、锄头、柴刀……跟了他们一辈子,真要舍弃它们,真舍不得呢。他们拿起来,又放下,放下又拿起来。有的还拿起在磨刀石上将柴刀磨得雪亮,说,老伙计,就此别过。然后,将柴刀依依不舍地放入刀夹子里。

他们很想将锄头带上,希望新房住处能有一块荒地可以用来开垦成菜地。但这种想法又被他们自己否定了。罗浮有农贸市场,每天都有新鲜的蔬菜和鱼肉买卖,哪需要自己种菜呢?

村民们左盘算,右盘算,最后看东家带了,他也带上;后来看西家不带,他又丢下了。

好在村民们在西坪的正房还保持原貌。政府切断了电源,也断了水,但这也是为村民着想,万一哪个村民返回来居住,发生安全事故咋办?

村民如果想老家了,还可以回到西坪看看。林场人性化管理,将工区房屋改建成客栈。故土难离的村民,一旦回到老家,客栈就是他们临时栖身的住所。林场承诺,住宿免费,随时欢迎。

西坪毕竟是他们祖祖辈辈住过的地方,这里有他们的先人。即使平时不回老家看看,清明祭祖,还得回来祭扫先祖墓地。

2016年12月8日,由井冈山自然保护区管理局机关、井冈山旅游发展股份有限公司、长古岭林场组成的搬家工作组,早早地从茨坪驱车两小时,经过蜿蜒崎岖的林间公路来到西坪村,帮助村民搬迁新家。

刚进村,西坪村民自发地燃放鞭炮,迎接工作组人员进村搬家。

林场运兵车3辆、东风车5辆,还有十几部小车。机关、林场干部职工都参与搬运,去了四五十号人。早上6点出发,搬到晚上10点才告结束。

已入住梦想家园移民小区的居民邓民生,在西坪组土生土长。过去靠挖笋搞一点副业,他说:"儿子上学很不方便,先要走一段山路,再搭车、转车。到学校有25公里,每次上学出门都是一个难题。后来,井冈山市委、市政府动员我们移民到罗浮,算是彻底解决了西坪村偏远的状况。房子还没建的时候,刘书记就来看场地。建完后,他又来了,告诉身边干部,一定要把装修质量搞好。真是感谢党和政府对我们的关心和帮助,使我们脱离了苦海!"

为了解决搬出来后的生计问题,当地协调相关单位和企业,为邓民生找了个保安的工作,还给他儿子申请到教育补贴。现在儿子上学,12公里路,坐公交车半小时就能到,车站就在家门口。

遥远的西坪,渐渐从移民们的视野中淡出。

西坪,已成为移民们人生中的一段往事,刻写在记忆的沟壑里……

交钥匙工程

从龙市到东上乡政府,约5公里路程,开车只需10分钟就到了。

东上乡北部紧挨九陇山。九陇山地处永新、宁冈、茶陵三县边界。当年红四军主力下山后,井冈山失守,永新、宁冈、莲花三县党组织移驻九陇山,从而建成了九陇山革命根据地。主力红军长征后,湘赣省委也迁入这里并开始了三年艰苦卓绝的游击作战。东上乡北部与永新、茶陵接壤的蔡家田、邱家里、大亚山、白竹园等地均是九陇山根据地的纵深活动区域。

本想深入大亚山、浆山、蔡家田这些边远山村去走一走,但由于连日暴雨,路上有塌方,不能前往,甚为遗憾。

井冈山陶瓷产业的发源地是东上乡,后扩张到龙市、古城、新城、湖南炎陵等乡镇及邻省。陶瓷产业的发展解决了无数群众的就业问题,是扶贫大计的主力军。

饮水思源,井冈山陶瓷产业,要追溯到1970年,那时的东上公社创办了一家企业——红光瓷厂,厂子于1978年转为国营企业——宁冈会师瓷厂。井冈山陶瓷企业自此风生水起,成为全国日用陶瓷的一支劲旅,风靡大江南北。陶瓷产业也使井冈山群众有了脱贫致富的"金饭碗",解决了不少老百姓的衣食之忧……

精准扶贫战略实施以来,东上乡的扶贫工作,最值得称道的是爱心公寓的"交钥匙工程"。

车子沿着水泥路开上一片山坡,眼前一排白墙黛瓦的现代建筑矗立在平坦的高地上,四栋建筑整齐划一,像一个模子复制而成,这就是爱心公寓。

爱心公寓移民安置点位于东上村长冲,离东上乡主街约300米,交通便利,规划占地面积10亩,规划住宅面积2550平方米和配套用房面积4116平方米,可安置户数43户,其中爱心公寓32套,共162人,规划建设电线路1800米及主道路硬化1000米。

为了让从深山移居出来的贫困户能住得下来,东上乡按照"一套房、一块地、一片果、一个窝"的模式,打造"爱心公寓+产业扶贫"示范安居工程。在公寓旁划出一块地,给每户不低于一分地的绿色蔬菜家园;在临近的山坡种植了百亩井冈蜜柚园,成立蜜柚合作社,每户贫困户分给一亩五分的蜜柚园;在蜜柚园为每户贫困户盖了个鸡舍,供

贫困户养鸡。

当然，菜地、果园、鸡舍交由贫困户自己打理，收益也归贫困户自己所得，以此确保贫困户住下来后，能够稳得住心神。

爱心公寓离圩镇仅500米，出行比原来住在深山里方便得多。每栋建筑两个单元、四层，共8户。每套面积105平方米，内有三室两厅、一厨一卫，水电完好。从2015年开始规划、建设，2016年12月，共有32户贫困户入住爱心公寓。爱心公寓统一征地、统一设计装修，每户贫困户只需出两万元即可拎包入住。此外，还有两栋平房，每栋两个单元，共4套住房，由政府代建安置4户孤寡老人居住。这4套住房，每套面积为56平方米，两室一厅、一厨一卫，充分考虑孤寡老人的生活起居而设计。

走进一楼一户红卡户吴云山家，吴云山的妻子55岁，患有类风湿，严重的时候，甚至不能走路。在长沙打工的儿子听说湘雅医院对治疗风湿病有良方，就动员母亲到长沙治病。吃了半年的药，一开始全身长疱疹，有鸡蛋那么大，出汗，还起脓肿。在病痛折磨下，她始终不放弃，终于坚持到病情好转。过去，看见她的人都说，她这个病没有治，只有等死。现在，她的身体恢复得不错，声音也非常清脆，完全看不出是个有病的人。根据扶贫政策，医疗费实报实销，让她没有后顾之忧。而今，政府给贫困户建安居工程，将他们从深山中迁移出来。自从搬迁出山里，住到这个新家，一切都发生了翻天覆地的变化。她料理家务，养鸡，还到菜地里种菜，有时还去果园除除草。她说，政府为我们老百姓想得这么周全，这辈子活得太值了。感谢党、感谢政府！感谢乡里干部！能住上这么好的房子，这是过去做梦也想不到的好事情啊！这些感谢的话语，是她的肺腑之言。她说自己没有读什么书，不会说话，要是还有更好的词汇，她一定要用来感谢习近平总书记！他领导得好，肯为老百姓操心，老百姓才幸福！她说得非常真诚。

再敲开一户贫困户的家，是红卡户林德古的家。林德古今年64岁，夫妻俩与患小儿麻痹症的儿子在一起生活。儿子37岁了，身体原因，还是单身。

　　林德古原来住在大亚山,离这里有12公里的路。住在山里,就医、就学、务工都不方便。村里人陆陆续续搬出来了,他是最后一个搬出山里的人。村里其他人有的搬到龙市,有的搬到厦坪,再不济的也搬到东上乡街上了。有能力打工的,挣了钱都在外面买了房子。他常年住在深山,又有儿子牵挂,没有挣钱的路子。

　　林德古是2016年12月搬到爱心公寓的。看来,他是喜欢上了这个地方。要不是政府帮助盖了安居工程,他这辈子恐怕没有机会搬出深山。他在爱心公寓附近种了一亩稻子,自己吃的粮食也不用买了。

　　看到贫困户得到实实在在的帮扶,生活过得踏踏实实——住上了窗明几净的房子,看病不用花钱,生活不仅有保障,还有奔头,感觉心里特别温暖。他们对党和政府的那种感激,是发自内心的,没有半点虚情假意的成分,这是我真实体会到的。我写出来的,也没有半点虚构成分。

　　住在边远山区的人都搬出来了,可以想象,原先的村子将成为真正的"空心村",这是好事还是坏事呢?如果从消灭贫困来说,将深山里的住户移民出来,固然是帮助他们脱贫的有效办法。从这个意义上来说,让村子变成"空心村"也未尝不是好事。

　　当然,随着多数人从深山搬迁出来,一些村落也会随之消失,这也是不争的事实。

　　有人说,过去的15年,中国消失的自然村超过百万个。这些自然村的消失,已经形成一股不可遏制的潮流。

　　扶贫,正在将最后一批老弱病残人员从这些自然村撤出。随着城镇化进程的加快,一些边远的村庄正在加速消失,这是必然的。

　　不久前,结识了一位养蜂的客家人。他有感于精准扶贫政策,编了一首山歌《学习蜜蜂奔小康》,他一边摇蜜一边放声歌唱。

　　阳光下,悠扬的歌声在山野飞翔。千万只蜜蜂似乎听懂了他的歌声,奔向一朵朵绽放的花蕊,吮吸着花朵的蜜汁。蜜蜂是最善于筑巢的

小精灵,它们筑起密密实实的蜂巢酿蜜,正如今天梦想家园的移民工程一样,每一扇窗户里都居住着从深山迁居出来的群众。

蜜蜂一边采蜜,一边也跟着养蜂人的嗓音嘤嘤嗡嗡歌唱起来——

蓝天高来绿水长,党的恩情永难忘。
你传粉来我唱歌,满山满岭采蜜忙。

油茶颗颗手中落,颂歌声声心窝暖。
阳光万道山花俏,蜜蜂嘤嗡歌声甜。

牛羊有草能肥壮,鱼虾有水能生长。
精准扶贫插金翅,率先脱贫在井冈。

若把祖国比凤凰,共产党是金翅膀。
习总书记把航向,山高水远奔小康。

峡谷里的爱心公寓

来到柏露,车子沿着郑溪河逆行。郑溪河顺着峡谷潺潺流过,车子在峡谷中沿着蛇形路线扭动。谁曾想,这条路线,就是井冈山斗争时期通往井冈山的三条挑粮小道中的一条——柏露挑粮小道。这条弯弯曲曲的小道,不知留下了多少红军的足迹呢。

郑溪河发源于黄洋界风车口东麓、金狮面西麓的峡谷间,穿越柏露全境,走鹅岭、过新城,流经古城,在回碧亭与龙江汇合流入永新境内,注入赣江。1937年版《宁冈县志》载:"按谢谱称其二世祖曰庭渊者,于宋靖康年间与郑庭珪筑室清溪之上,讲学其中,因名其溪曰郑溪。"

这样一处人迹罕至的所在,合该是个隐居的好地方。

一路上,柏露乡扶贫专干刘红给我介绍"柏露会议"的历史故事,她是柏露会议旧址的管理员。

柏露会议是一次改变红军命运的重要会议,是历史转折的关键点。当年毛泽东、朱德、陈毅、彭德怀等红军领导人,在强敌压境之时,思考着红军的命运,思考着红军的出路。红军如何应对变局,是考验领导人集体智慧的试金石。鸡蛋不能放在一个篮子里,这是普通群众都懂的道理。柏露会议制定了红五军坚守井冈山、红四军主力撤离井冈山在外线作战的方针。红四军下山,开辟了赣南、闽西革命根据地,迎来了中国土地革命的新高潮。现在,柏露乡运用"红色引领,绿色崛起"的思路打造脱贫工程,规划建设红色体验小镇及田园综合体等产业,为脱贫奔小康铺就新路。

车子停下,这里就是柏露下陇村山口组。刘红告诉我,这里是下陇安居扶贫工程的爱心公寓。

下陇村处在郑溪河上游两侧的坡地上,找不到一块面积稍大的平整地块。唯独下陇组有一小块窝地,政府为了照顾像饶乙秀这样年老体弱的贫困户,就将爱心公寓建在村道边的平坦处,方便老年人出行。

俗话说的"地无三尺平",大概就是指下陇这样的村落。大山像围脖一样,紧紧绕着这块坪地。郑溪河长年流淌,哗啦啦没有停息的时候,一些泉流叮叮咚咚,有着天籁般的音乐节奏。若返回到陶渊明时代,这里倒是一处隐居的好地方。村民们的房子东一栋、西一栋盘踞在山上。若是开个群众会,通知的干部得跑断腿呢。

20 世纪二三十年代,郑溪上有很多的造纸作坊。在井冈山斗争时期,当地村民也靠土纸作坊经营挣点零花钱。毛泽东在井冈山建立根据地后,曾到柏露搞土地调查,就在下陇一带活动。深入山乡农家访问,毛泽东不熟悉路,由少年陈牛牯带路。1965 年毛泽东重上井冈山时,陈牛牯突然接到柏露公社通知到宁冈县委集合,然后坐班车到茨坪。意外地,他见到了伟大领袖毛主席。当毛主席问："牛牯同志到了吗？"陈牛牯马上站起来，激动得浑身哆嗦起来，38年过去了，毛主席还记得他这个放牛娃的名字！毛主席招招手，让陈牛牯坐到他身边，像当年搞土地调查一样和他拉起家常。当听到陈牛牯说自己已经是生产队长，现在草纸作坊扩大成生产队的造纸厂了，农闲还带领队员们利用毛竹做筷子，毛主席高兴地连声说好，鼓励陈牛牯要大力发展多种经营。一代伟人，如此牵挂自己的人民，铭记人民曾经为他做的点滴事情，能不让人感怀吗？

往事如烟，当地村民已经很少知道这些故事了。我在翻阅了无数的书本后，才得知这些故事的始末。历史和现实在我眼前奇妙地交织。

面前的爱心公寓共3套住房，成一字形排开。每套公寓占地面积为66平方米，二室一厅，一厨一卫。整个房子小巧玲珑，布局精致，桌子、凳子、柜子、床都是政府出资配置完好的，这叫拎包入住。

爱心公寓入住了3户贫困户，其中两户红卡户，1户蓝卡户。饶乙秀居中，邓山林居左，陈了香居右。

住在左边的邓山林，今年63岁，耳聋。妻子55岁，严重口吃。因两个女儿嫁到外地，夫妻残疾，被评定为蓝卡户。没有见到他妻子，大概是到地里干活去了。

右边的陈了香，是五保户，与妻子早年离异，无儿无女，今年67岁，小儿麻痹症造成他的腿一长一短，弯曲，出行不便。他在家里卖些急用的杂货，盐、烟、酒、红牛饮料、矿泉水等等。见我来采访，他感激地对我说，住在这里很舒服，他第一个要感谢习近平总书记！没有精准扶贫政策，他哪能住这么好的房子，过上这么好的生活呢。

住在中间的饶乙秀老人，今年84岁，家里还有一个40多岁、患有小儿麻痹症的儿子未成家，与她一同生活。饶乙秀老人告诉我，以前住在土坯房里，空空荡荡的，不像现在这个套房，有厨房、卫生间，十分方便，住着舒服。多亏党的政策好，为我们这些没有能力的贫困户着想，让我们住上了新房，日子过得很安心。

下陇村地处偏僻,但却是当年红军打游击的好地方。这里至今流传着何长工养伤的故事。

井冈山失守后,被打散的红军到处躲藏,其中就有宁冈县委书记兼三十二团党代表何长工。红五军率部突围去了赣南,何长工负伤与部队失散,他带着两个小战士辗转来到下陇斜源寻找藏身之处。此时已是元宵节后,敌人正在围攻红军的一处堡垒梨树山。下陇、斜源都有靖卫团把守。何长工与两个小战士隐藏在丛林里,好几天没有吃东西,恰好遇见刘根英到山里砍柴。刘根英将他们藏在一个半山腰的小地窖中。刘根英除了送水、送饭,还挖来草药给何长工治病……当年,老百姓像保护自己的亲人一样,保护红军。这样的故事在井冈山的每一个角落都有,正如现在的精准扶贫,党员和干部帮扶困难群众,故事每天都在发生,也一样是动人心弦的。

刘红带我去看饶乙秀的老房子。老房子在背水头,车子爬上一个几百米的坡,在一座小桥前停下。溪流一侧的山坡上立着一栋土木结构的房子,外表看来似乎是20世纪70年代盖的土坯房子,房门紧闭。房屋门前有一个禾场。禾场边沿码放着斫得十分整齐的木柴。刘红说,饶乙秀的儿子平日就在这里做事,这个点没有看见人,大概是出外干活去了。这里进出都是坡地,除了刚上来的小车道,其他路都是羊肠小道。饶乙秀住到村里唯一一块平地上建的爱心公寓,出门走个路方便多了。

刘红告诉我,2017年,柏露乡采取高位推动、规划先行、农民主体、拆建维修等措施,把下陇村、楠木坪村、水头村作为土坯房改造的三大主战场,实施"交钥匙工程"。对确实无能力建房的特困群体,由乡里组织技术过硬的施工队伍代建安居房,不需缴纳任何费用。同时对现有的旧校舍、旧居民楼等闲置房屋进行修缮改造,妥善安置住房困难群众。如饶乙秀家的住房,由原来的土坯房换成现在的全新住房,厨卫俱全。从贫困户的笑脸,就能知道他们的幸福指数有多高了。

这些爱心公寓差不多是按城里的星级宾馆标准兴建的。能住上这

样好的房子,贫困户真幸福啊!

刘红发给我一份资料,告诉我说,井冈山需要改造的危旧土坯房共有6208栋。安居扶贫工程是精准扶贫中的重中之重。为确保建档立卡的贫困户能建得起房,井冈山市多方发掘扶贫资源,使农户住房改造资金来源实现多元化。主要来源有中央财政补助、省财政补助、市县配套、农户自筹、银行贷款等,目的就是让所有农户都能住得舒心。只有衣食住行的"住"舒服了,才谈得上真正的脱贫呀。试想,住房不安,睡梦中担心房子漏雨、倒塌,脏乱差像梦魇一样挥之不去,能不做噩梦吗?

住房好坏,是衡量生活质量的标准之一。而今的乡村,衣食住行的"衣",再也难见补丁摞补丁的衣服;"食",饿肚子的现象已杜绝;"行",现在家家户户都通了水泥路,出行安全提高了。"住"比前三者更难实现,因为建房子需要积攒一大笔资金。房子关系到每天的日常起居,是头等大事呢。建房子在农村来说,就是一个农民一生最大的工程。

一个农民,能盖得起房子,就算是有能耐的农民了。而贫困户,都是村民中没有劳动能力的,盖房对于他们来说,只能是梦想。

而今共产党和政府兴建爱心公寓,让饶乙秀这样的贫困户,住上了舒适的房子。我作为一个采访者,心里都有说不出的感动。似乎这房子是自己的一样,不停地赞叹,为他们住上这样好的房子高兴。

下陇有一个龙关秀舍命送粮的故事。龙关秀是下陇斜源人,丈夫陈瑞恩是一名赤卫队员。1929年1月30日,井冈山失守,陈瑞恩所在的赤卫队转入斜源附近的深山里。敌人实行经济封锁,要将红军和游击队困死在山里。龙关秀听说丈夫所在的赤卫队困在深山断了粮食,非常着急。她将挑茅草的竹竿打通,里面装满米,装着上山砍柴,把米送上山;有时把米用油布包好,放进牛粪中,装着挑牛粪去山间田里施肥,把米送到山里……龙关秀用这样的办法一次又一次地为红军和游击队送去了救命粮。但是龙关秀经常早出晚归的身影引起了敌人的怀疑,1929年3月的一天,有一个姓谢的靖卫团头目发现龙关秀天刚亮又拿着竹竿上山挑茅草,随即暗中盯上了她。走到半路,龙关秀感觉有人盯梢,走到一个三岔道上闪入一条小道,把敌人甩掉了。龙关秀返回家里,发现敌人已经守在她家门口。敌人把她抓去审讯,但龙关秀没有吐露半点实话。敌人烧毁了她家的房子,把她绑在野外,在饥寒交迫中她被折磨死去。龙关秀年仅3岁的儿子也被敌人用刺刀捅死了。这年6月,随游击队转战到九陇山的陈瑞恩也在一次战斗中不幸牺牲。龙关秀一家三口为中国革命献出了宝贵的生命。

那个时候,如果没有老百姓的支持和养育,红军如何生存下去?依靠群众求胜利,这是党和红军取得胜利的根本啊!

2016年4月24日,习近平总书记在安徽省金寨县考察,来到大湾村看望乡亲们,他深情地说:"在地方工作时,我一直抓老区建设,同老区很有感情。全面建成小康社会,一个不能少,特别是不能忘了老区。"

如今,党中央实施精准扶贫,既是为贫困群众造福,也是密切党与群众关系的桥梁。党没有忘记曾经用血肉之躯保护过自己的百姓,所以,需要让全体中国人民迈入全面小康,一个不落下。

下陇村有白泥湖、下陇、梅树山、山口、斜源、对水头6个村民小组,107户人家,425人。其中红卡户5户、蓝卡户8户、黄卡户3户,贫困人口49人。

处在峡谷间的下陇村,靠在梯田上种稻谷为生。现在,下陇村一改过去单纯种植稻子的传统,成立了锦盛果业种植专业合作社,种植了两百亩锦绣黄桃。

下陇村支书袁锦荣领着我参观黄桃基地。路两边的坡地全是已长到一人高的黄桃,有的树上已经挂果了。在热烈的阳光下,一阵微风吹来,一只只青色的大拇指大小的果子,随着树枝摇曳着。黄桃基地吸纳了村里5户红卡户、8户蓝卡户的扶贫资金。其中红卡户5000元、蓝卡户1万元入股到合作社,每年按15%分红。

怎么蓝卡户入股1万元,而红卡户只有5000元?我疑惑地问。

原来，下陇村的扶贫挂点单位是吉安市财政局，为了尽快使下陇村贫困户脱贫，额外给每户红卡户、蓝卡户增加5000元扶贫资金投放到黄桃基地，使红卡户、蓝卡户每年可以多分红750元。红卡户本来的1万元扶贫资金已入股惠农宝，每年可分红1500元。

贫困户们一口一个感谢，他们感谢党中央，感谢习近平总书记；对地方做实实在在工作的党员干部，他们也一口一个感谢。

大庇天下寒士俱欢颜

睦村乡在移民安居工程上做了大文章。我查阅地图，得知睦村地处湘赣边界要冲。当年中国工农革命军的两大主力——秋收起义部队和南昌起义部队最初的会师地点是鄜县沔渡镇，与睦村相距不到10公里。会师主力经睦村进入宁冈砻市，完成了会师历程的最后一公里。

精准扶贫的冲锋号吹响了，在睦村，移民安居工程是脱贫攻坚的"最后一公里"。精准扶贫政策，党员干部下派进村入户，为老百姓办实事，让群众再次看到了井冈山"红军"又回来了。睦村乡有个叫郑善平的蓝卡户在自己的房门上贴了这样一副春联：

英雄儿女勿忘初心有始终；
井冈大地传承红色励雏鹰。

横批：善政强国。

这副对联也算是一副奇联，一般的对联都不会写边款，但郑善平却在上下联用小字题写了边款。上联边款曰：听习主席新春贺岁词有感；下联边款云：蓝卡户郑善平感谢党恩撰书。将"勿忘初心""传承红色"作为对联主旨,很有新意。横批也将自己的名字嵌入,颂扬了习近平治国理政思想,一时被群众传为美谈。

我们驱车来到河桥移民新村。这里安置建档立卡贫困户28户、其他移民搬迁户28户。

我们首先来到建档立卡贫困户住的爱心公寓。

走进一户贫困户家。我对户主廖更新进行了访问。他是红卡户,致贫原因,户主一级残疾、类风湿,两个小孩读书。他家里还有一位80岁的老母亲,妻子在瓷厂上班。

孩子是家里的希望。廖更新的两个孩子很争气,大的孩子已经毕业四五年,结婚成家了;小的孩子出国,到印度尼西亚教中文去了。廖更新虽然身负残疾,但孩子就是未来,这个家庭充满了希望。

房子是三室一厅套房,由政府代建。

廖更新今年50岁,风湿病使他的双腿几乎报废,他要走动,只能靠轮椅。幸亏他有一门技术。他学过中医,就在客厅用柜台围成一个小药铺,为村民看病问诊。

廖更新不是河桥人,老家在社背村,离河桥有十多里地,交通不便利。

他十分高兴地接受了我的采访,脸上露出惬意的笑容说,感谢党和政府,让他实现了住新房的梦想。

十多年前,他就想在河桥买地基建房,开个诊所发挥自己的一技之长。但搬了四次家,也没有实现自己的愿望,一是没有钱,二是没有地基。

谈到自己的病史,他说,自己从24岁开始就有了风湿病。那时小儿子才1岁。后来骨膜发炎,营养送不到骨头上,四肢就严重变形,开始还能行走,五六年后就用上了轮椅。为看病,他到处求医问药。大前年,他儿子还送他到南昌大学附属医院一附院看病,花了4000多元,住了13天院,但不见好转。后来又去长沙湘雅医院,花掉8000元,住在旅舍三天,开了很多药回来吃,仍不见效果……

最困难的时候是两个孩子读书的十几年。两个孩子读书需要钱,家

里一家老少要吃饭穿衣,他作为家庭主要劳动力,却因病失去正常的劳动能力……好在,最难的日子都已经过去了。廖更新说到这,眼里晶莹起来。我的心里也升腾起一股由酸到甜的滋味,我深切体会到,那是一种怎样的艰难困苦。

他从青壮年开始就因类风湿而致残。可以说,人生的很多希望因为残疾而破灭了。但他却人残志不残,用自己的一技之长支撑着这个家。这一点让人尤为敬佩。孩子懂事,读书上进,现在都找到了好工作,这让他十分欣慰。

现在,他负责河桥村的公共医疗卫生,一年能得到卫生局的1万元补贴。妻子在瓷厂上班,贴釉,每月有2000元的收入。作为红卡户,他每年还能享受政府1万元的金融扶贫资金分红1500元以及医疗全额报销的政策。他一生为别人治病,而他自己却因类风湿无法站立起来。他渴望有高明的医生能够将他的顽疾治好,渴望有一天像正常人一样站立起来。

站起来,这辈子也许只是个梦吧。但即便是梦,他也要做这个梦:做一个不需要轮椅,自己用双腿奔忙的人!

当然,作为一个残疾人,生活在今天,也是幸福的!廖更新说,现在党和政府对困难群众这么好,没有住房给我们盖住房,请问,从古至今哪个世道有这么好啊?感谢党!感谢政府!这种感谢听起来似乎是套话,但真正都是发自内心的。

从廖更新家出来,外面下着雨,我还要走访一户人家。我还想多走访,多看看贫困户的生活状况。

敲开了罗先华家的门。他家也是红卡户。罗先华到上海打工去了,妻子陈艳英在家。

罗先华是个木匠。一次做木工活时,由于操作不当,将自己的手指锯断了。他每月可享受残疾人补助600元。

陈艳英患有精神疾病,享受低保待遇,每月可领240元低保金。

眼前的陈艳英，微胖，眼神呆滞，显出几分憨厚，几分木讷。她能够用不甚清晰的口齿回答我的提问。

他们有3个孩子。老大女孩，16岁；老二女孩，13岁，患肿瘤；老三男孩，6岁。老二和老三在读，享受教育扶贫资金：老二每年享受补助2500元，老三每年享受补助1500元。政府为这个家庭代缴了新农合、新农保，两项费用相加每年为950元。

陈艳英笑着说，我们以前住在社背，交通不便。现在住的房子由政府代建，自己只花了3万元。房子有90平方米，还没有装修，就搬进来住了。

我问她，丈夫罗先华去上海打工，一个月能挣多少钱啊？

她说，他每个月寄1500元钱回来。他挣多少，我不清楚。

我仔细看了她家的房子，四面墙只是简单的粉白；地面还是灰面，没有贴瓷砖。卧室只是摆放了简单的床。整个客厅空空荡荡，一台电视摆在简陋的桌面上。整个房子里的陈设都是基本的生活设施。地面没有贴地板，整个房子显得灰扑扑。

这个家庭度过了最艰难的岁月，有了住房，日子会越过越好。告别时，陈艳英用吐字不清的喉音表达说，以前我家发愁日子没法过，现在不愁吃，不愁穿，孩子读书也不愁，看病不愁，还住上了新房子……我们真心感谢共产党！感谢人民政府！她的话语，字字都饱含感激之情。

走出爱心公寓，对面是移民安置房。房屋基建已完工，还需要封顶盖琉璃瓦。

在路上遇见了廖自平老人，他今年63岁。我向他了解移民安置的情况。廖自平告诉我，他以前住在偏僻的社背，这次移民搬迁，他也搬出来了。移民安置房由政府统一规划，政府补贴每人8000元，夫妻两人共得了16000元补贴。其余资金需要自筹。房子99平方米，总共需要14万元。交谈中得知老人儿子在深圳打工，每月收入有两万多元，现已在深圳购房安家。老人还有个女儿，在海南打工。

廖自平的儿女各有出息，不需要操心。现在他就等着房子通电、装修，早一点住进新房。

还需要记录一个叫陈德勤的红卡户。他今年68岁，是个孤寡老人。他的老房子在一个叫田螺形的山里，是老式土坯房。政府在进山的路边为他代建了一栋50平方米的平房。他说，除冰箱是自己买的，其他都是政府买的，他一分钱没花。

他享受政府给予的1万元金融入股，一年可分红1500元。他还是"五保户"，每年可享受5500元的五保待遇。他并不坐享其成，自己养了两头牛，一头牛价值2500元呢。

他现在缺的不是钱，而是一个好的身体。他说："膝盖痛，挑不动担子。"新建住房前面就是他的田。房子盖在这里，出门就能种田。

这个房子盖得真理想。他说，政府对我很好！关心我的生活，没有政府的帮扶，房子建不起来！他见我在本子上记录他的话，就对我说，你有文化，会写，你就写，我感谢党中央，感谢习近平总书记！没有精准扶贫政策，我们的日子还是以前一样。有这样的好领导，扶贫济困，我们老百姓很幸福！

告别陈德勤老人，心里突然默念起了杜甫的诗句——"安得广厦千万间，大庇天下寒士俱欢颜"。

杜甫遭遇一场罕见秋风，卷走了他屋上的茅草，又遭逢"床头屋漏无干处，雨脚如麻未断绝"的场景，痛彻地写下了《茅屋为秋风所破歌》。他慨叹、期盼世间能有"广厦千万间"，让与他一样的"贫困户"能住得起房。

这一愿景，在1250年后的今天，终于落地实现了。

所谓"天下寒士"，应该包括今天的这些贫困户。今天，我有幸见证了贫困户们脸上真正的"欢颜"！

卷十 ‖ 神山笑脸

人民对美好生活的向往,就是我们的奋斗目标。

笑脸墙

春天,是草木复苏、花朵绽放的时节。

一年365天中有200多天被云雾笼罩的神山村,花期比别的地方都要晚一些。比如映山红,山下丘陵地带4月初就绽放了,而神山村的映山红要到4月中旬才露出笑脸。诸如油菜花、桃花、山茶花、梨花、李花、牵牛花、蔷薇等花期,也都是踩着自己的节奏,姗姗来迟。但正因为别的地方花期已过,神山村的花更让人青睐,成为一道特别的风景。

而今的神山村,不光自然界的花受到追捧,人们脸上绽放的花也成了一道别致的风景,让来自祖国四面八方的人受到强烈感染。脸上的花一旦绽放,不分春秋,不论寒暑,都是那么迷人。

神山村人脸上绽放的花朵,被摄影师抓拍后,扶贫工作组辟出一面墙,把照片摆成心形展示,供游客欣赏。

这面特制的墙,墙体由木架和木板构成,上面还有飞檐,防止雨的侵蚀。27张神山村民的笑脸,像大自然中开放的迎春花、辣椒花、太阳花、木槿花、兰草花、梧桐花、麦冬花……简直姿态万千,让人不得不惊叹摄影师抓拍的角度,精准传达了人在自然状态下的美。

神山村人很自豪,他们的笑脸有生以来第一次被当作图画展览出来。他们笑得那么灿烂,人人像喝了蜜似的,从心底绽放出来的笑,给人以极大感染力。

　　神山村人曾经被贫困压得喘不过气来,脸上的表情活像一张神山村地图。那些细密的皱纹,就像神山村的路,曲曲弯弯,不知拐了多少道才能走出山外。有的弯来弯去,就是找不到走出山外的路。有人说,神山村的路连羊肠小道都不是,而是鸡肠小道。这些小道,被岁月的风刀雨凿錾刻在了神山村人的脸上。

　　过去,神山村人的脸曾经也像失去水分的梯田,板结,甚至有些龟裂。他们一年到头守着一亩三分地,种着仅能糊口的水稻。想要一点零花钱,只好到山上砍点毛竹制作成筷子,沿着鸡肠小道挑到十几公里外的茅坪街去卖。走了半天的山路,将没有包装盒的筷子摆在路边,等游客来问价。本想给人最好的脸色,可一笑,却露出了一副苦瓜似的脸。可怜的是,到天黑,没有卖掉的筷子,还得往回挑,十多公里的山路呢。一路上,眼前浮现着各色各样游客的笑脸,反观自己,却笑不起来,跑了一天路,早已是饥肠辘辘,却还要惦记伢妹们的学杂费。

　　那时,他们脸上没有泪,却有一丝丝酸涩的苦笑。被贫困压得抬不起头来的神山村人,实在无法给人一副好看的笑脸。然而,事物也不是一成不变的,我们欣喜地看到神山村人脸上发生了神奇的变化。

　　这个变化的转折点,就在2016年2月2日。这一天,习近平总书记来到神山村,对老区的精准扶贫工作作了重要指示。他指出,扶贫、脱贫的措施和工作一定要精准,要因户施策、因人施策,扶到点上、扶到根上,不能大而化之。随之,各级党和政府加大对神山村的扶贫力度,精准施策,攻克贫困堡垒,使神山村有了翻天覆地的变化。

　　如今,村民们一扫往昔脸上的阴霾,绽放出阳光般的笑容。摄影师发现了这一神奇变化,捕捉着神山村人的笑脸,一次次地按下快门,最终有了这面"笑脸墙"。

"你呀,干得不错嘞"

彭水生,是笑脸墙上笑得最为饱满的人。他如今俨然成了神山村的义务宣传员了。

一拨拨游客来了,彭水生为他们讲解神山村的过去与现在,讲述他和村民们见到习近平总书记的情形。

习近平总书记访问神山村已经过去两三年了,但他感觉就像是昨天刚刚发生一样。习近平总书记亲切地握着他的手,他有机会将心中的话语告诉习近平总书记。他没有像别的人那样,一激动就把想说的话忘记了。他说得很从容,将自己存在心底的话全部倒了出来。他代表神山村的群众向习近平总书记表达了无限的崇敬之情。

彭水生指着笑脸墙上一张张笑容可掬的脸说,这些人笑得这么甜,皆因一个特殊而难忘的日子——2016年2月2日,正值农历小年,天上飘着小雪,屋檐上垂挂着半尺长的冰棱子。习近平总书记迈着坚实而稳重的步子,冒着严寒来到黄洋界山脚下的茅坪乡神山村。

神山村的人们像做梦一样,谁也没有想到,中共中央总书记、国家主席、中央军委主席习近平会来到他们这个偏僻的小山村!

神山村的人们对习近平总书记并不陌生,因为平时从电视和画像里经常能够看见。习近平总书记的身影常常出现在中央的各种重要会议上,有时他也到祖国各地视察访问,有时又在世界各地参加重要的国际会议,有时到别的国家进行国事访问……怎么突然来到了神山村呢?大家几乎不敢相信自己的眼睛。

的确是敬爱的习近平总书记来了!

看,他高大魁梧的身材、平易近人的笑容、和蔼可亲的姿态,他走进群众之中,像一个巨大的吸铁石,身边聚拢着老人、中青年和孩子们。

习近平总书记来到神山,不管是经历过多少世面的老人,还是出外打过工的年轻人,甚至那些在学校念书的小学生,每一个人心里都感觉到极大的振奋。人人胸中都激荡着一股抑制不住的暖流,一个劲地往外奔涌。因为激动,有的人说话也颤抖起来,更多的人眼中涌出了泪花。凡是有过激动情绪的人都能体会到,这是人生珍贵的生命体验。

真可以用"沸腾"这个词来形容习近平总书记的到访——神山村沸腾了。

年年月月,月月年年,日子在风霜雨雪中飞旋,也在阳光雨露中踱步。

这是神山村群众的大喜日子,也是井冈山和老区人民的大喜日子。

用久旱遇甘霖形容神山村民此时的心境也许是恰当的。他们说,这辈子做梦也想不到习近平总书记会到我们这样的穷山沟来。村民的心跳像门前激荡的溪流,似乎也能听到怦怦的响声,他们的眼眶里浸满着激动的热泪!

离大年仅六七天时间,出外打工的年轻人有的还没有回来。村里的老人、孩子像迎接亲人一样,将习近平总书记团团围住。年迈的老人挽着习近平总书记的手臂邀请他到家里做客,有的提着一篮子鸡蛋,有的双手捧着金橘、花生等递给习近平总书记品尝。习近平总书记热情地与簇拥来的群众一一握手问候。

习近平总书记给孩子们送来了学习用具,给老人送来了暖心的祝福。他拿起话筒,饱含深情地对围拢过来的群众说:"我对井冈山怀有很深的感情,这是我第三次来,来瞻仰革命圣地,看望苏区人民,祝老区人民生活越来越好。"祝福的话语从习近平总书记口中道出,似乎有了点石成金的力量。习近平总书记慈祥地望着老人,抚摸着身边孩子的头温情地说:"祝神山村村民生活幸福、老人健康、孩子好好成长!祝乡亲们猴年吉祥!"

习近平总书记沿着铺着水泥的村道来到彭夏英家,坐在八仙桌的上首,跟彭夏英算一年的经济收入。一边询问彭夏英一家的生活状况,一边品尝彭夏英刚蒸熟的米果。

习近平总书记吃过的米果,来到这里的游客个个都想品尝一下。神山村的名声越来越大,来参观的游客越来越多。来访者向村民打听习近平总书记当时来到神山村的情况,村民像讲述刚刚发生的故事一样,不厌其烦地复述着。随着时间的流逝,故事像流水流到更远的远方,但讲述故事的人,却常讲常新。

而今,在神山村的房舍墙壁上,张贴着习近平总书记与村民一道打糍粑的照片。习近平总书记举起木槌捶打着石臼里的糯米饭,木槌上黏连着一团雪白的糍粑,村民们的脸上都绽放着比花朵还鲜艳的笑容。

彭水生谈到自己走上前去与习近平总书记握手的情形。他说,开始的时候,习近平总书记身边围着好多人,他无法走近前去。习近平总书记从彭夏英家下来,见到老人就和老人握手并祝愿健康长寿;见到孩子,会摸摸他的头,祝愿孩子健康成长。他受到感染,迎上前去,紧紧握住习近平总书记的手,习近平总书记也握住了他伸出的手。他感觉到习近平总书记的手有力、温暖,他用专注的目光盯着习近平总书记的双眼,不失时机地伸出大拇指夸赞习近平总书记说:"你呀,从那么大老远跑到我们穷山沟里来看望我们,这是我们神山村人民的福气,也是全国人民的福气!你呀,干得不错嘞!"

"你呀,干得不错嘞"这句话,通过中央电视台《新闻联播》传播出去,彭水生一时成了人们热议的焦点。游客中不少人见到他,都学他的样,伸出大拇指为他点赞。

习近平总书记平常都是表扬别人,没想到在神山村,得到一位老农的表扬,我们看到习近平总书记的微笑。

是的,老百姓真诚地赞扬党和国家的领袖,给总书记竖大拇指,这是老百姓发自内心的行动。

泱泱大国,谁最大?当然是老百姓最大!

老百姓心中有杆秤！老百姓给人民共和国的领袖点赞，是人民对总书记的拥护！

习近平总书记走后不久，当地政府加大了对神山村扶贫的力度，派出了比以往更强的扶贫工作组。他们下了更大的决心，要将神山村打造成井冈山脱贫致富的样板村。

笑脸墙上的那些主人公自从习近平总书记来了后，他们脸上的笑容就绽放开来，一件又一件的好事接踵而至。彭水生成了最直接的受益人。他说，总书记访问神山村后，大批游客接踵而至，我家、左香云家、彭夏英家都率先开起了餐馆，成了神山村的致富带头人。

因老伴身体多病，彭水生与老伴被评为蓝卡贫困户。村里游客来了后，他将房子开辟成农家乐，门额悬挂着"老支书餐馆"的牌匾。他暗自发誓要率先摘掉头上的贫困帽子。他将原先在龙市开小店的老三召回神山村，让老三夫妇帮助他经营农家乐。老三头脑灵活，除了做农家乐外，还养了30多箱蜜蜂。游客在他家用餐，看见原生态的蜂蜜，一品尝便喜爱上了。于是，他家的蜂蜜成为热销产品。"老支书餐馆"使彭水生走出了贫困的泥淖。如今，他每天神采奕奕、精神矍铄，生命似乎注入了新鲜血液。

彭水生1964年入党，入党当年就被提拔为坝上村支部副书记。1968年，神山、桃寮从坝上划出，他就任神山村支部书记。1977年，弟弟从部队退伍，他觉得弟弟有文化，各方面见识比自己高明，就主动卸掉了村支书一职，让位给了弟弟。谁有能力谁上，主动让贤。

最近，彭水生被推举为神山村"关心下一代工作委员会"主任。周山组有个叫赖凤利的孩子，父母离异后，跟着父亲生活，但由于父亲长年在龙市打短工，生活极其困难。他组织村民和驻村合作社给赖凤利捐款，他带头捐了400元，驻村合作社也捐了600元。

刚刚脱贫的彭水生，又投身到关心青少年成长的工作上来。原先他作为贫困户接受党和政府以及扶贫干部的扶助，现在，他又将这份爱心

转赠给更需要关心的下一代身上。

这是普通人的爱心传递,还是共产党员的高风亮节?我想,应该都有。精准扶贫使彭水生从贫困中解脱出来,让他拥有了极大的热忱和爱心,去帮扶更需要帮助的人!

"党和政府只能扶持我们,不能抚养我们"

笑脸墙有一张笑得最开心的照片,主人公就是彭夏英。

2016年春节前夕,在各大新闻媒体,我们总能见到这样一张照片:习近平总书记坐在一户农家的八仙桌上首,与主人聊着家常。

总书记右边坐着女主人彭夏英。女主人的殷勤待客,显示出一种节日的喜气与和谐。

彭夏英瞬间成了神山村的"名人"。

如今,她既是吉安市人大代表,也是全国脱贫攻坚奖"奋进奖"获得者。

年轻的村支书彭展阳介绍说,彭夏英2017年打报告,退出了享受低保待遇。她说,我们已经不再生活在贫困线下了,让这些钱发挥更大的作用,留给更需要的人。

生于1967年6月的彭夏英,在习近平总书记亲切看望后,将习近平总书记的关怀化为脱贫致富的巨大动力。她依靠党的扶贫政策,开办了全村第一家农家乐,还办起了神山特产小卖部。彭夏英常对大家说的一句话就是"幸福生活是干出来的",号召贫困户要自强不息、不等不靠。彭夏英的事迹,引来了各级领导和媒体记者的关注,新华网、中新网、经济日报等国内多家主流媒体纷纷采访报道她的事迹。

作为全村第一批开办农家乐的人,她尝到了党和政府精准扶贫的甜头。当然,她也不忘党和政府的恩情,用实际行动、以勤劳致富向党和政府交出了一份完满的答卷。当年开办农家乐收益就达10万元。她与丈夫一道,利用毛竹编织竹编,如同编织着神山村民奔小康的幸福梦想。

"党和政府只能扶持我们,不能抚养我们。"这句话出自两年前还在贫困线上挣扎的农村妇女之口,我感到十分惊讶。后来我寻找到答案:井冈山作为革命老区,群众与党有着血脉相连的情感。井冈山人民觉悟高,不是一句空话,他们对党的赤诚情怀,体现在行动中,也体现在语言上。这是井冈山人民葆有的一种内生自信力。这种力量,体现在他们不"等、靠、要",奋起直追,人人争当老区楷模的精气神上。

彭夏英说,自从习近平总书记来了后,不仅神山村变了样,她家也翻了身。村里搞起来黄桃、茶叶产业,山羊不能养,她舍小家顾大家,把牛、羊全部亏本卖掉。现在,挣旅游的钱就能维持生活。

彭夏英致贫的原因,细究起来,一是丈夫张德成受伤,二是自己摔倒致骨折。家中两个主要劳动力受损,摆在面前的只能是受穷。早年,丈夫张德成给人家帮工拆老屋,一堵墙倒下来压在他身上。虽然被人用铲挖出来,保住了命,但人受了重伤,再也干不了重活。家里的顶梁柱塌了,这个家的里里外外就全靠彭夏英打理。几年后,灾祸又一次降临到这个家庭。彭夏英到山里砍柴,山路湿滑,重重地摔了一跤,怎么爬也爬不起来,原来摔成了骨折。她在医院手术台躺了5个多小时,才被抬出手术室,在医院整整住了一个月。哪住得下啊!每住一天心里都是焦虑的。她操心啊!家里家外有多少事在等着她去完成呀!好不容易出院了,却也干不了重活。在山里,什么事都要肩挑手提,砍竹子、扛竹子、砍柴、挑柴、种田、担谷……哪样不是力气活?她和丈夫都干不了重活,贫困自然就尾随而来……

那天,习近平总书记走过湿滑的小道,跨进了住在半山腰的彭夏英家。他一间屋子一间屋子地察看,不时嘘寒问暖。

习近平总书记坐在八仙桌上首，与女主人算起了收入账，问："家里有什么收入呀？"

彭夏英答："没什么收入，就是田里种点粮食，土里面种点菜，山里面砍竹子搞点零花钱，就这样维持生活。"

习近平总书记问："小孩在哪儿打工？有多少钱一个月？"

彭夏英答："儿子在深圳打工，一千多元钱一个月。"

习近平总书记问："政府对你们家有什么扶贫项目吗？"

彭夏英答："政府帮扶投了股金，帮我们入股种黄桃，每年冬天有分红的钱，还送了羊给我们养。砍竹子一年两三千元，加上政府帮扶资金，一年下来有9000多元收入。"

这时，村民端上来刚刚蒸熟冒着热气的米果。习近平总书记用筷子夹起一个米果品尝起来，面对满满一桌的茶点，习近平总书记问："你这个茶点，平时招待客人也是这些东西啊？"

彭夏英答："是呀，平时招待客人也是这些东西。"

问完话，习近平总书记站起身，来到房间，看到电视，就问："这个电视可以收几个台呀？"

彭夏英答："以前只能收一个台，现在政府送了户户通小锅子给我们，就可以收50多个台了。"

习近平总书记亲自拿着遥控器调了五六个台，才放下。

习近平总书记又看到床铺，问："你们盖的这个被子冷不冷？"

彭夏英答："不冷啊！我们有火盆在里面。"

看完房间，习近平总书记走到外面，看到水池里养着娃娃鱼，问："这个娃娃鱼吃什么东西呀？"

彭夏英答："吃猪肉、泥鳅、虾米。"

习近平总书记笑着说："这小东西还要吃好的呀！"

习近平总书记体察民情，看见厕所里装了自来水冲厕装置，还亲自用手按了按水箱按钮，水箱里的水哗哗流出来，他才放心。

习近平总书记走到外面路上,看到一对小羊,正是头一天生下的。习近平总书记关切地问:"这个羊吃什么东西?"

彭夏英答:"吃竹叶、吃树叶,每天自己找东西吃,不要买东西喂。这羊好养,下午它自己会回,不用我们去找。"

习近平总书记问:"这个羊是什么品种?"

彭夏英说:"是成都麻羊。"

习近平总书记看完羊后,要走了,但似乎还是很不放心一样。彭夏英对习近平总书记说:"我们生活过得非常好!我们感谢党的好政策,感谢您来看我们,您给全国人民当家当得好,我们老百姓感到很幸福!"

习近平总书记回应说:"是人民当家做主!我是人民的勤务员,帮你们跑事的。"

…………

彭夏英,这位神山村的普通妇女,代表井冈山的人民群众给习近平总书记交了一份答卷。

当彭夏英对习近平总书记说出一番感谢的话时,习近平总书记回答的话,令彭夏英和在场所有人都感动得热泪盈眶——"是人民当家做主,我是人民的勤务员,帮你们跑事的。"这句话的深层意义,又何尝不是习近平总书记给他挚爱的人民交的一份答卷呢!

握惯了锄把和锅铲的彭夏英,此刻握着一支钢笔,像一位绣花女捉着绣花针一样,坐在当年习近平总书记坐过的八仙桌前,在铺开的稿纸上一笔一画地写起字来。

她是给习近平总书记写信,汇报神山村这两年发生的巨大变化——

尊敬的习总书记:

您好!两年前的小年,您来到神山村,来到我们家,询问我们日

子过得怎么样？两年过去，如今神山村发生了翻天覆地的变化。

政府帮助我们整修了房子，路也变宽了。每家每户发了黄桃和茶树苗，成立了产业合作社，大家都入了股，去年还举办了黄桃节。

两年过去，大伙开起了农家乐，做起了小生意，有的卖工艺品，有的打糍粑。

曾经给总书记竖大拇指的老支书彭水生还经常被游客请去讲神山村的变化，讲井冈山脱贫的故事。村里制作竹筒的年轻人左香云，还当上了全国人大代表。我们都为他高兴，过完年不久，他就要去北京开会，我们全村人都托他向总书记问好，大家说神山村的变化，都是总书记您带来的……

一行行娟秀的小字流泻在信笺上，字斟句酌之间，我们读出了老百姓对习近平总书记的一片爱戴之情。这份情，是习近平总书记根植人民大众、不忘初心、心系人民的果实。

解说注入了新词汇

彭展阳，现任神山村支书，脸上葆有一股青春和阳光般的笑。作为年青一代村支书，他承担起了神山村精准扶贫以来的解说宣传任务，他的解说注入了新词汇。

习近平总书记一到神山村，首先走进了村部办公楼，从翻台账、查看村居改造设计图，到走村入户，与老乡一起打糍粑，习近平总书记念兹在兹的为民情怀，让人难以忘怀。

神山村原名城山村。《茅坪乡志》对"神山村"的解释是"四周高山环拱，状若城垣，古名为城山……"彭展阳介绍，神山与城山之别，其实只是当地口音的误读而已。在当地老一辈村民中,将"神山"的发音读作"城山"的还大有人在。

从地图上看,神山村处在茅坪乡东南向,是茅坪乡乃至整个井冈山最小的行政村。神山与最偏僻的斜源村比邻,背后是高大雄伟的黄洋界主峰。在战乱时期,这里山高皇帝远,与世隔绝,倒是个逍遥避世的好地方。俗话说"要想富,先修路",神山村不修路,村里人就永远走不出大山,摸不到外面瞬息万变的时代脉搏。

现在神山村通了公路,一车车的游客被拉到神山,神山成为井冈山一处爆红的景点。这条路虽然只有短短的 3.5 公里,但却经历了几次质的飞跃:2002 年开通村级公路;2005 年实施水泥硬化;2016 年在原有基础上进行拓宽;2017 年为了适应不断增加的游客,又进行了一次扩宽,并改沥青铺路。

沥青铺路,提升了抵御行车和自然因素对路面损害的能力,使路面平整少尘,不透水,经久耐用。有了如此优质的公路,进出神山村的车辆没有任何阻碍,来神山村的游客也一年比一年增长。

在神山村,习近平总书记笑容满面地对大家说:"老区在全国全面小康的征程中,要同步前进,一个都不能少。"

从此,神山村乘着精准脱贫的东风,一夜之间,便由一个贫困、落后的小村变成了扬名全国乃至世界的脱贫奔小康的典型村落。

神山村分为两个村小组,一个组叫神山,一个组叫周山,中间隔着一座山岭。神山村共有 54 户人家、231 口人,大多是从闽、粤、湘等地迁徙来的客家人后裔,住民以黄、赖、左、彭四姓为主。

用"地无三尺平"来形容神山有过之而无不及。神山的田地是祖辈依山势开垦出的梯田,从山脚下往山腰盘旋,一环一环,重重叠叠。祖祖辈辈种着稻谷、红薯、毛豆之类的农作物。山高水冷,水田多为冷浆田,水稻产量出奇的低。全村耕地面积只有 207 亩,按人口划分,平均还不到 1 亩地。年成好,亩产 200 公斤左右的谷子,就是老天照应。年成不好,山洪、干旱等因素造成歉收,也是常有的事。

未通公路前村子与外界的联系就是靠着蜿蜒的羊肠小道。村支书彭展阳甚至发明了一个更形象的词——鸡肠小道。他说,有的路还不能叫羊肠小道,应该叫鸡肠小道。山路起起落落,走惯了的人还可以如履平地,但没有走过山路的人,踩在凹凸不平的石头土坷上,好像跳舞,真是步步惊雷。

"鸡肠小道"四通八达,向东是柏露乡的斜源、梅树山;南向的陡峭山岭,便是赫赫有名的黄洋界主峰;西南是桃寮,是神山往井冈山的通道;西北则是象山庵、坝上。

神山村生源少,村小学撤并到坝上后,孩子要走七八公里的山路到坝上就读。家里有个读书郎,父母操心真不少。

神山村偏僻,自然也有偏僻的好处。当外界被沙尘暴、颗粒物、汽车尾气、工业污染等折腾的时候,这里依然山清水秀,负氧离子在空气中肆意挥发,四周"状若城垣"的山,层峦叠嶂,远看苍翠绵延,走近了才知是茂林修竹。神山村林地面积4975亩,森林覆盖率达95%。盛产松、杉、竹、柞、荷、泡桐、枫、黄、檀等。林地面积的80%以上是毛竹。过去,村民的主要经济来源,就是林地。每年,到山上砍毛竹卖,成为村民的主要经济来源。毛竹卖的钱,要支付油盐、衣服鞋帽、缴孩子的学杂费等一应开销。会挖冬笋的,收入比别人要强得多。村人还有一门手艺,挖春笋做笋干,也能作为农产品卖。也有人砍竹子削成薄片,编织竹器,变些现钱,打发着山里时光。不会编竹器的,就将竹子做成筷子,也能换些苦力钱。很长一段时间,竹子是神山村的命根子。平常一家人风调雨顺,无病无灾的话,勉强过个日子,倒也无忧,但如果上有老、下有小,家里人突然来个三灾两病的话,生活就委实堪忧了。

外面风行打工的时候,神山村的年轻人,只要能拔腿走路的都到外面去打工挣钱了。留下一些老弱病残,山深路窄,只好常年窝在小村子里看云聚云散。

神山村54户231人，贫困户有21户46人，红卡户3户6人，蓝卡户15户33人，黄卡户2户7人。

"这一切都是地理位置影响所致，要不是精准扶贫，村公路至今也通不了。现在神山村发生了翻天覆地的变化，这些全赖精准扶贫政策以及习近平总书记的亲临指导！"彭展阳顿了顿又说，"习近平总书记在神山村作了重要指示，井冈山要在脱贫攻坚中作示范、带好头。现在，全市上下拧成一股绳，同心协力奔小康。神山村更不能例外，这是习近平总书记发表重要讲话的地方，更应率先脱贫，成为扶贫攻坚的楷模。我们村党支部以习近平总书记讲话为纲要，认真贯彻总书记的指示精神，在上级党委、政府的支持下，紧紧依靠群众，成立产业合作社，发展绿色产业，栽种黄桃、茶树等。"

彭展阳向我介绍，神山村产业这一块，全村种植茶树达200亩，黄桃120亩，雷竹30亩，开挖鱼塘20亩。贫困户每年在产业当中的分红达到3000多元，毛竹产业收入可达4000元以上。这些收入就有7000多元。因此产业是脱贫攻坚的重要支撑，产业做起来，贫困户就没有后顾之忧。

神山村利用政府产业扶持资金、部门筹集资金和社会捐助资金，为全村21户贫困户每户筹集产业发展资金2万元入股到产业当中，规定前三年产业分红不低于本金的15%。神山村21户贫困户都拿到了股权证。2017年，红卡户在金融入股、黄桃、茶叶三个产业中，每户分红5500元，蓝卡户在黄桃、茶叶两个产业中，每户分红4000元。通过产业发展，增强了贫困户自身"造血"功能，确保了贫困户脱贫致富的可持续性，实现了"资金变股金"。

"习近平总书记前脚走，大批游客循着他的足迹蜂拥而至。村民在自己家里搞起了农家乐，打糍粑也成了神山村特有的产业。一些村民还利用本地资源，搞起了竹制品加工、酿酒、养蜜蜂等，八仙过海，各显神通。神山村的脱贫之路已经迈过去了。现在，我们村党支部仍深感责任重大，既要保障不让脱贫户返贫，又要带领村民在富裕路上越走越宽广，使神山

村早日奔上小康,真正做到习近平总书记在神山村谆谆教导的那样——在全面小康的进程中,绝不让一个贫困群众掉队。"彭展阳总结道。

神山村走出去的全国人大代表

左香云,神山村村民,因为善于经营竹制品,被人誉为"竹制品超人"。2018年春天,他当上了全国人大代表。

十三届全国人大一次会议开幕前,首场"代表通道"集体采访活动在人民大会堂举行。全国人大代表、江西省井冈山市茅坪乡神山村村民左香云向全国人民汇报了家乡神山村的变化。

他手拿话筒,对着镜头侃侃而谈:"这两年来,在党和政府,在社会各界的支持下,神山村里搞起了黄桃和茶叶基地,家家户户开起了农家乐。2016年我们接待游客是10万人次,到了2017年我们接待游客将近22万人次。随着游客的翻番,老百姓的收入也翻番了,去年神山村被评为了江西省4A级乡村旅游点……"

一个农村青年,登上了全国人大代表的大平台,他代表神山村民讲出了自己的心里话。作为神山村致富带头人,他被村民推选为人大代表,他有责任为神山村的致富拓出一条新路。

2016年2月3日的中央电视台《新闻联播》有这样一个镜头:习近平总书记从彭夏英家里下来,跨过村里的那座小桥,朝左香云家走来。左香云的父亲、母亲和孩子迎上前去,像迎接久违的亲人一样,将习近平总书记迎到自己家门口。

习近平总书记常说自己是"人民的勤务员",他走到哪里都深入群众之中,与群众打成一片,从他身上体现了中国共产党全心全意为人民服务的精神。他曾在陕北梁家河农村当了7年知青,"那时候什么活儿都干,开荒、种地、铡草、放羊、拉煤、打坝、挑粪……几乎没有歇过"。他从知青成长为共和国领袖,从大队党支部书记成长为党的总书记。他浑身透射出人民情怀,努力使全体中国人民更多地享受到当家做主的荣耀。

习近平总书记在湖南湘西土家族苗族自治州花垣县排碧乡十八洞村考察时,和乡亲们在空地上围坐一圈,首次提出"精准扶贫"——要建档立卡摸清每户致贫原因,不能"手榴弹炸跳蚤",要下一番"绣花"功夫。多年来,习近平总书记与人民"同呼吸共命运",走遍了全国所有集中连片特困区,立誓使中国最后一批贫困人口在 2020 年全部脱贫。这场人类历史上前所未有的反贫困斗争,被联合国誉为中国对世界最大的贡献之一。

人们从电视上看到了习近平总书记在神山村打糍粑的镜头,当时打糍粑就是在左香云家的场院里。很多游客来到这里,都要试一试打糍粑的滋味,用手机拍摄下自己打糍粑的身影,心底有抑制不住的喜悦。

左香云的父亲左秀发患严重肺气肿,被评定为蓝卡户。左香云家是烈士后代,曾祖父左桂林是红四军的通讯员,1929 年被国民党军杀害于暗垄。父亲过去靠山上砍竹子赚点钱维持日常开支。作为蓝卡户,父亲享受政策保障性收入,政府给蓝卡户扶助两万元产业基金,左香云分别加入黄桃、茶叶两项产业,每年有 15% 的分红,再加上卖地瓜干、笋干、竹制品,人均收入已经超过 7000 元。父亲不等政府宣布自己脱贫,就主动申请退出低保待遇。国家这么大,还需要去帮扶更加困难的群众。这就是富裕起来的神山人朴素的想法,他们首先想到的是国家。自己困难时,国家伸出了援手,现在自己富裕了,就应该首先想到国家。

父辈们是吃苦过来的,在致富路上,左香云与父辈们的思维有着天壤之别。他头脑灵活,想在新技术上突破,创新山村的致富路。他看准井

冈山丰富的毛竹资源，引进竹筒雕刻机，做起了竹制工艺品的生意。

神山村民过去对于毛竹，只是简单经营，砍伐下来直接卖，一根毛竹不过七八元钱，除掉人工成本，并没有什么利润。其次就是粗加工，以前神山村民会将毛竹加工成筷子、竹篮、畚箕、箩筐等，但这需要一定技术，如果请工匠加工，除去人工费也挣不到什么钱。现在左香云引进的竹筒雕刻机，完全改变了村民对毛竹加工的传统认知。

雕刻机是电脑控制的，像绣花机一样，在竹筒上刻下精美的花纹。一个竹筒卖七八元，一根竹子做十几个刻花竹筒，可以得到上百元的收入。但雕刻机需要耗电，也有本身的机器折旧，算下来一根竹子纯利润五六十元，比单纯卖竹子的收入高出了七八倍。

他向毛竹谋求财富，毛竹自然也向他靠拢。他知道如何利用毛竹发挥最大效益，哪根毛竹适合做笔筒，哪根毛竹适合做竹酒，他心中有一本账。

竹子生长于自然，秉承天地精华，粮食佳酿一旦注入竹筒之中，吸取竹子的清香、营养，待竹子长老，酒也变成陈酿。自家饮用，只需在竹子上钻一个小孔，就可畅饮。如果制作成商品，就需砍倒竹子，将注有酒的那节竹筒锯下，竹筒就成为酒的包装了。

这样的酒比一般的自酿酒自然要高出几个品级。如此佳酿，亲朋聚会，击竹共饮，使人有种在翠竹林中曲水流觞的惬意和快感。

左香云开发的这个神山竹筒酒，备受顾客青睐。他算了这么一笔账："单纯卖毛竹，一根竹子只有七八元钱；做笔筒，一根竹子可以卖到五六十元；现在做竹酒每筒卖80元，平均一根竹子可以卖到250元。"

啧啧啧，一根价值不过10元钱的毛竹，在左香云的经营下翻了20多倍，他的生意经念得真不错！

左香云的综合家庭作坊，除了竹制工艺品，还有竹酒、打糍粑。他妻子炒得一手好菜，也派上了用场。看见村里左邻右舍开起了农家乐，生意兴旺，左香云也利用自己家的土灶、土菜，在后院办起了农家乐。

他开的农家乐,与别人不一样。他这辈子与竹子交了朋友,竹子便成为他的致富帮手。左香云别出心裁,将原先砖瓦结构的房子改建成毛竹为主体的农家乐。用竹子搭建竹屋,屋梁、屋柱、屋架、屋瓦全是竹子构成。甚至餐具用品,也一律改成竹碗、竹筷,盛菜的盘也改成了竹子,既美观又环保。他的具有神山特色的农家乐吸引了不少游客光顾,一家人忙得喜笑颜开。

习近平总书记到访神山,当日的《新闻联播》中,左香云向习近平总书记展示自制竹工艺品的画面也传至千家万户。

习近平总书记对左香云立足本地资源,依靠竹木加工增收脱贫的做法,给予了肯定,祝他生产的竹筒畅销。他指出:"扶贫脱贫的措施和工作,一定要精准,要因户施策,因人施策。要扶到点上,扶到根上,不能大而化之。"

有了习近平总书记的亲自指导,左香云脱贫奔小康的信心更足了。他回忆自己的创业之路时说:"从我爸爸那里我就记得,20世纪70年代他们就开始做竹筷,费时费力,一双竹筷也就卖几分钱。进入新世纪,我们开始做旅游行业的竹制工艺品,对竹子进行深加工。由于神山村长期交通不便,要把竹制品卖出去,靠肩挑手提到景区进行销售,常常风里来雨里去。现在,我的竹制品走深加工路线,花样繁多,从快板、笔筒、茶筒到竹筒酒,产品附加值越来越高。"

左香云善于钻研,他现在能够熟练操作设计软件,按照顾客的需求设计图案,只要十几分钟至半个钟头,雕刻机就乖乖地听从他的指挥,雕刻出所需的定制产品来。

其实,这台雕刻机当初像一头难以驯服的野马,购置设备钱花了不少,但刻字模板却是固定的,想变换花样,厂家根本不理不睬。软件也很复杂,左香云对那些中文、英文研究了很久,但还是一窍不通。他只好求教于人,到外面寻师访友,先后找了五六个师傅,一点点地学,最后总算是把这匹"野马"给"驯服"了。

小小神山村,不仅有满山的竹林,也有左香云这样摸透了竹子脾气的致富能手。他闯出了一条适合神山村发展的新路。

现在,左香云制作的竹制工艺品,除了在神山村销售外,茨坪、茅坪、大井、小井等旅游区都有他的销售点。他的成功为很多人树立了榜样!

立足本地资源,开拓致富新路——这就是这位"竹制品超人"在脱贫奔小康道路上给我们的新启示。

糍粑越打越黏,日子越过越甜

李宗吾,他的笑脸很有感染力。他说自己是最幸福的人,他与习近平总书记共同打了一臼糍粑,现在想起来,心里还热乎乎的,小心脏蹦蹦跳呢。

当时,他与彭满林正一起打着糍粑。习近平总书记被群众簇拥着从对面走过来。红军后代左秀发夫妇和孙子迎上前去,迎接习近平总书记来到家门口。李宗吾说,看见左秀发夫妇各抱着总书记的胳膊,孙子跟随着爷爷抱着总书记左胳膊,他们亲热得像一家人,那个场面十分感人,习近平总书记那么和蔼,真如迎接久违的亲人一样。

习近平总书记走近了,看李宗吾和彭满林两人正你一下我一下打着糍粑,就止住脚步,笑着问:"要打多久?"

左香云的孩子抱着习近平总书记的胳膊,孩子性急,见没人回答,就抢着回答:"12分钟左右。"

江西的陪同人员见习近平总书记饶有兴致地观看,便请示习近平总书记道:"您愿不愿捶一下?"

习近平总书记很随和地说:"捶一下。"

这时,抱着习近平总书记胳膊的左香云母亲和孩子才松开手。只见习近平总书记接过彭满林放下的杵,一杵捶下去,杵上黏着的糍粑跟着黏连起来。李宗吾赶忙一杵捶下去,与习近平总书记相互配合打了十几下。

习近平总书记便放下杵,一边说:"它就是越打越黏是吧?"

大家附和说:"是的。"

…………

李宗吾因为与习近平总书记一起捶过糍粑,也成了神山村的名人。自此,他就在自己家门前摆了一口石臼,开始为前来神山访问的游客讲述与习近平总书记一起打糍粑的故事。故事变成了黄金,他打的糍粑,绵软有劲道,甜糯好吃。2.5公斤米一臼的糍粑能卖100元,糯米按10元1公斤计算成本也才20元,加上不多的豆粉和糖,成本总共不过30元,一臼糍粑可挣70元呢。

"糍粑越打越黏"是习近平总书记说的,后来随着神山村人生活质量的提高,"糍粑越打越黏,日子越过越甜"成为神山脱贫形象宣传语。打糍粑这一神山村的习俗,因为习近平总书记的参与,成了幸福生活的象征。

现在,神山村打糍粑成了一项产业。游客来了,都会体验一下打糍粑的滋味。当然,打完了糍粑,还得尝一尝糍粑的味道。

许多村民家里都将习近平总书记打糍粑的照片放大,贴在显眼处,吸引游客的目光。毫无疑问,打糍粑成为神山村一道亮丽的风景。

这几年靠打糍粑,村民的收入有了大幅增长。我跟李宗吾算了一笔账,打一臼糍粑收费100元,除去糯米的本钱,可净赚70元。一天能有六七拨客人打糍粑,多的时候十几二十拨人,仅此一项,一个月就有一两万元的收入。

糍粑不是在厨房里制作的一道美味,而是在大庭广众之下由多人合作参与而成的一道美食。逢年过节,打糍粑成为一项群众最喜爱的活动,因为每一个成员都能品尝到丰收后的劳动成果。

《易·系辞》记载:"断木为杵,掘地为臼。"说明杵和臼在几千年以前就被百姓利用,也是最为原始的舂米和打糍粑的工具。

村里的女人在厨房用大甑将糯米蒸熟,两个男人将糯米抬出,倒入石臼中,年轻男人拿起结实的杵棍击打糯米。两人或三人都可以,各人击打一次,杵棍击打在石臼里的糯米上,反复击打后,米粒的形状不见了,成为一臼黏性极好的糍粑。

这时,两根或三根杵棍将糍粑撬起,放入竹编的盘子里。已经准备一钵冷开水等着结团的中年汉子将糍粑搓成条状,双手配合,右手熟练地用大拇指和食指撸成圆球,放入盛有黄豆粉掺白糖的盆中,然后用筷子将糍粑黏上豆粉,白色的糍粑顿时变得黄灿灿。趁热吃,又香又甜,是人人喜爱的食品。将堆成小山似的糍粑端到一张八仙桌上,早已垂涎欲滴的大人孩子便拿起筷子品尝起来,发出一阵阵欢声笑语。

糍粑好吃不好吃,关键是豆粉。豆粉的制作比较烦琐,先将一锅沙子放在大铁锅里炒热,然后倒入豆子。为什么黄豆要用沙子在铁锅里炒?这是劳动群众的创造发明。沙子烧热了,黄豆倒进去,黄豆不是直接接触铁锅,而是被热沙子包围着,豆子炒熟后,不会烧成黑乎乎的惨状。如果没有沙子,掌握不好,就会炒焦。

黄豆炒熟后,会散发出满屋的香气。用磨盘将黄豆磨成粉后,再加入白糖,搅匀。白色的糍粑在豆粉里打滚,就变成金黄的糍粑了。

打糍粑的石臼,各地都差不多。打糍粑的木槌,有的地方使用木棍,发力准、猛,糍粑的黏性会更好。有的地方使用的杵是"T"字形木槌,打糍粑像锄地,要弯腰,比木棍要吃力些。

神山村使用的就是"T"字形木槌,习近平总书记弓腰举着木槌,一下一下捶打糍粑,连捶了十几下,与民同乐,当时在《新闻联播》播放,引得全国人民一片叫好声。

打糍粑成为神山村的旅游项目,旅游者亲自捶打的糍粑,吃起来味道当然不一样。

李宗吾与习近平总书记一起打过糍粑,没想到这成了他的致富门路。如今,他家的"神山糍粑"被评为井冈山十佳特色小吃,成为一块金字招牌。

李宗吾夫妇不像别的人家,除了打糍粑还开餐馆,还搞其他多种经营。他不搞别的,就打糍粑,做打糍粑的专业户。妻子蒸糯米、磨豆粉,他打糍粑,宣传糍粑,讲述与习近平总书记打糍粑的故事。他们虽然是个小家庭,但分工明确。

李宗吾夫妇有个儿子,谈的对象是南昌的。他说,儿子在南昌洪城大厦开店。准确说,是儿子的岳母家在洪城大厦开店,岳母家要女儿、女婿接班,不放他们走呢。

神山村不少在外打工的人都回来了,独他儿子回不来,他总有一种莫名的失落。

当然,儿子在南昌经营生意,比在神山村更有发展。人往高处走,水往低处流,李宗吾明白这个道理。

我说:"以后你儿子在城里发达了,要接你去城里养老呢。"

李宗吾"嗞"了一声,不赞同地说,城里不是我们待的地方,我们还是习惯神山这地方。城里的空气哪有这里好?城里的水哪有这里好?好空气、好水也是要钱买呀。如今的神山,再也不是过去的"穷山",而是"糍粑越打越黏"的神山。习近平总书记来了后,神山彻底变样了。小康生活是什么样?不就是现在这个样。现在神山人不愁吃,不愁穿,过的不就是神仙般的生活。你看,每天还有四面八方来的游客,要热闹有热闹;游客走了,山村又静得能听见山泉的叮当声,要静有静。你说,城里人的生活有这里好吗?

我说,没有,没有。

听他这么一说,我都萌生了在这里住下来的想法。可惜,这里没有

我的房屋,没有我的土地,注定只能羡慕神山村人的好生活了。

曾经的穷乡僻壤,现在成了人人向往的神仙住所。这里的转变,与党的精准扶贫政策和习近平总书记亲临神山分不开。神山村正在一步一个脚印,朝着脱贫奔小康的宏伟目标奋进。神山村不仅是井冈山的脱贫攻坚样板,更是为世人瞩目的精准扶贫的中国名片!

脸上的笑,比别人多一层意境

左炳阳讲着一口地道的湖南湘乡方言。她年轻的时候从湖南嫁入神山村,已经在神山生活了50多年。她的笑让人感觉是透明的,眼睛和脸上的表情与内心是天然一致的。她说:"在有生之年见到了习近平总书记,见到了神山村翻天覆地的变化,这辈子已经值了。"

习近平总书记那天在神山发表重要讲话,就是在左炳阳家门前的场坪上。场院里挤满了前来看望习近平总书记的群众。总书记拿起话筒,亲切地对在场的群众讲了一番热情洋溢的话语,习近平总书记的话,一句接着一句,每一句都说到了群众的心坎上。群众听了暖洋洋的,每个人心扉都有一条激荡的河流在冲撞着。人们欢呼着,有的人眼中溢出了激动的泪水。

左炳阳脸上的笑,比别人多一层意境。如今,每天起床,只要打开大门,眼前就会浮现习近平总书记那天在门前讲话的一幕,耳朵里不自觉地就会出现总书记的话语。两年多了,这样的情形依然如故。晚上关门时,左炳阳会先到场院站立一会儿,她看见的是满天星空,但耳畔却会涌来习近平总书记的话语。这是幻觉,但又是她生活中的现实。她这辈子有这个福分,还有什么不满足呢?她每天虽有忙不完的活,但不论多苦多累,心里都是甜的。

左炳阳20岁时从湖南湘乡县嫁入神山村彭姓人家,生有三个儿子两个女儿。左炳阳是吃过苦的,丈夫去世20多年,五个孩子都是她一手抚养长大。她利用自己的房子办农家乐,名字就叫"井冈红"。左炳阳一家除了办农家乐、打糍粑、入股合作社、出售农产品外,还将自家客厅租给茶叶合作社做"井冈红"茶的展销,供游客选购,卖了茶叶有提成。茶叶合作社还另外支付每月1000元的租金,一年的租金就有1.2万元。她儿子彭德良说:"现在神山村与早些年相比真是一个天上,一个地下。等游客越来越多,我们还准备扩大农家乐规模。农家乐一年能挣两三万元钱,在自己家里做生意,挣多挣少并不计较。自己家不需要门面租金,没有在外面创业的压力。"

跨进左炳阳家,迎面碰见一个年轻小伙子,他就是左炳阳的二儿子彭青良。现在神山村红红火火,吸引来全国各地的参观者,村里很多人在家里就能找到生财之道,彭青良也不再观望,计划回到神山村发展。小伙子挺勤劳,带回了蒸馏酒设备。他觉得神山的游客多起来,各种消费也会增多,尤其是有神山特色的产品,更会走俏。他说,做酒是我的老本行,用神山的粮食和山泉酿酒,味道大不一样。酿制的酒灌装在神山的毛竹里,就是神粮竹酒。现在神山成为金字招牌,我们要好好经营,诚信至上,才能将神山这块金字招牌越擦越亮。

用竹子做产品的包装不是彭青良的独创,左香云早于他就做了竹酒产品。神山人对竹子有着特殊的感情,他们一出生就与竹子打交道,干什么事都会与竹子产生联系。

神山的糍粑是一道特色,但糍粑多用塑料袋子装着,从品相看感觉不佳,这样好的糍粑应该有更好的包装。有人突发奇想,如果糍粑改换一种包装,比如用毛竹做成糍粑桶,将糍粑装入竹筒,配上一双竹筷,这样既保鲜,又清洁卫生,还有神山特色,岂不两全其美?用竹筒盛装糍粑,肯定会让糍粑走得更远。人们可以将竹筒装的糍粑带回家,让神山糍粑跟随游客走南闯北。

左炳阳家的农家乐,炒的土菜比城里大餐馆的味道还好。一道炖土鸡满屋飘香,土鸡是放养的,吃的是有机食物,鸡肉和汤汁都非常鲜美。冬笋炒腊肉,冬笋是在神山毛竹林现挖的,腊肉是烧谷壳熏的,香味独特。至于神山村民自己种的新鲜蔬菜,通过烧柴火的大铁锅炒出来,无不喷香诱人。神山的食材在土质、水质、空气优良的环境下种植和养殖,没有任何化学成分,属于纯天然食材,吃过之后,让人回味无穷。

住在农家乐里,也感到特别舒服。房子是砖木结构的平房,接地气。被子绵软舒适,村人洗被子喜欢用米汤浆洗一下,睡觉的时候能闻到一种自然清新的味道。山间空气没有任何杂质,是酝酿美梦的好地方。

左炳阳家在自己的田里种上了黄桃。没有赶上黄桃采摘的时候来神山,但这并不遗憾。看到了漫山遍野的梯田里种满了郁郁葱葱的黄桃树,似乎看见了另一种希冀。

神山村人的土地不多,每人大约只有5分地。过去靠牛耕地,种稻子,费工耗力,但收获甚微。习近平总书记访问神山后,神山村引进了黄桃、茶叶种植产业,成立了黄桃专业合作社,采取"贫困户+合作社"模式,做到"统一流转、统一规划、统一种植、统一管理,按股分红、一户不落下"。现有的土地都种了黄桃和茶树。没有了耕地,牛也卖了。村民已经脱离了以往"面朝黄土背朝天"的低质生产模式,开始朝产业发展的路上转型。

产业在脱贫攻坚中起着不可替代的支撑作用,黄桃产业基地对于神山来说,是因地制宜的一种有力举措。在黄桃销售上,合作社采用电商销售模式,通过微信平台促销,还请来网红做现场直播,大大提高了神山黄桃的销售量和附加值。神山黄桃的美名,像长了翅膀一样,在省内外扶摇直上。黄桃鲜果采摘,成为神山村乡村旅游的一个亮点。

神山黄桃水分饱满,撕开金黄的表皮,果肉金黄欲滴。不仅外观清新,质地更是香甜爽口。由于神山村处在高山上,昼夜温差大,有利于养分的转化和糖分的积累。白天因光合作用,产生大量糖分,晚上温度急剧下降,瓜果呼吸作用耗费糖分少,糖分就积存在瓜果里,特别甜。

神山黄桃既然有如此特色,来到这里的人们自然要亲手采摘并品尝。别的地方黄桃卖每公斤16元至20元,神山黄桃每公斤卖30元甚至40元一斤,这就是神山黄桃的品牌效应。左炳阳说,黄桃成熟季节,她都会在自家门口摆几筐卖,一季能挣三四千元钱。

黄桃专业合作社从村民手中流转土地,村民可以得到土地流转金,不愿意流转的也可以土地参与入股分红。如果是贫困户,政府有专门产业资金扶持,自己不用经营,就能凭入股资金领取分红。分红比例根据综合收益取得,不低于15%的比例。

黄桃基地二三百亩的面积,需要工人除草、灭虫、施肥、疏果、套袋、采摘,这些工作需要大量的劳动力。这些劳动力的聘请自然是采取本村村民优先原则,村民劳动后可以获得工资报酬,身份从原先的自耕地农民转变为在自家门前打工的"工人"。过去一年种一季稻子,一亩地收获二百来公斤谷子,除了糊口,何谈领取工资这样的好事。

有如此之多的好处,对神山村的村民来说,神山黄桃就是神山村民的福利果。

左炳阳说,她家也种了100多棵黄桃,苗木是政府提供的。按一亩地30棵左右计算,她家种了3亩多地。她说,请挖土机整理土地,投肥500元,政府补贴1000元,自己基本不用贴钱,都是政府投资让自己做产业。2018年已有少量挂果,但为了保证来年丰产,树上的果子要摘掉,2019年就能丰产了。

神山村除了引进黄桃产业,还发展起了高山茶业种植。2016年3月,神山村以"龙头企业+品牌+合作社+农户"的模式,引进龙头企业江西井冈红茶业有限公司,成立了产业合作社——绿韵茶叶专业合作社,全村21户贫困户全部登记入社。左炳阳家卖的茶叶就是"井冈红"茶叶。

合作社在神山村开垦出200多亩高山生态茶叶基地,通过土地入

股分红,按照每亩地200元保底分红计算,社员们一下子领取了5年20余万元的现金。村民破天荒地领取到第一笔分红,笑得嘴也合不拢。左炳阳说,我家的4亩荒地也分到了4000元钱,搁在从前是想也想不到的事。

神山村以前也有种茶的历史,但没有销路,井冈红公司来了以后,采取"品牌+基地+合作社+农户"的模式,农民在各个环节都能受益,既能拿分红,又可以在茶园务工。2017年神山村的贫困户人均收入已达6000多元。

左炳阳告诉我,"井冈红"公司不错,村里有个叫左四英的老太太,今年71岁,老伴去世早,儿子是个哑巴,已经40多岁了,出去打工有障碍,就在家经营4亩茶园过日子。因为是粗放经营,收益不多,只能维持生计。井冈红公司得知这一情况后,从外地调进茶叶优良种苗,专门派技术员对左四英和她的儿子进行种植培训。母子俩在茶园里锄草、施肥、做工,还将其他土地入股井冈红绿韵合作社。现在,母子俩仅务工一项就能挣到1万多元钱。

神山村民既是"股民",又是旅游产品的销售员。丰收季节,家家户户厅堂都摆放着亮橙橙的黄桃和红色包装的"井冈红"茶叶礼盒。

据神山村老辈人说,神山村在红军时期,就有红军在这里种茶、制茶,有"红军茶"的红色渊源。神山附近驻扎着红军被服厂、药库,红军生产之余,也要种菜自给、种茶自足,自然没有什么稀奇了。在红色传承中,续接好"红军茶"文化,对于脱贫攻坚事业,或许会变幻出一道新的亮色。

笑脸一旦绽放,过去苦巴巴的脸就再也不见了。

从左炳阳笑脸的背后,我看到了更多村民在黄桃和茶叶的芬芳中绽放的笑脸。

这辈子最得意的一张笑脸

赖佰芳的笑,显得有些拘谨,眼神有些木讷,原来他是先天的智障患者。他的妻子也是智障患者,又体弱多病;母亲年事已高。他家被评定为红卡贫困户。

赖佰芳腰肾有病,不能干重体力活,村里给他安排了一个打扫卫生的公益性岗位,一个月有 700 元收入。赖佰芳在神山村贫困户列表中排在第一位。我在笑脸墙上看见了他的笑脸,嘴巴咧着,大概是他这辈子最得意的一张笑脸吧。

赖佰芳住在周山组。周山组在神山组的北面,距神山约 1 公里,翻过一个小山坳就到了。

周山组有 11 栋房屋,住有 21 户人家,共 86 口人,都姓赖。赖氏是周山的老住民,他们在周山的居住历史可以追溯到 470 年前。赖氏人引以为豪的是,这里出了一位文状元。出于好奇,我查阅《茅坪乡志》,才知村民所说的文状元,并非子虚乌有,这位"状元"叫赖尊立。赖尊立出生于清道光十六年(1836)二月,自幼习读孔孟,精通"六艺"。18 岁开始科举考试,直到 53 岁,才得到光绪己丑恩科"钦赐举人"。村民将钦赐举人误传为文状元,或许是出于对赖氏先人的一种景仰吧。赖尊立以教习孺子为业,相当于高中毕业开始教初中或小学生读书。但晚景不错,红颜白发,颇有隐士之风。赖尊立逝于清宣统庚戌年(1910),享年 74 岁。赖尊立作为神山村历史上的名人,地位虽然不那么突出,但毕竟与读书有关,村民将他抬举出来,也是对文化的一种尊重。同时也说明,神山村地处僻壤,求学不易,是造成文化水平普遍不高和贫困的最大原因。

在井冈山斗争时期,地处偏僻之地的周山,也是红军重要的休养

地。村民指着一块杂草丛生、荒芜不平的地基告诉我,这里是赖氏祠堂。《茅坪乡志》载:"毛泽东和余贲民当年曾经在周山赖氏祠堂旁的寮棚居住过。"赖氏祠堂现在只剩下残砖败瓦,寮棚早已不存。

村民说,赖氏祠堂正门有三扇,里面有天井,雕梁画栋,气派不凡。可惜房屋早已倒塌,只剩断壁残垣。当年,彭德怀将一批伤病员安置在赖氏祠堂,除了这里偏僻,比较隐蔽外,还有一个重要原因:周山赖氏是医药世家。红军医院有位名叫赖章达的土郎中,就是周山人。现在祠堂已毁,我的眼前隐隐闪现彭老总坚毅的眼神。当年,井冈山失守,彭德怀指挥守山部队向南突围,一路过关斩将,兵员损折过半,最后与毛泽东、朱德率领的红四军在瑞金会合。后彭德怀率部返回井冈山,收复失地。村民所说彭德怀安置伤员的情节,当为1929年5月上旬或6月下旬。5月上旬,彭德怀率红五军一路冲杀回到井冈山,此时有不少伤病员需要安置;5月中旬,红五军撤出井冈山,到广东城口、仁化、南雄一带解决给养;6月下旬回师井冈山,收复遂川和宁冈,此时也有伤病员要安置。8月上旬,红五军离开井冈山转战万载、平江等地之后,彭德怀便很少回到井冈山腹地了。

赖章达是袁文才的堂姐夫。为了协助红军后方留守处做好工作,袁文才指定懂医术的赖章达帮助后方留守处总管余贲民建立红军医院。红军医院成立,赖章达便成为当然的中医师,也立下了汗马功劳。

红军医院设在茅坪的蟠龙书院,这让赖章达这个土郎中有了用武之地。他除了给伤病员看病开药方,还要带队上山采药,将药材分门别类、晒干、切片、熬制……这些工作在他的指导和参与下,有条不紊地进行。神山有个清水庵,就是红军采集草药、储存药材的仓库。

1968年,茅坪革命纪念馆组建,赖章达被请出山,编入茅坪红军医院旧址当讲解员,讲述红军医院的革命故事,直到1974年逝世。

赖章达是红军医院建院的重要参与者与见证人,他的回忆成为井冈山斗争的重要资料:"伤员用的中药靠大陇、滩头药店供给。药空了,我们便上山挖了70多种土产草药……1928年4月,毛主席发动打永新,缴获400多担药放在茶山源的药库。"这段话已经融入井冈山红色文化的浩瀚之中,尽管只是沧海一粟,但却字字如金。

赖章达作为红军最早的红色医务工作者,当年为红军救死扶伤作出过巨大贡献。他的儿子赖培才后来参军,在河南某空军医院任职,也算子承父志,功德圆满。

听完这些故事,回到现实,我更想了解这里的精准扶贫情况。

赖佰芳的妻子吴晓梅,一个有智力障碍的瘦弱妇女。我问,你家因为什么致贫呢?她不善言辞,撸起裤管和袖子给我看她的手臂和脚杆,除了骨瘦如柴,我看见她的肢体变形了。这是重度风湿病所致。

政府对红卡户的扶助政策是全兜底。赖佰芳家的房子是土坯危房,按照"住不了的建起来",政府给予安居扶贫,花费六七万元,帮助他家建了一栋爱心公寓。赖佰芳因为是红卡户,可享受两万元的黄桃、茶叶两项产业扶助基金,每年分红3000元。吴晓梅还能享受每月280元的提标低保。此外,政府还代缴新农保、新农合等医疗保险,有效防范大病、重病和无钱看病的风险。这些对贫困户切实有效、精准施策的政策,让贫困户感受到满满的幸福和温暖。

我问吴晓梅,政府这样帮扶你家脱贫,你有什么感想?她一字一字地说,政府没话说啰,我们家只有感谢,感谢政府!感谢共产党!还要感谢习总书记来到神山,让神山发生了大变化!

共产党人帮扶困难群众,不图困难群众的任何回报。群众心里装着满满的感恩情怀,他们不知怎么感恩,只有发自内心的表白。

神山组平地不算多,来到周山组感觉平地更少了。村民的房屋都建在坡地上,挤占在田地一角。开车进来,路面还是没有硬化的泥土路。房子也与神山组一样进行了"穿衣戴帽",只是周山组没有游客掀起的阵阵喧闹,显得格外冷清。如果说神山组像一位洗脚上岸的种田郎的话,那周山组就是一位双脚还插在泥水田中的种田郎。村支书彭展阳说,下

一步要将这里打造成新的神山。发展需要一步步来,神山发展起来了,周山还会远吗?

精准扶贫,把贫困户和弱势群体当成亲人一般帮扶,这不是一家一户的个案,而是中国大地每一个角落都在实施的国策。共产党人上至总书记,下至一般干部,都将精准扶贫作为头等工作来做。习近平总书记的话语再次在耳畔响起:"在扶贫的路上,不能落下一个贫困家庭,丢下一个贫困群众。"

这是一份对人民的承诺,也是对人民公仆提出的要求。让社会主义大家庭,"一个也不能少",共同迈入小康社会,这就是中国共产党的宏图大志。

心底荡起久久不散的暖意

习近平总书记来到神山村,惊动了一位90岁的老太太,她就是彭长妹。

她也随着人群来到左炳阳家门前的场院中。当时,场院里聚集了很多前来看望总书记的群众。彭长妹挤在人群之中,她要亲眼看看全国人民敬仰和爱戴的习近平总书记。

彭长妹出生的那一年,正好是毛泽东率中国工农革命军上井冈山创建革命根据地的1927年。她的出生年,作为一名井冈山人,太值得骄傲了。

2016年,彭长妹90岁之时,习近平总书记来神山村了,她在耄耋之年亲眼见到习近平总书记,这不得不说是人生的最大幸福。

习近平总书记走过来,群众围拢着他。习近平总书记与群众握手祝福,群众也与总书记握手祝福。一派欢庆祥和的景象。

习近平总书记走到彭长妹面前,握着她的手。彭长妹右手握在习近平总书记手里,左手轻拍着总书记的右臂,嘴里喊出一声"总书记好哦",便哽咽着没说下去。习近平总书记回应她说:"祝您健康长寿!"

看着习近平总书记与一个个大人和孩子握手,那么和蔼、平易近人,彭长妹眼里涌出了泪花。习近平总书记是全国人民的领袖,他的形象,彭长妹在电视里看过无数遍了。习近平总书记常常深入百姓中间,与百姓打成一片,嘘寒问暖,为百姓解决实际困难,这样的领导人,与百姓心贴心,真是人民的好书记,是人民的好带头人啊!

彭长妹在心里一遍遍地说,好人,好领导,好书记!这是我们国家的福气!

习近平总书记手拿麦克风,眼望着乡亲们,用温暖、平和的语气,语重心长地说:"我们党是全心全意为人民服务的党,将继续大力支持老区发展,让乡亲们日子越过越好。在扶贫的路上,不能落下一个贫困家庭,丢下一个贫困群众。"习近平总书记真挚热情的话语,温暖着在场每个人的心,也温暖着彭长妹老人的心。

习近平总书记的话语回旋在人群上空,一阵阵欢声笑语充满整个山村。时间过去两年了,那个场景一直浮现在彭长妹的心头。

彭长妹老人没有读过书,八九岁便来到桃寮张家做童养媳。她后来知道自己出生的那年,井冈山发生了大事——为穷苦人打天下的毛泽东来到了井冈山。

在桃寮张家祠堂,还是孩子但初通人事的她听人讲过当年红军被服厂在这里生产的情况。1927年10月,毛泽东率领工农革命军上井冈山时,正值秋冬季节,红军缺衣少药。为了解决御寒问题,部队攻打遂川,缴获到大批布匹,毛泽东便指示后方留守处的余贲民在茅坪桃寮办起了被服厂。被服厂的工人都是当地桃寮、神山、牛亚陂的农民,随着规模的扩大,工人人数由最初的30多名发展到130多名。这是中国工农革命军建立的第一家红色工厂,在解决部队官兵穿衣问题的同时,也解

决了一部分穷苦人的饭碗问题。

彭长妹当童养媳时,正是从井冈山走出去的这支红军壮大成中央红军,经过艰苦卓绝的长征到达陕北延安的那一年。后来,这支红军又变成了八路军、新四军走向了抗日战场。再后来,这支队伍壮大为人民解放军,打败了国民党几百万大军,把蒋介石赶到台湾去了。当年从井冈山走出去的红军领袖毛泽东登上了天安门,宣告"中国人民从此站起来了"。

新中国成立后,人民翻身做主人,提倡恋爱自由、婚姻自主,"童养媳"也可以自主选择婚姻。这时已是二十四五岁的彭长妹,也勇敢地从桃寮张家走出来,回到神山父母家中,重新选择了自己的婚姻。想起自己做童养媳的人生遭际,她衷心感谢解放她的人,感谢那位从井冈山走出去,成为中华人民共和国第一任国家主席的毛泽东。

后来,邓小平搞改革开放,国家建设蒸蒸日上,中国人民富起来了。

进入新时代,习近平总书记领航,现在实施精准扶贫战略,正朝全面建成小康社会稳步迈进,中国人民强起来了。

我们神山村这样的山沟沟,习近平总书记都来看望,要让这里的百姓过上更好的生活。老区人民和全国人民一样,真是有福啊!

老人嘴里念叨着,说得不那么完整,但意思却很明白。1927年,2016年,时间算起来,首尾相衔90年。

生命像一根穿越时空的链条,穿越旧中国、新中国和改革开放,而今迈进了新时代!

多么强健的生命,多么幸福的人生,多么灿烂的人世!

那一刻,她的确不想放下习近平总书记的手。总书记日理万机,从中南海来到神山村,她做梦也没有想到。她以为这是南柯一梦,她用自己的右手掐自己的左手,痛!她知道,这绝不是做梦。原来现实竟有如此的大好事,有如此的美梦成真。现实与梦想竟然不分彼此,它们有时会互相握手言欢。

而今,彭长妹已是儿孙满堂的人了,两个儿子、三个女儿,孙子辈有十多个,全家聚拢来有三大桌。大儿子在神山负责治安管理,二儿子住在龙市,她两边各住一段时间。在大儿子家住,能看到神山村的日新月异。在二儿子家住,也能了解神山村外的世界是什么样。

彭长妹这辈子经历了好几个时代,她住在黄洋界下度过的这一生,竟然跨越了如此丰富的中国巨变。她不时感叹着,为人生,为命运,为时代……有时心酸,有时喜悦,有时激动,她不知为何到了九十高龄还有如此的毫思感慨,如此充沛的感情!

此刻,时序又进入寒冬,她迈着耄耋之步,踱步在神山村的水泥道上,看一轮红日升起又落下,回想与习近平总书记的那一握,心底荡起久久不散的暖意!

不同的时代,对井冈山精神有着不同的阐述。习近平总书记总结了新时代的井冈山精神,他指出:"井冈山是中国革命的摇篮。井冈山时期留给我们最为宝贵的财富,就是跨越时空的井冈山精神。今天,我们要结合新的时代条件,坚持坚定执着追理想,实事求是闯新路,艰苦奋斗攻难关,依靠群众求胜利,让井冈山精神放射出新的时代光芒。"

新时代以来,精准扶贫战略在全国实施,这是党从人民利益出发制定的施政纲领。每每深入民众,走村串户,我的耳鼓里都能听到人民群众喊出"感谢共产党,感谢人民政府"的话语,有的群众直接喊"感谢习总书记"。这些声音,让我再次回想到曾经耳熟能详的人民心声——"翻身不忘共产党,幸福不忘毛主席"。无论是"毛主席"还是"习总书记",心里始终都装着人民,人民也因此永远感念着他们。

人民记住的总是领袖的名字,领袖代表的就是千千万万的共产党人。当人民信奉自己的党,党始终如一地信奉自己的人民,中国的事情就好办了,中国人民就拧成了一股绳;党信奉人民,人民信奉共产党,就

成为一个团结的整体,没有任何力量能够将这个整体打败。

今天,以习近平同志为核心的党中央率领中国人民朝着实现中华民族伟大复兴的中国梦的宏伟目标奋勇前进。我们欣喜地看到,一个有梦想的党,将梦想建立在人民的土壤之上。人民就像一艘巨轮,共产党就是这艘巨轮的掌舵人,只要朝着正确的方向前进,就能到达成功的彼岸。

同样在春天,党的十九大报告清晰擘画全面建成社会主义现代化强国的时间表、路线图。在2020年全面建成小康社会、实现第一个100年(建党100周年)奋斗目标的基础上,再奋斗15年,在2035年基本实现社会主义现代化。从2035年到本世纪中叶,在基本实现现代化的基础上,再奋斗15年,到新中国成立100周年时,把我国建成富强、民主、文明、和谐、美丽的社会主义现代化强国。

这是一幅多么辽阔、壮丽的图景!这就是曾经积贫积弱的那个中国再次展现在世人面前的雄伟画卷!

是的,井冈山精神激励着一代代共产党人和人民,战胜了一切顽敌,开创了新中国各项事业的迅猛发展。

新时代,每天都在发生改天换地的故事。神山村的故事,过去的已经成为历史,也许一张薄薄的纸片就记载完了。但今天的神山,每天都有新故事,写不完,也记不尽。

山村还是原来的山村,村民还是原来的村民,但故事却每天都在变化。如果没有习近平总书记来到神山村,那也许今天依然重复着昨天,昨天也与前天大同小异。

2016年2月2日,习近平总书记在神山村驻留了短短的70分钟,但却打破了神山村自立村以来的旷世平静,像一潭静水突然投入了一块巨石,激起一圈又一圈的涟漪……

如何使神山村从一个落后村子变成全国的楷模?这个有着非凡意义的课题摆在扶贫干部的面前。

苦思冥想,他们用仅有的土地种上了比水稻更具经济价值的黄桃和茶树。那些种稻子产量极低的冷浆田,有的抛荒没有任何收入。现在专业合作社进驻神山,在这片穷乡僻壤种上了黄桃、茶树。土地还是那些土地,只是因为种了黄桃,就像种了黄金一样,产生了奇迹般的效应;种植了茶树,就像种植了翡翠般,土地产生的价值比过去翻了几番……

突然有一天,蜂拥而来的游客使神山村措手不及。他们加紧修建了停车场、溪流防护栏、水车景观等设施。2016年,前往神山造访的游客就有近10万人次;2017年翻了一番,达到22万人次;2018年上升到25.6万人次,游客的人数像雨后春笋般节节攀升……

神山村人将自己家的房子收拾干净,打理出一家家"农家乐"来满足游客的需求。过去冷冷清清的山村,现在不仅有"农家乐",还有电商,连打糍粑也成为致富的产业。

神山,短短两三年间,从一个四面环山的籍籍无名的小村,变成国内外有影响的脱贫攻坚的楷模。

小康不小康,关键看老乡。"笑脸墙"上镶嵌着一张张动人的笑脸,体现精准扶贫政策的温暖,显示出村民们迈上小康富裕路满满的正能量和精气神。

神山村的笑脸,像一缕缕穿透云雾的阳光,撒落在大地上,撒落在村道上、田野上、屋宇内外……

让神山笑脸绽放在今天、明天和中国梦的伟大征程中!

这笑脸是那么舒坦,那么甜美,那么开心,因为那是脱贫后富裕起来的村民的笑脸,是中国最美的笑脸。

附录 ||

作者深入井冈山各乡村采访名单

　　作者深入井冈山市各乡村，走访20多个乡镇场、120余个村组，访问人物300余人，记录中国革命老区井冈山扶贫、脱贫奔小康的感人故事。

　　在井冈山深入生活，分为四个阶段完成：第一阶段从2018年5月6日至18日，12天，针对茅坪乡、大陇镇、龙市镇、鹅岭乡、柏露乡5个乡镇进行采访；第二阶段从2018年5月31日至6月17日，针对古城镇、荷花乡、新城镇、睦村乡、东上乡、坳里乡、葛田乡、厦坪镇、拿山镇、黄坳乡10个乡镇进行采访，并到邻县永新龙源口镇和湖南炎陵县炎帝陵进行走访；第三阶段从2018年7月17日至8月2日，针对下七乡、长坪乡、茨坪镇、长古岭林场、罗浮林场、大井林场、朱砂冲林场、茨坪林场、井冈山垦殖场进行采访；第四阶段从2019年2月11日至18日，沿秋收起义路线重访井冈山，走访了萍乡、芦溪、莲花、永新等地的重要红色文化场馆。通过四个阶段的深入生活与采访，对井冈山的扶贫工作以及红色文化、绿色生态做了全方位的了解。

第一阶段

2018年5月7日

　　茅坪乡：刘晓泉（乡党委书记）、刘卫东（乡纪委书记）、李燕平（副乡长）

　　神山村：神山组、周山组、彭展阳（村支书）、赖志成（副村支书）、彭夏英（红卡户）、张成德、彭水生（蓝卡户）、左炳阳、左秀发（蓝卡

户)、赖佰芳(红卡户)、赖志鹏、赖福洪、陈秀珍、赖林树、彭青阳等

坝上村:坝上组,李祖芳(老支书)、李樟林、李桃芳、吴云月(红卡户)、肖德明

马源村:茶源组,魏成芳、尹邦发

大坪村:陈新武(村支书)

桃寮村:张辉华、张叫古

茅坪村:朱秋芳(黄卡户)、谢明泉、罗少清(红卡户)、曾新娥

绿之缘黄桃专业合作社:凌新生、胡文湘、谢宝林、陈美华

信仰有力量红培公司:袁福庆

2018年5月10日

大陇镇:刘济光(镇党委书记)、林常春(镇人武部长)

大陇村:案山组,尹仁善(村支书)、曾红梅(红卡户)、范秋芳、王根梅、范发明、欧阳春妹

红墟坊公司:蔡铁夫、杨喜华

陇上行旅游开发公司:蔡春风

陇客来农家乐:龙芳

源头村:大鼻组,廖明古

乔林村:石窖里组、巧林水库

瑶背村:瑶背组、天坪组、石盘头组,宁竹英(红卡户)

中村村:曹智平(村支书)、朱开文(红卡户)、吴洪春(蓝卡户)

水井背村:杨礼庭、廖云娥

2018年5月14日

龙市镇:李明文(镇人大主席)、刘晓鹏(镇扶贫办主任)

庄前村:谢生忠(会计)

陶瓷工业城:参观映山红陶瓷生产线

光伏产业、大江边组新农村建设

龙市村:肖宁祥(村支书)、杨峰云(村主任)、吴秀忠、黄志红、赵英

相公庙村:张富民(村主任)、林程英、肖峰梅

大棚蔬菜基地

石陂村:陈星娜(红卡户)、蓝合云(红卡户)

璟升农庄合作社社长:陈群

2018年5月16日

鹅岭乡:陈克舞(乡党委书记)、向锡林(副乡长)

焦陂村:肖文杰(村支书)、尹克发(村主任)、曾新花(妇女主任)、肖香莲、尹其权(蓝卡户)、肖德良(蓝卡户)

芦笋基地(合作社):李秉谦、李正提

塘南村:周辉仙(蓝卡户)

光伏基地

2018年5月18日

柏露乡:胡肇航(乡人大主席)、刘红(扶贫专干)

下陇村:斜源组、山口组,袁锦荣(村支书)、陈桂华、饶乙秀(红卡户)、邓山林(蓝卡户)、陈了香(红卡户)

黄桃基地合作社

楠木坪村:王凌(村主任)

康辉公司民宿

柏露村:清淦组,江传亮(村支书)、张元明(红卡户)

长富桥村:坳下组、吴雪香(村支书)、谭荣明、肖国平、赵小桃

鹭鸣湖共享山庄

第二阶段

2018年5月31日

古城镇:王小辉(镇党委书记)、陈颢(镇纪委书记)、张昊(干部)

坳头村:长望组,胡云生(村支书)、段德光、谢新开、谢尧开

长溪村:西源组,谢明亮(村支书)、谢济华、谢金球、谢月生、尹

季月

　　塘头村:陈煦芳

　　陶瓷城:井冈山瓷福实业有限公司,谢富善(厂长),邱美英(蓝卡户)

　　沃壤村:张德林(红卡户)

2018年6月2日

　　荷花乡:吴小平(乡党委书记)、史祝平(大学生"村官")

　　大仓村:张丁宁(吊楼主人)、张云庭(村支书)

　　大庙村:苏云生

　　荷彩太空莲种植专业合作社:张金彪

　　东源村:荷树下组,黄国林(村主任)、黄炳华(红卡户)

　　虎岭村:李尤生(村支书)

2018年6月3日

　　湖南炎陵县:瞻仰炎帝陵

　　(陪同:蓝凤凰、邝香兰、张小红、宋金玲)

2018年6月4日

　　新城镇:杨招平(镇长)、霍庆玲(镇党政办主任)

　　黄金谷茶叶基地:曾庆

　　黄夏村:谢凌云(村主任)、谢玉涛(蓝卡户)、谢嘉成(小歌唱家)

　　井冈山市摇篮生态农业有限公司:谢玉龙

　　排头村:罗军元(第一书记)、谢雁(村主任)、谢冬石(蓝卡户)

　　曲石村:谢岗华(红卡户)

2018年6月5日

　　睦村乡:曾建涛(乡党委书记)、戴玉兰(乡组织委员)

　　河桥村:廖更新(红卡户)、廖自平(红卡户)、罗先华(红卡户)、陈德勤(五保户)、凌成秀(红卡户)、罗光明(红卡户)

焦塘村福明柰李种植专业合作社社长:肖福明

睦村村:刘文龙(村支书)、戴世平

2018年6月7日

东上乡:何伟文(乡党委书记)、林常春(乡长)、陈克进(常务副乡长)

爱心公寓:吴云山(红卡户)、林德古(红卡户)

曲江村:许先文(村支书)、叶维祝(第一书记)、贺仁泉

蒲陇村:李岳平、李清发、李新梁(红卡户)

虎爪坪村:林文辉(全堂狮灯传人)

大亚山村:林辉(村支书)、许青青(村主任)

浆山村:罗石清(村支书)、刘富华(红卡户)、叶德牛(养蜂户)、叶从友(红卡户)

2018年6月8日至9日

坳里乡:谢剑峰(乡长)、杨风明(常务副乡长)、肖文经(乡人武部长)

渡陂村:下水湾组、上坳组、李文华、谢应根、袁新发(红卡户)

桥边村:下枫组、上梘组、段晓华(小学副校长)

万盛猕猴桃种植专业合作社:段小军、段桂芳(黄卡户)

榨油坊:袁祖良

寨下村:曾润洲(第一书记)

光伏基地

坳里村:谢宝章(井绿源农业科技有限公司总经理)

2018年6月9日

永新县龙源口镇:杨鹏(镇党政办主任)

龙源口村:朱文智(村支书)

龙源口大捷遗址、明心寺(第一个农村党支部旧址)

烟阁乡:贺子珍故居

三湾乡:三湾改编发生地

2018年6月10日

葛田乡:罗建平(乡党委副书记)

葛田村:陈建生(村支书)

黑哥葡萄种植专业合作社:钱荣月(老党员)

草莓基地:陈志勇(蓝卡户)

华岭村:古立胜(村支书)、谢月仙(妇女主任)、刘娇梅(红卡户)、赖立成(红卡户)

树背村:张国辉(村支书)

2018年6月12日

厦坪镇:尹加亮(镇长)、孙传敏(选调生)、刘森平(市关工委主任)

菖蒲村:山田垅组、菖蒲洲组,尹厚根(红卡户)、张水梅(红卡户)

厦坪村:坳上组,夏有亮(村副主任)、陈正发(组长)、陈伏根(村新农村建设理事会会长)

沉塘村庆迈茶叶种植专业合作社社长:李庆华、汪爱毛(红卡户)

复兴村:神源组

2018年6月12日至13日

拿山镇:王笛(镇党委书记)、刘南先(副镇长)

九丰农业(高端农业温控大棚):王英涛

强顺果业种植专业合作社:钟洪顺

胜利村:彭志东(村支书)

益生缘灵芝生态园有限公司:刘钺(总经理)、韩旭(技术员)

沟边村:渥田组、郭建华(支部副书记)

猕猴桃专业合作社

六六六生态油茶种植专业合作社:汤俊峰(社长)、李忠(红卡户)

江边村:草莓基地,甘忠明(井冈山果业协会会长)

北岸村:刘晓(鸿宇农林开发有限公司总经理)

茶坪村：红军剧场(实景演出)

长路村：长塘组，刘足华(村支书)、周德茂(第一书记)、郭俊仁(红卡户)、谢堂红(帮扶干部)

知青馆

2018 年 6 月 14 日

新城区：陈平梅(烈士后代)、余梓洋(小学生、红色传人)

2018 年 6 月 15 日

黄坳乡：李学峰(乡长)、黄洋(乡扶贫办主任)

松林山庄：范凯军

中翔体育国际自行车赛道：吴瑞林(总经理)、胡本清(蓝卡户)

百树园苗木专业合作社：苏文均、张池莲(蓝卡户)、苏招秀(红卡户)

百香果种植专业合作社：廖志亮

福溪村：福溪组、黄坑组，李海伟(会计)、钟群英(红卡户)、古传明、廖森香(红卡户)、胡本坤(蓝卡户)

光裕村：石围组、南屏组，江鑫发、黄清香、李志珍、江学曾(蓝卡户)

第三阶段

2018 年 7 月 17 日

下七乡：许恒新(乡党委书记)、谭成玲(乡组织委员)、吴波(扶贫专干)

下七墟场：朱菊招、卢慧波

爱心公寓：廖万森(红卡户)、卢心(蓝卡户)

光明村：墈心组、土坑组，卢诗渊(村主任)

杨坑村：干良组，黄学云(村主任)

附录 ‖ 作者深入井冈山各乡村采访名单

红茗茶叶种植专业合作社:吴冬华
钨矿
汉头村:邹和平(村支书)、黄芹华(村主任)
沃土胜境文化发展有限公司
洪坪村:黄定汶(村支书)
罗洪口水电站
吉洪菌草种植专业合作社

2018 年 7 月 19 日

长坪乡:刘智严(乡党委书记)、许会勇(乡长)、邹卫军(扶贫办干部)
长坪村:钟荣耀支书
竹老总冷水养鱼专业合作社
光伏发电
中烟村:上烟组、大岭组,徐积达、徐荣发
江西坳

2018 年 7 月 20 日

茨坪镇:张中奇(镇人大主席)、王婷(镇公共服务信息化平台干事)
茨坪村:李小洪(村支书)
村史馆
桐木岭路社区居委会:刘娟娟(书记)
红军路社区居委会:彭怡(书记)
井冈山茨坪干部教育培训学院:顾艳海(副院长)、谢炎军(院长助理)

2018 年 7 月 27 日

长古岭林场:何桂强(场长)、叶忠华(书记)、肖远庆(副场长)、唐茂发

梦想家园：邓怀德(蓝卡户)、邓国平(红卡户)、邓文祥(蓝卡户)

湘洲村：西坪组(整体移民)、枫树坪组、高屋组、邓家组、春社背组,邓林生(村支书)、高寿生、黄莲梅(蓝卡户)

2018年7月28日

罗浮林场：石春明(场宣传委员)、朱勇(干部)

土山村：王子光(村主任)

华润希望小镇：福利院、幼儿园、米兰花酒店、张氏祠堂、大粮仓

茅坪村：锡坪组,江如清(红卡户)、江良华(红卡户)

红心猕猴桃专业种植合作社：雷让红

罗浮村：大船组、江南组,石来发旧居,石水海、石清梅(红卡户)、汤光达(江南客栈)

2018年7月29日

大井林场：邹秋平(书记)、叶贺明(场长)

大井村：大井农家乐协会,吴冬梅(农家乐1号)、邹云龙、罗建冈(农家乐7号)、邹海清(农家乐10号)、邹秋平(农家乐13号)

井冈山茶厂：王卫冈(董事长)、王小勤(厂长)

荆竹山村：荆竹山农家乐协会,曾桥凤(红卡户)、李春林、骆桂发

小井村：上井组,邹春明(村主任)、黄小兰(保洁员)、彭焕龙(蓝卡户)

2018年7月30日

朱砂冲林场：王富华(场办主任)、李金庭(农办主任)

行洲村：标语群,李恩祥(红卡户)、李明英

下庄村：上村组,李群香、李桂平、王夏祥(红卡户)、李云香、王子凡

王佐故居：王茂盛(王佐孙)、王建民(王佐重孙)

2018 年 7 月 31 日

　　茨坪林场:吴启全(书记)、陈伟(干部)

　　黎坪村:寨子里组,张辛莲、张水莲、蔡龙生、邓智海(村主任)、邓开华(红卡户)

　　桐木岭哨口

　　土岭村:刘家坪组,曾祥荣(村主任)

第四阶段

（沿秋收起义路线重访井冈山）

2019 年 2 月 11 日(正月初七)

　　萍乡市:安源路矿工人运动纪念馆;东桥镇——寻访毛泽东老师汤增壁祖居地

　　(陪同:汤志军、林坚、张胜平、宋金玲)

2019 年 2 月 12 日

　　芦溪县:芦溪博物馆;山口岩卢德铭纪念馆、秋收起义纪念馆;东阳村

　　(陪同:敖有邦、文勇、吴伟建、吴深萍)

2019 年 2 月 13 日至 14 日

　　莲花县:高州乡高滩村(秋收起义部队行军会议旧址);坊楼镇江山村(将军水库)、沿背村甘祖昌故居、甘祖昌干部学院、甘家村(毛泽东旧居);莲花一支枪纪念馆、甘祖昌将军墓(玉壶山)、甘祖昌龚全珍事迹陈列馆

　　采访:龚全珍(甘祖昌将军夫人)、王木槐、王裕明、甘公荣

　　(陪同:贺治斌、宋金玲)

2019 年 2 月 15 日

  永新县:贺子珍纪念馆、龙源口大捷遗址、三湾改编发生地、九陇山

  采访:肖德明、文干华、肖家顺

  (陪同:杨鹏、龙康华)

2019 年 2 月 16 日

  井冈山市:大陇镇

  采访:案山客家农庄合作社社长:范祥明,范明华(红卡户)

  (陪同:尹仁善、杨喜华、黄柯莹等)

2019 年 2 月 17 日至 18 日

  井冈山市:荷花乡大仓村、仓冲村

  采访:张丁宁、张振华、邓国珍、林生活(黄卡户)、林生梅

  (陪同:戴寿泉、张云庭等)

跋 ‖ 人民是阅卷人

这个春天，我给自己下定决心。这个决心，也是我给井冈山这座圣山交上的第一份答卷。

曾有人劝我，说将井冈山的红色历史和绿色生态以及精准扶贫现实融合起来写一部书难度很大，意思是叫我知难而退。

历史和今天海阔天空、红色与绿色五彩斑斓，如何融合？精准扶贫雄浑壮丽，怎样表现？

艰难和困苦，才情和笔力，是对我的双重考验。但再难，也不会有革命先烈开创井冈山革命根据地那么难！再苦，也不会有党员干部和群众共同实施精准扶贫实现脱贫摘帽这样苦！至于才情和笔力，犹如雏鹰，只有在风雨中不断翱翔，才能练就一双搏击万里雄风的翅膀！

萌发创作《井冈山的答卷》正是井冈山率先脱贫摘帽的 2017 年。那时我手头还在创作以赣鄱地域文化为主体的《大湖纹理》《赣鄱书》两书，随着《大湖纹理》在江西人民出版社出版，《赣鄱书》的创作也进入尾声，我便开始了《井冈山的答卷》的创作准备。

回溯选题策划过程，得到了社会各方的支持和关心。2018 年 3 月，恰逢江西省文联、江西省作家协会领导来九江调研，我提出《井冈山的答卷》的创作构想，得到省文联和省作协高度重视。随后，江西省作家协会积极向中国作家协会申报以深入井冈山扶贫攻坚一线为主题的定点深入生活项目获得批准。在江西省作家协会的安排下，井冈山市委及

宣传部、市文联为我深入生活做了周密安排，使我有幸进入井冈山乡村感受精准扶贫一线的火热生活。三个多月的集中采访，我走访了井冈山20多个乡镇场，120多个村组，访问了300余名干部群众，留下了厚厚的两本采访笔记和10多万字的采访日记。

九江市委宣传部、九江市文联领导对我深入井冈山生活和创作尤为关切，多次嘘寒问暖，给予我精神上的鼓励和创作扶持。特别是我作为九江作家，写作九江地域以外的题材，他们还如此关心，让我深受感动。他们表示，弘扬井冈山精神，传承红色基因，打赢脱贫攻坚战役没有地域之分。井冈山是全国人民的井冈山，九江理应支持我们的作家去深入生活，承担重大题材的写作。

书稿完成之后，江西省作家协会将书稿推荐给江西出版集团。出版集团高度重视，委托江西人民出版社组织精兵强将对本书重点打造。

吉安市委高度重视，对该书的创作、出版、发行给予了大力支持和帮助。吉安市委宣传部、市文联组织相关部门和专家夜以继日审读书稿，提出了宝贵建议，并为宣传推介本书做了大量工作。

在编校过程中，出版社组织北京、上海、南昌等地专家、学者审阅，提出了诸多宝贵意见，我十分珍惜他们的劳动，这是本书更上一层楼的基础。

《井冈山的答卷》是我作为一个文学工作者向尊敬的读者交出的一份答卷，广大读者是最好的阅卷人，我热切期望每一位读者给予真诚的批评。

2018年4月，我有幸参加由中国作协诗刊社、江西省文联、江西省作协主办的"春风八百里，井冈四十年"2018年江西谷雨诗会活动来到井冈山，创作《红色基因中的绿色》《井冈山成为脱贫最好的楷模》等诗作，以诗歌的形式开始了我对井冈山深入生活的热身之旅。诗歌活动开展了关于"新时代现实主义"的讨论，我作了《在井冈山谈新时代现实主义诗歌》的发言，认为"井冈山不仅拥有革命摇篮的红色基因，还拥有天然的绿色生态宝库,而今,精准脱贫的旗帜又在井冈山高高飘扬,这些就是新时代现实主义的最好素材"。

2018年5月5日,我从住地九江出发去井冈山,半路上接到遂川县林业局的邀约,于是决定从遂川上井冈山。驱车6小时,奔跑500公里来到吉安遂川。毛泽东首次上井冈山就是从遂川大汾经下七、黄坳、荆竹山、双马石来到大井与王佐会见再到茨坪的。从遂川上山,对于深入井冈山追寻毛泽东足迹的我来说,具有特别意义。遂川至井冈山茨坪的公路,盘旋曲折,车辙下重叠着当年毛泽东与红军战士攀登井冈山的步履。一路前行,想起毛泽东在战士处于悲观状态下,自己第一个站出来当了"排头兵",以及在荆竹山雷打石上宣布"三项纪律"……深切体会到当年毛泽东和工农革命军创业的艰辛,深刻认识到严明的纪律是保证革命最后胜利的基石。

第二天,从茨坪出发,踏入茅坪乡神山村,开始了正式的工作采访和生活体验。一个乡、一个村、一个组地走访,与干部和群众交流精准扶贫的实践与认识。每到一地,我都要求当地乡村干部领我到贫困群众家中访谈,希望多走访几户,多了解他们的生活,尤其是通过精准扶贫,他们的物质生活和精神面貌发生了怎样的变化,是我关注的重点。在走访过程中,我不想放弃任何可以到达的地方,不想错过任何可以交流的干部群众。

每天早晨7点起床,早餐后,便开始了紧张的采访,对当地的扶贫工作、贫困户和产业情况以及红色文化、绿色生态等进行了全方位调查。无论天晴下雨、山高路陡,不辞劳苦地与不断变换的采访对象交流。中午除了吃饭,也不休息,常常是连轴转。下午又变换新的地点、新的采访对象,记录他们的新故事。晚上回到住处,要把一天中的见闻敲打记录到电脑里,常常到深夜一点多才休息。

深入生活,比起扶贫一线的同志,也许要轻松得多。有很多次,累得连驱车的力气也没有了。不停顿地奔走和说话,让自己像一只陀螺一样

转动,腿脚始终处于酸软的状态。一次与贫困户说着说着,因为疲倦难当,竟倒在八仙桌上睡着了……

面对纷纭材料和众多人物,创作时令我有些眼花缭乱。我原想对各乡镇按地方志形式进行逐个"萃取",使这部书具有史料价值。但这样做,其文学价值却大打折扣。在写到20万字时,我突然止笔。直觉告诉我,必须改变方向。我对所有素材重新"淬炼",重新谋篇布局,开始二次创作。前后七八个月的文字穿梭,这才有了今天此书的文本形态。

回顾深入生活的历程,许多人物还在眼前跳动。他们给我留下了深刻印象,只可惜限于全书的篇幅,不能一一记述。没有将他们纳入文本叙述中,成为大的遗憾。我期望,在文字的旅行中,能与他们再次相逢。

2018年10月26日,正当我激情创作之时,中国作协"到人民中去"职业道德教育与文学社会服务实践活动在江西干部学院开班。我有幸参加学习,再次重温了井冈山斗争和井冈山精神,现场教学走访了革命烈士陵园、黄洋界哨口、茅坪八角楼、神山村等地,聆听了红军后代和井冈山建设者的访谈讲述,这次活动对我的创作大有裨益。

不忘初心,方得始终。2019年是中华人民共和国成立七十周年,春节刚过,我就踏上征程,从老家宜丰驱车前往萍乡市安源路矿工人运动纪念馆、芦溪县卢德铭纪念馆,经过莲花高滩村、甘家村来到莲花宾兴馆、莲花一支枪纪念馆,途经永新参观贺子珍纪念馆,来到"三湾改编"发生地以及九陇山等地……沿着当年毛泽东同志率领秋收起义部队上井冈山的路线,再上井冈山,感受历史巨变与新时代脉动。

在走访过程中,我到过老将军甘祖昌的家乡莲花县坊楼镇沿背村,深切感受老将军回乡当农民不忘初心的高尚情操。甘祖昌与井冈山有着割裂不断的情缘,翻阅井冈山瓷业发展史,得知当年国营井冈山会师瓷厂的开办费,还是甘祖昌将军进京向中央请求拨付的。筚路蓝缕的井冈山陶瓷工业,为井冈山群众摆脱贫困作出过巨大贡献。老将军的拳拳爱民心、殷殷公仆情，与日月同在，流芳百世。

我见到了被习近平总书记亲切称呼为"老阿姨"的龚全珍，聆听她讲述几十年来如何弘扬甘祖昌精神的鲜活事迹。从龚全珍身上，我感受到创作此书有了更深层的意义和更巨大的能量。

不同时代的共产党人，有不同时代的梦想，他们的愿望都是想让人民过上好日子！井冈山老区脱贫是一代代共产党人的梦想、一代代共产党人的追求、一代代共产党人向人民交出的答卷。

....

《井冈山的答卷》完成之际，正逢2019年全国"两会"举行，习近平总书记在看望参加全国政协十三届二次会议的文化艺术界、社会科学界委员时的讲话时强调：要坚持与时代同步伐。中国特色社会主义进入了新时代。希望大家承担记录新时代、书写新时代、讴歌新时代的使命，勇于回答时代课题，从当代中国的伟大创造中发现创作的主题、捕捉创新的灵感，深刻反映我们这个时代的历史巨变，描绘我们这个时代的精神图谱，为时代画像、为时代立传、为时代明德。

一个国家、一个民族不能没有灵魂。听了习近平总书记掷地有声的讲话，对文艺创作"为谁创作、为谁立言"的问题，有了更加明确的方向。作为一名文学工作者，在走访赣鄱大地60余县采风，尤其是深入井冈山脱贫攻坚第一线、融入火热生活的那段日子里，我对井冈山精神和精准扶贫有了直观的体会和理解，也进一步认识到作家必须扎根人民，与时代同呼吸、共命运，做时代的代言人。

时代像大海，我采访的每一个人物、每一个故事，就是这个时代的浪花。随着不断深入的走访和学习，体会到精准扶贫已然成为井冈山精神的一部分。精准扶贫是人类历史上最壮阔的脱贫画卷，是中国共产党对人民最庄重的承诺。井冈山是中国革命的摇篮，率先脱贫又赋予井冈山新的时代意义。我深入其中，感受到沉甸甸的历史分量、厚度和深度。

每一个时代有每一个时代的作家，我们当代作家的历史责任就是

要将自己植入新时代的土壤之中,发芽、生根,与时代一道成长,书写这个伟大时代发生的历史事件,挖掘这个时代的鲜活人物和故事,让作品烙上时代的印记和标示,向时代交出一份最好答卷。

文学艺术创作,始终不应该离开人民。人民是创作的源头活水,只有扎根人民,创作才能获得取之不尽、用之不竭的源泉。文艺工作者要走进实践深处,观照人民生活,表达人民心声,用心用情用功抒写人民、描绘人民、歌唱人民,真正把学问写进群众心坎里。

时代在前进,身处伟大时代的洪流当中,如果我们不将时代的图谱描绘下来,我们就难以胜任"作家"这个称谓,也将对不起自己生活的这个时代。只有沉下心、俯下身,与人民群众心气相通、血肉相连,才能得到真正有价值的文学素材,才能更好地凸显文学的品格与力量。

我用一个一个文字,堆砌着井冈山这座圣山,描画着这座为中国革命贡献了巨大精神财富的圣山,撰写着这座在新时代精准脱贫的伟大事业中作出巨大贡献的圣山;我用一行一行文字,为井冈山这座圣山画像,画着画着,笔底涌现出无数的人物,包括一个个党员、干部和普通群众,他们行走在时代的前列。我的笔勾画着,这些人物与井冈山组合成一道奇光异彩!

时代是出卷人,我们是答卷人,人民是阅卷人!

2019 年 3 月 23 日于九江

图书在版编目（CIP）数据

井冈山的答卷/凌翼著.—南昌：江西人民出版社，2019.3（2020.7重印）

ISBN 978-7-210-11258-7

Ⅰ.①井… Ⅱ.①凌… Ⅲ.①报告文学–中国–当代 Ⅳ.①I25

中国版本图书馆 CIP 数据核字（2019）第 061966 号

井冈山的答卷
JINGGANGSHAN DE DAJUAN

凌翼 著

出品人：张德意
策划组稿：游道勤
责任编辑：王一木　陈才艳
封面设计：上尚装帧设计
出版：江西人民出版社
发行：各地新华书店
地址：江西省南昌市三经路 47 号附 1 号
编辑部电话：0791-88612505
发行部电话：0791-86898815
邮编：330006
网址：www.jxpph.com
E-mail:jxpph@tom.com　web@jxpph.com
2019 年 3 月第 1 版　2020 年 7 月第 5 次印刷
开本：787 毫米×1092 毫米　1/16
印张：21
字数：260 千字
印数：70001—80000
ISBN 978-7-210-11258-7
赣版权登字—01—2019—107
版权所有　侵权必究
定价：58.00 元
承印厂：三河市同力彩印有限公司
因印刷、装订错误，请随时向江西人民出版社发行部调换